文治春秋

总第一卷（2024年春）

主编 吴俊 张全之

上海交通大学出版社
SHANGHAI JIAO TONG UNIVERSITY PRESS

内容提要

《文治春秋》由上海交通大学人文学院中文系及中国语言文学学科创设主办，旨在以中国语言文学研究为中心，兼顾一般文史学术。内容上既以本土、传统资源的更新再创为本，也重文明互鉴、融汇世界学术；推崇高水平研究成果，鼓励新学术、新思想的探索。本卷乃首卷，除首发卷致辞和编后记，包括"名家访谈""学术致辞""学案追踪""古典新义""文学人类学""审美新场域""历史现场""创意写作""书评"九个栏目。本书可供中国文学和语言学研究者参考。

图书在版编目（CIP）数据

文治春秋. 总第一卷，2024年. 春 / 吴俊，张全之
主编. —— 上海：上海交通大学出版社，2024.5.
ISBN 978-7-313-31987-6

Ⅰ. Ⅰ-53

中国国家版本馆 CIP 数据核字第 2024J0S442 号

文治春秋　总第一卷（2024年春）

WENZHI CHUNQIU　ZONG DI-YI JUAN (2024 NIAN CHUN)

主　　编：吴　俊　张全之
出版发行：上海交通大学出版社　　　　地　　址：上海市番禺路951号
邮政编码：200030　　　　　　　　　　电　　话：021-64071208
印　　制：上海盛通时代印刷有限公司　经　　销：全国新华书店
开　　本：710mm×1000mm　1/16　　　印　　张：17.5
字　　数：266千字　　　　　　　　　　插　　页：2
版　　次：2024年5月第1版　　　　　　印　　次：2024年5月第1次印刷
书　　号：ISBN 978-7-313-31987-6
定　　价：75.00元

文治春秋

南京大学人文社科资深教授　丁帆题字

《文治春秋》学术顾问、编委会、编辑部成员名单

（按音序排列）

目　录

Contents

首发卷致辞

吴俊

上海交通大学自南洋公学创校起，就重古今中外文化的学术研究和现代传承。百余年之后，薪火相传，人文学院及中国语言文学学科的发展，已经形成了新时代中国大学文学教育、文学研究和人文综合科研的鲜明特色，特别是已经充分体现出了崭新的、生机勃勃的成长态势。

学术论丛的创设，既是科学研究体系性建设的重要举措，也是科研成果发表的主要平台，体现的是主办方的学术观念和学术意志。《文治春秋》即为缅怀、承传唐文治校长的文史学术贡献，追慕一代教育大家对于中国大学现代化建设的事功伟业，进而促使反躬自省，明确我们在当今的责任和努力的方向。

《文治春秋》由上海交通大学人文学院中文系及中国语言文学学科创设主办，旨在以中国语言文学研究为中心，兼顾一般文史学术。内容上既以本土、传统资源的更新再创为本，也重文明互鉴、融汇世界学术；推崇高水平研究成果，鼓励新学术、新思想的探索。春华秋实，学术绵延，《文治春秋》一年两卷，各以春秋卷名之。今起面世，期待学界同人垂注。

21世纪以来，中国人文学术在自主知识体系、学科更新和话语权的高水平建设、高质量提升方面，正在国际学术领域不断产生出强有力的挑战影响和引领作用。在肇始南洋的历史延长线上，面向广阔的未来，我们与《文治春秋》携手同行，脚踏实地，走向无穷之远。

2024 年 5 月 20 日

立雪程门薪火传
——莫砺锋教授访谈

●莫砺锋　○黄伟豪

Profound Reverence for Master Cheng and the Intergenerational Transmission of Knowledge
— An Interview with Professor Mo Lifeng

Mo Lifeng　　Huang Weihao

●莫砺锋（1949—），1984年毕业于南京大学，获文学博士学位，为新中国第一位文学博士。现为南京大学人文社会科学资深教授，江苏省文史研究馆馆长，兼任全国古籍整理与出版规划领导小组成员、教育部社会科学委员会委员、中国唐代文学学会顾问、中国宋代文学学会名誉会长，著《莫砺锋文集》十卷。

○黄伟豪（1981—），男，南京大学文学博士，现为上海交通大学人文学院中文系副教授。

○莫老师，非常感谢您拨冗接受这次访谈！您作为新中国第一位文学博士，无论在现代中国教育体制上，抑或在古代文学学科上，都是历史转折过程的亲历者与见证人。请问您能谈谈这一经历如何影响您本人的治学道路以及整个古代文学学科的发展吗？

●"文化大革命"前中国的高等教育制度是照抄苏联的，所谓"副博士"学位就完全是从苏联引进的。由于当时研究生培养时断时续，所以严格地说，新中国的研究生培养是从"文化大革命"后才逐步正规化、制度化的，博士生培养也是从这时才开始的。我正巧遇上了这个时期，就成了新中国第一代博士生。我1966年高中毕业，正逢"文化大革命"暴发，大学停止招生，两年后就下乡插队去了。在农村种了十年地，到了1977年底，高考恢复了，我当时正在安徽农村，就考进了安徽大学外文系的英语专业。一年以后，我提前考研，考进南京大学中文系，在程千帆先生的指导下读中国古代文学专业的研究生。在南京大学开学典礼上，匡亚明校长透露了一个消息，说国家正在制订学位条例，不久就会颁布实行，并鼓励我们成为首批硕士和博士。果然，为期两年的学习尚未结束，《中华人民共和国学位条例》就颁布了。1982年初，南京大学开始招收首届博士研究生。当时南大共有20多位由国务院学位委员会授予资格的博士生导师，但是学校考虑到我国的博士生培养刚刚起步，不宜把步子迈得太大，所以在全校遴选了十位德高望重的博导，每人只招收一个博士研究生，来为今后的博士生培养积累经验。我的导师程千帆教授也在学校遴选的十位博导之列。那次招生具有试点的性质，并没有在全国范围内公开招考，而是在本校已经毕业并获得硕士学位的研究生中选拔。于是，我就成了南大中文系的第一个博士研究生。1984年10月，我在南大通过了博士论文答辩，成为我国自己培养的第一位文学博士。这只是一个巧合，并没有特殊的意义。需要补充说明的是，当时南大中文系只有程先生一人具有博士生导师的资格。由于当时学位制度刚刚施行，如何培养合格的博士，大家心中都没数。程先生也不例外，他日夜思索这个问题：一个合格的文学博士应该达到什么水平呢？为了有一个参照标准，程先生从图书馆借来了外国以及我国港台地区已经公开出版的博士学位论文，仔细阅读，比较揣摩。十来本博士学位论文读完后，程先生才心中有数。于是他邀请本系的周勋初、郭维森、吴新雷三位老师为助手，组成了一个博士生指导小组，并制订了严格的培养计划。在我毕业以前，系里没有招收第二个博士生，所以在将近三年的时期内，整个南大中文系只有我一个博士生，却有四位老师在负责指导，于是我接受了非常全面、非常严格的学术训练。说实话，我在攻读博士期间真是"吃尽苦头"，但是那种严格的训练让我受益匪浅。我没有在中文系读过本科，学习古代文学完全是半路出家，而且开始读博时已年过而立，能够在不到三年的时间内完成学业，成为新中国自己培养的第一位文学博士，完全应归功于程先生和指导小组的老师，换句话说，应该归功于南京大学中国古代文学这个博士点。当时的培养方式还没有严格的制度化，比如说导师们为我设计的学位课程都采取专书研读的方式，没在教室里授过课，也没有学分的规定。那种培养模式有点像匠人带学徒，一切都是手把手地教，不像现在这样一切都严格按照章程来进行。我觉得在中国古代文学这个学科范围内，那种培养模式还是有其优点的，这个模式基本上规定了我日后的治学道路。至于对整个学科来说，当然各个学校、各个导师都有不同的培养路数，很难说有多大的影响。

○您师承自程千帆先生，而程先生师承自黄侃，黄侃又师承自章太炎等人，从中似乎看到有一条很清晰的学术渊源与师承脉络，即"章黄学派"或"东南学术"。这种学风如何给您打下烙印？又为何在当今学术研究领域显得尤为重要？

●南京大学文学院的授课历史可以追溯到成立于1902年的三江师范学堂与成立于1888年的南京汇文书院所开设的国文课程，而1914年9月由南京大学的前身之一南京高等师范学校所设立的国文预科班和国文专修科则是文学院的直接源头。南大文学院的学术传统则发轫于民国时期中央大学和金陵大学两校学者所建立的"东南学术"。章黄学派与东南学术两者有重合，但并不完全相同。就"东南学术"来说，它的最大特色是理性、持重、稳健的学术品格，在追求社会进步与发展的同时特别重视人文关怀，在倡导新文化的同时非常强调继承中华传统文化的精华。进入新时期以后，程千帆先生在治学精神上继承了东南学术的传统，也有其个人的独特风格，最显著的特点就是"将考证与批评密切地结合起来"，"将批评建立在考据基础上"。考证与批评是中国传统文学研究的两翼，前代的优秀学者本是两者兼通的，可是到了现代，随着学术成果积累的日益丰厚和学术研究分工的日益细密，这两项工作渐渐分道扬镳，学者或精于此，或长于彼，互相隔膜，绝少往来，甚者至于互相轻视，唯我独尊。精于考证的学者常常觉得专搞批评的人流于空疏，而长于批评的学者则往往认为专攻考证的人陷于烦琐。在古代文学研究界大声疾呼且身体力行把两者结合起来的学者中，程先生大概是当代第一人。程先生的研究工作正是在这种思想的指导下进行的，一部《程千帆全集》正是他运用这种方法的范例。程先生的学术研究，具有强烈的问题意识和实证性质。他认为学术研究的目的是提出问题并解决问题，他所作的研究都是针对具体问题的专题研究，从来不发凿空高论。也就是说，程先生的学术研究都是一步一个脚印的跋涉，而不是不痛不痒的清谈。程先生在学术上对我的最大影响，就是这种学术理念。由于当代学术界在学风上难免有浮躁、空疏的缺点，而程先生的学术理念恰好是针对这些缺点的一帖良药，所以具有格外重要的现实意义。

○程千帆先生是如何教授学生的？他是如何上课的？在和先生相处的过程中，哪些场景或画面一直让您念念不忘？

●程先生本人绝对是位"教学名师"，讲课时神采奕奕，语言流畅生动，更重要的是他总是采取启发式的讲法，在传授知识的同时非常注重方法论的训练。我听的两门课都是研究生课，先生更加重视培养我们的学术能力。比如"杜诗研究"课，他提出许多问题让我们思考，同时也提出新的观点让我们体会。他前后两次讲这门课，我与师弟张宏生便在他的启发和引领下深入思考杜诗，并各自与他合写四篇论文，最后结成一集，便是《被开拓的诗世界》那本杜诗论文集。当然，先生教导我们的主要方式是到他家去座谈，每两周一次，每次半天，雷打不动，那真是让我们受益匪浅。我立雪程门22年，他的音容笑貌至今如在目前。最难忘是他临终之前的场景，我在《好老师，好学生》这篇短文中有所记载："程先生突发脑梗住进南京脑科医院抢救的第十六天，也就是先生去世的前两天，程丽则师姐从医院打电话催我快去，说程先生正在昏迷中不断地呼喊我的名字。我匆匆赶到先生的病榻边，他已不省人事。过了一会，他喃喃地说了几句难以听清的话，突然，他紧紧地抓住我的手，相当清晰地说：'我对不起老师，我对不起黄先生！'我的泪水夺眶而出，我知道先生牵挂着黄季刚先生日记的出版，因为这部日记虽然早已由程先生整理完毕，且已在出版社排版，但尚未印出，这是先生在弥留之际最放不下的事情。要知道，由我负责编辑的十五卷本的程先生的全集即将由河北教育出版社出版，最后一批校样早已寄回出版社，程先生在人生的最后瞬间不问他本人全集的事，却念念不忘黄季刚先生的书，这绝不是出于偶然。孟子说：'大孝终身慕父母。'程先生对老师们的敬慕之情，就类似于这种感情。应该说，程先生的一生在学术和教学两方面都取得了如此的成就，他完全无愧于他的老师。然而程先生自己却总是为自己没能光大师门学术而自愧、自责。"在尊师重道方面，程先生堪称典范。身教重于言教，我后来曾为程先生主编过两套全集，便是继承程先生精神的一点体现。

○您在程千帆先生的指导下，进行学术训练。程先生对学生有哪些要求，让您受益终身的是什么？是否对您留校后指导学生也产生了影响？

●程先生对学生的要求非常严格，我在他的指导下攻读博士学位，按理说他完全能够胜任对我的指导。但为了让我这个基础薄弱的学生能受到更严格的培养，程先生特地成立了一个指导小组。刚才说过，我在读博期间"吃尽苦头"，但诸位先生的严格训练确实让我受益终身。程先生一生中最多的心血都倾注在学生身上，他在遗嘱中有一段话："千帆晚年讲学南大，甚慰平生。虽略有著述，微不足道。但所精心培养学生数人，极为优秀。"当时程先生曾让我以证人的身份在这份遗嘱上签名，我看了这几句话，大为震撼：程先生是公认的优秀学者，但他竟然把培养学生看得比自己的学术研究更加重要！我留校任教后努力学习程先生的教学精神，程先生当年怎么教我们的，我也试图这样来教学生。首先就是要有认真的态度，要对学生负责，绝对不能误人子弟。我的具体教学方法也是从程先生那里学来的，最主要的方式就是与学生讨论，我现在也是每两周一次跟我的研究生座谈，讨论他们读书中遇到的问题，一谈就是半天。程先生经常引用《庄子》中的话："指穷于为薪，火传也，不知其尽也。"闻一多解释说："古无蜡烛，以薪裹动物脂肪而燃之，谓之曰烛，一曰薪。"程先生就是这样的一根红烛，其自身发出的光辉是其学术成就，但他更重要的贡献在于把文化的火种传递给下一代，使之生生不息。我希望自己也能成为这样一根红烛。

○南大的古代文学学科常被人称为"程门弟子"，这个名称在学术界已经被看成一个优秀的学派。您认为一个学派应该具备哪些要素？其持续的发展和学术创新应如何维持？如何防止学派因近亲繁殖、因循守旧而走向窄化，失去创新的动力？

●所谓"程门弟子"，其概念非常明确，就是程千帆先生培养的一批学生，他们中的多数成员都在南大文学院任教，但也有几位在华中师范大学、中国社会科学院、南京师范大学等单位工作。至于把"程门弟子"称作"学派"，这是南大以外的某些学者的说法，我们自己从未承认过。程先生生前是不许我们说"程门学派"这个词的，他认为自己远未达到在学术上开宗立派的程度，他说过："要想成为一个学派的宗主，不但需要才气，还需要福气。"显然他不认为自己已经具备这样的条件。所以我不想谈什么学派，我只能就"程门弟子"这个群体来说说个人的看法。程先生治学也好，培养学生也好，都是着眼于文化传承的大局。所以程先生培养学生时绝无门户之见，他深知学术乃天下之公器。他经常教导我们要重视兄弟院校的学术传统，要多向兄弟院校的老师们请教，也要认真听本系的周勋初等先生的教诲。所谓"程门弟子"，绝不是一个自设藩篱的学术群体。我们的学术理念其实与许多兄弟院校的同仁并无二致，比如在方法上重视实证研究和问题意识，在成果形式上重视单篇学术论文。如果一定要说自身的特点，那么大概有两点：一是形成了文献学与文艺学结合、文学与史学沟通的治学路数；二是学术视野比较开阔，比较重视与国内外的学术交流。现在南大的中国古代文学学科的成员，除了程先生的及门弟子之外，还有程门的第三代弟子多人，有几位同仁虽然来自其他院校，但大家的学术理念相当接近，关系也很融洽，是一个声同气应的学术群体。我们的学术理念虽然比较一致，但具体的研究范围或主攻方向则是充分尊重个性的，学科从来不要求大家都集中在同一个研究目标，也很少组织大规模的集体课题。近年来我们新开辟了域外汉籍研究、海外汉学研究等研究领域，都已渐成气象，便是一个明证。我认为只要大家都有真诚的学术追求，一个学术群体是不会因循守旧的，因为学术研究本身便是不断求新的过程。

○自跟随老师您治学以来，我注意到您对于"学者""学术"的真正含义，无论是在理念上，还是在实践上，似乎都有着您独特的看法。您能具体谈谈这方面的个人看法吗？

●《汉语大词典》关于"学术"一词有八项义项，其中比较符合现代人认知的有学问、学识、学说三项。《现代汉语词典》的定义则是：有系统的、较专门的学问。但是到底专门或系统到什么程度的学问才能称为学术，其界限仍较模糊。而且根据我与理科学者或社会科学学者的接触，他们对学术的理解与我们大相径庭。所以我们必须把讨论的范围限定于人文学科。但即使如此，大家的见解仍是歧说纷纭。历朝正史的人物列传把学者分成儒林、文苑、道学三类，他们似乎属于不同的圈子，身兼数任者凤毛麟角。北宋程颐认为学术可分成文章之学、训诂之学和儒者之学。到了清代，姚鼐进而提出："天下学问之事，有义理、文章、考证三者之分，异趋而同为不可废。"虽说"同为不可废"，但从史实来看，好像清代学术史上最享盛名的乾嘉学派最擅长的工作只是"考证"，乾嘉学术从而被后人称为朴学或考据学。至于"义理"与"文章"二者，即使没被彻底否定，也被束之高阁了。这种倾向一直延伸到现代，最重要的体现便是以胡适、傅斯年为代表的中央研究院史语所，他们掌控着民国时期学术界的最高话语权。史语所即历史语言研究所，其名称不包括文学，古人所说的文章之学已被明文排斥在外。我们的学科，即中国古代文学学科在史语所的评价标准中是不算学术的。这种对辞章之学的轻视当然并非史语所独创，而是由来已久的学术偏见。史语所的独创之处在于，他们又将是否采用西方学术方法也树为标准，著名学者钱穆著作等身，但由于他是土生土长的本土学者，对西学比较陌生，傅斯年就对他极为轻蔑，声称"向不读钱某书文一字"，以至于钱穆直到晚年才被评上"中研院"院士。史语所在1949年迁台后已经失去了在大陆学界的话语权，但其影响至今尚存。事实上学术乃天下之公器，不是少数人的专利。道不同不相为谋，大家各行其是可也。所以学术评价的事情，最好不要追求放诸四海而皆准的统一标准。不但文科与理科迥然相异，就是文科内部的各个分支，也各有特点，绝无统一规范可言。我认为所谓的学术共同体，最好限定在较小的学术范畴之内，这样大家才能有共同语言。否则鸡同鸭讲，根本无法对话。

○您曾经提到研究生要从事古代诗词研究，首先要学好古典文献学。您认为最近几十年中文献学在古代文学研究中所起的作用是什么？您能具体谈谈个人在这方面的看法吗？

●中国古代文学研究界近几十年来的最大变化就是实证性研究，包括文献整理与史实考据都得到加强，而且成绩喜人。而以前那种"以论带史"的宏观概论式研究比较少见了。文献史料研究的最大功绩当然是古籍整理，例如一些"全"字头的总集，像《全宋诗》《全宋文》都已出版，以前有关材料散见各书，搜集非易，现在一书在手，就掌握了全部的文献资料。这方面的成就有目皆睹，不用我多说。下面从南大的情况入手，说说文献学对古代文学研究的促进作用。中国古代文学与古典文献学在教育部的学科目录中属于两个二级学科，但是在南大我们视它们为统一的"两古学科"。南大古代文学学科的特色就是文献学与文艺学结合，程先生从20世纪50年代起就呼吁运用"将批评建立在考据基础上的方法"，后来又用不同的说法来表述这个理念，如"搜集材料与整理材料两个层次相结合""文献学与文艺学相结合"。说法虽异，精神却是一以贯之的。当年与程先生一起领导南大古代文学学科的周勋初、卞孝萱两位先生对上述理念心领神会，程先生的观念成为整个学科的共同理念。三位先生在自己的学术研究中十分重视运用文献学的方法，并动手做文献整理方面的工作。此外，三位先生在研究生培养中也十分重视文献学的训练，自从1979年程先生为研究生讲授校雠学课程以来，这门课程30多年从未间断，业已成为南大古代文学学科最重要的传统课程之一，一届又一届的同学们从这门课程中得到了文献学方法的严格训练。重视文献学会提升古代文学研究的水平，举一个例子。唐人张若虚的《春江花月夜》在现代已经成为家喻户晓的唐诗名篇，清末王闿运说它"孤篇横绝，竟为大家"。闻一多先生誉之为"诗中的诗"，关于它的分析文章已有数十篇，很难再有新的阐发了。但是程先生又写出一篇关于《春江花月夜》的好论文，他首先从文献学入手，考察了《春江花月夜》在历代总集或选本中的入选情况，发现在明代以前，除了宋代郭茂倩的《乐府诗集》，现存的唐宋元文献中都不见此诗踪迹，而《乐府诗集》又是对乐府诗不论优劣一概收录的，所以仍可断定明代以前没有人注意过此诗。而自从明初高棅《唐诗品汇》选入此诗，特别是李攀龙《古今诗删》选入此诗之后，它就成为重要唐诗选本的必选之作了。历代诗话中的情形也与之类似。这些均说明《春江花月夜》在文学史上的地位是从明代才开始提升的。程先生这篇论文的重点并非对作品自身的阐释、评价，而是对其影响大小之变化过程的考察，以及对这一现象的原因及其文学史意义的揭示。此文就是文献与文艺并重的范例，因为它的观点建立在对历史文献材料的全面掌握和梳理之上。我也写过一篇论文，指出《唐诗三百首》中选录的署名张旭的《桃花溪》一诗其实不是唐诗，而是北宋书法家蔡襄的作品。虽然学界尚有不同意见，但已经出版和即将出版的两种新编《全唐诗》都已接受我的观点，把这首《桃花溪》从唐诗中剔除了。我认为这对读者准确阅读唐诗显然是有益的。

○中国古代文学作为文科，有别于理工科，似乎较为个人化或个性化——不但偏向于独立著述，而且着重个人的长期积累。但是时至今日，原先的自由探索和个人兴趣主导的研究方式越来越受到挑战，更强调集体攻关和面向国家社会重大需求的研究方式。您如何看待这种变化，这两种研究方式应如何协调？

●对于中国古代文学而言，学术研究很难与国家社会重大需求相联系，所以我们的研究还要以自由探索和个人兴趣来主导。当然我们也面临着类似的问题。因为在当代的人文学科内，集体课题已经蔚然成风，文史研究也不能例外。66年前，布罗代尔就指出："人文科学正经历着全面的危机，这场危机是人文科学自身进步的结果：随着新认识的积累，科学研究已必须是一项集体工作，而明智的组织形式却尚待建立。"（《历史和社会科学：长时段》）近年来学术成果的数量，简直呈井喷状增长。不要说整个中国古代文学研究，就是某些专门研究方向，例如唐诗研究、《红楼梦》研究，以一人之力要想及时读完所有新发表的研究著述，也几乎是不可能的事情。于是以集体之力量来完成一个项目或一部著作，便成了水到渠成之事。但我总觉得关于人文学科的研究，最好还是由一位学者独立完成为好。因为这种研究格外需要学术个性，格外需要灵心慧性的独特感悟和截断众流的独到判断，而不是众人拾柴，然后拼合组装成的资料长编。我热切盼望学界中出现梁启超、陈寅恪和钱穆那样的学者，能够举重若轻地从浩繁的文献和复杂的现象中去粗存精，去伪存真，"笔则笔，削则削"，写出"通古今之变，成一家之言"的学术著作。当然，某些特定的学术著作，比如中国文学史，情况也许有点不同。应该由个人还是集体来撰写文学史，是一个众说纷纭的问题。邱燮友早就说过："个人编写文学史，可能到刘大杰、叶庆炳为止，以后应走集体合作的途径。"中国文学史的写作已有一百多年的历程，从鲁迅、刘半农到台静农、钱穆、刘大杰，那些前辈学人的著作无论内容宽窄、篇幅长短，都是自出手眼的一家之言。到了20世纪60—70年代，文学史的撰写改以集体编著为主要形式。游国恩等编写的《中国文学史》、科学院文学所编写的《中国文学史》是最流行的、最有权威性的文学史著作。到了20世纪末，则章培恒和袁行霈分别主编的两部《中国文学史》也都是集体编著所成。究竟是个人独著好，还是集体编著好？不能一概而论。如果用作现代大学中文系的教材，也许后者更加合适。因为毕竟人多力量大，容易穷尽文学史各个分支的内容，也容易掌握新出的研究成果。况且对于现在的教师和学生来说，面面俱到、四平八稳的教材更容易理解或讲解，也更容易得出考试所需的标准答案，这无疑是皆大欢喜的事情。当然如果要论学术价值，要引导读者进行独立的思考，从而在中国文学的殿堂里登堂入室，这样的功能只有前者才能承担。例如前几年出版的台静农的《中国文学史》就是一部个人著作，它虽然只是一部根据讲义编成的残稿，却包蕴着真知灼见的吉光片羽，其价值远胜许多完整无缺的同类著作。可惜那个时代已经远离我们了。当台静农等人研究文学史时，学术积累毕竟较少。如今的学术背景发生了巨大的变化，一来文献整理的成就突过前代，我们能读到的古代作品比前人更多；二来研究论著汗牛充栋，虽然其中颇多泡沫，但精粗杂陈，不通读一遍又怎能知道你的想法是否与别人重复？所以我同意邱燮友的看法，今人不宜再以一人之力撰写完整的《中国文学史》，而只宜撰写断代史或文体史，最好的做法是像陈寅恪写《元白诗笺证稿》、闻一多写《唐诗杂论》那样，或者像布拉格学派的穆卡洛夫斯基写《普勒的〈大自然的雄伟〉》、伏狄卡写《现代捷克散文的开始》那样，只对某个文学史问题进行深入研究。至于集体编写的文学史，则用作现代大学中文系的教材比较合适。

○您在不同场合都提过"诗意人生"这个概念。您能具体谈谈这个概念的含义、实践方式和现代意义吗？

●我所说的诗意人生，不是从海德格尔的哲学观念而来，而是在阅读中国古典诗歌时体会的。中华先民具有独特的人生态度和生活方式，他们不需经过宗教的繁复仪式便能把平凡的现实人生进行升华，进入崇高的境界；他们不需要经过形而上学的反复思考便能领悟人生的真谛。中华文明历经的数千年发展过程已经证实了这种可能性，19、20世纪的西方现代思想也从反面证实了这种可能性。尼采喊出"上帝死了"，显然包含着对基督教神学长期遮蔽人性的批判。海德格尔则认为必须扫除西方自柏拉图以来的整部形而上学史的迷雾，才能揭示存在的真正本质。所以从原初开始便很少受到宗教神学和形而上学思考的双重遮蔽，未必不是中华民族在领悟人生真谛上的独特优势。儒家积极有为的人生态度使他们对生命感到充实、自信，从而在对真与善的追求中实现了审美的愉悦感，并升华进入诗的境界，这就是为后儒叹慕不已的"孔颜乐处"。庄子以浪漫的态度对待人生，他所追求的是超越现实环境的绝对自由，在追求人生的精神境界而鄙薄物质享受这一点上则与儒家殊途同归。儒、道两家相反相成，构成了中华民族的基本人生思想，他们对人生的诗意把握足以代表中华民族的文化心理特征。儒、道两家对人生的态度，学者或称之为艺术的或审美的人生观，我觉得不如称之为诗意的人生观更为确切。由于诗歌的性质是文学的而非逻辑的，诗歌的思维方式是直觉的而非分析的，诗歌的语言是模糊多义的而非明晰单一的，诗歌的意义是意在言外而非意随言尽的，所以它更能担当起思考并理解人生真谛的重任。屈原、陶渊明、李白、杜甫、苏轼、辛弃疾六位文学大家，其遭遇和行迹各不相同，诗歌创作也各自成家，但他们都以高远的人生追求超越了所处的实际环境，他们的人生便是诗意人生。阅读他们用生命写出来的好诗，一定会使我们从紫陌红尘的庸俗环境中猛然挣脱，从而朝着诗意生存的方向大步迈进。这六位诗人都是我愿意交谈的对象，根本不需要学会穿越，因为他们的作品长存于天地之间，陆游说得好："明窗数编在，长与物华新！"（《读李杜诗》）我们随时可以通过读诗来与他们交谈。

○对于中国古代诗词，您曾提到无论是阅读，还是研究，都应该"感"字当头。从这一点上说，似乎与程千帆先生一脉相承。您能谈谈程先生在这方面对您的研究的影响吗？如果说研究者阅读古代诗词需要"感"字当头，那么这种读法在分析古代诗词作品时有什么好处？您可以和大家分享一下自己在这方面的研究心得吗？

●我的话就是从程先生那里来的。程千帆先生说过，研究文学要"感"字当头，阅读作品受到的感动是文学研究的原初动力。我平生有两段比较集中的读书经历，前一段就是我下乡插队务农的十年，后一段是我跟随程先生读研的五年。从学术来看，当然是后五年更重要，那五年中我在程先生的严厉督导下经受了严格的学术训练。但要从"感动"的角度来说，倒是十年农村的读书时光更加值得怀念。插队十年，读书便是那段艰苦岁月中唯一的亮点。读书滋润了我的心灵，读书充实了我的生活。几十年后回忆往事，那段经历仍然难以忘怀。当年我爱读古典作品，真正的原因是寻求精神上的安慰。独自在举目无亲的农村种地，前途无望，我的心情十分苦闷。而古典文学中的好作品，多数就是抒写心中哀怨的。我读古人的诗词，有一种似曾相识、同病相怜的感觉。就像孟子所说的"尚友"古人，我觉得古人并不遥远，我并不孤独。那十年中我的读书毫无功利目的，也无实际裨益。当时全社会流行读书无用论，当我在农余或雨天捧起书本时，善意的否定劝阻与恶意的冷嘲热讽不绝于耳。我的读书生活时断时续，忽此忽彼，杂乱无章，漫无头绪。由于没人指导，我读书时根本不知何谓学术规范，也绝对没有任何功利目的。但是由于书少，每本书都会仔细咀嚼，根本不计时间成本。这样读书的好处是可以从容不迫地涵泳、体会，所收获的是内心的感动与人生的启迪。我曾在被狂风刮去屋顶的茅屋里望着满天寒星度过漫漫冬夜，受到杜甫"安得广厦千万间"的伟大胸怀的强烈震撼。我也曾在风雨连天的春夜默诵李后主的

"帘外雨潺潺，春意阑珊，罗衾不耐五更寒"，感动得近乎销魂。虽然十年中我的书源少得可怜，简直像时断时续的涓涓细流，但毕竟是源头活水，它的注入使我的心灵如同一方"天光云影共徘徊"的清清水塘。我从书中结识了屈原、陶渊明、李白、杜甫、苏轼、辛弃疾等人，他们屈尊走进我的茅屋，与我促膝谈心，引我走上正道。我在少年时代的人生理想原是当科学家或工程师，后来却选择钻故纸堆，从此将灵魂安顿在少陵野老与东坡居士所属的唐朝宋代。长达十年的茅檐读书经历，便是我人生转折的最大契机。光阴迅速，十个寒暑转瞬即逝。当年我在茅檐下读书所获得的那份感动，直到现在还在起作用。这不但体现在我的《莫砺锋诗话》中，也反映在《杜甫评传》之类的学术著作中。

○您有到美国、韩国访学的经历，也曾评述过欧美学者对中国古代文学的研究成果。请问您对中外学者在研究方法或研究视角方面的异同有什么看法？从您本人的经历来看，您认为西方的文学理论或其他人文学科理论对中国学者的古代文学研究有什么方法论上的启迪吗？

●现代学术都具有国际性质，古代文学研究也不例外。我本人与少数汉学家有交往，比如美国哈佛大学的宇文所安。我1986年在哈佛大学做访问学者时，曾与他交谈过几次。1987年我回国后编选了一本英美学者论中国古典诗歌的论文集，书名叫《神女之探寻》，在选目上征求过他的意见，还请他写了一篇序。后来直到2009年北京大学庆祝建校一百周年的学术讨论会上，我们才再次见面。近年来宇文所安才开始到中国访问，我们南京大学也请他来讲过两次学，但没有机会细谈。我认为宇文所安是欧美非华裔的汉学家中研究中国古诗最优秀的学者，著作很多，译成中文在中国出版的也有好多种了。他的研究方法比较新颖，也有许多独特的见解。但是国内对他的评价似乎过于拔高，可能是震于哈佛大学教授的威名吧，我有点不以为然。我曾写过一篇长篇书评，评宇文所安的两本成名作——《初唐诗》和《盛唐诗》，我认为书中的硬伤较多。我对他关于古诗的一些判断也不能认同，比如他认为唐代诗人中王维的水平比李杜更高，又如他认为陶渊明的"悠然见南山"不如"悠然望南山"，我的看法正好相反。当然，观点不同不影响学术交流，他山之石，可以攻玉。宇文所安的著作并不一味地运用新理论、新方法，他是注重文本细读的，不过有时求之过深，未免产生过度阐释的缺点。总体上我还是很佩服宇文所安的，我的书架上就插着好几本他的著作，时常拿下来翻阅。我认为我们与西方汉学家进行交流时，既要重视他们运用的新方法，又不能对之过分崇拜。方法的价值在于解决问题，否则再好的方法也只能是花拳绣腿。我非常赞赏朱熹的话，当然他也是引用一个禅师的话头，就是"寸铁可以杀人"。只要功夫过硬，便可以一剑封喉。反之，即使十八般武器轮番上阵，也不能制敌于死命。《水浒传》里的九纹龙史进，一根棍子舞得风车般地转，但是王进用木棒一挑，史进便"扑地往后倒了"。为什么？因为史进的武艺是花拳绣腿，没有实战功用的。如今有些论文贴满了新理论、新术语的标签，话说得云笼雾罩，却没有解决任何问题，那是学术界的花拳绣腿。我认为方法自身无所谓新旧，也难分优劣，一定要与具体的问题相联系才能说它是好还是不好。对于中国古代文学研究来说，传统的文献考订、字句分析等都是好方法，它们远未过时。有人说传统方法现在都不行了，只有引进西方的新方法、新观念才有出路，那是方法论的神话。我1986年到哈佛访学，当时国内学术界有人提倡所谓的"新三论"，弄得大家心神不定。临走前程先生让我到美国后了解一下所谓"新三论"的情况。没想到事实上美国学界并不用什么"新三论"，那只是少数中国学人臆想出来的。当然我并不排斥西方文艺理论，乃至西方的哲学理论、文化理论，只要真正有利于解决问题，我们何乐而不用呢？我在哈佛一年，编译了《神女之探寻》，收录的十多篇英美学者论中国古典诗歌的论文，有三篇是我自己翻译的。宇文所安在为此书写的序言里明确指出"西方的批评自身也决不能保证提供新的见解"。宇文所安的著作如今在中国非常红火，其实大家也应该读一读他为《神女之探寻》所写的序言。

○对民国学术的评价，当前学术界和思想界众说纷纭，莫衷一是。请问您认为我们应该如何客观地看待民国时期的人文学术研究？就中国语言文学的百年历程而言，今天的学术研究相较于民国时期，有哪些进步和不足？

●长江后浪推前浪，学术总是要随着时代不断前进。从一般的规律来说，今天的学术必然会超越民国学术。但是近代中国社会正处于一个剧烈变革的时代，有时候非学术的因素过于强大，对学术产生了许多不利的影响，以至于在某些方面使人产生了"今不如昔"的感觉。我认为，一味地追慕民国学术，或简单地否定民国学术，都是失之偏颇的。民国学术的最大亮点是出现了一批学识深厚、个性鲜明的大师级人物，比如王国维、章太炎、梁启超，如今的学界未见可与比肩者。但是如论整个学术界的学术水准，那当然还是今胜于昔，在某些具体的研究方向上已经远迈前贤。毕竟如今的学人是在前代学术积累的基础上继续前进的，不可能没有进步。"中国语言文学的百年历程"的内容太丰富，我没有能力予以评说，我只能谈谈自己稍为熟悉一点的文学史研究。历史学科本来就具有当代性，任何分支的历史都应不断地重写。早在20世纪初期，美国历史学家鲁滨孙提倡"新史学"时就说过"历史时常需要重新编写"，"因为随着时间的推移，我们对于过去的知识，常常有所增加，从前的错误常常有所发现，所以我们应该用比较完好的、比较正确的历史，来代替已经陈旧的历史"。话说得平淡无奇，却是不易之论。文学史所处理的是具有永久生命力的文学，又是一种"诗无达诂""见仁见智"的对象，就更加需要不断地进行新的阐释和评价。重新编写文学史，才能体现其当代性和主体性。正像一代有一代之文学一样，一代也应有一代之文学史。20世纪80年代以来，有人提出"重写文学史"的口号。大家对前人的文学史著作多有不满，主要有两点：一是过于强调政治、经济等社会历史背景对文学的影响，有时甚至把这种影响说成文学发展的主要原因。二是论述大多采取依次罗列作家和作品的章节结构，而忽视了对文学发展脉络也即史的线索的揭示。上述两点也常被简化为"庸俗社会论"和"作家作品论"两句话，对此大家的看法相当一致。既然已经看清了缺点，那么它们的对立面当然就是应予肯定的原则。也就是说，我们应该努力对政治、经济等社会因素对文学的影响给予更正确的解释，同时应对文化、社会心理等其他文学背景也给予足够的重视，当然更应该对文学自身的内在逻辑流程给予最大的关注。我们还应该放弃罗列作家、作品的拼盘式结构，而把理清文学发展演变的线索作为主要论述方式，等等。然而，正像俗话所云，"空说容易动手难"，要将这些明白清楚的观念付诸实践，绝非易事。试以后一点为例。早在20世纪40年代，钱基博就已指出："盖文学史者，文学作业之记载也。所重者在综贯百家，博通古今文学之嬗变。洞流索源，而不在姝姝一先生之说。"到了20世纪80年代，这已成为学界的共识。可是文学史的线索不像数学中的曲线那样，可以用图像或公式精确地表示。文学史的轨迹是一条乃至数条没有一定规律的、时断时续的曲线。要想用文字把它表达清楚，首先应把一些最重要的轨迹点确定位置，也就是要对重要的作家、作品有充分论述，并把它们放在文学史上进行定位。然而仅仅有几个孤立的点尚不足以体现曲线的全貌，于是又必须兼顾构成文学整体风貌的次要作家、作品，并理清它们彼此的关系。凡此种种，即使仅仅在一种文体的范围内已很难兼顾无遗而又主次分明，更何论包含形形色色、互相影响、演变又不尽同步的诸文体的通史型文学史！即使是一些次要的问题，真要创新的话也举步维艰。比如关于中国文学史的分期，是撰写文学史时无法回避的问题。现有的大多数文学史都是按朝代来分期的，大家对此啧有烦言。从理论的角度来看，人们的不满是有充足理由的。文学有自身的发展阶段性，怎么会和封建帝王改朝换代正好重合呢？早在20世纪30年代，胡云翼在《中国文学史·自序》中就已说过："有许多人很反对用政治史上的分期，来讲文学。他们所持最大的理由，就是说文学的变迁往往不依政治的变迁而变迁。"郑振铎等人还写过专文讨论此事。可是直到今天，我们仍然没有解决这个问题。假如不按朝代，那么按什么标准来分期呢？有人说按世纪，可是公元的世纪仅有距离耶稣诞生整百年的意义（况且宗教史家认为耶稣并不是诞生于公元元年），它与中国文学史的演变又会有什么内在的因果关系？近二三十年来，文学史界有一种普遍的自我反省意识，大家都渴望着在总体水平上有所突破，写出超越前人著作的新著来。但是这个目标至今未能实现。学术探究是永远没有尽头的，中国文学史的研究与撰写也永远处于不断变革、不断前进的过程之中。

〇您除了学术研究之外，还特别注重普及教育，能谈谈您这项工作背后的理念吗？此外，您是在古代文学普及工作中成就比较突出的学者，您认为应该如何处理学术研究和普及工作的关系？

●我是由于偶然的原因才走上普及工作的道路的。在2004年以前，我一直固守在南京大学的教学和学术研究的岗位上，心无旁骛，很少参加社会活动。是几个偶然的机遇使我将较多的精力转移到普及工作上来了。首先是2004年我出任南大中文系主任，我缺乏行政才干，又不愿敷衍塞责，当上系主任后顿时陷入烦冗事务的重围，心烦意乱，连早就选定题目的一篇论文也久久未能动手。烦恼了两个月后，我突然萌生了一个念头：既然无法静下心来撰写论文，何不随意写些轻松、散漫的文字？于是我用一年时间写了一本《莫砺锋诗话》，内容是与喜爱古典诗词的朋友谈谈我读诗的感想。诗话出版后，我收到许多读者来信，他们认为此书起了推荐古诗的作用，这使我深感欣慰。其次是我走上央视的"百家讲坛"。2001年，南大庆祝百年校庆。校方与央视联系，由"百家讲坛"栏目组到南大来录制几个老师的讲座。我在南大的逸夫馆以"杜甫的文化意义"为题做了一个讲座，后来分成两讲在"百家讲坛"播出。到了2006年，"百家讲坛"的两位编导专程到南大来请我去讲唐诗，还答应让我用自己认可的方式去讲，也无须事前提供讲稿供他们审阅。于是我在"百家讲坛"以"诗歌唐朝"为题一连讲了14讲，节目播出以后，应听众朋友的建议，我把讲座的内容编成《莫砺锋说唐诗》一书，于2008年由凤凰出版社出版，印数多达10万册，受到读者的欢迎。后来我又为"百家讲坛"讲了白居易的专题，根据记录稿整理成《莫砺锋评说白居易》一书，同样受到读者的欢迎。经过上述活动，我对普及工作的意义加深了认识。从事古代文史研究的学者的活动局限于大学或研究机构里，研究成果仅见于学术刊物或学术著作，与社会大众基本绝缘。其实从根本的意义上说，古代的经典作品流传至今的意义并不是专供学者研究，它更应该供大众阅读欣赏，从而获得精神滋养。身为大学中文系的老师，又在古典文学专业领域工作，我觉得自己有责任在古典诗歌的普及方面做一点工作。近几年我把较多的精力投入普及读物的撰写，2019年出版的《莫砺锋讲唐诗课》荣获"中国好书"奖，让我备受鼓舞。如今高校的学术考评体制往往片面强调学术论文。但我觉得对于从事古代文化研究的学者来说，也许更应该强调文化传承。孔子是中华文化的开山祖师，但是孔子自许的格言却是"温故知新"和"述而不作"。他以韦编三绝的精神钻研《易经》，他整理《诗经》，"自卫反鲁，然后乐正，雅颂各得其所"。朱熹一生著述丰富，但他倾注最多心血的著作是《四书章句集注》和《诗集传》《楚辞集注》，反复修订，死而后已。我们应该学习孔子、朱子的榜样，将传承文化视为学术研究的终极目标。我们的学术研究，无论是校勘、笺注等文献整理，还是分析、阐释等文本解读，其共同目标是更全面、更准确地掌握古代文学。学者当然应该坚持"板凳不厌十年冷"的精神，但是与此同时，我们也不应把自己束缚在学术象牙塔内。我们应该分出部分时间与精力从事普及工作，为社会大众编写有关古代文学的普及读物，包括作品选注和常识介绍，让大众都认识古代文学的重要价值。我们这一代人，说得更准确一点，就是有过知青经历的，被"文化大革命"耽误掉一二十年的人，从整个学术史来说，只是承上启下的过渡者。我们要把从老师那里耳提面命了解的传统传给学生一辈，薪尽火传，我们这代人的历史任务就完成了。也许是上了年纪的缘故，近年来我比较热心于普及工作。我近年的著作中，自己比较喜欢的并不是《唐宋诗歌续论》等学术著作，而是《莫砺锋诗话》《漫话东坡》和《诗意人生》。这几本书都是我认真撰写的，花费的时间和精力并不比学术著作少，但它们不能算"学术成果"，不能用来填写南京大学的"工作量表"。《莫砺锋诗话》的内容都是老生常谈，我作为一个普通的读者，说说自己阅读唐诗、宋词的感受，为什么觉得它好，为什么受到深深的感动。这本书出版以后，读者还比较喜欢。我以前出了书从来没有读者给我写信，这本书出版以后倒收到好多读者来信，我就觉得这个工作还是有意义的。《漫话东坡》也一样，我从各个方面谈我对苏东坡的感受，我希望向大家介绍一个活生生的东坡居士，说说他在风雨人生中的所作所为、所感所思，我相信这才是古代文学的当代意义之所在。其实从事古代文学研究的人都有这个责任，因为既然古代文学这么美，这么好，为什么不把她介绍给广大的读者呢？为什么要把教学活动局限在大学围墙之内呢？我觉得只有让广大的读者接受她，才证明你这个结论是对的。大家都对她敬而远之，都不来阅读，你说她怎么美，怎么好，有什么意义？现在大家都强调要加强素质教育，好多学校把它片面地理解为吹拉弹唱，但素质教育更重要的内容应是传统文化，要让我们的下一代从小就开始知道传统文化中有精华，从小就知道唐诗宋词是多么优美。传统文化的传承不是一朝一夕的事情，不是大家来炒一下就完事了的，这需要长时间的坚持，长时间的积淀。说到底，我们的文学史研究，我们的古代文学教学，都是为了这个目标。学术研究与普及工作其实是相倚相成的，要是没有前者作为基础，就无法把后者做好；要是没有后者，前者就会脱离社会与现实。我在中学里本是喜爱数理化的，后来鬼使神差没能如愿当上工程师，现在反倒以钻故纸堆为职业，我只希望能为继承传统文化做一点菲薄的贡献，这就是我的职业理想。

【本篇编辑：姚大勇】

学术致辞·鲁迅精神与上海城市品格专辑

　　2024年10月15—16日，由鲁迅文化基金会、中共虹口区委宣传部、虹口区文化和旅游局、上海交通大学人文学院、上海市社会科学事业发展研究中心共同主办的"鲁迅精神与上海城市品格"学术报告会在上海举行。本次会议是上海市虹口区"第七届鲁迅文化周"活动的组成部分。会议分为两个阶段，15日下午在虹口区北外滩广场举行开幕式，上海市社会科学界联合会党组书记、专职副主席王为松，中共虹口区委宣传部副部长、区文旅局党组书记童科，鲁迅文化基金会会长周令飞，上海交通大学人文学院院长吴俊在开幕式上致辞。鲁迅文化基金会首席专家刘国胜、中国鲁迅研究会会长董炳月、上海师范大学教授苏智良、上海交通大学教授张全之、北京理工大学教授冯长根做了主旨发言。16日在上海交通大学闵行校区东晖园继续举行学术报告会。董炳月代表中国鲁迅研究会向本次学术报告会的举行表示热烈祝贺。中国现代文学研究会会长刘勇，上海市虹口区文化和旅游局副局长郭鹃，学林出版社总编辑尹利欣，上海交通大学人文学院党委书记齐红，华东师范大学教授、中文系主任文贵良，复旦大学教授郜元宝，浙江师范大学教授高玉，上海戏剧学院教授、中国茅盾研究会会长杨扬，《探索与争鸣》杂志社主编叶祝弟，巴金故居常务副馆长周立民，上海鲁迅纪念馆副馆长、研究馆员李浩，鲁迅文化基金会首席专家刘国胜，《鲁迅研究月刊》编辑黄爱华，绍兴文理学院教授、鲁迅研究院执行院长曹禧修，上海大学教授谭旭东，西北大学教授袁少冲，以及上海交通大学教授张中良、王锡荣、张先飞、符杰祥、张全之等，来自全国各地的学界代表三十余人参加了16日的学术报告会。会议共有三场学术讨论，27位学者做了大会发言，新论迭出、异彩纷呈。为了展示会议的部分成果，本卷特选载中国鲁迅研究会会长董炳月研究员在开幕式上的发言和部分研究论文。

"鲁迅精神与上海城市品格"
学术研讨会开幕式致辞

董炳月

摘　要： 鲁迅的文明批评和社会批评是在都市空间中展开的，鲁迅的文学创作是在都市中进行的。即使是鲁迅提出的"乡土文学"概念，也是以乡镇出身的作家"侨寓"在都市为前提的。鲁迅与上海的关系可以追溯到他16岁时抄录祖父的《桐华阁诗钞》，其中有组诗《洋场杂咏》，十首七绝，就是歌咏十里洋场上海的。鲁迅抄录时一定会展开"上海想象"，他到南京求学时也绕道上海，这固然与沿途的交通状况有关，但另一原因，应当是他对上海怀有好奇心。从这个角度看，鲁迅晚年定居上海，具有历史必然性。

关键词： 鲁迅　上海　城市品格

作者简介： 董炳月（1960—），男，中国社会科学院文学研究所研究员，中国鲁迅研究会会长。

The Speech at the Opening Ceremony of the Academic Seminar on "Lu Xun Spirit and Shanghai Urban Character"

Dong Bingyue

Abstract: Lu Xun's civilization criticism and social criticism were carried out in urban space, and his literary creation was carried out in the city. Even the concept of "local literature" proposed by Lu Xun is based on the premise that writers from rural areas, known as "overseas Chinese", reside in cities. The relationship between Lu Xun and Shanghai can be traced back to when he was 16 years old, when he copied his grandfather's "Tonghua Pavilion Poetry Notes", which included a group of poems called "Old Shanghai", consisting of ten poems and seven masterpieces, singing about Metropolis infested with foreign market. When Lu Xun copied, he must have expanded his "Shanghai imagination". When he went to Nanjing to study, he also took a detour to Shanghai.

While this was certainly related to the traffic conditions along the way, another reason should be his curiosity about Shanghai. From this perspective, it is historically inevitable for Lu Xun to settle in Shanghai in his later years.

Keywords: Lu Xun　Shanghai　city character

尊敬的各位领导，各位专家，各位新老朋友：

大家早上好！

现在，"鲁迅精神与上海城市品格"学术报告会，隆重开幕了。这是鲁迅研究界和上海文化研究界的一场盛会，在这里，我谨代表中国鲁迅研究会，向大会的召开表示热烈祝贺！

中国新文学的诞生和发展，与近代以来中国现代都市的形成和发展密切相关。都市发展带来的人员流动与知识流通，印刷业的繁荣与新媒体的诞生，都市对乡镇的冲击与改变，都是新文学诞生、发展的原动力。因此，现代作家与现代都市的关系，是新文学研究的课题，也是都市文化研究的课题。在这方面，鲁迅具有不可替代的价值。鲁迅在《〈呐喊〉自序》中，讲述自己17岁时离开家乡去南京求学的故事，说："仿佛是想走异路，逃异地，去寻求别样的人们。"实际上，这里的"异路"是小城绍兴通往都市之路，"异地"是都市，而"别样的人们"，则大都生活在都市中。南京、东京、仙台、杭州、北京、厦门、广州、上海，这些地理位置不同、文化品格各异的现代都市，后来都成了鲁迅的"异地"。鲁迅以自己的方式处理个人与都市的关系，有丰富的都市生活体验。鲁迅的文明批评和社会批评是在都市空间中展开的，鲁迅的文学创作是在都市中进行的。即使是鲁迅提出的"乡土文学"概念，也是以乡镇出身的作家"侨寓"在都市为前提的。

鲁迅生活过的城市有若干个，其中，他与上海的关系，自有其特殊性。1927年10月初，鲁迅和许广平一起从广州来到上海定居，开始了他人生的最后十年。但是，鲁迅与上海的关系，可以追溯到整整30年前的1897年。那时候他身在绍兴，还没有"走异路，逃异地"，名字还是周樟寿。1897年，16岁的鲁迅抄录了祖父的诗集《桐华阁诗钞》。《桐华阁诗钞》中的组诗《洋场杂咏》，十首七绝，就是歌咏十里洋场上海的。这组诗，不仅呈现了近代上海的都市景观，而且表达了作者（也就是鲁迅祖父）对于国家和民族的忧患意识。比如第六首："怅望江天有所思，静安寺外马车驰。剧怜无数莺花劫，起自西风卷地时。"再如第九首："上海如何改上洋，不关利锁与名缰。鲸鲵跋浪风波恶，转眼欢场却敌场。"16岁的鲁迅抄录这些诗作，一定会产生独自的"上海想象"，并且被祖父的忧患意识所触动。研究者已经注意到，1898年5月，鲁迅"走异路"去南京求学的时候，不是从杭州直接去南京，而是绕道上海。我觉得，鲁迅绕道上海，固然与沿途的交通状况有关，但另一原因，应当是他对上海怀有好奇心。从这个角度看，鲁迅晚年定居上海，具有历史必然性。

鲁迅生活的旧上海，是1927年至1936年那个特定时代的上海。他一方面对上海有严厉的批判，另一方面又无法摆脱对上海的依赖。"批判"是意味深长的，"依赖"同样耐人寻味。更重要的是，这批判与依赖之间，存在着历史与文化的丰富性、复杂性。

今天这场报告会，名家荟萃。高质量的研讨即将开始。置身21世纪20年代的新上海，回望历史，研读鲁迅，一定会有多方面的发现。预祝大会圆满成功！

谢谢大家！

【本篇编辑：张全之】

鲁迅喜不喜欢上海

——一种地域文化的观察[①]

刘　勇

摘　要： 作为鲁迅最后十年的居留地，上海与鲁迅的关系尤为独特且深刻，其生活体验、人际交往、文学创作乃至个人心境都与这座城市发生了密切联系。上海丰富了鲁迅的都市想象，深化了鲁迅对社会多元面貌的深刻揭示与文化批判。鲁迅的上海书写亦丰富了上海文化的多个侧面，出现了文化反哺的姿态。剖析鲁迅与上海的文化联结与互动机制，可以为理解"人与城"的双向互动提供启示，即理解作家如何在地域文化的浸润下形成独特的文学气质，这种气质又如何反过来对该地乃至更广泛的文学空间产生影响。

关键词： 鲁迅　上海　地域文化　互动

作者简介： 刘勇（1958—），男，北京师范大学教授、博士生导师，长江学者特聘教授，中国现代文学研究会会长，主要从事中国现当代文学研究。

Did Lu Xun Like Shanghai?
— An Observation of Regional Culture

Liu Yong

Abstract: Shanghai has an unique and profound relationship with Lu Xun as the place of his last decade. His life experiences, interpersonal interactions, literary creations, and personal moods were closely linked to this city. Shanghai enriched Lu Xun's imagination of city and deepened his revelation and cultural criticism of society. Lu Xun's writings about Shanghai also enriched multiple facets of Shanghai's culture. Analyzing the cultural connection and interaction mechanism between

---

① 本文系国家社科基金重大项目"京津冀文脉谱系与'大京派'文学建构研究"（项目编号：18ZDA281）阶段性成果。

Lu Xun and Shanghai can provide insights into understanding the bi-directional interaction between "people and city", namely, how writers form unique literary temperaments under the influence of regional culture and how this temperament, in turn, influences the local area and even broader literary spaces.

Key words: Lu Xun　Shanghai　regional culture　interaction

人与城的关系，历来是世界文学的重要主题。狄更斯的《双城记》以巴黎、伦敦为背景，深刻揭示了社会变革中个体命运的沉浮；巴尔扎克在"人间喜剧"系列中，将巴黎塑造为一个充满机遇与挑战的舞台，展现了人物在都市的奋斗与沉沦；莎士比亚尽管从未亲自到访过维罗纳，但《罗密欧与朱丽叶》却让这座城市成为人类永恒爱情和悲剧的象征。

在中国现代文学史上，鲁迅与城市的关系同样引人注目。鲁迅出生在绍兴，在南京求学近四年，留学日本七年，又在北京生活了十几年，最终在上海度过了自己人生的最后十年。北京对于鲁迅当然很重要，鲁迅在北京开启了文学生命的最初阶段，不仅积极参与了新文学运动，更通过小说创作，显示了新文学的成绩和魅力。鲁迅虽然不像胡适、陈独秀等人在理论上那样成绩斐然，但他用创作实践有力地证明了新文学的价值和存在的意义。此外，鲁迅还在当时的教育部任职、在北京的各大学授课，但在北京的日子里，鲁迅总体上并不开心。北洋军阀施行的高压政策，让他时常感到压抑；封建包办婚姻带来的枷锁，也一直束缚着他的情感世界，即便在女师大结识了许广平，可由于当时的种种条件限制，他们的爱情也无法得到更进一步的发展。纵观鲁迅的一生，上海对他更为重要。在上海的十年间，鲁迅在文学创作上开启了拼命冲刺的阶段，他选择了杂文创作这一更加自如的写作方式，并且和左翼文学融为一体，明确了为中国社会奋斗的方向，凸显了自己新的价值，也为后世留下了诸多宝贵的精神财富。

上海巴金故居的周立民馆长讲过这样的话，"鲁迅、巴金、王元化是上海精神的高峰"。这句话讲得好，但在我看来，鲁迅与上海的关系尤为独特且深刻。没有鲁迅，我们很难想象上海这座城市的文化价值。由此，我主要从三个方面谈一点理解和认识。

一、鲁迅喜欢不喜欢上海？

提出这个问题，并不是单纯要回答鲁迅个人喜不喜欢上海，而是要基于人和地域的关系这一更为宏阔的视角，去挖掘其背后蕴含的文化深意。不久前，我在复旦大学开会，与朋友就此话题做过一些交流，有朋友认为：鲁迅不喜欢上海，证据是他晚年还准备回到北京。我想，持此看法者大概不在少数。从 1912 年到 1926 年，鲁迅在北京生活了 15 个年头。在北京，鲁迅逛琉璃厂，访陶然亭，游万生园，在广和居宴请宾客，在故居的后园静享秋夜。也是在北京，鲁迅经历了几次重大的人生转折和变故。鲁迅对北京的感情一定是极为复杂的。

鲁迅说过他喜欢北京吗？确实说过。1936 年 4 月，他在写给颜黎民的信里讲："我很赞成你们再在北平聚两年；我也住过十七年，很喜欢北平。"[1] "很喜欢北平"，这是鲁迅人生最后对北京所有复杂感情的总结。写下这封信后半年左右，鲁迅便与世长辞了。鲁迅在 1935 年致萧军、萧红的信中也写道，"我生在乡下，住了北京，看惯广大的土地了，初到上海，真如被装进鸽子笼一样，两三年才习惯"[2]。

这样看来，好像鲁迅显然是喜欢北京而不喜欢上海的，但他在 1931 年、1932 年写给李秉中的信中却又说，"我颇欲北归，但一想到彼地'学者'，辄又却步"[3]，"我本拟北归，稍省费用，继思北平亦无啖饭处，而是非口舌之多，亦不亚于上海，昔曾身受，今遂踌躇。"[4] "却步""踌躇"，最终还是没有动身。其实，在北京的生活就不艰难吗？在北京的费用就比在上海俭省吗？我认为，鲁迅喜欢北京是真，但他喜欢上海也不假，因为他最终没有离开上海，这是一个最简单也最有力的事实。

鲁迅 1927 年 10 月 3 日来到上海，仅仅用了五天他就决定留下来，在上海定

---

① 鲁迅.致颜黎民［M］//鲁迅全集：第 14 卷.北京：人民文学出版社，2005：66.

② 鲁迅.致萧军萧红［M］//鲁迅全集：第 13 卷.北京：人民文学出版社，2005：329.

③ 鲁迅.致李秉中［M］//鲁迅全集：第 12 卷.北京：人民文学出版社，2005：260.

④ 鲁迅.致李秉中［M］//鲁迅全集：第 12 卷.北京：人民文学出版社，2005：302.

居，一住就是十年，并在这里度过人生的最后时光。这与上海言论自由的氛围、发达的出版体制、聚集的文人群体有关，但最根本的或许是鲁迅与上海这座城市的品格，与上海的生活氛围更能磨合。作为南方人，鲁迅首先对上海的气候没有天然的隔阂，相反，南方人如果要适应北方的气候，还是有一定困难的，很多南方人都不适应北京的阴郁、干燥。在《风筝》开篇，鲁迅这样描写北京的冬天："北京的冬季，地上还有积雪，灰黑色的秃树枝丫叉于晴朗的天空中，而远处有一二风筝浮动，在我是一种惊异和悲哀。"[①]也有复杂的情景，此前我在中山大学拜访黄修己夫妇，黄老师是广东人，黄老师的夫人陈老师是上海人，见到我们从北京来，陈老师大动情绪，充满深情地讲北京的天气多么令人怀念，广州的天气多么不好，在广州晾衣服怎么都干不了，"又臭又湿"，北京晾的衣服"又香又干"。我是南京人，在北京生活这么多年，我依然偏爱江南的饮食——上海的南翔小笼包、南京的皮肚面，不喜欢兰州的拉面，也不喜欢山西的刀削面，更不喜欢北京的豆汁、炒肝、驴打滚等。以我个人的生活体验来推测，相比北方的家，上海的家应当更贴合鲁迅的生活习惯。鲁迅在1929年5月写给友人的一封信也印证了这一点，他在信中说："我也好的，看见的人，都说我精神比在北京时好。"[②]

鲁迅的性格是复杂的，他既有大气的、不顾一切的地方，也有斤斤计较的地方。周作人说鲁迅"个性偏偏很强，往往因为一点小事，就和人家冲突起来，动不动就生气"[③]。我上研究生的时候遇到两位博士，一个是陕西人，一个是上海人，两个人闹了矛盾，陕西人的拳头马上就要打到上海人的脸上的时候，上海人讲了一句："你还欠我二两粮票呢！"陕西人的拳头便停在空中，怎么也落不下去了。一南一北，两种特殊的文化因素融合，就形成一种复杂的性格，我认为鲁迅身上有这种复杂的东西。鲁迅1934年写给曹靖华的信中说，"我看北平学界，是非蜂起，难办之至"[④]。"是非蜂起，难办之至"八个字，几分无奈，几分疲倦，或许

① 鲁迅.野草：风筝［M］//鲁迅全集：第2卷.北京：人民文学出版社，2005：187.
② 鲁迅.致许广平［M］//鲁迅全集：第12卷.北京：人民文学出版社，2005：167.
③ 周作人.鲁迅曝耗到平，周作人谈鲁迅［N］.大美晚报，1936-10-24（4）.
④ 鲁迅.致曹靖华［M］//鲁迅全集：第13卷.北京：人民文学出版社，2005：166.

这也正是鲁迅留恋上海而不愿真正踏上北归之路的原因之一。

但是，"鲁迅喜不喜欢上海"这个话题，终究是很难有定论的。若说鲁迅喜欢上海，难道鲁迅就不喜欢日本吗？鲁迅在日本七年，他的文学创作深受日本文化的影响，一是对细节的看重，二是执着于人的精神层面。1935年11月6日，在苏联驻上海领事馆举办的招待会上，苏联政府就向鲁迅发出过邀请，邀请他去苏联治病，但鲁迅拒绝了。后来鲁迅的病情加重，宋庆龄还专门致信，希望他出国治病，短短四百余字的信里一连用了14个叹号，言辞急迫、恳切之至！其实，当时鲁迅自己也在考虑去国外治病的事，只是他那时倾向的地方是日本长崎，而不是苏联，或许他对日本始终有着某种特殊的感情。总之，鲁迅究竟喜欢哪里，并不是一个可以简单回答的问题。

鲁迅与上海、北京、浙江乃至日本等地的关联，实质上触及了一个更为深邃的议题：即作家的生活体验，尤其是地域性的生活体验，如何影响和塑造其文学创作。这不仅是对一位作家精神生活史与物质生活史的深度挖掘，更是对地域文化与文学创作之互动关系的细致探讨。绍兴的乡土情怀、日本的异域见闻、北京的文化积淀以及上海的都市气息，共同构成了鲁迅丰富而多元的人生资源、文学资源。每一方水土对鲁迅的影响都各不相同，而地域文化对作家的影响，其核心并不在于作家个人对某地的偏好或归属感，而在于作家如何在该地域文化的浸润下形成了独特的文学气质，以及这种气质又如何反过来对该地乃至更广泛的文学空间产生影响。

二、鲁迅笔下的多维上海

鲁迅笔下的上海既有混乱、阴暗的一面，也有光鲜、"别有生气"的一面。鲁迅笔下的上海光影，构成了上海文化景观的多重面貌，也构成了我们认识鲁迅的多种途径。这种多维度的刻画，不仅是对上海这座都市复杂性的深刻揭示，也是鲁迅文学创作中地域文化批判与反思的集中体现。

鲁迅是一个对文体、形式包括文风都有高度自觉意识的作家，他会依照编辑的需求变幻自己文字的风格，同样也会因为地域的迁移改变自己的笔调。他在上海书写的文字背后，是他看待上海乃至中国文化的视角与立场，也是他对上海整座城市文化品格的想象与洞察；是他对都市繁华表象下社会症结的冷峻剖析，也是他对市井烟火中人性幽微的细腻捕捉。

鲁迅以敏锐的观察力描写上海社会的多元面貌。他笔下的上海，既有高楼大厦、车水马龙的繁华景象，也有小巷深处、贫民窟中的凄凉与挣扎。这种对比鲜明的描绘，不仅展现了上海商业化的现代城市风貌，也揭示了其背后隐藏的社会矛盾与阶级差异。鲁迅着意描绘上海社会的这种阶级差异，大马路上轩昂的外国儿童和小弄堂里乱哄哄的中国孩子，以租界为中心形成的圈层社会，极大地唤起了鲁迅对中国社会的敏感和批评，这种批评的穿透力到今天依然存在。鲁迅写在上海的生活，"穿时髦衣服的比土气的便宜。如果一身旧衣服，公共电车的车掌会不照你的话停车，公园看守会格外认真的检查入门券，大宅子或大客寓的门丁会不许你走正门"①。这反映了上海市民的某种性格面向，他们内心深处有一种非常特殊的优越感和比较心理，这是"大上海"给上海市民的底气。

鲁迅《上海的少女》中有这样一段话很有意思，"惯在上海生活了的女性，早已分明地自觉着这种自己所具的光荣，同时也明白着这种光荣中所含的危险。所以凡有时髦女子所表现的神气，是在招摇，也在固守，在罗致，也在抵御，像一切异性的亲人，也像一切异性的敌人，她在喜欢，也正在恼怒"②。鲁迅这段话，表面上描绘的是上海女性的复杂心态与生存状态，体现了她们在现代化都市环境中的自我认知与矛盾情感。但更深层的，这种矛盾性反映的是都市生活中人际关系的复杂多面——既渴望亲近，又不得不保持警惕。这种心态与上海的城市性格紧密相连：一方面是开放、多元、充满机遇的"光荣"之地，吸引着人们追求梦想与自由；另一方面也是竞争激烈、充满不确定性的"危险"之所，居于其中的每个个体都要在不断变化中寻求自我保护，同城市相适应。鲁迅其实隐晦地表达了上海作为一个既诱人又严酷、既包容又排他的现代都市的复杂本质。鲁迅

---

① 鲁迅.南腔北调集：上海的少女［M］//鲁迅全集：第4卷.北京：人民文学出版社，2005：578.
② 鲁迅.南腔北调集：上海的少女［M］//鲁迅全集：第4卷.北京：人民文学出版社，2005：578.

的上海书写，因此成为一种文化批判与反思的载体，他通过对上海社会的观察与剖析，展现了自己对于中国文化现代转型的思考。

要更加全面地理解鲁迅及其作品，还需要对鲁迅的生活给予更多关注。2022年，浙江大学中国现当代文学与文化研究所举办了一个"鲁迅的趣味、日常与交游"学术研讨会，研究聚焦的就是鲁迅日常最为生活化的一面——喜欢吃什么糖，习惯抽什么烟，平时服用什么补品，和什么人交往，有什么爱好，等等。我起初认为，对这些看上去与文学无关事情的研究，不太重要，但是现在看来，这些"鸡毛蒜皮"的事情对于深入了解鲁迅的整体人格是大有助益的。人是很复杂的，研究人是一件更加复杂的事情。对于研究者而言，即便是那些研究对象亲口说出的话，也不能不加甄别地尽信。鲁迅1928年写过一篇文章《革命咖啡店》，里面说："我是不喝咖啡的，我总觉得这是洋大人所喝的东西（但这也许是我的'时代错误'），不喜欢，还是绿茶好。"①但鲁迅真的就不喝咖啡、不喜欢咖啡吗？恐怕并非如此——他与萧红、萧军的第一次会面就是在上海的咖啡馆里，他和柔石、冯雪峰等人也多次去喝过咖啡，《鲁迅日记》中也记载了鲁迅曾"买加非薄荷糖"②。鲁迅特意"声明"自己不喝咖啡，其实是针对创造社"上海珈啡"利用自己名字贴金一事辟谣。总而言之，不能按照一句话来评判一个人。鲁迅最不满的是中国文化的"瞒和骗"③，他不愿意躲在咖啡杯后面，也不愿意成为革命的装点，他希望走到生活实际中去。

三、人与地的双向互动

鲁迅在国内外各地生活的经历，都赋予了鲁迅与这些地方灵魂的摩擦，这些地方成为鲁迅生命中特殊时刻心理状态、生活方式的投射和象征。鲁迅对这些地域的书写，反过来给予了这些地方文学与文化的价值。鲁迅在上海撰写并编辑

---

① 鲁迅.三闲集：革命咖啡店［M］//鲁迅全集：第4卷.北京：人民文学出版社，2005：118.
② 鲁迅.癸丑日记［M］//鲁迅全集：第15卷.北京：人民文学出版社，2005：84.
③ 鲁迅.坟：论睁了眼看［M］//鲁迅全集：第1卷.北京：人民文学出版社，2005：254.

了《故事新编》，出版杂文集《伪自由书》《南腔北调集》《准风月谈》《花边文学》《且介亭杂文集》等，主持了"科学的艺术论丛书""现代文艺丛书""文艺连丛"等翻译丛书以及《译文》杂志的编辑出版工作。鲁迅丰富了上海文化的多副面孔。他不满意江南文化的小气，说："我不爱江南。秀气是秀气的，但小气。听到苏州话，就令人肉麻。"①这是针对江南文化中过于纤巧柔弱、精致优雅的不满，他青睐的是粗粝、自然、洒脱野性的文字，与上海文化一直以来那种雅致情调、优容的笔法是不同的，上海有海派，有张爱玲，更有左翼文人，但是也有鲁迅，有鲁迅的独立存在！鲁迅不仅给上海留下了深刻的文化印痕，还带来了穿透时空的无限精神回响。

我曾经在首都图书馆做过一个讲座，题目叫"一方水土一方人"。首都图书馆的广告特意加上了一个字，变成"一方水土养一方人"，我强调这个"养"字不能加。加上"养"，地域与人的关系就成为单向度的，去掉"养"，则表明人与地的关系是双向互动的，特别是人对地的反哺不容忽视。孙犁当然是华北平原和白洋淀哺育的，孙犁也使白洋淀闻名天下，包括让白洋淀的双黄鸭蛋闻名天下。鲁迅晚年在上海创作了大量杂文，这有各种各样的原因。但是上海给鲁迅提供的生活感受，是最直接的资源，正是因为鲁迅后期十年在上海的杂文写作，也让鲁迅的文学创作在中国文学史乃至世界文学史具有重大的意义，而这种意义对上海的文化反哺是非常重要的，但目前对这一点的研究还远远不够。

鲁迅、周作人虽然是从浙江走出来的作家，但是他们有一种开阔的心胸，似乎凡是所居之处皆为故乡。鲁迅是否喜欢上海这个问题，或许永远没有答案，但无可否认的是，他生命中踏足的每一片土地，居留的每一个空间，都与他建立了某种独特而深刻的联系。这种联系，超越了简单的地理范畴，它促使我们不断在文化向度上开掘地域的多义性，尤其是探究为何同一地域能在不同人心中激发出截然不同的情感与认知。

我们的日常生活，乃至我们所处的整个世界，本质上是一个基于文化的主

① 鲁迅.致萧军[M]//鲁迅全集：第13卷.北京：人民文学出版社，2005：532.

体间性的世界。在这里，个体与环境的互动不仅仅是物理上的接触，更是心灵与文化的交融与碰撞。鲁迅与上海的关系，正是这一互动过程的生动写照，它不仅仅关乎个人的喜怒哀乐，更映射出城市文化与个人经验之间复杂而微妙的相互作用。

因此，当我们思考鲁迅与上海的关系时，不应仅停留在表面的喜好，还应深入剖析他们之间的文化联结与互动机制。这不仅有助于我们更全面地理解鲁迅的文学世界，还能启发我们思考个体如何在城市文化的洪流中定位自我、塑造身份，以及城市文化如何影响并塑造着我们的生活与思想。

参考文献：

［1］鲁迅全集［M］.北京：人民文学出版社，2005.
［2］周作人.鲁迅噩耗到平，周作人谈鲁迅［N］.大美晚报，1936-10-24（4）.

【本篇编辑：张全之】

鲁迅精神对提升上海城市品格的启示

刘国胜

摘　要：作为鲁迅精神重要组成部分的"拿来主义""改革国民性"和"不求全责备、不走极端"，是坚持、提升和弘扬上海城市品格——"开放、创新、包容"的丰厚思想资源。鲁迅提出"拿来主义"，是要与发达国家作全面比较，看到差距，产生改革自觉，启发当下的人们纠正错误的比较法。鲁迅提出"改革国民性"，是要克服极权统治下形成的国民性弊端，启发当下的人们传承中华优秀传统文化和践行全人类共同价值相结合，加快实现人的现代化。鲁迅提出"不求全责备、不走极端"，是要以实事求是的态度待人处世，启发当下的人们不拘一格发现和使用人才，克服科技创新的瓶颈。

关键词：鲁迅精神研究　上海城市品格　历史前瞻性　当下价值

作者简介：刘国胜（1951—），男，鲁迅文化基金会首席专家，主要从事鲁迅"立人"思想研究、国有企业改革发展研究。

The Inspiration of Lu Xun's Spirit on Enhancing the Character of Shanghai City

Liu Guosheng

Abstract: As important components of Lu Xun's spirit, the concepts of "taking from others" "reforming national character" and "not seeking perfection, blaming, or going to extremes" are rich ideological resources for adhering to, enhancing, and promoting the urban character of Shanghai — openness, innovation, and inclusiveness. Lu Xun proposed the concept of "borrowing" to comprehensively compare with developed countries, identify gaps, generate reform consciousness, and inspire people today to correct their mistakes through comparative methods. Lu Xun proposed the "reform of national character" to overcome the drawbacks of national character formed under authoritarian rule, inspire people to inherit excellent traditional

Chinese culture and practice the common values of all mankind, and accelerate the realization of human modernization. Lu Xun proposed the principle of "not seeking complete blame and not going to extremes", which aims to treat people and things with a pragmatic attitude, inspire people today to discover and use talents without any constraints, and overcome the bottleneck of technological innovation.

Keywords: Lu Xun's spirit　research on Shanghai's urban character　historical foresight　current value

上海是一座具有特殊品格的城市。2018年，习近平总书记在首届中国国际进口博览会开幕式上的主旨演讲中指出："一座城市有一座城市的品格。上海背靠长江水，面向太平洋，长期领中国开放风气之先。上海之所以发展得这么好，同其开放品格、开放优势、开放作为紧密相连。""开放、创新、包容已成为上海最鲜明的品格。这种品格是新时代中国发展进步的生动写照。"① "开放、创新、包容"的上海城市品格，可以在鲁迅精神那里找到丰厚的思想资源。

我对鲁迅精神作如下归纳：一是为"我们的份"②而奋斗的爱国主义精神，二是"俯首甘为孺子牛"的大爱真爱情怀，三是"放开度量无畏地吸收新文化"的豁达阔大，四是"横眉冷对千夫指"韧性战斗的硬骨头精神，五是"不求全责备""不走极端"的大气，六是"不后于世界之思潮，弗失固有之血脉"的理性，七是"切切实实、足踏在地上"的务实精神。③上述七种精神，都与上海城市品格相关，其中直接对应上海城市品格的，是第三、四、五种精神。这三种精神，简化表述为"拿来主义""改革国民性""不求全责备、不走极端"，分别对应"开放""创新"和"包容"。本文对这三种精神做简要解说，并就面对百年未有之大变局，如何在鲁迅精神的启发下，坚持、提升和弘扬上海城市品格，谈一些粗浅的看法。

---

① 中共中央党史和文献研究院.十九大以来重要文献选编：上册［C］.北京：中央文献出版社，2019：688-689.
② "我们的份"，指中国在世界上应有的地位。
③ 参见刘国胜.鲁迅精神与上海城市品格：鲁迅在上海（1927—1936）［M］.上海：上海人民出版社，学林出版社，2024.

一、鲁迅的"拿来主义"与上海城市品格"开放"

鲁迅的"拿来主义",首先强调与外国作全面比较,通过比较产生改革自觉。1907年,他在《文化偏至论》中对"闭关主义"进行了批判:"中国既以自尊大昭闻天下","屹然出中央而无校雠,则其益自尊大,宝自有而傲睨万物","无校雠故,则宴安日久,莩落以胎"。①因为没有比较,自以为是,傲视一切,就种下了走向没落的祸胎。面对这种愚昧怎么办?同年,鲁迅在《摩罗诗力说》中给出答案:"欲扬宗邦之真大,首在审己,亦必知人,比较既周,爰生自觉。""故曰国民精神之发扬,与世界见识之广博有所属。"②弘扬民族的伟大精神,首先要认识自己,但也须用世界眼光了解别人。只有把自己与其他民族作周密比较,才能产生改革的自觉。

1927年,鲁迅到上海定居后,继续从不同角度阐述比较的重要性,强调要比较就得开放。1929年,他在《致〈近代美术史潮论〉的读者诸君》中,就自己为什么翻译日本艺术评论家板垣鹰穗著《近代美术史潮论》说明道:"只要一比较,许多事便明白。"③1934年,他在《随便翻翻》中,主张读书要有一定的广度,可以"杂"一点,多"翻翻":"翻来翻去,一多翻,就有比较,比较是医治受骗的好方子。"④同年,他在《关于新文字》中指出:"比较,是最好的事情。"⑤

鲁迅论"比较"的方法和意义,言简意赅的是"比较既周,爰生自觉"⑥八个字。这八个字回答了对外开放的三个基本问题。一是为什么要开放?开放是为了了解外部世界,把中国和外国做比较。二是怎么做比较?要做全面周到的比

---

① 鲁迅.坟:文化偏至论［M］//鲁迅全集:第1卷.北京:人民文学出版社,2005:45.
② 鲁迅.坟:摩罗诗力说［M］//鲁迅全集:第1卷.北京:人民文学出版社,2005:67.
③ 鲁迅.集外集拾遗补编:致《近代美术史潮论》的读者诸君［M］//鲁迅全集:第8卷.北京:人民文学出版社,2005:310.
④ 鲁迅.且介亭杂文:随便翻翻［M］//鲁迅全集:第6卷.北京:人民文学出版社,2005:142.
⑤ 鲁迅.且介亭杂文:关于新文字［M］//鲁迅全集:第6卷.北京:人民文学出版社,2005:165.
⑥ 鲁迅.坟:摩罗诗力说［M］//鲁迅全集:第1卷.北京:人民文学出版社,2005:67.

较，"比较既周"关键在"周"字。三是比较的目的是什么？是为了看到中国与发达国家存在的巨大差距，"爱生自觉"——于是产生自觉，改革的自觉。古老的中国积贫积弱，唯有改革才是出路，而改革却缺乏动力，只有通过开放后的全面比较，知耻而后勇，来解决改革的动力问题。

比较，有一个怎么比的问题。1918年，鲁迅在《随感录三十八》中批评了五种错误的比较法："甲云：'中国地大物博，开化最早；道德天下第一。'这是完全自负。乙云：'外国物质文明虽高，中国精神文明更好。'丙云：'外国的东西，中国都已有过，某种科学，即某子所说的云云'，这两种都是'古今中外派'的支流；依据张之洞的格言，以'中学为体西学为用'的人物。丁云：'外国也有叫化子，——（或云）也有草舍，——娼妓，——臭虫。'这是消极的反抗。戊云：'中国便是野蛮的好。'又云：'你说中国思想昏乱，那正是我民族所造成的事业的结晶。从祖先昏乱起，直要昏乱到子孙；从过去昏乱起，直要昏乱到未来……（我们是四万万人，）你能把我们灭绝么？'这比'丁'更进一层，不去拖人下水，反以自己的丑恶骄人。"① 上述错误的比较法，都是打着"爱国"的旗号进行的。在鲁迅看来，这些人不是真正的"爱国者"，而是"爱亡国者"。

二、鲁迅的"改革国民性"与上海城市品格"创新"

在社会科学领域，创新最主要的是改革，即改革不合时宜的旧文化、旧制度。在那个黑暗年代，鲁迅反复强调改革的极端重要性。1918年，他在代表新文化运动业绩的中国现代第一部白话小说《狂人日记》中，十分鲜明地亮出了改革旗帜，他把中国历史的负面概括为"吃人"，然后指出："从来如此，便对么？"② "你们可以改了，从真心改起！要晓得将来容不得吃人的人，活在世上。"③

---

① 鲁迅.热风：随感录三十八［M］//鲁迅全集：第1卷.北京：人民文学出版社，2005：328.
② 鲁迅.呐喊：狂人日记［M］//鲁迅全集：第1卷.北京：人民文学出版社，2005：451.
③ 鲁迅.呐喊：狂人日记［M］//鲁迅全集：第1卷.北京：人民文学出版社，2005：453.

1925年，他在给许广平的信中指出："中国大约太老了，社会上事无大小，都恶劣不堪"，"可是除了再想法子来改革之外，也再没有别的路。"①同年，他在《忽然想到》中指出："无论如何，不革新，是生存也为难的，而况保古。"②改革重要，却很难，1923年，鲁迅在《娜拉走后怎样》中说："可惜中国太难改变了"，"不是很大的鞭子打在背上，中国自己是不肯动弹的"。③1930年，他在《习惯与改革》中指出："体质和精神都已硬化了的人民，对于极小的一点改革，也无不加以阻挠。"④怎么办？1934年，他在《中国语文的新生》中指出："即使艰难，也还要做；愈艰难，就愈要做。"⑤这就是鲁迅的硬骨头精神。

改革什么？1925年，鲁迅在给许广平的信中指出："最初的革命是排满，容易做到的，其次的改革是要国民改革自己的坏根性，于是就不肯了。所以此后最要紧的是改革国民性，否则，无论是专制是共和，是什么什么，招牌虽换，货色照旧，全不行的。"⑥同年，他在《这个与那个》中指出："读史，就愈可以觉悟中国改革之不可缓了。虽是国民性，要改革也得改革，否则，杂史杂说上所写的就是前车。"⑦1933年，他在给黎烈文的信中说："倘不洗心，殊难革面。"⑧鲁迅同时提出，改革国民性，每个人都要从自己做起，1919年，他在《随感录六十二　恨恨而死》中指出："必须先改造了自己，再改造社会，改造世界。"⑨1926年，他在《写在〈坟〉后面》坦陈："我的确时时解剖别人，然而更多的是更无情面地解剖我自己。"⑩

怎么来"改革国民性"？要取他山之石攻玉。鲁迅提出"拿来主义"，重

① 鲁迅.250318致许广平［M］//鲁迅全集：第11卷.北京：人民文学出版社，2005：466.
② 鲁迅.华盖集：忽然想到［M］//鲁迅全集：第3卷.北京：人民文学出版社，2005：47.
③ 鲁迅.坟：娜拉走后怎样［M］//鲁迅全集：第1卷.北京：人民文学出版社，2005：171.
④ 鲁迅.二心集：习惯与改革［M］//鲁迅全集：第4卷.北京：人民文学出版社，2005：228.
⑤ 鲁迅.且介亭杂文：中国语文的新生［M］//鲁迅全集：第6卷.北京：人民文学出版社，2005：119-120.
⑥ 鲁迅.致许广平［M］//鲁迅全集：第11卷.北京：人民文学出版社，2005：470.
⑦ 鲁迅.华盖集：这个与那个［M］//鲁迅全集：第3卷.北京：人民文学出版社，2005：149.
⑧ 鲁迅.致黎烈文［M］//鲁迅全集：第12卷.北京：人民文学出版社，2005：393.
⑨ 鲁迅.热风：随感录六十二　恨恨而死［M］//鲁迅全集：第1卷.北京：人民文学出版社，2005：378.
⑩ 鲁迅.坟：写在《坟》后面［M］//鲁迅全集：第1卷.北京：人民文学出版社，2005：300.

点谈要"拿来"新文化。1925年，他在《看镜有感》中指出："要进步或不退步，总须时时自出新裁，至少也必取材异域，倘若各种顾忌，各种小心，各种唠叨，这么做即违了祖宗，那么做又象了夷狄，终生惴惴如在薄冰上，发抖尚且来不及，怎么会做出好东西来。"①他激励人们："放开度量，大胆地，无畏地，将新文化尽量地吸收。"②1934年，他在《拿来主义》中指出："没有拿来的，人不能自成为新人，没有拿来的，文艺不能自成为新文艺。"③拿来外国新文化，改革国民性，绝非否定中国传统文化精华。1907年，他在《文化偏至论》中明确指出："外之既不后于世界之思潮，内之仍弗失固有之血脉。"④提出"最要紧的是改革国民性"，同时把"拿来主义"的重点放在吸收新文化上，当然不是看轻社会制度的改革，众所周知，鲁迅一生，对黑暗的独裁统治进行了毫不留情的批判。

改革是决定中国命运的一招，这已被中国现当代史，尤其是20世纪70年代末以来的改革开放史所证明，没有1992年以来以建立和完善社会主义市场经济体制为主要特征的改革，就不可能有今天呈现在我们面前的翻天覆地的变化。改革首先是一场"思想革命"，没有20世纪80年代的解放思想，就不可能有之后的一系列改革。20世纪90年代上海的"一年一个样，三年大变样"，就是在解放思想的高潮中产生的。解放思想就其实质而言，和鲁迅当年提出的"改革国民性"如出一辙。回眸40多年改革之路的艰难曲折，影响改革深化的正是鲁迅批判的国民性弊端，"改革国民性"仍是摆在我们面前的重大课题。"现代化的本质是人的现代化"⑤，为了实现人的现代化，一方面要传承中华优秀传统文化，一方面要学习借鉴世界各国的先进文化。

---

① 鲁迅.坟：看镜有感［M］//鲁迅全集：第1卷.北京：人民文学出版社，2005：210-211.
② 鲁迅.坟：看镜有感［M］//鲁迅全集：第1卷.北京：人民文学出版社，2005：211.
③ 鲁迅.且介亭杂文：拿来主义［M］//鲁迅全集：第6卷.北京：人民文学出版社，2005：41.
④ 鲁迅.坟：文化偏至论［M］//鲁迅全集：第1卷.北京：人民文学出版社，2005：57.
⑤ 中共中央宣传部.习近平新时代中国特色社会主义思想学习纲要［C］.北京：学习出版社，人民出版社，2019：59.

三、鲁迅的"不求全责备"和"不走极端"与
上海城市品格"包容"

鲁迅谈待人处世的方法，与"包容"相关的，是待人"不求全责备"，处事"不走极端"。1928年，他在《〈思想·山水·人物〉题记》中指出："以为倘要完全的书，天下可读的书怕要绝无，倘要完全的人，天下配活的人也就有限。"[①]作为个体的人，无可避免地都有不同程度的局限性。1930年，鲁迅在《非革命的急进革命论者》中，对革命队伍的组成做了分析："倘说，凡大队的革命军，必须一切战士的意识，都十分正确，分明，这才是真的革命军，否则不值一哂。这言论，初看固然是很正当，彻底似的，然而这是不可能的难题，是空洞的高谈，是毒害革命的甜药。"[②]要求所有战士在加入革命军时思想都高度纯洁，这种貌似正确和彻底的空谈，将导致革命队伍不能形成和扩大而贻误革命。

1933年，鲁迅在给王志之的信中指出："因为求全责备，则有些人便远避了，坏一点的就来迎合，作违心之论，这样，就不但不会有好文章，而且也是假朋友了。"[③]"水至清则无鱼"，求全责备，因为很难得到你的信任，很难和你在真诚的气氛中讨论问题，自知之明者往往就不愿同你交往；而心术不正者则可能投你所好，吹捧你，利用你。这种氛围下，不可能广泛吸引人才。怎么才能做到不求全责备呢？1936年，鲁迅在给曹聚仁的信中谈自己的体会："现在的许多论客，多说我会发脾气，其实我觉得自己倒是从来没有因为一点小事情，就成友或成仇的人。我还不少几十年的老朋友，要点就在彼此略小节而取其大。"[④]待人斤斤计较于小节就是求全责备，就不可能处好关系。"彼此略小节而取其大"，才是具有可操作性的正确的待人之道。

① 鲁迅.译文序跋集：《思想·山水·人物》题记［M］//鲁迅全集：第10卷.北京：人民文学出版社，2005：300.
② 鲁迅.二心集：非革命的急进革命论者［M］//鲁迅全集：第4卷.北京：人民文学出版社，2005：231.
③ 鲁迅.致王志之［M］//鲁迅全集：第12卷.北京：人民文学出版社，2005：396-397.
④ 鲁迅.致曹聚仁［M］//鲁迅全集：第14卷.北京：人民文学出版社，2005：35.

1933年，鲁迅在《由中国女人的脚，推定中国人之非中庸，又由此推定孔夫子有胃病》中，以残害中国女性身心健康的缠足为例，批判这是"走了极端了"："女士们之对于脚，尖还不够，并且勒令它'小'起来了，最高模范，还竟至于以三寸为度。这么一来，可以不必兼买利屣①和方头履两种，从经济的观点来看，是不算坏的，可是从卫生的观点来看，却未免有些'过火'，换一句话，就是'走了极端'了。"②他借题发挥说："我中华民族虽然常常的自命为爱'中庸'，行'中庸'的人民，其实是颇不免于过激的。"③过激就是走极端，女子为求美穿尖头鞋多少可以理解，但用裹布紧缠脚掌使之萎缩变形就不可理喻，还要小至"三寸金莲"就走了极端了。

1935年，鲁迅在《"题未定"草（六至九）》中说："我也是常常徘徊于雅俗之间的人。"④既面向知识阶层，又面向大众，雅中有俗，俗中见雅。鲁迅认为："凡论文艺，虚悬了一个'极境'，是要陷入'绝境'的。"⑤真正的文艺"极境"是不存在的，硬要走极端，就使自己走进死胡同了。广而言之，对整个社会的看法都不能走极端。1907年，鲁迅在《科学史教篇》中指出："顾犹有不可忽者，为当防社会入于偏，日趋而之一极，精神渐失，则破灭亦随之。""致人性于全，不使之偏倚，因以见今日之文明者也。"⑥一天天地走向某一个极端，就会渐渐失去理应坚持的根本精神，破灭也就随之而来。人性得到全面发展，不使它偏颇，才能实现现代的世界文明。处世的走极端往往是与待人的求全责备相联系的，都是"包容"的对立面。

包容，就要以宽广的胸怀，在待人处世方面做到不求全责备，不走极端。怎

---

① 利屣，一种尖头的舞鞋。

② 鲁迅.南腔北调集：由中国女人的脚，推定中国人之非中庸，又由此推定孔夫子有胃病［M］//鲁迅全集：第4卷.北京：人民文学出版社，2005：520.

③ 鲁迅.南腔北调集：由中国女人的脚，推定中国人之非中庸，又由此推定孔夫子有胃病［M］//鲁迅全集：第4卷.北京：人民文学出版社，2005：520.

④ 鲁迅.且介亭杂文二集："题未定"草（六至九）［M］//鲁迅全集：第6卷.北京：人民文学出版社，2005：441.

⑤ 鲁迅.且介亭杂文二集："题未定"草（六至九）［M］//鲁迅全集：第6卷.北京：人民文学出版社，2005：442.

⑥ 鲁迅.坟：科学史教篇［M］//鲁迅全集：第1卷.北京：人民文学出版社，2005：35.

么才能在科学技术方面实现更大突破，使我国经济发展质量明显提高，并带动各项事业健康蓬勃发展，是当下和长时期内中国面临的最大挑战。科技进步取决于人才，科技相对落后固然与我国现代化起步滞后、现代科技积累时间相对较短有关，但更是人才工作制度改革跟不上所致。而能否深化人事制度改革，则与怎么看待人才密切相关。能被称为人才者，大都具有较强的个性，有的可能是奇才、偏才、怪才，行为举止不被一般人理解，却真有一技之长。如果缺乏包容，求全责备，用极端化的眼光去看，不少优秀人才、拔尖人才就可能被误解，被埋没，侥幸冒头也可能难以充分发挥其专长，甚至会遭打击。也就是说，求全责备、走极端导致培养不出、使用不好和留不住杰出人才。只有以包容的态度，为人才成长和使用创造宽松、向上的环境，中国才有新的希望，才能由大变强。

上海城市品格"开放、创新、包容"是一个相辅相成、密不可分的整体，没有包容就没有开放，也难有创新。重温20世纪前半叶鲁迅精神的相关论述，让我们深切感到就像是针对今天存在的问题讲的。鲁迅是中国现代文化的主要创立者，面对难得的机遇和严峻的挑战，他给我们以难得的智慧和韧性的力量。

参考文献：

［1］参见刘国胜.鲁迅精神与上海城市品格：鲁迅在上海（1927—1936）［M］.上海：上海人民出版社，学林出版社，2024.

［2］鲁迅全集［M］.北京：人民文学出版社，2005.

［3］中共中央党史和文献研究院.十九大以来重要文献选编：上册［C］.北京：中央文献出版社，2019.

【本篇编辑：张全之】

鲁迅眼中的上海人

王锡荣

摘　要： 鲁迅一生与上海和上海人的关系无法切割，在他从路过到定居上海以至终老上海，他的"上海人观"也经历了多次演变，他眼中的上海众生相，折射出他对普通上海市民的深切同情，对不觉悟的小市民的哀其不幸与怒其不争，对两极分裂的文化人的透彻剖析与针砭，以及对压迫者和黑恶势力的揭露与抨击。他的"上海人观"的心理基础和社会意义，在于回击压迫者的文化围剿，揭示时代的众生相，引起疗救的注意，呼唤改造国民性，呼唤新型人格和塑造城市精神品格的理想追求。

关键词： 鲁迅　城市文化　上海人

作者简介： 王锡荣（1953—），男，上海交通大学人文学院教授，主要从事左翼文学研究和鲁迅研究。

Shanghai Citizens in the eyes of Lu Xun

Wang Xirong

Abstract: Lu Xun's relationship with Shanghai and its people throughout his life cannot be separated. From passing by, settling in Shanghai, and even aging in Shanghai, his "Shanghai citizens view" has undergone multiple evolutions. In his eyes, the various forms of people in Shanghai reflect his deep sympathy for ordinary Shanghai citizens, his sorrow and anger towards unconscious ordinary citizens, his thorough analysis and criticism of the polarized cultural figures, and his exposure and criticism of oppressors and evil forces. The psychological foundation and social significance of his "Shanghai citizens view" lie in counterattacking the cultural encirclement of oppressors, revealing the appearance of all beings in the times, attracting attention to healing, calling for the transformation of national character, calling for a new type of personality, and the ideal pursuit of shaping urban spiritual character.

Keywords: Lu Xun　urban culture　Shanghai citizens

鲁迅这一生，与上海有着无法切割的纠葛。且不说晚年近十年都在上海度过，实际上他这一生几乎每一个重大步骤都离不开上海。[①]作为一个开始时的过路人，到后来的新上海人，以至于成为十年居上海，"每日见中华"的"老上海"，上海已经成为其生命中占有极大比重的地域，而"上海人"已经成为他无法隔绝的人际关系，甚至也是他本人的标签之一。当鲁迅最初离开故乡绍兴时，他的感受是"连心肝也似乎有些了然"[②]，而当他见惯了各种各样的上海人，恐怕他也会有同样的感喟吧！

身处上海，鲁迅怎样看上海人？这也是他无法回避的问题。从鲁迅一生与上海的关涉，在上海的人生历程，与上海人打交道的体验，以及他的所见所闻、所思所想，从鲁迅对上海人观感的演变史及其特点，可以看到鲁迅眼中的"上海人"的整体样貌及其在鲁迅心目中的位置，也可以由此思考鲁迅精神与上海城市精神品格建构的关联。

一、鲁迅对上海人的观感之演变

（一）到上海定居之前对上海人的不满

鲁迅眼中的上海人，既指上海人群体，也指具体的个人。

早在五四时期，鲁迅就对上海的报刊编辑表示了不满。1919年初鲁迅接连在《新青年》上发表《随感录》批评上海《时事新报》副刊《泼克》以及单张的《泼克》。《随感录四十六》中说："这几天又见到一张所谓《泼克》，是骂提倡新文艺的人了。大旨是说凡所崇拜的，都是外国的偶像。我因此愈觉这美术家可怜：他学了画，而且画了'泼克'，竟还未知道外国画也是文艺之一。"[③]又说了"我辈即使才能不及，不能创作，也该当学习"的话，随后《时事新报》在4月

---

① 从早年外出求学每年往返绍兴与南京，到留学日本及回国，都要经过上海，在北京时多次往返京、绍，南下厦、广，又北迁到沪定居，来往中都要与上海相遇。

② 鲁迅.朝花夕拾：琐记［M］//鲁迅全集：第2卷.北京：人民文学出版社，2005：303.

③ 鲁迅.热风：随感录四十六［M］//鲁迅全集：第1卷.北京：人民文学出版社，2005：348.

27日发表署名"记者"的《新教训》一文，指责鲁迅"轻佻""狂妄""头脑未免不清楚，可怜"。之后鲁迅就在《我们现在怎样做父亲》中说："我曾经说，自己并非创作者，便在上海报纸的《新教训》里，挨了一顿骂。"①

实际上，早在1917年，上海有个作者写了一篇恶俗的《太阳晒屁股赋》，鲁迅就颇为不屑，后来在杂文《从胡须说到牙齿》中引为假道学的标本。②

也有妄自尊大宣扬"东学西渐"的：上海《神州日报》曾译载过日本人的《东学西渐》一文，编者还在按语中加以称颂。③

还有更荒唐的伸张鬼神之说："《灵学杂志》内俞复先生答吴稚晖先生书里说过：'鬼神之说不张，国家之命遂促！'可知最好是张鬼神之说了。"④

在白话文运动中，朱光潜在上海开明书店的《一般》杂志上说：要做好白话须读好古文，举了胡适、鲁迅、周作人等为例，鲁迅也表示了不赞同，⑤因为这虽然是事实，但在当时那样说，却无异于支持了复古主张。

对于当时提倡"复古"的"国学家"，鲁迅毫不客气地指出他们的鄙陋："至于这些'国学'书的校勘，新学家不行，当然是出于上海的所谓'国学家'的了，然而错字迭出，破句连篇（用的并不是新式圈点），简直是拿少年来开玩笑。这是他们之所谓'国学'。"⑥他们还自以为是地批评对于外国人名的音译，但自己却把外国人的名字也搞混了："这不特显示他的昏愚，实在也足以看出他的悲惨。"⑦

---

① 鲁迅.坟：我们现在怎样做父亲［M］//鲁迅全集：第1卷.北京：人民文学出版社，2005：135.
② 鲁迅在《从胡须说到牙齿》中写道："《晶报》上曾经登过一篇《太阳晒屁股赋》，屁股和胡须又都是人身的一部分，既说此部，即难免不说彼部，正如看见洗脸的人，敏捷而聪明的学者即能推见他一直洗下去，将来一定要洗到屁股。"（北京：人民文学出版社，2005：258）《太阳晒屁股赋》，作者张丹斧，刊于1917年4月26日《神州日报》副刊.
③ 上海《神州日报》曾译载过日本人的《东学西渐》，并称"庸讵知东学西渐，已有如斯之盛，宛似半夜荒鸡，足使闻者起舞耶"，《神州日报》编者又在按语中加以称颂.
④ 鲁迅.热风：随感录三十三［M］//鲁迅全集：第1卷.北京：人民文学出版社，2005：317.
⑤ 鲁迅.坟：写在《坟》后面［M］//鲁迅全集：第1卷.北京：人民文学出版社，2005：301.明石（朱光潜）在《雨天的书》一文中说："想做好白话文，读若干上品的文言文或且十分必要。现在白话文作者当推胡适之、吴稚晖、周作人、鲁迅诸先生，而这几位先生的白话文都有得力于古文的处所（他们自己也许不承认）。"刊于1926年11月《一般》第1卷第3号.
⑥ 鲁迅.热风：所谓"国学"［M］//鲁迅全集：第1卷.北京：人民文学出版社，2005：409.
⑦ 鲁迅.热风：不懂的音译［M］//鲁迅全集：第1卷.北京：人民文学出版社，2005：417.

鲁迅后来自己说在《新青年》上的杂感："有的是对于上海《时报》的讽刺画而发的……更后一年则大抵对于上海之所谓'国学家'而发，不知怎的那时忽而有许多人都自命为国学家了。"①其实他的杂感远不限于这些内容，但他却强调了这点，说明他比较重视这些针对上海的伪"国学家"之"学问"和言论的批评。

其实鲁迅当时对上海一些人的不满，还远不止此。鲁迅还对上海的"盛德坛"搞"扶乩"活动予以嘲笑，②对当时上海文坛的"鸳鸯蝴蝶派""礼拜六派"，常予以辛辣的嘲笑，对上海报刊上常见的什么"……梦""……魂""……痕""……影""……泪"，什么"外史""趣史""秽史""秘史"，什么"黑幕""现形"，什么"淌牌""吊膀""拆白"之类"鸳鸯蝴蝶"文字予以嘲笑。③即使对《新青年》的战友刘半农沾染的上海文人这类思想，也是毫不客气："几乎有一年多，他没有消失掉从上海带来的才子必有'红袖添香夜读书'的艳福的思想，好容易才给我们骂掉了。"④这种"艳福"思想，是中国传统士大夫常有的，并非起源于上海，影响也不限于上海，鲁迅为什么要说他是从上海带来的呢？显然与当时上海盛行的"鸳鸯蝴蝶派"有关，可见在他们的圈子里已经形成了对上海"鸳蝴派""礼拜六派"之类文人的鄙视。

对上海一些报刊和出版商，鲁迅已经表现出不信任：他们"不甚讲内容，他们没有批评眼，只讲名声。其甚者且骗取别人的文章作自己的生活费，如《礼拜六》便是，这些主持者都是一班上海之所谓'滑头'，不必寄稿给他们的"⑤。又顺带刺了"礼拜六派"一句。

鲁迅还揶揄商务印书馆的计算稿费抠去标点符号和空格的做法，⑥因此把上

① 鲁迅.热风：题记［M］//鲁迅全集：第1卷.北京：人民文学出版社，2005：307-308.
② 鲁迅.热风：随感录五十三［M］//鲁迅全集：第1卷.北京：人民文学出版社，2005：356.
③ 鲁迅.热风：随感录六十四　有无相通［M］//鲁迅全集：第1卷.北京：人民文学出版社，2005：382.
④ 鲁迅.且介亭杂文：忆刘半农君［M］//鲁迅全集：第6卷.北京：人民文学出版社，2005：74.
⑤ 鲁迅.书信：210826致宫竹心［M］//鲁迅全集：第11卷.北京：人民文学出版社，2005：412.
⑥ 鲁迅在《端午节》写道："上海的书铺子？买稿要一个一个的算字，空格不算数。你看我做在那里的白话诗去，空白有多少，怕只值三百大钱一本罢。收版权税又半年六月没消息，'远水救不得近火'，谁耐烦。"（鲁迅全集：第1卷［M］.北京：人民文学出版社，2005：567）

海的书贾称为吸血的"蚊子"，①也曾在小说中提到上海的房租贵，②《五猖会》还提到上海当时江浙军阀孙传芳禁旗袍，③等等。

对上海画家吴友如，鲁迅肯定他对上海洋场百态惟妙惟肖地刻画，但也指出其消极影响："近来许多小说和儿童读物的插画中，往往将一切女性画成妓女样，一切孩童都画得像一个小流氓，大半就因为太看了他的画本的缘故。"④甚至影响了国产影片。⑤

更让鲁迅痛心疾首的是上海"五卅"惨案发生后："我们的市民被上海租界的英国巡捕击杀了，我们并不还击，却先来赶紧洗刷牺牲者的罪名。说道我们并非'赤化'，因为没有受别国的煽动；说道我们并非'暴徒'，因为都是空手，没有兵器的。我不解为什么中国人如果真使中国赤化，真在中国暴动，就得听英捕来处死刑？"⑥

有意思的是：在鲁迅到上海定居前不久的一次演讲中，鲁迅给上海画了一张人群地图："上海是：最有权势的是一群外国人，接近他们的是一圈中国的商人和所谓读书的人，圈子外面是许多中国的苦人，就是下等奴才。将来呢，倘使还要唱着老调子，那么，上海的情状会扩大到全国，苦人会多起来。"⑦

显然，鲁迅在定居上海之前，虽然不在上海居住，但对上海是相当关注的。这不奇怪，因为上海是正在日渐繁荣的中国文化新都，也是中西方思潮交汇繁衍之地，相比古都北京来得更加开放，鲁迅的关注是理所当然的。但是，鲁迅却对上海人特别是文化人颇多不满之声。虽然这时候还更多作为一个外在的观察者，但由于之前的路过，通过纸媒的阅读与各种途径了解，他以敏锐的洞察力看到上海的社会百态与诸多弊病。由于鲁迅思想的先锋性，他自然会发现，作为城市精

① 鲁迅.华盖集：并非闲话（三）[M]//鲁迅全集：第3卷.北京：人民文学出版社，2005：161.
② 鲁迅.彷徨：幸福的家庭——拟许钦文 [M]//鲁迅全集：第2卷，北京：人民文学出版社，2005：36.
③ 鲁迅在《五猖会》写道："赛会虽然不像现在上海的旗袍，北京的谈国事，为当局所禁止……"见鲁迅全集：第2卷 [M].北京：人民文学出版社，2005：270.
④ 鲁迅.朝花夕拾：后记 [M]//鲁迅全集：第2卷.北京：人民文学出版社，2005：338.
⑤ 鲁迅.而已集：略论中国人的脸 [M]//鲁迅全集：第3卷.北京：人民文学出版社，2005：433-434.
⑥ 鲁迅.华盖集：忽然想到（十）[M]//鲁迅全集：第3卷.北京：人民文学出版社，2005：94.
⑦ 鲁迅.集外集拾遗：老调子已经唱完 [M]//鲁迅全集：第7卷.北京：人民文学出版社，2005：325.

神文化建设的精英群体，上海文化人的精神层面却如此芜杂，而在鲁迅的锋利笔锋下，就愈发显得荒唐了。

（二）定居上海前期对上海人的观感

鲁迅初到上海定居时，对上海最初的观感是"比广州有趣一点，因为各式的人物较多，刊物也有各种，不像广州那么单调。我初到时，报上便造谣言，说我要开书店了，因为上海人惯于用商人眼光看人。也有来请我去教国文的，但我没有答应"①。这种造谣生事的脾气，不独上海为然，所以鲁迅并不是很在意，与后来对此深恶痛绝有明显落差。此时感受更多的是一个"进向大时代的时代"，更显活力。

稍后就感受到了上海的烦扰。石库门邻里来往便利，但也相互干扰。白天开留声机、唱小曲，晚上搓麻将，吵架，孩子哭闹，吵得无法写作，"留声机从早到晚像被捏住了嗓子的猫似地嘶叫着。跟那样的人作邻居，待上一年就得发疯，实在不好受。"②1928年"革命文学"论争中，他在一篇文章中落款道"识于上海华界留声机戏和打牌声中的玻璃窗下绍酒坛后"，③甚至还被顽童把点着火的纸塞进后门，险些酿成火灾，所以接连三年搬家，竭力躲避这样的邻居，对上海人的评价似乎比之前更差。

1929年鲁迅北上探亲，许广平在信中告诉鲁迅：邻居很喧嚣，蚊子又多，到晚上"忽然鞭爆声大作，有似度岁，又似放枪，先不知其故，后见邻居仍然歌舞升平，吃食担不绝于门外，知是无事。今日看报，才知月蚀"。④后来鲁迅还在北平演讲时说过（在《新秋杂识（二）》中也说过），"一·二八"后还遇到过这样的事，以至于日本人以为来了抗日"别动队"，紧张地出来查看，后来才弄清原来还是月食。鲁迅感慨说："在日本人意中以为在这样的时光，中国人一定全

---

① 鲁迅.书信：致廖立峨［M］//鲁迅全集：第12卷.北京：人民文学出版社，2005：81.
② 鲁迅.书信：致山本初枝［M］//鲁迅全集：第14卷.北京：人民文学出版社，2005：331.
③ 鲁迅.集外集拾遗补编：《剪报一斑》拾遗［M］//鲁迅全集：第8卷.北京：人民文学出版社，2005：278.
④ 鲁迅.两地书：一三一［M］//鲁迅全集：第11卷.北京：人民文学出版社，2005：315.

忙于救中国抑救上海，万想不到中国人却救的那样远，去救月亮去了。"①

他在北京等地常看见的中国人喜欢张着嘴巴呆看街景的样子，在上海也常能看到，②醉生梦死的也所在多有，"一·二八"后不久，就照样"打牌声里又新春"。从上海人的行为特点中，也折射出中国国民性的弱点。

逐渐与邻居熟悉后，鲁迅也能感受到上海人的生活和交流方式："在上海的弄堂里，租一间小房子住着的人，就时时可以体验到。他和周围的住户，是不一定见过面的，但只隔一层薄板壁，所以有些人家的眷属和客人的谈话，尤其是高声的谈话，都大略可以听到，久而久之，就知道那里有那些人，而且仿佛觉得那些人是怎样的人了。"③这完全是亲身体验的感受了。

在这环境中，上海人那种邻里和谐相处的氛围，被鲁迅栩栩如生地描绘下来："白天出去混饭，晚上低头回家，屋子里还是热，并且加上蚊子。这时候，只有门外是天堂。因为海边的缘故罢，总有些风，用不着挥扇。虽然彼此有些认识，却不常见面的寓在四近的亭子间或搁楼里的邻人也都坐出来了，他们有的是店员，有的是书局里的校对员，有的是制图工人的好手。大家都已经做得筋疲力尽，叹着苦，但这时总还算有闲的，所以也谈闲天。"④鲁迅与他们的交流不算多，但也维持着上海一般邻里的交往方式。作于1934年夏天的《门外文谈》就模拟了邻里乘凉谈天的交流方式。事实上，鲁迅在上海，除了同道友人，也接触并观察周边各色人等，有的会逐渐有限度地接近，如内山书店及周边商家的店员、医院医护等，以及女佣等，不可交的就保持距离，如景云里的某律师、后来的阿金之类。

在文化界，1927年底鲁迅就对梁实秋的"普遍的人性是伟大的作品之基础"提出了批评："上海的教授对人讲文学，以为文学当描写永远不变的人性，否则便不久长。"⑤实际上，这时候关于"文学的阶级性"的论争已经开始。"新月社"

---

① 鲁迅.集外集拾遗：今春的两种感想［M］//鲁迅全集：第7卷.北京：人民文学出版社，2005：408.
② 鲁迅.且介亭杂文：门外文谈［M］//鲁迅全集：第6卷.北京：人民文学出版社，2005：90.
③ 鲁迅.花边文学：看书琐记［M］//鲁迅全集：第5卷.北京：人民文学出版社，2005：559.
④ 鲁迅.且介亭杂文：门外文谈［M］//鲁迅全集：第6卷.北京：人民文学出版社，2005：86.
⑤ 鲁迅.而已集：文学和出汗［M］//鲁迅全集：第3卷.北京：人民文学出版社，2005：581.

已经在上海开设了"新月书店"，鲁迅对该社也时有批评，后来与梁实秋论争，就形成"交恶"之势。

随后，在"革命文学"论争起来后，鲁迅又产生了更多对上海文人的看法，最激烈的是所谓"才子加流氓"的说法。不过，其中所指的创造社、太阳社成员，实际上不能算上海人，他们基本是刚刚来自各地甚至海外，充其量只能算"新上海人"。但他们在上海活动，且成为上海文学界的翘楚，鲁迅与他们的交涉，更是始终在上海文坛。因此，在鲁迅眼中，他们无疑是上海文人。而梁实秋当时也在上海活动，1930年后才离开上海。鲁迅在定居上海的前期，对上海文人的看法大多来自对文学论争方的看法。

（三）在沪后期对上海人的看法

进入20世纪30年代，经过"一·二八"战争，在百物腾贵的上海，就是一般文人的生活也远非悠然。他替上海文化人算了一笔账："'采菊东篱下，悠然见南山'是渊明的好句，但我们在上海学起来可就难了。没有南山，我们还可以改作'悠然见洋房'或'悠然见烟囱'的，然而要租一所院子里有点竹篱，可以种菊的房子，租钱就每月总得一百两，水电在外；巡捕捐按房租百分之十四，每月十四两。单是这两项，每月就是一百十四两，每两作一元四角算，等于一百五十九元六。近来的文稿又不值钱，每千字最低的只有四五角，因为是学陶渊明的雅人的稿子，现在算他每千字三大元罢，但标点，洋文，空白除外。那么，单单为了采菊，他就得每月译作净五万三千二百字。吃饭呢？要另外想法子生发，否则，他只好'饥来驱我去，不知竟何之'了。"①

作为读书人，买书是日常所需，但就是买书，也不容易："我也很想看一看《永乐实录》，但在上海又如何能够；来青阁有残本在寄售，十本，实价却是一百六十元，也决不是我辈书架上的书。"②

进入20世纪30年代后，文化界的各种论争趋于激化，鲁迅与人笔战，从"创

---

① 鲁迅.且介亭杂文：病后杂谈［M］//鲁迅全集：第6卷.北京：人民文学出版社，2005：169.
② 鲁迅.且介亭杂文：病后杂谈之余［M］//鲁迅全集：第6卷.北京：人民文学出版社，2005：186.

太二社""新月社"延展到对"民族主义文学""自由人""第三种人"以及"△作家"张资平、"解放词人"曾今可以及主张复古读经的汪懋祖等，还有主张"宁错而务顺，毋拗而仅信"的赵景深，主张多读《庄子》与《文选》的施蛰存，直至晚年对周扬、徐懋庸等人的不满，也涉及对其人品的评骘。还有对上海书商的唯利是图行径，尤其是以"钻网术"应对当局的"文化围剿"，甚至"硬刚"上海教育局局长陈德征，对卖友求荣、招摇撞骗、告密助捕的无行文人，更是多次痛斥。

但另一方面，也结识了更多或近或远的友人，影响力大至宋蔡杨铨，党内地位高至秋白立三，左联战友雪峰胡风，亲密弟子柔石殷夫等，也有平头百姓。虽然很多原非上海本地人，但作为这座移民城市中的显性存在，总体上构成了鲁迅心目中"上海人"的范畴。至于国际友人内山兄弟、斯诺、史沫特莱及伊罗生、鹿地亘，以至山本初枝等，虽然都活跃在上海，而且在文化界，但都不属于"上海人"范畴了，可他们对上海的文化发展、城市精神的建构，也没有缺席，因此鲁迅对他们也是十分重视、尊重并注重交流的。

在社会层面，鲁迅真正进入上海社会后，更深切地感受到上海市民的地位之低下。从1933年起，鲁迅接连写了《推》《踢》《冲》《倒提》《"吃白相饭"》《"揩油"》《归厚》《"抄靶子"》等杂文，入木三分地刻画出了上海底层劳动者的苦况，也写出了一批买办洋奴、流氓无赖、黑社会团伙、"二丑"们包括"拆白党""恶鸨""西崽"的鬼脸，这些无疑是经过长期细致观察后的高度概括和精准勾勒。尤其值得一提的是杂文《现代史》，通过上海一个街头变戏法的表现方式，提炼出当时中国社会的本质，就是用各种骗术敛钱，其深刻性已经不限于对"上海人"的心态与生态的刻画，而是一部最简要最精炼的中国"现代史"了。

二、鲁迅上海人观的特点

（一）对底层人民的同情

鲁迅对上海人的观感，第一是对底层社会的同情。他晚年曾记载一件久久难忘的往事："我初到上海的时候，曾经看见一个西洋人从旅馆里出来，几辆洋车便向他飞奔而去，他坐了一辆，走了。这时忽然来了一位巡捕，便向拉不到客的车夫的头上敲了一棒，撕下他车上的照会。我知道这是车夫犯了罪的意思，然而不明白为什么拉不到客就犯了罪，因为西洋人只有一个，当然只能坐一辆，他也并没有争。后来幸蒙一位老上海告诉我，说巡捕是每月总得捉多少犯人的，要不然，就算他懒惰，于饭碗颇有碍。真犯罪的不易得，就只好这么创作了。"①这就是上海底层劳动者的屈辱生活。

在鲁迅上海时期的杂文中，有不少篇幅是讲上海市民的惨状的。就以日常最普通的走路，也常会遭到横冲直撞："我们在上海路上走，时常会遇见两种横冲直撞，对于对面或前面的行人，决不稍让的人物。一种是不用两手，却只将直直的长脚，如入无人之境似的踏过来，倘不让开，他就会踏在你的肚子或肩膀上。这是洋大人，都是'高等'的，没有华人那样上下的区别。一种就是弯上他两条臂膊，手掌向外，像蝎子的两个钳一样，一路推过去，不管被推的人是跌在泥塘或火坑里。这就是我们的同胞，然而'上等'的。"②从中可以看到鲁迅对普通人的同情和对当时上海的所谓"高等""上等"人的抨击。

"推"还算轻的，更重的是"吃'外国火腿'"，就是踢："'推'还要抬一抬手，对付下等人是犯不着如此费事的，于是乎有'踢'。而上海也真有'踢'的专家，有印度巡捕，有安南巡捕，现在还添了白俄巡捕，他们将沙皇时代对犹太人的手段，到我们这里来施展了。我们也真是善于'忍辱负重'的人民，只要不'落浦'，就大抵用一句滑稽化的话道：'吃了一只外国火腿'，一笑了之。"③这真是"含泪的笑"！更有甚者"抄靶子"，就是随意搜身：他们会随时拿枪抵住人们的脑袋，搜查全身和物品，屈辱的是："倘是白种，是不会指住的；黄种呢，如果被指的说是日本人，就放下手枪，请他走过去；独有文明最古的黄帝子孙，可就'则不得免焉'了。"④痛切的议论中饱含着对上海普通市民的深切同情。还

① 鲁迅.且介亭杂文二集：后记［M］//鲁迅全集：第6卷.北京：人民文学出版社，2005：477.
② 鲁迅.准风月谈：推［M］//鲁迅全集：第5卷.北京：人民文学出版社，2005：205.
③ 鲁迅.准风月谈：踢［M］//鲁迅全集：第5卷.北京：人民文学出版社，2005：260.
④ 鲁迅.准风月谈："抄靶子"［M］//鲁迅全集：第5卷.北京：人民文学出版社，2005：215.

有更屈辱的，就是不被当作人看。早年中国人因为头上的辫子，在上海常被"洋大人"称为"Pig-tail——猪尾巴"，那意思是"说人头上生着猪尾巴"，①后来则动辄被称为"猪猡"，抢劫衣物则称为"剥猪猡"。甚至连上海弄堂里最传统、最常见的叫卖生意，后来也日渐凋敝清冷，路边小饭馆无人光顾，"长衫朋友"去了以前黄包车夫聚集的粗点心店，车夫们只好在马路边饿肚子或者吃侉饼，弄堂里的叫卖声也切实了不少，但只是一路叫进来叫出去，停下来做生意的很少，②可见其生意的惨淡，也是当时民不聊生的写照。

从"推"到"踢"，到"倒提"，再到"抄靶子"，以至于"剥猪猡"，还有只见青年被捉去不见放回来，都是当时上海独有而常见的现象，真是最形象地勾勒出近代上海人（也折射出中国人）的屈辱与惨状。

（二）对小市民的哀其不幸怒其不争

但鲁迅眼中的上海人，既哀其不幸，也怒其不争。因为"小市民总爱听人们的丑闻，尤其是有些熟识的人的丑闻。上海的街头巷尾的老虔婆，一知道近邻的阿二嫂家有野男人出入，津津乐道"，③就以影星阮玲玉的自杀而论，他们"有的想：'我虽然没有阮玲玉那么漂亮，却比她正经'；有的想：'我虽然不及阮玲玉的有本领，却比她出身高'；连自杀了之后，也还可以给人想：'我虽然没有阮玲玉的技艺，却比她有勇气，因为我没有自杀'。化几个铜元就发见了自己的优胜，那当然是很上算的"④。这些都表现了典型的小市民心理，却与新闻记者的绘声绘色共同形成了杀人的"人言可畏"。而别人的不幸对这些人来说，却是消闲的谈资。"洋场上原不少闲人，'吃白相饭'尚且可以过活，更何况有时打几圈马将。

---

① 鲁迅.且介亭杂文：病后杂谈之余［M］//鲁迅全集：第6卷.北京：人民文学出版社，2005：193.

② 鲁迅.且介亭杂文二集：弄堂生意古今谈［M］//鲁迅全集：第6卷.北京：人民文学出版社，2005：318-320.

③ 鲁迅.且介亭杂文二集：论"人言可畏"［M］//鲁迅全集：第6卷.北京：人民文学出版社，2005：343.

④ 鲁迅.且介亭杂文二集：论"人言可畏"［M］//鲁迅全集：第6卷.北京：人民文学出版社，2005：344.

小妇人的喊喊喳喳，又何尝不可以消闲。"①

他们日常的消遣，是"看《开天辟地》（现在已到'尧皇出世'了）和《封神榜》这些旧戏，新戏有《黄慧如产后血崩》（你看怪不怪？）"，②所以鲁迅说："上海的小市民真是十之九是昏聩胡涂，"③但只对苏联却感觉好像要吃了他似的。④其实也还是受了谣言的蛊惑而已。

在上海，不是还有所谓"谣言世家"吗？谣言满天飞，谣言杀人。1935年，有谣言说中日又要冲突，于是很多人大为恐慌，当时的闸北一带很多人往租界搬迁。鲁迅告诉友人："近来谣言大炽，四近居人，大抵迁徙，景物颇已寂寥，上海人已是惊弓之鸟，固不可诋为'庸人自扰'。但谣言则其实大抵无根，所以我没有动，观仓皇奔走之状，黯然而已。"⑤连法租界的房价也因此大涨。更可笑亦复可悲的是，后来证明是一场虚惊，于是不久房价又下跌了。鲁迅没有嘲笑这些小市民，而且指出"不可诋为'庸人自扰'"，但同时又为之"黯然"，体现了深深的忧思，其中有对他们不幸命运的同情，有对他们轻信谣言的不满，以及从而引起的深思，已经不仅是"哀其不幸，怒其不争"，甚至是"哀其不争"了。

与此形成对照的是："危言为人所不乐闻，大抵愿昏昏以死，上海近日新开一跳舞厅，第一日即拥挤至无立足之处，呜呼，尚何言哉。恐人民将受之苦，此时尚不过开场也。"⑥一派醉生梦死的景象，真不能不让人思之悲愤。早年促使鲁迅走上文艺道路，立志改变中国人精神的动因，不正是国人的麻木到了或在麻木中充当杀头的材料，或充当杀头的看客吗？人民的麻木对国运来说是最可怕的，所以说"人民将受之苦，此时尚不过开场"，可说痛彻心扉之语。当然，其潜台词则是希望人们自立自强："人能组织，能反抗，能为奴，也能为主，不肯努力，固然可以永沦为舆台，自由解放，便能够获得彼此的平等，那运命是并不一定终

① 鲁迅.准风月谈：归厚［M］//鲁迅全集：第5卷.北京：人民文学出版社，2005：389.
② 鲁迅.书信：致韦素园［M］//鲁迅全集：第12卷.北京：人民文学出版社，2005：156.
③ 鲁迅.书信：致曹靖华［M］//鲁迅全集：第12卷.北京：人民文学出版社，2005：313.
④ 鲁迅.书信：致曹靖华［M］//鲁迅全集：第12卷.北京：人民文学出版社，2005：313.
⑤ 鲁迅.书信：致台静农［M］//鲁迅全集：第13卷.北京：人民文学出版社，2005：583.
⑥ 鲁迅.书信：致李秉中［M］//鲁迅全集：第12卷.北京：人民文学出版社，2005：302.

于送进厨房，做成大菜的。……正因为我们该自有力量，自有本领，和鸡鸭绝不相同的缘故。"①

（三）对"无行文人"的鄙薄与痛恨

相比对于普通市民的同情与不满，对于文人特别是"无行文人"则更多是痛斥。因为如果说普通市民是出于愚昧，而同在文坛上活动的文人，则不应出于无知而犯浑。而事实上他们很多却出于不那么阳光的心态与动机。

在鲁迅眼中，上海的文人多"近商"，"近商者在使商获利，而自己亦赖以糊口"。要而言之："'海派'则是商的帮忙而已"②。甚至用妓女来比海派的文人，③久住上海，见多了，就知道"所以这里的有些书店老板而兼作家者，敛钱方法直同流氓，不遇见真会不相信。许多较为老实的小书店，听说收账也难……大约开书店，别处也如上海一样，往往有流氓性者也"④。多家书局让鲁迅踩坑，克扣稿费版税，或出尔反尔，言而无信，几乎成了骗子。他多次表示："上海也有原是作家出身的老版，但是比纯粹商人更刻薄，更凶。"⑤

即使是他自己一手扶植起来的北新书局，总店迁到上海仅仅两年，就很快学坏了，以至于鲁迅不得不请律师出面交涉。鲁迅告诉友人："北新现在对我说穷，我是不相信的，听说他们将现钱搬出去开纱厂去了，一面又学了上海流氓书店的坏样，对作者刻薄起来。"⑥以至于他感叹："上海到处都是商人气（北新也大为商业化了），住得真不舒服"，⑦终于悟道："上海秽区，千奇百怪，译者作者，往往为书贾所诳，除非你也是流氓。"⑧实际上鲁迅还有更痛切的体验：即使是他曾经

① 鲁迅.花边文学：倒提［M］//鲁迅全集：第5卷.北京：人民文学出版社，2005：517-518.
② 鲁迅.花边文学："京派"与"海派"［M］//鲁迅全集：第5卷.北京：人民文学出版社，2005：453.
③ 鲁迅.且介亭杂文二集："京派"和"海派"［M］//鲁迅全集：第6卷.北京：人民文学出版社，2005：314-315.
④ 鲁迅.书信：致李霁野［M］//鲁迅全集：第12卷.北京：人民文学出版社，2005：195.
⑤ 鲁迅.书信：致孟十还［M］//鲁迅全集：第13卷.北京：人民文学出版社，2005：277.
⑥ 鲁迅.书信：致韦丛芜［M］//鲁迅全集：第12卷.北京：人民文学出版社，2005：199.
⑦ 鲁迅.书信：致李霁野［M］//鲁迅全集：第12卷.北京：人民文学出版社，2005：202.
⑧ 鲁迅.书信：致李秉中［M］//鲁迅全集：第12卷.北京：人民文学出版社，2005：239-240.

以为"因为各处文具店老板，和书店老板性质不同，还没有那么坏"，[①]而朝花社成员王方仁的哥哥所开的"合记是批发文具的，现在朝华社托他批发书，听说他就分发各处文具店代售，收款倒可靠"[②]。之后，很快也发现被他坑了，朝华社就此终结，让鲁迅无语。

而很多作家、记者又行为不端，言行乖谬："新文人大抵有'天才'气，故脾气甚大，北京上海皆然，但上海者又加以贪滑，认真编辑，必苦于应付。"[③]更有甚者，造谣生事，诬陷告密。1931年"左联五烈士"事件后，友人来信关心鲁迅的安全，鲁迅答复说："近数年来，上海群小，一面于报章及口头盛造我之谣言，一面又时有口传，云当局正在索我甚急云云。今观兄所述友人之言，则似固未尝专心致志，欲得而甘心也。此间似有一群人，在造空气以图构陷或自快。但此辈为谁，则无从查考。或者上海记者，性质固如此耳。"[④]其实鲁迅后来还多次被造谣，他对此深恶痛绝。他的感叹是："我与中国新文人相周旋者十余年，颇觉得以古怪者为多，而漂聚于上海者，实尤为古怪，造谣生事，害人卖友，几乎视若当然，而最可怕的是动辄要你生命。但倘遇此辈，第一切戒愤怒，不必与之针锋相对，只须付之一笑，徐徐扑之。"[⑤]他们不仅造谣说鲁迅逃到青岛，与日本间谍有瓜葛，或者生脑炎，甚至多次谣传当了红军将领且被捕，不一而足。所以鲁迅说："上海所谓'文人'之堕落无赖，他处似乎未见其比，善造谣言者，此地亦称为'文人'；而且自署为'文探'，不觉可耻，真奇。"[⑥]已经毫无底线，毫无廉耻。

在这种人在上海大行其道的背景下，"上海的……文人多是狗，一批一批的匿了名向普罗文学进攻"，[⑦]他们"自办刊物，不为读者所购读，则另用妙法，钻进已经略有信用的刊物里面去，以势力取他作者之地位而代之"[⑧]。所以"近二年

---

① 鲁迅.书信：致李霁野［M］//鲁迅全集：第12卷.北京：人民文学出版社，2005：195.
② 鲁迅.书信：致李霁野［M］//鲁迅全集：第12卷.北京：人民文学出版社，2005：195.
③ 鲁迅.书信：致黎烈文［M］//鲁迅全集：第12卷.北京：人民文学出版社，2005：419.
④ 鲁迅.书信：致李秉中［M］//鲁迅全集：第12卷.北京：人民文学出版社，2005：260.
⑤ 鲁迅.书信：致黎烈文［M］//鲁迅全集：第12卷.北京：人民文学出版社，2005：415.
⑥ 鲁迅.书信：致郑振铎［M］//鲁迅全集：第12卷.北京：人民文学出版社，2005：469.
⑦ 鲁迅.书信：致曹靖华［M］//鲁迅全集：第12卷.北京：人民文学出版社，2005：313.
⑧ 鲁迅.书信：致姚克［M］//鲁迅全集：第13卷.北京：人民文学出版社，2005：24.

来，一切无耻无良之事，几乎无所不有，'博士''学者'诸尊称，早已成为恶名，此后则'作家'之名，亦将为稍知自爱者所不乐受。"他甚至"近颇自憾未习他业，不能改图，否则虽驱车贩米，亦较作家干净，因驱车贩米，不过车夫与小商人而已，而在'作家'一名之中，则可包含无数恶行也"①。可说痛心疾首。

所以当后来东北青年作家萧军来到鲁迅身边，他就告诫道："上海有一批'文学家'，阴险得很，非小心不可。"②就是对老友郑振铎也忍不住感叹："上海文人，千奇百怪，批评者谓我刻毒，而许多事实，竟出于我的恶意的推测之外，岂不可叹。"③

尽管如此，鲁迅并不悲观。他对萧军、萧红说："所谓上海的文学家们，也很有些可怕的，他们会因一点小利，要别人的性命。但自然是无聊的，并不可怕的居多，但却讨厌得很，恰如虱子跳蚤一样，常常会暗中咬你几个疙瘩，虽然不算大事，你总得搔一下了。这种人物，还是不和他们认识好。我最讨厌江南才子，扭扭捏捏，没有人气，不像人样，现在虽然大抵改穿洋服了，内容也并不两样。其实上海本地人倒并不坏的，只是各处坏种，多跑到上海来作恶，所以上海便成为下流之地了。"④

鲁迅甚至用嘲笑的口吻谈到他们："上海的几个所谓'文学家'，出卖了灵魂，每月也只能拿到六十美元，似乎是萝卜或沙丁鱼的价钱。"⑤越来越看透了这些无行文人的嘴脸，也看到了他们可悲的下场。

（四）对黑暗当局、恶势力的抨击

鲁迅对上海人的观察分析，其实最严厉的是对倚仗权势阶级欺压百姓的黑恶势力，实际上通过他们，矛头直指其背后的黑暗当局。比如，《黑暗中国的文艺界的现状》中痛切指斥污蔑主张"无产阶级文艺"的人都是拿了苏联卢布的梁

---

① 鲁迅.书信：致姚克［M］//鲁迅全集：第13卷.北京：人民文学出版社，2205：75.
② 鲁迅.书信：致萧军［M］//鲁迅全集：第13卷.北京：人民文学出版社，2005：252.
③ 鲁迅.书信：致郑振铎［M］//鲁迅全集：第13卷.北京：人民文学出版社，2005：254.
④ 鲁迅.书信：致萧军、萧红［M］//鲁迅全集：第13卷.北京：人民文学出版社，2005：315-316.
⑤ 鲁迅.书信：致山本初枝［M］//鲁迅全集：第14卷.北京：人民文学出版社，2005：351.

实秋等，但指出，老百姓并不相信他们的鬼话，"他们却更切实地在事实上看见只有从帝国主义国家运到杀戮无产者的枪炮"，①而"统治阶级的官僚，感觉比学者慢一点"，但也不遗余力打压左翼文艺，而且疯狂抓捕杀害左翼青年，还查禁新书刊、新书店，在书店里换上他们的走狗；也失败了，又自办刊物，试图替代左翼刊物，然而也失败了，因为"最有妨碍的是这些'文艺'的主持者，乃是一位上海市的政府委员（朱应鹏——引者注）和一位警备司令部的侦缉队长（范争波——引者注），他们的善于'解放'（指处死革命者——引者注）的名誉，都比'创作'要大得多。他们倘做一部'杀戮法'或'侦探术'，大约倒还有人要看的，但不幸竟在想画画，吟诗"。②而他们最视为宝贝的"文艺家"则是"当左翼文艺运动开始，未受迫害，为革命的青年所拥护的时候，自称左翼，而现在爬到他们的刀下，转头来害左翼作家的几个人"③。

鲁迅甚至公开指斥曾经的上海市教育局局长陈德征："四五年前，我曾经加盟于一个要求自由的团体，而那时的上海教育局局长陈德征氏勃然大怒道，在三民主义的统治之下，还觉得不满么？那可连现在所给与着的一点自由也要收起了。而且，真的是收起了的。"④这里说的是1930年2月参加中国自由运动大同盟，不久该同盟就被当局取缔并"缉拿其首要分子"。当时陈德征曾在"总理纪念周"讲话中作出上述威胁。1933年10月，当局刚开始酝酿"文化围剿"，指责左翼"文人误国"时，鲁迅敏锐地发现其险恶用心，指出不远将有大的压迫到来。

但由于他们手握杀人的权柄，所以鲁迅的揭露、抨击常常采用更加隐晦曲折、更加巧妙的"钻网术"，用曲笔，用隐喻，用代名词，比如用"压迫者""统治者""专制者""鬼魅""吸血吃肉的凶手或其帮闲""人面东西"来指代国民

---

① 鲁迅.二心集：黑暗中国的文艺界的现状［M］//鲁迅全集：第4卷.北京：人民文学出版社，2005：292.

② 鲁迅.二心集：黑暗中国的文艺界的现状［M］//鲁迅全集：第4卷.北京：人民文学出版社，2005：294.

③ 鲁迅.二心集：黑暗中国的文艺界的现状［M］//鲁迅全集：第4卷.北京：人民文学出版社，2005：294.

④ 鲁迅.且介亭杂文：关于中国的两三件事［M］//鲁迅全集：第6卷.北京：人民文学出版社2005：10.

党当局。比如用明朝的说书人讲晋代檀道济而遭责打的故事，说："现在的统治者也神经衰弱到像这武官一样，什么他都怕，因而在出版界上也布置了比先前更进步的流氓，令人看不出流氓的形式而却用着更厉害的流氓手段：用广告，用诬陷，用恐吓；甚至于有几个文学者还拜了流氓做老子，以图得到安稳和利益。因此革命的文学者，就不但应该留心迎面的敌人，还必须防备自己一面的三翻四覆的暗探了。"[1]这里虽然是说整个统治者，但是明显是在说上海的统治者，因为"拜了流氓做老子"正是上海独有的特色。

此外鲁迅谈西崽洋奴买办之类，"然而他们也像洋鬼子一样，看不起中国人，棍棒和拳头和轻蔑的眼光，专注在中国人的身上"[2]。总有一种自以为是的优越感。还有"二花脸"："世间只要有权门，一定有恶势力，有恶势力，就一定有二花脸，而且有二花脸艺术。"[3]

"现在的侵略者和压制者，还有像古代的暴君一样，竟连奴才们的发昏和做梦也不准的么？"[4]

鲁迅与黑暗势力抗争，也正是从身边的黑暗开始，从他在上海的所见所闻开始。

三、鲁迅上海人观的心理基础与社会意义

（一）回击压迫者和上海滩黑暗势力的围剿

鲁迅的上海人观，相当程度上是为回击黑暗当局和势力的围剿。鲁迅早年在北京等地，也有对当局的抨击，而在上海则遭受了更严重的压迫，他也参加左翼组织，与其中的战友们并肩抗争，也通过各种文字方式予以回击。由于当时上海是中国正在迅速崛起的新兴城市，聚集了中国最炙手可热的官僚买办、工商企业、经济巨头、权贵门阀，即使是南京国民政府的核心集团人物，也往往在上海

---

① 鲁迅.二心集：上海文艺之一瞥［M］//鲁迅全集：第4卷.北京：人民文学出版社，2005：309.
② 鲁迅.准风月谈："揩油"［M］//鲁迅全集：第5卷.北京：人民文学出版社，2005：270.
③ 鲁迅.准风月谈：二丑艺术［M］//鲁迅全集：第5卷.北京：人民文学出版社，2005：208.
④ 鲁迅.准风月谈：新秋杂识（二）［M］//鲁迅全集：第5卷.北京：人民文学出版社，2005：298.

活动，他们掌控着中国的政治经济命脉。所以，鲁迅对"统治者""压迫者"等等权贵阶层的揶揄、抨击、抗争，更多反映在上海的社会背景下。因此，当鲁迅说"统治者""压迫者"的时候，通常其外在指向为上海的达官贵人和黑暗势力。例如他1931年说"黑暗中国的文艺界的现状"，首先指上海文艺界的现状，他所说的对左翼文艺界的压迫，首先指上海当局对上海文艺界的压迫，他和左翼战友们所进行的反抗，首先是反抗上海的当局——以陈德征、朱应鹏、范争波等"政府委员""侦缉队长"为代表，通过"图书杂志审查委员会"一类"审查官老爷"，对书店、报刊和作者的打压，联动强力机关，进行查禁、扣押书报刊，查封书店、学校、社团，取缔左翼文化组织，追捕、绑架、关押、枪杀文化人。同时又开书店、办报刊，大造舆论，造谣污蔑，诬陷左翼人士，不一而足，对这些丑类毫不客气地予以抨击，在鲁迅对上海人上海事的议论中在在可见。有时候即使不专指上海的人和事，但在鲁迅话语的语义指向中，仍然不脱这批横行于上海的丑类。鲁迅议论这些人的比重虽然不是最大的，但分量却是最重的。

（二）揭示时代众生相，引起疗救的注意

在鲁迅对于上海人的议论中，揭示黑暗时代众生相，特别是对上海小市民的生活状态的观察，是鲁迅对上海人的议论中最凸显的部分。鲁迅一生关注"病态社会的不幸的人们"，注重通过自己的文字，"揭出病苦，引起疗救的注意"，小说是如此，杂文也是如此，与有人的通信也是如此。无论是写那些无故"吃外国火腿"，被洋人推"落浦"的，无故被巡捕用棍棒敲头，还是那些靠在路边吃侉饼，回家摇着蒲扇乘凉聊天，或者放留声机唱小调、搓麻将吵架的邻居，以及令人讨厌的"阿金"们，鲁迅都是怀着"哀其不幸，怒其不争"的心态，对他们的不幸投以同情的目光，并常为他们鸣不平，而对他们的麻木、愚昧和甘于现况，则予以批评和针砭。鲁迅很清楚，这些是时代的产物，也是中华民族千百年来的精神积淀所造成的，既有根深蒂固的传统积弊，也有伴随西方船坚炮利一同舶来的精神麻醉。上海仍满街是早前发现的"万难打破的铁屋子"里由昏睡而行将死灭的人们，所以，他不恤让自己成为夜间啸叫的不祥之鸟，发出尖利的哪怕是不

入耳的警告，希望警醒铁屋中的人们，从而一起来打破这铁屋子。

其中，鲁迅针砭最多的是知识分子。也许是出于对自身所属的社会阶层社会责任所在的观察与思考更深入，对其与生俱来的缺陷与弊病，以及时代的熔化与毒化作用，看得更真切，故指陈更加痛切，解剖更深透，更不留情面，也不惜用最锋利的言辞予以指斥，因此我们更清楚地看到他们更丑陋的一面，并引起思考：从上海的知识分子看中国，他们身负何种使命，他们能否担当起时代赋予的重任，他们的堕落给时代和社会带来什么后果？他们又何以自救？与其说鲁迅对知识分子种种弊病的揭示是为了使之出丑或被赶下社会舞台，不如说他是一种呼号和警示，揭露这些不忍直视的丑陋之处，为的还是引起疗救的注意，引起知识分子自身自救的自觉和社会刮骨疗伤的主动。比如鲁迅谈到那些诬称内山完造为日本间谍的人们："这一点，倒是凡有自以为人，而其实是狗也不如的文人们应该竭力学学的！"[①]虽然已经"狗也不如"了，但最后不还是落在要他们"学"上吗？这就仍然存着要"救"他们的期望和希望他们自救的意涵。

（三）呼唤新型人格和塑造城市精神品格

尽管鲁迅对上海人有种种不满的表示，甚至对一些他目为败类的人有严厉的痛斥，但严格来说，这些只是事情的一个侧面，而在另一个侧面，同样不可否认的是，鲁迅对上海人也有肯定、赞扬、期待和提倡。就以《中国人失掉自信力了吗》一文而论，其中说了"我们从古以来，就有埋头苦干的人，有拼命硬干的人，有为民请命的人，有舍身求法的人……虽是等于为帝王将相作家谱的所谓'正史'，也往往掩不住他们的光耀，这就是中国的脊梁。"[②]不仅其能指本身就涵盖上海人，而且看后面的所指就可以知道，主要是说上海的革命者："他们有确信，不自欺；他们在前仆后继的战斗，不过一面总在被摧残，被抹杀，消灭于黑暗之中，不能为大家所知道罢了。"正如鲁迅经常说的，在上海看到很多优秀的

---

① 鲁迅.伪自由书：后记［M］//鲁迅全集：第4卷.北京：人民文学出版社，2005：179.
② 鲁迅.且介亭杂文：中国人失掉自信力了吗［M］//鲁迅全集：第6卷.北京：人民文学出版社，2005：122.

青年被捕并就此失踪，因此，"要论中国人，必须不被搽在表面的自欺欺人的脂粉所诓骗，却看看他的筋骨和脊梁。自信力的有无，状元宰相的文章是不足为据的，要自己去看地底下。""地底下"，就是先烈，就是"被摧残、被抹杀，消灭于黑暗之中"的人们，例如左联五烈士。中国人的自信力究竟有没有，只要看看地底下这些英烈，联想他们的精神，就会昭然若揭。这些是鲁迅通篇文章立论的事实基础，也是其基本逻辑。1933年2月鲁迅在《为了忘却的记念》中说："将来总会有记起他们，再说他们的时候的"，而在1934年10月鲁迅就在"记起他们，再说他们"了，并且让人联想到他们的有确信、不自欺，前仆后继地战斗而被摧残、抹杀、消灭于黑暗中，所以已经在"地底下"。鲁迅要看的"地底下"，无疑指向包括他们在内的先烈们。虽然他们也都不是上海当地人，但是无疑已经都融入上海这个城市的血脉，而且成为构成上海城市精神与品格的精粹。

在这里，鲁迅所称扬的先烈们的精神——埋头苦干、拼命硬干、为民请命、舍身求法，有确信、不自欺，前仆后继战斗，正是左联五烈士及其战友们的可贵精神的写照，也是上海这座英雄城市的城市精神与品格的精髓。

结　　语

鲁迅一生与上海和上海人的关系无法切割，在他从路过到定居上海以至终老上海，他的"上海人观"也经历了多次演变，他眼中的上海各类人群的众生相，折射出他对普通上海市民的深切同情，对不觉悟的小市民的哀其不幸与怒其不争，对两极分裂的文化人的透彻剖析与针砭，以及对压迫者和黑恶势力的揭露抨击。他的"上海人观"的心理基础和社会意义，在于回击压迫者的文化围剿，揭示时代众生相，引起疗救的注意，呼唤改造国民性，呼唤新型人格和塑造城市精神品格的理想追求。

鲁迅的上海人观，其内在逻辑始终是爱国与强国。从这个视角回看鲁迅对于上海人的种种议论、批评、指摘、讥刺甚至痛斥，以及哀其不幸、怒其不争，其真正的心理基础和出发点，则是恨铁不成钢，是寄希望于通过这些苦口良药，能让那些迷茫的、盲目自信的、自迷于可怜的优越感的上海人幡然醒悟，抛弃那些盲目的固有观念，"采用外国的良规，加以发挥""择取中国的遗产，融合新机"，①改造扭曲的国民性，建立新的足以配得上第三样时代要求的人格与城市精神品格，这也就是鲁迅一生追求的"国人之自觉至，个性张，沙聚之邦，由是转为人国。人国既建，乃始雄厉无前，屹然独见于天下"的愿景。

参考文献：

［1］鲁迅全集［M］.北京：人民文学出版社，2005.

【本篇编辑：张全之】

---

① 鲁迅.且介亭杂文：《木刻纪程》小引［M］//鲁迅全集：第6卷.北京：人民文学出版社，2005：50.

鲁迅和他身后的上海

——鲁迅与上海文化关系断想

张全之

摘　要：鲁迅与上海城市文化建设主要有三种路径：浸润式、政府倡导式和学者普及式。后者需要研究者从鲁迅文化思想中提取有价值的部分，向社会普及，给政府提供智力支持，使鲁迅的文化思想和精神品格更为深入地融入上海城市文化建设和精神品格的形成。

关键词：鲁迅　上海文化　精神品格

作者简介：张全之（1966—），男，上海交通大学人文学院长聘教授，博士生导师。主要从事中国现当代文学研究。

Lu Xun and the Shanghai behind Him

—Thoughts on the Relationship between Lu Xun and Shanghai Culture

Zhang Quanzhi

Abstract: There are three main paths for Lu Xun and Shanghai's urban cultural construction: infiltration style, government advocacy style, and scholar popularization style. The latter requires researchers to extract valuable parts from Lu Xun's cultural ideas, popularize them to society, and provide intellectual support to the government, so that Lu Xun's cultural ideas and spiritual character can be more deeply integrated into Shanghai's urban cultural construction and the formation of spiritual character.

Keywords: Lu Xun　Shanghai culture　spiritual character

　　鲁迅一生走过很多城市，也在十座城市定居生活过，而上海是他人生的最后一站，也成为他最后的安息之地。鲁迅在上海生活的十年，是战斗的十年，也是创作丰收的十年。正是这十年的光辉历程，使他与这座城市融为一体，成为这座城市的文化象征。鲁迅不负上海，上海也不负鲁迅。他去世后，上海民众为他举行了隆重葬礼：蔡元培、马相伯、宋庆龄等各界名流 13 人组成治丧委员会，有 16 位作家为他抬棺，灵柩上盖着"民族魂"的白旗，十几万民众自发为他送葬。作为一个作家，这样的葬礼在世界文学史上也是罕见的。不仅如此，上海文化界多位著名人士跟许广平一起参与《鲁迅全集》的编纂工作，为传播鲁迅文学做出了重要贡献。之后，在每年鲁迅去世的日子，上海都会有各种纪念活动，报刊上也会发表大量文章。1949 年以后，纪念鲁迅成为一种国家行为，得到空前重视。上海作为鲁迅的长眠之地，自然更加重视。1950 年华东军政委员会开始筹建上海鲁迅纪念馆，1951 年 1 月正式建成并向公众开放，周恩来总理题写馆名。鲁迅纪念馆是 1949 年后建立的第一座人物类纪念馆，这是上海市献给这位精神导师的伟大纪念。在鲁迅逝世 20 年后的 1956 年，上海市政府决定将鲁迅墓从万国公墓迁往当时的虹口公园（后改为鲁迅公园）。鲁迅墓现在成为众多鲁迅文学爱好者的"朝圣"之地。1959 年，鲁迅在大陆新村的故居被列为上海市甲级市级文物保护单位，1977 年调整为市级文物保护单位；鲁迅常去的内山书店，也在 1981 年被上海市文管会列为市级文物保护单位，并对外开放。从上海普通民众的角度来说，鲁迅虽然已经去世，但这些物质载体和他留下的丰厚的精神遗产，已经渗透到他们的日常生活中，成为这座城市共同的记忆，浸润着这座城市的精神品格，成为上海文化传统不可分割的一部分。根据上海鲁迅纪念馆 2019 年 2 月的一份调查报告，2019 年 2 月 2—10 日，上海鲁迅纪念馆的参观者中，"以'上海出生'的本地居民居多，占比为 43.5%；'新上海人'9.35%；'居住 3 年及以上'6.5%，这三个数据表明在观众中，在上海长期、长久停留的观众数占比为 59.35%，达到近六成"①。2004 年上海鲁迅纪念馆发布的一份调查报告显示，本地观众占 59%，也超过半数②。而通常情况下，博物馆类的场所，往往外地参观者多，本地参观者少。如 2024 年上海博物馆的数据显示，"埃及特展首月接待观众

---

① 朱辛颖.上海鲁迅纪念馆观众问卷调查分析报告［J］.上海鲁迅研究，2019（4）.
② 王璐.上海鲁迅纪念馆观众调查报告［J］.上海文博论丛，2005（4）.

人数317 444人次，其中上海地区以外观众221 358人次，占69.7%。这就是说，外省市游客占比70%。"①通过数据对比就不难发现上海居民对鲁迅的热爱。2019年的问卷调查中，设有参观理由一项，63.31%的参观者选择"我对鲁迅先生非常敬重"。所以对上海市民而言，那些与鲁迅有关的物质载体，成为他们缅怀鲁迅、感受鲁迅的重要场所。纪念，是文化传承，更是精神的延续。

从理论上来讲，鲁迅对上海城市文化的影响，有三条路径：一条是自发的，浸润式的影响。市民通过中小学教育或自发阅读鲁迅作品，潜移默化地接受鲁迅的影响，也包括参观与鲁迅有关的展览或遗迹等。二是政府部门有意引导，推动鲁迅文学、思想、人格在市民中传播。三是沪上的鲁迅研究者从鲁迅的精神世界中提取符合中国国情、适合上海市民需要、适应上海市经济社会发展的思想，进行阐释和普及，一方面为政府部门提供参考和借鉴，另一方面让鲁迅走出学者书斋和高校课堂，以市民喜闻乐见的形式，做好普及和推广工作，使鲁迅的精神遗产融入上海城市文化建设，深度渗入广大市民的日常生活。也只有这样，才能实现鲁迅文化与上海城市文化的高度融合。

上述三条路径，第一条是自发的，但鲁迅研究者不应该旁观。当前鲁迅研究变成了一门高深的学问，使普通读者望而生畏。这种研究自然是必要的，但不能以高深的学术将鲁迅神秘化，还应该撰写一些普及性读物，将鲁迅思想、精神写成生动有趣、易于理解的图书，为普通读者的阅读服务，这一点鲁迅研究界做得并不好。近年来值得一提的是张梦阳的《鲁迅的故事》，该书以读者喜闻乐见的形式，将鲁迅的生平事迹和思想感情结合起来，是特别适合中小学生和普通市民阅读的书。第二条涉及政府的施政策略，也需要学者的参与和配合。事实上，在这方面，上海市和虹口区两级政府的宣传部门已经做了很多工作，如虹口区每年举办的"鲁迅文化周"就是极具影响力的活动，对普及鲁迅精神很有意义。上海

---

① 蒋馨尔，唐悦阳.凭什么？一年几百万人往这些博物馆里挤［EB/OL］.（2024-08-23）［2024-10-15］. https://mp.weixin.qq.com/s?__biz=MzIxMzQ1MDE4NQ==&mid=2247554609&idx=1&sn=4d69ea4561 f6b72eba96b6818fb1d419&chksm=96f69d607f93470ebf28b0ec31dedb8a4d0549b313d491a7b2020c7496 8d12177de4c182e7d1&scene=27.

其他区也不断举办有关鲁迅的纪念活动，使鲁迅向民间的渗透不断加强，对传播鲁迅精神起了很好的作用。对鲁迅研究者而言，第三点更为重要，所以这里重点要谈的是第三点，这才是上海的鲁迅研究者应该思考的问题。

鲁迅与上海城市文化建设，是一个实践问题，也是一个理论问题。理论应该作为实践的先导。从理论层面对该问题进行研究，目前已有部分成果，其中代表性的专著有两部：刘国胜先生的《鲁迅精神与上海城市品格（1927—1936）》和梁伟锋先生的《文化巨匠鲁迅与上海文化》。研究论文有郝庆军的《迁居与隐居：鲁迅活动地图和上海文化空间》①以及缪君奇的《鲁迅与上海文化互动关系刍议》②，这些论著，聚焦于鲁迅在上海期间的言行和著述，分析鲁迅与上海建立的文化关系，以及鲁迅对上海的复杂感情。这些研究是必要的，也是很有价值的。但问题在于，这些已有研究都聚焦于鲁迅生前的最后十年，到鲁迅去世就结束了。如前所述，鲁迅对上海文化的影响不会随着他的去世而结束，相反，他去世之后，其精神遗产经过岁月的淘洗、沉淀后，影响会更为巨大而深远。所以研究鲁迅与上海文化之关系，不能以鲁迅的去世而告结束。事实上，在鲁迅去世之后，上海城市文化建设如何吸纳鲁迅的精神、品格，就成为一个值得探讨的问题。这需要从两个层面去考量：一是在鲁迅去世后的这88年中，上海城市文化中是否体现了鲁迅的精神传承和品格？二是上海在将来的城市文化建设中，要从鲁迅这里继承什么，如何让鲁迅的精神更为广泛地渗透到上海民众的日常生活中？对于第一个问题，据我的观察，影响是有的，不只是对上海，对整个中国现代文化，鲁迅的影响都是存在的。除了他的启蒙主义思想在社会上得到广泛认同和传播外，他对社会现实的批判，也极易引起人们的共鸣。他的很多言论，常常被人们在日常生活中引用，有阿Q、精神胜利法、"我真傻""你那里配姓赵"、九斤老太生孩子——一代不如一代、"和尚动得，我就动不得"等。在网络上，也时常会出现一些与鲁迅作品有关的热议话题，如去年流行的关于孔乙己脱掉长衫的讨论，就引起了广泛关注。这些现象都证明了鲁

---

① 郝庆军.迁居与隐居：鲁迅活动地图和上海文化空间［J］.文艺理论与批评，2019（1）.
② 缪君奇.鲁迅与上海文化互动关系刍议［J］.鲁迅研究月刊，2008（7）.

迅文学的当代价值。上海自然也不例外。但总体来看，上海在鲁迅接受方面并没有表现出很特别的地方，这说明将鲁迅精神融入上海城市文化建设，这方面还有很多工作去做。

上海在城市文化建设中用好鲁迅这张金名片，十分重要，这就涉及第二个问题：上海城市文化建设需要从鲁迅这里借鉴什么，作为一个所谓的鲁迅研究者，我愿意贡献一点浅见。

鲁迅的思想博大精深，自成体系，非鲁迅研究者很难进行总体把握。但鲁迅又是一位怀有强烈爱国主义和渴望民族复兴的作家，其思想基于对中华民族前途命运的深刻思考，就像小说《药》中，华、夏两姓合起来就是"华夏"一样，小说是给华夏民族开的一剂药方。其思想不是抽象的概念体系，而是通过诗性语言表达出来的对民族前途的深深忧虑和关切、绝望和希望。读鲁迅作品的中国人会痛切感受到，其作品的情感和思想与我们息息相关。他批判的国民性病灶，我们身上也常常出现。如果读懂鲁迅，就没有一个中国人能置身事外。其思想有深邃、独特的一面，也有易于理解、对社会问题有针对性和实用性的一面。这就意味着当我们从鲁迅思想中择取部分内容融入城市文化建设的时候，就要进行研究和提取，将具有实用性的部分作为城市文化建设的参考。在我看来，可以从四个方面入手：

第一，鲁迅思想中批判与包容的精神。上海有一江一河，面向大海，具有开放的胸襟和气度，包容一切外来者，也吸纳一切外来文化。这种包容性，一直是上海文化研究者极为推崇的特点。上海能有今天的繁荣也与这一文化胸襟大有关系。鲁迅作为一位文化转型时期的知识分子，也具有这种包容的情怀，他提出的"拿来主义"就显示出了这种包容的气度。但鲁迅的"包容"不是无所不包，而是建立在批判基础上的包容。从文化角度来说，鲁迅广泛汲取外来文化，从民主与科学，到达尔文的进化论、尼采的"超人"哲学，以至武者小路实笃的反战思想等，他像一只蜜蜂一样，采百花而酿蜜浆，但他从来不盲目地吸收，而是在批判与反思中接受外来文化的影响。如他对外国人写的批评中国的书很有好感，像史密斯的《中国人气质》，还希望有人翻译过来。日本学者安冈秀夫的《从小说看来的支那民族性》一书也属此类，鲁迅也很有好感，但对于其中一些明显错误的内容，鲁迅进行了揭露和调侃。鲁迅的批判精神还体现在对自我的批判上，他说"我解剖自己并不比解剖别人留情面"[①]，这种自我批判、自我反省的精神，是一个人认识自我、避免夜郎自大的前提。这种精神在今天成为稀有资源，鲁迅为我们提供了可资借鉴的成熟范本。总之，对外来的一切都要批判地吸收、包容，对自我要不断地在自我批判中提升，同时要理智地对待外来批评，在这方面鲁迅给我们留下了丰厚的遗产。

第二，鲁迅一直以普通人的身份感受生活、认识生活，并以普通人的身份发言。鲁迅也曾在教育部任职，后来成为教育部的官员，但我们在他的文字中看不到一点"官气"：他从来不会站在统治阶级的立场上发言，甚至相反，他总是反抗既有的统治秩序，揭露当时中国上层的堕落与虚伪。作为启蒙者他有高屋建瓴的知识分子立场，但从不以此来漠视苦难。《一件小事》充分体现了他对劳动者的正视与敬仰。尤其到后来，他受到阶级论的影响，更加坚信唯"新兴无产者才有将来"。鲁迅说"上海人惯于用商人的眼光看人"[②]，所谓"商人的眼光"就是势利，就是对无钱无势者的轻视。鲁迅能从普通劳动者身上发现美德，看到希望，对自己皮袍下面的"小"字进行深刻自省，这种精神是十分珍贵的。上海在未来的发展过程中，每一位市民都应该从鲁迅身上汲取这种精神，让自己在不断反思和批判中走向成熟，也让上海的精神品格提升到一个新高度。

第三，如何建构以"诚与爱"为基础的社会关系，是鲁迅长期思考的问题，也是我们今天需要思考的问题。自20世纪90年代以来，中国的市场经济飞速发展，但与之配套的市场伦理并没有完善，由此带来了一系列后果，最为明显的就是"诚与爱"供给不足，具体体现为食品安全问题、老人倒了没人敢扶的问题、电信诈骗问题、妇女儿童拐卖问题等，都显示了社会的功利化和诚与爱的缺失。从文化方面着眼，这种状况的出现可能与我们的某些文化传统有一定关系，对此鲁迅有着沉痛的思考。1902年鲁迅在弘文学院时，就与许寿裳探讨过国民性问

---

① 鲁迅.答有恒先生［M］//鲁迅全集：第3卷.北京：人民文学出版社，2005：477.
② 鲁迅.致廖立峨［M］//鲁迅全集：第12卷.北京：人民文学出版社，2005：81.

题。在谈及"中国民族中最缺乏的是什么"时，他们认为"最缺乏的东西是诚和爱，换句话说便是深中了诈伪和猜疑相贼的毛病。口号只管很好听，标语和宣言只管很好看，书本上只管说得冠冕堂皇，天花乱坠，但按之实际，却完全不是这回事"①。这话今天听起来仍振聋发聩。早期对国民性的探讨，是鲁迅文学的起点。《摩罗诗力说》中呼唤"至诚之声"是这一思想的延续，此后终其一生，都在与"世故，巧滑"作战，与"瞒和骗"作战。对此郜元宝教授也有论述，他认为："当下我们阅读鲁迅，需要知道鲁迅最高的关怀是'诚与爱'。纵观鲁迅一生的文学生涯和社会活动，我们发现确实是由这两个字贯穿了。"②此乃知人之论。鲁迅一生的杂文被诬为"骂人文集"，那是因为他心中有大爱："无穷的远方，无数的人们，都和我有关。"③鲁迅所标举的"诚与爱"是他理想中的社会伦理形式，也是他渴望达到的一种社会状态。在今天重读鲁迅的相关言论，依然让我们怦然心动，其意义和价值依然没有过时。

第四，"不和众嚣，独具我见"的个人姿态。鲁迅一生特立独行，不从俗流、不逐时尚、不曲学阿世、不谄媚大众，有一种"虽千万人吾往矣"的气概，所谓"横眉冷对千夫指"，就是力抗世俗、捍卫自我的斗士姿态。他曾说这样评价过章太炎：

> 我爱看这《民报》，但并非为了先生的文笔古奥，索解为难，或说佛法，谈"俱分进化"，是为了他和主张保皇的梁启超斗争，和"××"的×××斗争，和"以《红楼梦》为成佛之要道"的×××斗争，真是所向披靡，令人神旺。④

鲁迅又何尝不是如此，他与反对新文化运动的《学衡》派斗，与主张读经的章士钊斗，与诬蔑三一八惨案、中伤学生的《现代评论》派斗，与提倡"革命文

---

① 许寿裳.我所认识的鲁迅［M］.北京：人民文学出版社，1981：59-60.
② 何晶.2016年"长宁区读书节"启动，郜元宝、金理对谈：今天，如何理解鲁迅的"诚与爱"［N］文学报，2016-04-28（3）.
③ 鲁迅."这也是生活"……［M］//鲁迅全集：第6卷.北京：人民文学出版社：2005：624.
④ 鲁迅.关于太炎先生二三事［M］//鲁迅全集：第6卷.北京：人民文学出版社，2005：566.

学"的《太阳》社斗，与主张"人性论"的梁实秋斗，等等，也"所向披靡，令人神旺"。他时常陷入孤立，独自品味孤独，自己舔舐带血的伤口，但他从不屈服、不妥协。这种独立人格是现代人应该具备的重要素质。许寿裳说："他的举动言笑，几乎没有一件不显露着仁爱和刚强。这些特质，充满在他的生命中，也洋溢在他的作品上，以成为伟大的作家，勇敢的斗士——中华民族的魂。"①

第五，进取与休闲兼顾的生活态度。鲁迅在并不漫长的人生中留下了600多万字的文化遗产，据有人统计，自发表《狂人日记》算起，鲁迅每年平均写35万多字。其勤奋、刻苦可见一斑。这方面的资料很多，历来论说也很多，最有名的就是那句话，"我吃的是草，挤出来的是牛奶，血"②。鲁迅的早逝，也与他呕心沥血地写作有关。但鲁迅又不是一个排斥休闲的人，相反，他写作之余，也时常跟家人和朋友外出看电影、下馆子、逛茶馆等。施晓燕撰写的《鲁迅在上海的居住和饮食》，李浩、丁佳园编著的《鲁迅与电影》都呈现出鲁迅在上海生活的另一面。这种休闲与工作兼顾，而又以工作为主的生活态度，跟当下人们叫嚷的什么"躺平""996"等做法很不一样。鲁迅兼顾勤奋与休闲的生活态度，还是值得我们重视的。

城市文化建设是一个复杂的系统工程，需要汲取各方面的能量和营养，鲁迅固然是中国现代文化的重镇，但绝非全部。但对上海而言，意义又有所不同：上海作为鲁迅的安息之地，重视从鲁迅这里获取资源，是题中应有之义。

鲁迅思想极为复杂，是一个容纳了"黑暗"与光明、希望与绝望、温暖与荒寒、中和与极端的矛盾体。所以到底从鲁迅这里如何"拿来"，"拿来"什么，的确是一个颇费思量的问题。但毫无疑问的是，鲁迅留下的丰厚遗产，是需要我们去抉发、继承的一笔宝贵的精神财富。正如王得后先生所说："在相当长的历史时期，鲁迅思想的伟大现实意义会越来越为有志于社会改革者所认识，并利用它的生机勃勃的力量来促进人们改造自己和自己所生存的社会。"③无论"改造自

---

① 许寿裳.亡友鲁迅印象记［M］//鲁迅博物馆，鲁迅研究室，《鲁迅研究月刊》.鲁迅回忆录：上.北京：北京出版社，1999：223.
② 许广平.欣慰的纪念：献词［M］//许广平文集：第2卷.南京：江苏文艺出版社，1998：3.
③ 王得后，钱理群.鲁迅研究笔记［M］.北京：商务印书馆，2021：9.

己"还是"改造社会"，鲁迅的思想和精神都是储量丰富的矿藏，需要我们去开掘。我们今天纪念鲁迅，其意义也在此，不只是为了纪念，更是为了我们自己。

参考文献：

［1］郝庆军.迁居与隐居：鲁迅活动地图和上海文化空间［J］.文艺理论与批评，2019（1）.
［2］鲁迅全集［M］.北京：人民文学出版社，2005.
［3］缪君奇.鲁迅与上海文化互动关系刍议［J］.鲁迅研究月刊，2008（7）.

【本篇编辑：龙其林】

"历史"底蕴与"重写文学史"
理论旅行的国际视野

——贾植芳与20世纪80—90年代的上海文学批评

汪静波

摘　要：本文聚焦贾植芳与20世纪80—90年代上海文学批评的关联。贾植芳凭借其历经数十年独特遭遇所展现出的特质，为当时追求"人性""审美"与"自由"的文学，供给了饱含个人色彩的精神资源与范例。此外，贾植芳深入参与推进"重写文学史"思潮，其贡献并不亚于在台前的栏目主持人与刊物副主编。彼时上海的"重写文学史"在原则倡导层面，除重视"审美"与"个体"外，对"历史"维度亦未忽视，借助贾植芳等的影响力，不但借鉴了苏联的"整体性清算"模式，还将上海"重写文学史"思潮的影响拓展至中国台湾，甚至波及日本、韩国等地。在这一时期的文学批评领域，贾植芳不仅在幕后借由其弟子施加影响，自己也持续参与其中，跟踪文学动态并撰写评点文章，作为"老一代"评论家，其贡献不容小觑。

关键词：贾植芳　上海　新时期　文学批评　重写文学史

作者简介：汪静波（1995—），女，文学博士，上海大学文学院博士后。主要从事中国现当代文学与批评研究。

"The Historical Foundation" and the International Vision of the Theory of "Rewriting Literary History"

—Jia Zhifang and Literary Criticism in Shanghai during the 1980s and 1990s

Wang Jingbo

Abstract: By exploring the relationship between Jia Zhifang and Shanghai's literary criticism in the 1980s and 1990s, it can be discovered that Jia Zhifang, with his unique experiences and manifestations over several decades, offered highly individualized spiritual resources and examples for the literature that advocated "humanity," "aesthetics," and "freedom" at that time. These included "the strong subjective will and courage in a difficult historical environment," "the magnificent beauty of unyielding resistance," and "the necessary stance of independent thinking for intellectuals," which complemented other aspects in harmony and enriched the substance of these three aspects. Additionally, Jia Zhifang was deeply involved in promoting the ideological trend of "rewriting literary history," and his contribution was no less significant than that of the on-stage column hosts and deputy editors of the publications. At the level of principle advocacy in "rewriting literary history" in Shanghai during that period, aside from "aesthetics" and "individuality," the dimension of "history" was not neglected. Through the exertion of Jia Zhifang's influence and others, not only was there reference to the "comprehensive liquidation" of the Soviet Union, but the ideological trend of "rewriting literary history" in Shanghai also spread its influence to Taiwan of China, even to Japan, Republic of Korea and other places. Regarding literary criticism in this era, Jia Zhifang not only exerted influence through his disciples behind the scenes but also maintained a continuous presence, tracking, and writing critical articles. His contribution as an "older-generation" critic cannot be overlooked.

Keywords: Jia Zhifang   Shanghai   new period   literary criticism   rewriting literary history

对于20世纪80—90年代上海的文学批评而言，以往的研究颇为关注那些活跃在台前的青年评论家，却对在其背后持续发挥作用的贾植芳、钱谷融等前辈相对有所忽视。孙郁指出，"老人的境界，乃青年的起飞的背景"[①]，譬如有关20世纪80年代末的"重写文学史"，尽管王晓明曾提点这一事件"不止是一代人"，"我们背后都是有老先生在后面支持的"，"他们其实是发挥了很大影响。但是他

[①] 孙郁.钱谷融先生 [M] //华东师范大学中文系.钱谷融先生纪念文集.上海：华东师范大学出版社，2017：111.

们不会写文章来讨论这些事情"①，却因这些"很大的影响"居于幕后，总不若王晓明、陈思和、毛时安等面上当事人的述说被研究者反复钻研。

此前研究尽管亦提及在20世纪80年代以贾植芳、钱谷融为核心而形成的"复旦大学—华东师范大学"两大中心，但对于老先生本身的理论表述及其在世界范围内发挥的重要影响并未仔细剖析。通过对于贾植芳及其以上海"重写文学史"思潮为代表的种种20世纪80—90年代批评之关联进行深入研究，不但可以见出他怎样自始至终关注并参与这一时期的批评工作，亦可廓清以往研究中将此地"重写文学史"中内存的"历史的"与"审美的"之二维，简单地总结为"历史"虚晃一枪，"审美"一家独大②，并将"审美"的内涵窄化，简单地和形式与语言画上等号③之偏执，将以老先生的精神底色为代表的"历史"一面更多地展露；此外，还可见出"重写文学史"作为世界性的思潮，是怎样在全球范围内进行了理论旅行，它在上海的发生，不仅受到了美国夏志清《中国现代小说史》、苏联重评《金星英雄》以及北京"二十世纪中国文学"的启发，亦有苏联将斯大林时期的文学史"整体性清算"的启迪，并且通过贾植芳等前辈影响力的发挥，又进一步将"重写文学史"从上海播散至台湾，甚至还传到日本及韩国等地，对此细剖，可使上海作为世界性"重写文学史"之一环的面目显得更为清晰。

一、历史上的"被批判"及其理论内核：
突入生活深处的独立知识分子

对于上海批评家的代际传承，刘忠认为："在文学理论与批评方面，老一代文艺理论家王元化、贾植芳、钱谷融、徐中玉等人思想开放、通脱，不仅自己

---

① 王晓明，杨庆祥.历史视野中的"重写文学史"［J］.南方文坛，2009（3）：79-80.
② 如唐世春就仅提了纯审美标准［不能用纯审美标准重写文学史［J］.文艺理论与批评，1990（6）］。赵黎波亦认为"重写文学史"并不是"历史的""审美的"评价标准的相互制约，"审美性"和"个人性"才是"重写文学史"的"两个基本原则"［"审美的""个人的"：新的美学原则的确立及其影响："重写文学史"思潮文学观念再探讨［J］.小说评论，2014（5）］。
③ 参见杨庆祥.审美原则、叙事体式和文学史的"权力"：再谈"重写文学史"［J］.文艺研究，2008（4）.

著书立说，倡导'人性'的文学、'审美'的文学、'自由'的文学，还奖掖后学……形成了一个'薪火传递'的代际谱系。"①此言固然不错，然而或在一定程度上遮蔽了王元化、贾植芳、钱谷融、徐中玉等作为个体的理论持见的内在分别。老一辈人对于"拨乱反正"之后要迈出解放的步伐，拓宽文学的研究领域，营造"百家争鸣、百花齐放"的局面这些总体性的追求固然一致，然而即便以倡导"人性""审美"和"自由"加以概括，究其内中具体意蕴，对于贾植芳、王元化、钱谷融来说，仍是同中有异，且正因内里各有分别，方使人性、审美与自由的底蕴存在多个互补侧面，以致显得更为充实浑厚。

"人性"的文学作为五四遗产，在拨乱反正后得到了进一步发扬，贾植芳对于钱谷融的"文学是人学"之说曾多次表以支持，在贾植芳看来，"文学本来就是'人学'，这也就是我们'五四'开辟的中国现代文学运动的基本思想特征和光辉的历史传统"②。然而，二者的"人学"取径似略有不同，钱谷融的"人学"多指作家在作品中应当写出活生生的人，读者也应当按照对活生生的人之同情理解，去细品作品中那些平面纸张上的立体"活人"，领会如《安娜·卡列尼娜》中千回百转的心神，细品如繁漪、周朴园等人物言谈背后的深长意蕴。贾植芳尽管亦赞成要"写活生生的人"的观点，但他在言说"人学"之时，却似更偏重于创作者与理论家本身那份不受外在政治气候干扰的、强有力的主体意志，强调一种敢于表述其独特体验的富于勇气的诚实。他认为，"两条现实主义的道路，一条出发点是政治，另一条出发点是人学。胡风把人的强烈因素注入了文学，注入了现实主义……正是这些以人为出发点的独特感受，使胡风的理论至今仍有价值，今天的人们总是把胡风的名字与'主观战斗精神''精神奴役创伤'等理论联系在一起来讨论，这是现代文艺理论史上很少有的荣誉"③。尽管钱谷融《论"文学是人学"》的写作与发表本身就体现出了这种特定环境下的理论勇气，但

---

① 刘忠."重写文学史"与批评家群体的代际传承［J］.中州大学学报，2015（5）：2.
② 贾植芳.《人道主义与中国现代文学》序［M］//贾植芳全集：创作卷（下）.太原：北岳文艺出版社，2020：143.
③ 贾植芳.关于胡风的文艺思想［M］//贾植芳全集：理论卷.太原：北岳文艺出版社，2020：127.

若关注其理论叙事本身，钱氏较为注重的是通过古往今来优质的文学（如托尔斯泰、李后主的作品）体味内面、深度而丰富的"人"，无论何时何地何境，对"人学"的忠实是优秀的作家作品出乎自然的永恒共性，而贾植芳的"人学"仿佛更多是一种理论家与创作者本身，通过在严苛条件下对文学仍然忠于"人学"而取得价值，并表现出其主体性与光辉品格的高扬。

而另外"审美的文学"与"自由的文学"之说，亦难用以概括贾植芳在"著书立说"中对文学的倡导——至少在今日研究对于审美与自由的狭隘理解之中，常将"审美"与语言及形式简单等同，又多因"资产阶级自由化"而使"自由"二字遭到污名化，"审美""自由"作为追求二词并提，仿佛便指向倡导者对个人趣味一力高扬，以及相对应地对民族社会与文学内容的漠不关心。但贾植芳自20世纪30年代起，便追随鲁迅，受胡风发掘而踏上文学道路，直至1999年，仍强调"对于我们这些从三四十年代摸爬滚打半个多世纪的中国历史的风风雨雨的老朽来说，我们抱着'陈旧'的文学观念，欣赏那种突入生活深处的作品。文学对于我们来说，是带着血肉的搏斗的生活的呐喊，是压抑之中爆发的抗争与呻吟，是向非正义的势力挑战的剑和旗"①。贾植芳对于文学作品亦颇有审美品格与独到趣味，但纯粹的辞章经营显然并非其心之所喜，而其对"自由"的追求，与其说会导向"原子化了的个体"（这是今日以西方文论阐释中国经验时用滥的语词）而拒斥整体性社会，并因之而有负于社会，不如说正是为了充分发挥主观能动性去深入思考社会现状并关怀社会，出于对改变周遭现状的一腔热情，是以需要在思想上站在一个相对不必受限的位置——至少在一定程度上摆脱外在强有力的组织机器的规训和压制。

贾植芳"把精神生活的自由与丰富，视为人生的第一要义"②，"虽然是当时左翼政治力量的'同路人'"，但"始终清醒地保持自己的独立人格"，"是个始

---

① 贾植芳.兼跨两个领域：《春天的色彩》序［M］//贾植芳全集：创作卷（下）.太原：北岳文艺出版社，2020：323.
② 贾植芳.皮鞋的故事：暮年杂忆［M］//贾植芳全集：创作卷（下）.太原：北岳文艺出版社，2020：255.

终站在民间立场上的知识分子","追求社会进步和个人思想自由"①。但无论"自由"之于旁人何谓，至少对他来说，对自由的追求反而正是其更好地履行社会职责的前提，他拒斥被时代潮流盲目裹挟，追求以自己思考后的批判或是助力行径，真正与时代发生深度的联结。在他看来，"凡是有助于社会进步和文化建设"的"大小活动"，自己这一代知识分子"总是习惯性地卷起袖子，奔上去，自觉地做些什么"，即便只是"呐喊几声，播鼓助阵，都当成是一种义不容辞的社会职责"②。贾植芳曾在与胡守钧谈胡风时，言及胡风"认为作家要关心国家社会，同时要用自己的观念、眼光来看。作家的写作不应有统一的标准"③，贾植芳本人无疑便是一位对国家社会十分关心，并用自己的观念眼光摄取并判断的作家。此外值得一提的是，钱谷融尽管"素不讳言我是一个为艺术而艺术派"④，但曾对弟子曾利文道"你知道我的为人，只要于国家社会有益，我是决不推辞的"⑤，尽管钱谷融从未如胡风那般强调"作家要关心国家社会"，亦未如贾植芳般将文学的意义与"搏斗、抗争、挑战"进行紧密联结，但他本人在散淡面目下却并不乏"内热于中"的情怀。

无论如何，若要以"人性""审美"和"自由"总括贾植芳所倡导的文学，那"人性"更多指向理论家、创作者在特殊环境下仍表现出"之以为人"的高贵品格，并将之注入作品而取得的独到价值；"审美"更多指向一种生命中不屈不挠地追求与反抗所体现出的壮烈之美——是悲壮精神的动人之美，而非辞章之美；而"自由"则指向知识分子在关怀国家社会时得以开展独立思考的必需"站位"——即便身处监狱之中，其精神亦始终少受束缚地飞扬流动，在老一辈间，贾植芳的"人性""审美""自由"亦自有其"通而不同"的特殊意味。这些在

① 贾植芳.一位值得纪念的长者：郑超麟先生［M］//贾植芳全集：创作卷（下）.太原：北岳文艺出版社，2020：273.
② 贾植芳.《二十世纪中国文学研究丛书》总序［M］//贾植芳全集：理论卷.太原：北岳文艺出版社，2020：207.
③ 贾植芳.贾植芳、胡守钧谈胡风［M］//贾植芳全集：回忆录和访谈录卷.太原：北岳文艺出版社，2020：359.
④ 钱谷融.书信卷：闲斋书简录［M］//钱谷融文集.上海：上海人民出版社，2013：243.
⑤ 钱谷融.书信卷：闲斋书简录［M］//钱谷融文集.上海：上海人民出版社，2013：308.

20世纪80—90年代供给年轻人的精神财富，某种意义上正因其在20世纪50—60年代遭到批判与磋磨，方以之身受而得到淬炼和凸显。

贾植芳在20世纪30—40年代从事创作，后进入学府教书，在1955年前并无什么成文的理论表述，更谈不上长期持有所谓的"反革命"和"反动"的理论意见，事实上贾植芳对胡风的不少理论及其略显张扬过火的言论并不赞同，只因与胡风私交甚笃，是以成为"骨干分子"。据《胡风全集》中相关记载，1950至1954年间，贾植芳与胡风相互拜访、共同用饭（有时单独，有时举家往来）等计三十余次，亦有不少信件往来①。当时的贾植芳对于契诃夫、果戈理多有偏爱，对小人物的苦难亦有深切同情，对青年人甚是呵护关心并颇有人缘，等等。有如此品性作为良好基底，苦难本身也就成为另一种精神财富，也许正因其在1955年起便早早地再次蒙冤入狱，不仅使其生命取得了旁人难以与之相比的精神深度，也相对得获了极少伤害旁人的机会。在1955年1月26日，胡风本人亦给贾植芳写信，言明"你是教书的，能不参加顶好，万不得已时，就可以批判的地方说一点自己的意见吧"②。但贾植芳除了敷衍地写了两篇对胡风的空洞批判文章，以及根本未能发表的文章，此后亦极罕见批判旁人的文章问世，因他已被关入狱中，打入另册，不具著文批判的资格，在特殊年代，早早被打倒竟成留取清白的一种方式，由此到了20世纪80年代，以往20世纪60—70年代的诸多历史恩怨也就相对与他无涉。

贾植芳积攒了数十年的精神底气，转换成一份博大而深刻的精神资源③，传递给20世纪80—90年代的青年评论家。1990年12月12日，贾植芳与张新颖谈论自己这一代知识分子的人生追求和生活道路，以作青年一代的历史参照④；正因有了贾植芳的人生历程作底，以致在20世纪90年代所呼吁的"人文精神"虽为"精神"，却具肉身而可感，在其弟子陈思和看来，"人文精神传统"正是"从我

---

① 参见胡风全集：第10卷［M］.武汉：湖北人民出版社，1999：160-513.
② 胡风全集：第9卷［M］.武汉：湖北人民出版社，1999：136.
③ 傅书华."个人"的"狱里狱外"：贾植芳的人生与小说创作［J］.鲁迅研究月刊，2020（7）：67.
④ 参见张新颖.沧溟何辽阔，龙性岂易驯：琐记贾植芳先生［J］.上海文学，2004（10）.

们身上淌过,一代一代再流传下去"①。陈思和明显地感受到贾植芳"那种强悍的、父性的人格对我的影响"②,自言"父亲在我成长中是缺席的""先生后来就充当了我的'父亲'"③,周立民同样将贾植芳视作"学术上,精神上的父亲"④,有如许"父系"底色,或许从贾植芳对"历史"的追求及老成持重的观点出发,可以破除以往研究中判定上海"重写文学史"只重"审美"一维而忽略"历史"维度的迷思;而钩沉贾植芳为此地"重写文学史"所作的贡献,亦可见出这一"海派"思潮,后又如何播撒至中国台湾,甚至日本与韩国。

二、"历史"之维与"重写文学史"在世界范围内的理论旅行

尽管在陈思和与王晓明两位栏目主持人在《"重写文学史"专栏的对话》这篇长文中,对"重写文学史"曾做出不乏"历史"维度的总结性陈词,其中陈思和言明,"历史的审美的观点下的文学史研究,它本身就是一种个性化的,不断纠正前人见解的学术活动";王晓明亦认同,二人所理解的重写文学史,"是为那种历史的审美的文学史研究","能够在将来大踏步地前进,做一些铺路的工作";陈思和又再度强调,"文学史研究必须有历史的视角。这点不解释清楚的话,恐怕会引起误解,误以为我们是在提倡什么'纯而又纯的美',而排斥文学史上的非文学因素"⑤,但有趣的是,无论二人如何强调"历史"之维,在此后对这一事件追溯性的研究中,总时常认定"历史"在此不过是"虚晃一枪",其重心还是落在"审美"上面⑥;"'重写文学史'并不是'历史的''审美的'评价

---

① 吴敏.我所见到的晚年贾先生 [M] //陈思和.贾植芳先生纪念集.上海:复旦大学出版社,2011:574.

② 参见蔡春华.解冻后的新生:贾植芳与比较文学 [J].中国比较文学,2002(4):132.

③ 刘涛.香远益清:悼贾植芳先生 [M] //陈思和.贾植芳先生纪念集.上海:复旦大学出版社,2011:586.

④ 参见周立民."我们不能让生活失色":追忆贾植芳先生 [J].收获,2008(4).

⑤ 参见陈思和,王晓明."重写文学史"专栏的对话 [J].上海文论,1989(6).

⑥ 杨庆祥.审美原则、叙事体式和文学史的"权力":再谈"重写文学史" [J].文艺研究,2008(4):18.

标准的相互制约，'审美性'和'个人性'才是'重写文学史'的'两个基本原则'"①；对这一专栏进行的批判，更直斥"不能用纯审美标准重写文学史"②"'审美性'的偏至与'主体性'的虚妄"③等等；即便持论稍公允者，亦感到尽管"两位主持人曾补充说明并非要提倡'纯而又纯的美'，而是要写出'历史的审美的文学史'。但这一点在专栏的文章中体现得并不充分"④。

然而，以往的研究或许存在一个误区，尽管专栏文章本身对于"历史"之维可能体现不足，但这并不能代表在这场思潮运动之中，"历史"的维度未被提倡，"历史"并非"重写文学史"的原则之一，"历史"只是在"审美"与"主体"面前用以遮盖的一只虚幌。如果说到了1989年第6期刊载的《对话》或因碍于情势，可能存在为己辩白的意味，但在1988年第4期"重写文学史"栏目初现之时，《编后絮语》中就强调，"我们也要充分注意历史当代性的全部复杂内涵，避免简单化就事论事地'唱反调'"⑤。"历史"之维在专栏文章中体现得不够充分，很可能另有其他诸多因素，譬如栏目中供稿作者在当时学养尚浅（甚至主持人本身亦尚青涩），若欲呈现文学史研究中"历史"的深度与厚度尚需以俟来日，未可指望在此一二年间毕其功于一役等等。在这一专栏上发文的王雪瑛，就曾回忆自己当年是考上了钱谷融的研究生，得到留校任教的师兄王晓明的指点、鼓励和信任，"顺利地完成了《从自我分析到自我掩饰——论丁玲的小说创作》"，"在读研第二学年的暑假过后"，这篇文章在《上海文论》发表⑥。要对作品在"审美"上提些独到意见，或可倚赖年轻时喷涌的才情，但将"历史"的充分体现，去倚重于尚在研一、研二就读的年轻学生，以及三十余岁青年教师的点拨与撰文，也许是一种略微强人所难的要求。钱谷融在1988年10月27日给吴宏聪写信时，亦

---

① 参见赵黎波. "审美的" "个人的"：新的美学原则的确立及其影响："重写文学史"思潮文学观念再探讨 [J]. 小说评论，2014（5）.

② 唐世春. 不能用纯审美标准重写文学史 [J]. 文艺理论与批评，1990（6）.

③ 陈越. "审美性"的偏至与"主体性"的虚妄：关于"重写文学史"的再思考 [J]. 文艺理论与批评，2016（2）.

④ 王兆鹏，孙凯云. 回眸"重写文学史"讨论 [J]. 暨南学报（哲学社会科学版），2005（2）：69-71.

⑤ 编后絮语 [J]. 上海文论，1988（4）：80.

⑥ 王雪瑛. 经典的魅力：写于钱谷融先生百岁华诞之际 [M] // 华东师范大学中文系. 钱谷融先生纪念文集. 上海：华东师范大学出版社，2017：231.

评价"重写文学史,是《上海文论》上,王晓明和陈思和主持的栏目,已发的几篇都是师大(我的)和复旦的学生,质量参差不齐,并无真正的力作"①,与《上海文论》的发行日期相较,钱谷融此处当指刊发的戴光中、宋炳辉、夏中义、王雪瑛的四篇文章,所谓"无真正的力作",一方面含有谦逊之意,另一方面也只能说明文章对原则贯彻得尚不充分,不能说明"原则"本身并不存在。

在20世纪80年代末上海"重写文学史"的思潮之中,"审美"与"主体"("个人")固然是极为重要的两个因素,但对"历史"的强调其实从未缺席。在老先生处,贾植芳认为重写文学史所需要的"清理重灾区"中,很重要的一点就是要将历史中实存的"通俗文学"等长期以来现当代文学研究中的空白点补入研究版图;徐中玉亦提及这种研究需要"认真切实地掌握到了时代的'势'与'理'"②,要"对历史负责,恢复历史的本来面目";钱谷融也认为"非历史化的现象在对中国现当代文学进行重新审视和反思时是应该避免的……对作家在当时社会、历史的特定条件下的种种情况一定要给予充分的理解"③。上海的相关学者从老到少其实都在强调"历史",只是未能在短短一年半内做出足以体现这一原则的丰厚成果,研究者对当时"历史"之提倡的忽视,可能源于过分倚赖王晓明、毛时安等"台前"人士在21世纪接受采访时的追忆。如王晓明指认,"当时基本的想法是把'重写文学史'基本的立足点定在审美和对文学史应该有个人的理解这两点上"④,但即便是当事人,在回忆之时也可能存在说得不够完整以及错讹之处,亦只能算作其一家之言,既不可由此而将上海整场思潮的基本点定性,也不可认定在其提出的"两点"之外再无其他。如王晓明在访谈中同时提及,"李劼、陈思和、我三个人一起讨论,李劼执笔写的"一篇"很长的文章",后来就发在"重写文学史"的专栏里,"好像没有全文发,我和陈思和也没有署名"⑤。虽然其描述连细节都甚是完整,但遍查《上海文论》中"重写文学史"的栏目,实际并

---

① 钱谷融.钱谷融文集:书信卷:闲斋书简录[M].上海:上海人民出版社,2013:152.
② 徐中玉.关于重写历史、现在能否有轰动效应与报告文学的生命力[J].文艺理论研究,1989(1):3.
③ 老教授三人谈[N].文艺报,1989-05-27(3).
④ 王晓明,杨庆祥.历史视野中的"重写文学史"[J].南方文坛,2009(3):82.
⑤ 王晓明,杨庆祥.历史视野中的"重写文学史"[J].南方文坛,2009(3):81.

未收李劼的这篇文章。

不过，王晓明的指点也提示后人，"重写文学史"除了栏目主持、供稿作者、刊物副主编以外，另有许多被历史风尘隐姓埋名了的"幕后人士"未被充分纳入研究视域。查考《贾植芳全集》中有关"重写文学史"的记载，可见其对这一事件被忽视了的、令人惊异的深度参与。早在1986年4月12日，贾植芳就在"读西方有关苏联战后文学的评论，这是由看苏联官方的理论著作——阿·梅特钦科的《继往开来——论苏联文学发展中的若干问题》一书——引起的"，并且感到"在斯大林和毛泽东死去以后，我们发生在文学界的现象，也十分相似"①。第二天陈思和至贾植芳家中"一块儿午饭后，一起别去，思和去外文书店去买台湾文史出版物"②。师徒二人颇有可能已在相互交流苏联正在发生的"重写文学史"，并有意进一步打开有关此种"重写"思潮的宽阔视野。1992年，贾植芳提及：

> 前年从某杂志的一篇莫斯科通讯得知，当时苏联文学界一些革新派人士有重写苏联文学史的倡议，即将过去由于政治、思想诸种复杂因素，被排除在多年出版的苏联文学史收录范围之外的那些在建国前后的大批苏联作家、诗人，包括被处决、流放、监禁以至放逐和流亡海外的作家、诗人，与虽然身在国内而受到批判，无权出版自己作品的作家、诗人，或被冷遇不闻的作家、诗人，重新进行了发掘、审视与清理，为他们恢复在文学史上的历史地位和应有的文学史评价，其中就包括这位勃留索夫。③

此处"前年"，有可能为"前些年"之谓，即便"前年"确指1990年，但可

---

① 贾植芳全集：日记卷（下）[M]．太原：北岳文艺出版社，2020：145.
② 贾植芳全集：日记卷（下）[M]．太原：北岳文艺出版社，2020：145.
③ 贾植芳.《〈勃留索夫日记钞〉前记》之后记 [M]//贾植芳全集：创作卷（下）．太原：北岳文艺出版社，2020：116.

见苏联的"重写文学史"除毛时安提及的重评《金星英雄》之外，亦具有整体性"重新清理"的特色，且至少于1986、1987年，这一思潮便已传至中国。如1987年第5期的《苏联文学》（现名《俄罗斯文艺》）就载有类似通讯《苏联文坛动向一瞥》，内里提及苏联的文学家正在"要求以历史主义的态度对文学生活中一些重大的历史事件（包括作家和作品）做出新的评价"，并且提及"关于'不应出现空白'的观点，今年春天苏共总书记戈尔巴乔夫也曾对记者强调过。他说，在历史和文献上不应有空页，否则就不是历史和文献，而是认为的东西了"①。贾植芳在接受《文艺报》记者时所表达的意见，明显就受到此类苏联文坛动向通讯的影响，他认为，"这项工作应该更多地由年轻一代人来承担，他们没有历史恩怨，更没有个人的利害关系，就如同戈尔巴乔夫对斯大林的清算比起赫鲁晓夫来要彻底得多一样"②，亦同样指出要补足我国现当代文学研究在历史上的诸多空白领域，此语显和苏联戈尔巴乔夫的"不应出现空白"相类。1988年7月11日——与《上海文论》的"重写文学史"专栏首次刊载几乎同时——《书林》的记者拜访贾植芳，说"她们的刊物这半年集中力量批斯大林"③，从中可见当时上海的各家刊物对于苏联的"整体性清算"均有将其"移植"至本土之欲，上海的"重写文学史"除了与北京的联动，受《中国现代小说史》、新批评以及苏联重评《金星英雄》的启发外，亦是对于一整场重写苏联文学史——甚至是苏联历史的整体性借鉴。

除在作为接收方的"借鉴"环节，为上海的"重写文学史"思潮打开宽阔视野之外，贾植芳对其阵地《上海文论》自创刊始便有颇多扶持。1987年4月3日，主编徐俊西至贾植芳处送来负责的《上海文论》创刊号，贾植芳读到其弟子陈思和论巴金《随想录》的长文，感到"这篇文章也反映了新一代知识分子的觉醒力量，这正是中国希望之所在"④;4月5日，贾植芳读了《上海文论》刊物各

---

① 参见廷桦，沧德.苏联文坛动向一瞥［J］.苏联文学，1987（5）.
② 老教授三人谈［N］.文艺报，1989-05-27（3）.
③ 贾植芳全集：日记卷（下）［M］.太原：北岳文艺出版社，2020：397.
④ 贾植芳全集：日记卷（下）［M］.太原：北岳文艺出版社，2020：246.

文，认为"这个刊物很有声色，没有官腔八股"[①]；10月21日，贾植芳将学生王宏图的论文荐给徐俊西，意在《上海文论》发表[②]；11月28日上午，参加《上海文论》创刊一周年会[③]。1988年6月6日，在会议上收到毛时安赠送的新一期《上海文论》[④]；11月20日，贾植芳收到范伯群信，内中"附来他写的重评鸳鸯蝴蝶派文章，意欲参加《上海文论》重评现代文学史的争鸣"[⑤]，后显然转给了陈思和或是毛时安，是以范伯群此文在《上海文论》1989年第1期"重写文学史"栏目中刊登[⑥]；1988年12月30日，亦前往参加《上海文论》座谈会[⑦]。从中可见，在"重写文学史"的"生产"一环，贾植芳亦从始至终参与了刊物对于栏目导向的讨论，对栏目具体文章的刊发亦有引荐转手，等等，而到将这些"生产"后的思想、文章等加以国内国外的"传播"一环，贾植芳同样为之充分发挥了其影响力。

1988年11月13日，贾植芳致信胡风夫人梅志，在信中告知"《上海文论》从前期起，由陈思和、王晓明（王西彦的儿子）发起，组成一个'重新评价中国现代文学'的专栏。对这些年流行的中国现代史上的一些扭歪变形的人物和作品、理论和论争重新审视评价，下一期将刊出陈思和对胡先生的评述专文"[⑧]。1989年，除《文艺报》上所载老教授的"三人谈"外，贾植芳亦在上海《文学角》中一篇接受查志华的采访文章内，表示自己感到"现代文学史不仅残缺不齐，许多地方还面目全非"，"非常赞成'重写文学史'"[⑨]如此"支持""推广"尚还限于国内，到了1990年，贾植芳前往日本进行讲演，并在讲演中"压轴"为日本友人介绍了关于"重写文学史"的情况。

在日本的会场上，贾植芳强调，在中国发生的"'重写文学史'不是孤立的，

① 贾植芳全集：日记卷（下）[M].太原：北岳文艺出版社，2020：247.
② 贾植芳全集：日记卷（下）[M].太原：北岳文艺出版社，2020：305.
③ 贾植芳全集：日记卷（下）[M].太原：北岳文艺出版社，2020：319.
④ 贾植芳全集：日记卷（下）[M].太原：北岳文艺出版社，2020：384.
⑤ 贾植芳全集：日记卷（下）[M].太原：北岳文艺出版社，2020：441.
⑥ 参见范伯群.对鸳鸯蝴蝶：《礼拜六》派评价之反思[J].上海文论，1989（1）.
⑦ 贾植芳全集：日记卷（下）[M].太原：北岳文艺出版社，2020：458.
⑧ 贾植芳全集：书信卷[M].太原：北岳文艺出版社，2020：278.
⑨ 查志华.贾植芳先生谈"现代都市小说"[J].文学角，1989（3）：26.

由几个年轻人随心所欲提出来的一个口号，'重写文学史'的提出本身，反映了近十年现代文学研究在三中全会以后取得的巨大成果和革命性的飞跃。"①之所以办这个专栏，是因为"希望能刺激文学批评气氛之活跃，冲击那些似乎已成定论的文学史结论"②，尽管"在当时出现了一些非学术性的因素"，"给人造成了一种这个专栏是做翻案文章的印象"，但仍按预定计划以专辑形式结束③。此前"重写文学史"的口号就已"在日本的学术界也有过一些反响"④，在闭会致辞时，更进一步得到了日本学者伊藤虎丸的回应，强调上海的"重写文学史"内置整个亚洲的联动，并且是中日两国的共同课题：

> 因此，今天我们日中两国的中国现代文学研究者的任务，难道不正是要通过贾先生等人已著先鞭的"重写文学史"等的工作，把贾先生等人所走过的一百年以来的中国革命的历史看作是亚洲现代化过程的一环而加以重新领会，从中找到日中两国人民共通的、面对现在和未来的课题吗？⑤

此外，在贾植芳的介绍中，不仅日本学者对上海的"重写文学史"有过反应，此事对于中国台湾学界亦有启迪，1990年10月，贾植芳提及读到"最近一期台湾出版的《台湾文学观察》杂志上，淡江大学中文系主任龚鹏程著文《重写与复写》，指出这些企划，标示了彼岸学人在面对整个文学传统时新的企图与眼光，希望突破旧有文学论述成规的束缚，重新发展文学的历史诠释和现实实践，

① 贾植芳.六十年来中国现代文学史研究一瞥［M］//贾植芳全集：理论卷.太原：北岳文艺出版社，2020：138.
② 贾植芳.六十年来中国现代文学史研究一瞥［M］//贾植芳全集：理论卷.太原：北岳文艺出版社，2020：136.
③ 贾植芳.六十年来中国现代文学史研究一瞥［M］//贾植芳全集：理论卷.太原：北岳文艺出版社，2020：137.
④ 贾植芳.六十年来中国现代文学史研究一瞥［M］//贾植芳全集：理论卷.太原：北岳文艺出版社，2020：141.
⑤ 伊藤虎丸.贾植芳先生欢迎会闭会致辞［M］//陈思和.贾植芳先生纪念集.上海：复旦大学出版社，2011：133.

作者针对台湾学界的研究现状说，'反观我们自己在这方面的表现，却不免令人汗颜'"①，显然龚鹏程亦因受到"彼岸学人"启发，感到在台湾也同样有"重写文学史"的必要。尽管有关文献尚少，但大陆学界一般认为，是20世纪90年代中后期的"台湾学界'二陈'论战"，成为"开启了台湾地区'重写文学史'思潮的一个契机"②，若关注到此处贾植芳提及的龚鹏程著文，或可得见台湾的"重写文学史"思潮也许远较"90年代中后期"为早，很可能在20世纪80年代末90年代初，就因受到来自大陆的启迪而涌动相关思潮。

直至1999年，贾植芳在为韩国的"韩国中国学会"创办的大型学术刊物《国际中国学研究》作序时，仍在内中提及20世纪80年代以后的中国现代文学研究，正是"以恢复历史的本来面目与丰富性为己任"，将"重写文学史"提上了议事日程，并在以后的发展中取得了巨大的成绩③，令之在韩国的相关研究领域进一步扩散。事实上，早在1988年，贾植芳已将陈思和的三部著作（内中对于"重写文学史"的宗旨自然有所体现）赠送给了当时在韩国高丽大学任教的许世旭教授④，在上海的这场思潮中，贾植芳看似居于幕后，实则可谓深度在场，并且发挥了重要作用。通过对其相关文章、日记、书信的梳理，可见上海的"重写文学史"经历了极为丰富的国际理论旅行，撷取了西方汉学、苏联"整体性清算"等丰富资源，其影响亦远不止以《上海文论》和《中国现代文学研究丛刊》为代表的"京海互动"等，单以贾植芳为视点，便可见出其影响至少已传播至中国台湾、日本与韩国三地，不仅具备上海自身的在地性与特殊性，亦是"重写文学史"思潮在世界范围内流通的一个中介，作为一份思想资源，于东亚各地亦有丰富供给。

① 贾植芳.六十年来中国现代文学史研究一瞥［M］//贾植芳全集：理论卷.太原：北岳文艺出版社，2020：141.
② 孔苏颜，刘小新.文化研究与台湾"重写文学史"思潮的耦合［J］.南通大学学报（社会科学版），2018（6）：89.
③ 贾植芳.我的祝贺与祝福：为韩国《国际中国学研究》而序［M］//贾植芳全集：理论卷.太原：北岳文艺出版社，2020：334.
④ 贾植芳全集：日记卷（下）［M］.太原：北岳文艺出版社，2020：435.

三、日记、访谈中的即时"批评"：
对20世纪80—90年代文学现场的追踪与在场

与钱谷融相类，贾植芳的名望不仅源于作为"学者"的本人的成就，亦源于其在沪上培养出的大批优秀学生。贾植芳自身对于20世纪40—50年代的文学现场均有过文学创作与文学事件的深度参与，透过他这部与文学深度纠葛的"鲜活的生命史"，为陈思和等弟子传授了一部"鲜活的文学史"①，其"存在"本身，就已为"重写文学史"提供了某种历史底蕴的道成肉身。之后门下弟子与"重写文学史"思潮相关的一部部著作——如陈思和主编的《中国当代文学史教程》、章培恒和骆玉明主编的《中国文学史新著》——陆续出版，内中呈现出受到贾植芳影响的浓厚"知识分子"意味，以及"受益于贾先生中外文学同时关照的开阔的学术视野"②，等等。与20世纪40—50年代相比，20世纪80—90年代的贾植芳在研究者眼中似带有更多幕后色彩，但若细读贾植芳于这一时期写下的著作，便可发现其对眼下正在活跃着、变化着的20世纪末文学现场，有着出乎意料的持续关心、持续追踪与持续"文学批评"的撰写——尽管许多批评意见并未直接发表。

就20世纪80—90年代文学的整体性动向而言，贾植芳除深度参与"重写文学史"外，对当时伤痕文学、现代派论争、文化寻根热、人文精神大讨论等种种思潮均发表了自己的意见。他反对人们以"向前看"的名义将"伤痕文学""反思文学"的题材视作过时，认为这只能说明"这些言必称马列的同志，在具体场合却把列宁说的'忘记过去就意味着背叛'这句名言抛弃得干干净净"③。1983年，正值现代派的论争火热之际，贾植芳的女儿查资料时发现了其1949年前发表的论尼采文章，令贾植芳大喜过望，觉得自己"青年时代那点对尼采的体会，还值

---

① 蔡兴水.他像太阳，又如火炬：怀念贾植芳先生［J］.名作欣赏，2021（34）：69.
② 参见李楠.活出来的真正知识分子：章培恒、范伯群、曾华鹏、严绍璗等学者忆贾植芳［J］.中国现代文学研究丛刊，2008（5）.
③ 贾植芳.《一个探索美的人》序［M］//贾植芳全集：创作卷（上）.太原：北岳文艺出版社，2020：371.

得炒一下冷饭，拿出来献丑"，感到此文如能推动尼采传译著等相关研究，"有助于我们从思想和精神方面了解西方哲学和现代派文学，那也不全是无意义之举"①。此文确实赋予了现代派以一种中国本土创作、中国本土研究的历史连续性，亦从侧面为当时受到非难的"现代派"讨论进行了支持。但他也客观地评价当时的现代派作家及小说创作"不如二三十年代那帮人"，尽管"从生活的积累上看，当代中国作家比前辈作家强"，可"他们的缺点是文化素养不高，文化视野不够开阔"②。而"文化寻根热"在贾植芳看来也绝非一种纯粹的民族寻根之举，它表现出用"现代意识来重新认识，发挥传统文化的积极性因素，以求在审美意义上与民族文化达成新的融会"的倾向③。到了 20 世纪 90 年代的"人文精神大讨论"，贾植芳亦对此表明自己的意见，声称"许多论者将其归咎于商品大潮的冲击，我并不全然同意。我看这种畸形精神状态在生活激流中大面积地出现，追本溯源的话，其根源则在于 20 世纪 50 年代以还的'左'祸的灾害"④。

除了整体性地应对思潮、引领风向及表达观点之外，贾植芳笔下亦不乏对具体作家作品的评论。1979 年 10 月 14 日，贾植芳与妻子任敏一起去看话剧《假如我是真的》，当时报刊上虽有铺天盖地的指斥之声，但贾植芳却评这部剧"并没有否定现实的味道，只是指出现实的可哀之处，意在匡世，非要推翻也"，并且感到它"表面看来是讽刺剧，实际上是一出悲剧，它使人正视现实，发人深思。比《于无声处》强多了"⑤。此后十年内，仅其日记中所载的时下小说、剧本评点，就涉及《清明》上刊载的《旧巷》，《十月》上刊载的《苦恋》《初恋的回声》，《小说月报》上所载的《蓝屋》《流星在寻找失去的轨迹》和《溃疡》，等等。贾植芳对《旧巷》颇多好评，认为它"是一幅笔力劲硬的油画，涂满了历史和时代的色彩，而且五彩缤纷、线条分明"⑥，亦认为优秀的报告文学作品"简直

---

① 贾植芳.关于尼采的事：一篇旧文的回忆［M］//贾植芳全集：创作卷（上）.太原：北岳文艺出版社，2020：318.
② 查志华.贾植芳先生谈"现代都市小说"［J］.文学角，1989（3）：27.
③ 贾植芳.中国新文学与传统文学［M］//贾植芳全集：理论卷.太原：北岳文艺出版社，2020：87-88.
④ 贾植芳.《艺术的失落》序［M］//贾植芳全集：创作卷（下）.太原：北岳文艺出版社，2020：187.
⑤ 贾植芳全集：日记卷（上）［M］.太原：北岳文艺出版社，2020：12.
⑥ 贾植芳全集：日记卷（上）［M］.太原：北岳文艺出版社，2020：110.

是一部政治社会史的缩影"，写出了"这三十多年来，人工培养的那些人形的垃圾，那种从我们社会内部产生出来的众多的、联成一片的毒菌"①。此外，贾植芳对于一些上海流行的女性作家作品亦有关注，他评价程乃珊的《蓝屋》"女性笔致很细，文字也很熟练，也写了生活的真实"②，感到她"写得很具有老上海的市民气息和生活氛围"，认为这位作家如果"没有在这座城市中浸泡过，绝不会有这种大都市的文化意识和格调"③。尽管贾植芳对于20世纪80—90年代文学作品的长篇评论并不算多，但却表现出一种敏锐的追踪思维，横贯古今中西的比较意识，以及持续性的强烈关心。

其实，对于眼下文学现场的"关注"这一方面，有不止一位子弟辈评价贾植芳先生的"时髦"。石曙萍回忆，贾植芳对"贾平凹的《废都》、卫慧的小说也都第一时间阅读"，还推荐自己"看《往事并不如烟》，说毛泽东对'右派'比对'左派'要仁慈得多"④；而刘志荣曾在拜访贾植芳时，"赫然发现书桌上竟然放着卫慧的《上海宝贝》和棉棉的《糖》"，问起之时，贾植芳回答"其中有些社会信息"，而他过两天再去时，贾植芳"已然读完了，然后随口评论起来，翻翻书桌上的小说，里面还写了不少批语"⑤。惜乎今日除散见于日记、书信等处之外，已难搜寻贾植芳的藏书并从中得见贾此类眉批、旁批等印象式评点，然而从相关描述之中，仍可见出其宝刀未老，在20世纪80—90年代，于具体作品的具体"批评"文本撰写方面仍有诸多实践。尽管贾植芳在晚年曾自叹"已到了行将就木之年，做不成什么事情了"⑥，并且花费大量时间为青年学者、作家的成果作序，感到"为了对他们的劳动成果给以应有的品评，把他们推向文化学术界，我义不

① 贾植芳全集：日记卷（上）［M］.太原：北岳文艺出版社，2020：254.
② 贾植芳全集：日记卷（上）［M］.太原：北岳文艺出版社，2020：430.
③ 贾植芳.世纪老人的话：贾植芳卷［M］//贾植芳全集：回忆录和访谈录卷.太原：北岳文艺出版社，2020：317-318.
④ 石曙萍.跌倒了爬起来：怀念贾植芳先生［M］//陈思和.贾植芳先生纪念集.上海：复旦大学出版社，2011：568.
⑤ 刘志荣.一些记忆的断片：贾植芳先生三年祭［M］//陈思和.贾植芳先生纪念集.上海：复旦大学出版社，2011：609.
⑥ 贾植芳.《牛津格言集》中译本序［M］//贾植芳全集：创作卷（下）.太原：北岳文艺出版社，2020：67.

容辞地为他们的破土而出摇旗呐喊"①，但事实上，除去大量对青年学友的指点与扶助，即便不考虑其门下诸多弟子及贾植芳的"栽培"成绩，20世纪80—90年代的贾植芳仍在回忆著述、思潮引领与具体的文学批评等各个方面以"人"与"文"本身发挥宝贵能量，尽管于其而言"人师"一途所获成就辉煌，但亦未可因此耀眼光芒，而使"贾植芳"的其他侧面被后人轻忽。

结　语

如将20世纪80—90年代上海的文学批评界视作一个整体性的场域，青年批评家及其著文常常作为一颗颗关键性的"棋子"，在适逢其会之时，发挥出了亮眼的、难以忽视的作用。然而这一整个"棋场"，却是由幕后的"棋手"摆盘构筑整体性的环境，并依据时势而令一枚枚合适的"子"隐匿或是浮露。贾植芳于此时此地无疑堪称"棋手"之一，通过对此加以研究，可以见出贾植芳以其数十年独特的遭遇与表现，为当时所呼吁的"人性""审美"与"自由"的文学，提供了富于个人特性的"历史环境下强有力的主体意志与勇气""不屈不挠地反抗的壮烈之美"以及"知识分子独立思考的必需站位"等精神资源与样本，并与其他侧面和谐互补，令此三者底蕴显得更为充实。此外就与"重写文学史"有关的部分而言，可以见出贾植芳对此有着深度参与，其贡献或未逊色于台前的栏目"主持人"与管事的"副主编"。当时在原则提倡的层面，除"审美""个体"之外，于"历史"之维并未有所偏废，且不仅对苏联的"整体性清算"有所借鉴，亦使上海"重写文学史"的思潮影响扩散至中国台湾，甚至还传到日本、韩国。对于20世纪80—90年代上海地区的文学批评来说，贾植芳不仅居于幕后，通过其弟子发挥影响，本人亦有着持续性的在场、追踪以及评点文章的撰写。以贾植芳为个案研究可提示我们，当下对于这一时期的"老、中、青"三代评论家来说，整体而言，相关研究不够充分，其中"老"一代及"中"一代的评论家因期刊上

---

① 贾植芳.《劫后文存——贾植芳序跋集》前记［M］//贾植芳全集：创作卷（下）.太原：北岳文艺出版社，2020：71.

所见文章不多，以致研究尤其不够充足，仍有大量工作值得进一步开展。

参考文献：

［１］编后絮语［Ｊ］.上海文论，1988（4）.

［２］蔡春华.解冻后的新生：贾植芳与比较文学［Ｊ］.中国比较文学，2002（4）.

［３］蔡兴水.他像太阳，又如火炬：怀念贾植芳先生［Ｊ］.名作欣赏，2021（34）.

［４］陈思和.贾植芳先生纪念集［Ｍ］.上海：复旦大学出版社，2011.

［５］陈思和，王晓明.“重写文学史”专栏的对话［Ｊ］.上海文论，1989（6）.

［６］陈越.“审美性”的偏至与“主体性”的虚妄：关于“重写文学史”的再思考［Ｊ］.文艺理论与批评，2016（2）.

［７］范伯群.对鸳鸯蝴蝶：《礼拜六》派评价之反思［Ｊ］.上海文论，1989（1）.

［８］傅书华.“个人”的“狱里狱外”：贾植芳的人生与小说创作［Ｊ］.鲁迅研究月刊，2020（7）.

［９］胡风全集：第9卷［Ｍ］.武汉：湖北人民出版社，1999.

［10］胡风全集：第10卷［Ｍ］.武汉：湖北人民出版社，1999.

［11］华东师范大学中文系.钱谷融先生纪念文集［Ｍ］.上海：华东师范大学出版社，2017.

［12］贾植芳全集：创作卷（上）［Ｍ］.太原：北岳文艺出版社，2020.

［13］贾植芳全集：创作卷（下）［Ｍ］.太原：北岳文艺出版社，2020.

［14］贾植芳全集：理论卷［Ｍ］.太原：北岳文艺出版社，2020.

［15］贾植芳全集：回忆录和访谈录卷［Ｍ］.太原：北岳文艺出版社，2020.

［16］贾植芳全集：日记卷（上）［Ｍ］.太原：北岳文艺出版社，2020.

［17］贾植芳全集：日记卷（下）［Ｍ］.太原：北岳文艺出版社，2020.

［18］贾植芳全集：书信卷［Ｍ］.太原：北岳文艺出版社，2020.

［19］孔苏颜，刘小新.文化研究与台湾“重写文学史”思潮的耦合［Ｊ］.南通大学学报（社会科学版），2018（6）.

［20］老教授三人谈［Ｎ］.文艺报，1989-05-27（3）.

［21］刘忠.“重写文学史”与批评家群体的代际传承［Ｊ］.中州大学学报，2015（10）.

［22］钱谷融.钱谷融文集［Ｍ］.上海：上海人民出版社，2013.

［23］唐世春.不能用纯审美标准重写文学史［Ｊ］.文艺理论与批评，1990（6）.

［24］廷桦，沧德.苏联文坛动向一瞥［Ｊ］.苏联文学，1987（5）.

［25］王晓明，杨庆祥.历史视野中的“重写文学史”［Ｊ］.南方文坛，2009（3）.

［26］王兆鹏，孙凯云.回眸“重写文学史”讨论［Ｊ］.暨南学报（哲学社会科学版），2005（2）.

［27］徐中玉.关于重写历史、现在能否有轰动效应与报告文学的生命力［Ｊ］.文艺理论研究，1989（1）.

［28］杨庆祥.审美原则、叙事体式和文学史的“权力”：再谈“重写文学史”［Ｊ］.文艺研究，2008（4）.

［29］查志华.贾植芳先生谈“现代都市小说”［Ｊ］.文学角，1989（3）.

［30］张新颖.沧溟何辽阔，龙性岂易驯：琐记贾植芳先生［Ｊ］.上海文学，2004（10）.

［31］赵黎波.“审美的”“个人的”：新的美学原则的确立及其影响：“重写文学史”思潮文学观念再探讨［Ｊ］.小说评论，2014（5）.

［32］周立民.“我们不能让生活失色”：追忆贾植芳先生［Ｊ］.收获，2008（4）.

【本篇编辑：夏　伟】

《玉篇》发覆①

吕　浩

摘　要：顾野王《玉篇》"总会众篇，校雠群籍"，旨在解决南北朝时期典籍"字各而训同""文均而释异"的状况。《玉篇》上承《说文》，又在部首设置、收字、释义等诸多方面较《说文》有所改进，变《说文》"据形系联"为"以义类聚"，变《说文》"解字"为"解词"，为后世字典确立了基本样式。《玉篇》经唐宋两代的改编与校订，又经元明两代的调整与增修，形成了版本众多、源流复杂的发展史。《玉篇》及其改编本东传日本，经翻刻、改编、增修，形成了更为庞杂的文献系统，体现了《玉篇》在域外传播与接受的基本规律。鉴于《玉篇》在东亚辞书史上的重要地位及其对东亚语言文化的深度影响，《玉篇》的现代意义值得进一步挖掘。

关键词：《玉篇》　顾野王　东亚文化

作者简介：吕浩（1970—），男，汉语言文字学博士，上海交通大学人文学院教授，主要从事古辞书研究。

Revelation of *Yupian*

Lü Hao

Abstract: *Yupian* by Gu Yewang "collects and collates ancient books and records", which aims to solve the situation of "different words with the same explanations, the same word with different

---

① 本文系教育部哲学社会科学研究后期资助重大项目"《玉篇》复原研究"（项目编号：23JHQ004）的阶段性成果。

explanations" in the ancient books and records of the Northern and Southern Dynasties. *Yupian* inherits *Shuowen*, and has some improvements in radical setting, word collection and interpretation compared with *Shuowen*. It changes "linking according to form" to "gathering by meaning", changing " explaining Chinese characters" into "explaining words" in *Shuowen*, which establishes the basic style for later dictionaries. *Yupian* was adapted and revised in Tang and Song Dynasties, and adjusted and revised in Yuan and Ming Dynasties, forming a history of numerous editions and complicated origins. *Yupian* and its adaptations were spread to Japan. After being reprinted, adapted and revised, a more complicated document system was formed, which reflected the basic law of its dissemination and acceptance. In view of the important position of *Yupian* in the history of East Asian dictionaries and its deep influence on the language and culture of East Asia, the modern significance of *Yupian* deserves further exploration.

Key words: *Yupian*　Gu Yewang　East Asian culture

顾野王《玉篇》及其唐宋改编本不仅传播广泛，而且对东亚语言文化影响至深，对东亚文化圈的最终形成及历史维系都具有不可替代的作用。如今《玉篇》研究成果虽多，但其中还有诸多问题需要进一步澄清，以推动相关研究向纵深发展。①

一、《玉篇》的编撰背景

顾野王，字希冯，原名顾体伦，因仰慕西汉冯野王而改名顾野王。②顾野王自幼聪颖过人，七岁能知《五经》之大旨，九岁能作赋。《陈书》："（顾野王）长而遍观经史，精记默识，天文地理、蓍龟占候、虫篆奇字，无所不通。梁大同四年，除太学博士。迁中领军临贺王府记室参军。宣城王为扬州刺史，野王及琅邪王褒并为宾客，王甚爱其才。"③这位宣城王就是南梁太子萧纲的嫡长子萧大器，

---

① 为表述方便，字书中的字头使用繁体字。
② 冯野王年少时博学多才，尤其精通《诗经》，后因其父为左将军、光禄勋而任太子中庶子。概顾体伦早年经历与冯野王类似，故改名顾野王，取字希冯，也表示他希望成为冯野王那样的人。其实，顾体伦之名也有渊源，《隋书·经籍志》有顾体伦的父亲顾烜《钱谱》一卷，宋代洪遵《泉志》谓顾烜之书"凡历代造立之原，大小轻重之度，皆有伦序"，庶几与顾体伦之名有一定关联。
③ 姚思廉.陈书［M］.北京：中华书局，2011：399.

因而顾野王也就成了太子萧纲文学集团的一员。顾野王编著《玉篇》也是萧纲之令，令出原委，还得从南梁皇室说起。

南梁开国皇帝萧衍在经学、佛学、诗词、音乐、绘画、书法、棋艺各方面都有很高的造诣，经学著作有《毛诗答问》《尚书大义》《周易讲疏》《春秋答问》，还有《中庸讲疏》《孔子正言》《老子讲疏》《制旨孝经义》等，凡两百余卷，[①]又称《五经讲疏》。[②]萧衍《五经讲疏》"正先儒之迷，开古圣之旨"，又"立五馆，置《五经》博士"。[③]皇太子萧纲也在东宫设宣猷堂讲学，并著有《礼大义》《老子义》《庄子义》各二十卷，《长春义记》一百卷。[④]甚至萧纲的嫡长子萧大器在临刑前还在讲《老子》，[⑤]足见南梁皇室在经学上用功至深，同时又重视老庄之学，且当时盛行的经学风气的特点在"玄学"。

当然，南梁皇家著述不仅限于五经及老庄大义，萧衍的佛学著作有《涅萃》《大品》《净名》《三慧》诸经义记数百卷，史学著作《通史》六百卷，《金策》三十卷，[⑥]诏、铭、赞、诔、箴、颂、笺、奏等文一百二十卷；萧统著有古今典诰文言《正序》十卷，五言诗集《文章英华》二十卷，编《文选》三十卷，著文集二十卷；[⑦]萧纲的佛学著作有《法宝连璧》三百卷，传记著作有《昭明太子传》五卷、《诸王传》三十卷。[⑧]

无论是《五经讲疏》，还是佛经义记，在中古汉语语词音义驳杂的历史背景下，都需要有一部集音义之大成的著作以供查检参考。且经传文本历经传抄衍进，经汉儒今古文之争、魏晋诸家注释，至南北朝时已版本多出，义解纷呈。《玉

① 姚思廉.梁书［M］.北京：中华书局，2011：96.
② 姚思廉.梁书［M］.北京：中华书局，2011：109.
③ 姚思廉.梁书［M］.北京：中华书局，2011：96.
④ 姚思廉.梁书［M］.北京：中华书局，2011：109.
⑤ 姚思廉.梁书［M］.北京：中华书局，2011：172.
⑥ 姚思廉.梁书［M］.北京：中华书局，2011：172.王世贞《艺苑卮言》卷八作《金海》三十卷，《三礼断疑》一千卷。李延寿《南史》亦作《金海》三十卷.
⑦ 姚思廉.梁书［M］.北京：中华书局，2011：171.
⑧ 姚思廉.梁书［M］.北京：中华书局，2011：171.王世贞《艺苑卮言》卷八还有《易简》五十卷，诗文集一百卷，杂著《光明符》等书五十九卷。李延寿《南史》还载有《谢客文泾渭》三卷、《玉简》五十卷、《光明符》十二卷、《易林》十七卷、《灶经》二卷、《沐浴经》三卷、《马槊谱》一卷、《棋品》五卷、《弹棋谱》一卷，新增《白泽图》五卷、《如意方》十卷.

篇·序》所言"字各而训同""文均而释异""百家所谈，差互不少"是当时文献真实面貌的写照。因而《玉篇》编撰是时代所需，当然还得有一些必要的条件。

从《陈书·顾野王传》看，顾野王的"无所不通"使他成了南梁儒释道全面盛行的社会背景下不可多得的人才，成了编撰一部"总会众篇，校雠群籍"的字书的不二人选。同时，南梁皇家极其丰富的藏书也为编撰《玉篇》提供了必要的文献储备。从原本《玉篇》残卷看，引证《尚书》《尚书序律》《毛诗》《毛诗选》《韩诗》《周礼》(含《考工记》)《礼记》《仪礼》(含《丧服传》)《大戴礼》《论语》《孟子》《孝经》《左氏传》《公羊传》《穀梁传》《周易》《尔雅》《尔雅音义》《苍颉篇》《说文》《方言》《字指》《字书》《埤苍》《广苍》《广雅》《释名》《声类》《白虎通》《国语》《汉书》《汉书音义》《续汉书》《战国策》《史记》《世本》《晏子春秋》《吴志》《吴书》《魏志》《虞书》《老子》《庄子》《管子》《墨子》《淮南》《吕氏春秋》《楚辞》《本草》《穆天子传》《风俗通》《东观汉记》《太玄经》《列女传》《文士传》《诸葛亮集》《山海经》《长杨赋》《甘泉赋》《吴容赋》《魏都赋》《羽猎赋》《上林赋》《鹏鸟赋》《蜀都赋》《子虚赋》《西京赋》《吴客赋》《十州记》近70种文献，其中有些还涉及多种注本。有些注本如《淮南子》许慎注、《尚书大传》郑玄注、《尚书集解》范宁注、《公羊传》刘兆注、《孟子》刘熙注等20多种已经亡佚（这些亡佚的注本也是同类文献中最为珍贵的善本），古字书如《字指》《字书》《埤苍》《广苍》《苍颉篇》等也已亡佚。若非梁代宫廷藏书得天独厚的条件，《玉篇》何以成为皇皇巨著！①

《玉篇》开始编撰大体是在梁大同四年（538年）之后，大同九年（543年）完成，这一年顾野王25岁。宋本《大广益会玉篇·序》所云"梁大同九年三月二十八日黄门侍郎兼太学博士顾野王撰本"引起了学者们对《玉篇》编撰年代的疑虑，因顾野王除太学博士是在梁大同四年，除黄门侍郎是在陈宣帝太建六年（574年），而《隋书·经籍志》与《日本国见在书目》皆言"陈左卫将军顾野王撰"，《陈书》"至德二年，又赠右卫将军"②并未述及"左卫将军"，"至德"是唐

---

① 据原本《玉篇》残卷推测，《玉篇》字数达70万字之多。
② 姚思廉.陈书［M］.北京：中华书局，2011：400.

肃宗年号，可知文献中对《玉篇》编撰者顾野王的官职记述多有不同，这并不能成为怀疑甚至否定《玉篇》成书是在"梁大同九年"的理由。前代学者郑师许已经否定了"大同九年"以外的说法，[①]今又有朱葆华进一步论证了"大同九年"的说法。[②]可以说，顾野王《玉篇》成书于梁大同九年逐渐成为学界共识。

《玉篇》书名的由来，顾野王在《序》中并未提及，后世学者多有推定，大体因玉之珍贵，故名；也有观点认为受道教影响而命名"玉篇"。[③]顾书经萧恺等人删改行世，顾野王最初编成的字书名称是否就叫"玉篇"，也未可知。李延寿《南史》载顾野王著述有《玉简》五十卷，王世贞《艺苑卮言》言顾野王有《易简》五十卷，二者是否异名同实，暂且不论，就《玉简》五十卷来说，联系顾书经萧恺等人删改一事，此《玉简》有可能是删改之前的初本。无论如何，顾野王以"玉"名其书应该没有疑问，至于为什么冠名以"玉"，而不以"字"，无非以下两方面原因：一是玉文化影响深远，从石器时代的玉崇拜到巫觋用玉通灵，再到君子佩玉显德，玉成了精神和德行的等价物，在社会文化中标志着高品位，在日常生活里意味着高品质。二是顾书一改《说文》的"解字"为解词，即《说文》重在解释字形与字义之间的联系，探讨这个字为什么有这个意思，而《玉篇》着重解释这个词在具体文献中是什么意思，这个词在另一些文献中写作什么字形。

二、《玉篇》与《说文》的关系

《玉篇》之前有《说文》《字林》，晋代吕忱撰《字林》七卷，"亦五百四十部，凡一万二千八百二十四字。诸部皆依《说文》，《说文》所无者是忱所益"[④]。封演所

---

① 郑师许.玉篇研究［J］.学术世界，1935（1）.
② 朱葆华.《玉篇》写作及成书年代考［J］.中国海洋大学学报（社会科学版），2003（4）.
③ 邓春琴谓顾野王"玉篇"之名来自道教文献，以宋代张君房《云笈七签》载《黄庭经》一名《东华玉篇》、明代周玄真《皇经集注》中有"玉篇"之名。其实本末倒置，上述道教文献之"玉篇"之名很可能是受顾野王《玉篇》之名影响。见邓春琴.顾野王"玉篇"得名考释［J］.西华师范大学学报（哲学社会科学版），2012（4）.
④ 封演，赵贞信.封氏闻见记校注［M］.北京：中华书局，2005：7.

说的"《说文》所无者"是指《字林》收字不在《说文》者，而不是指《字林》所列部首有《说文》所无者。结合《字林》佚文，可以推定《字林》体例为：部首系统全依《说文》540部，字条注解先以注音（主要是反切），后接义项（义项丰富，但书证较少），义项后并无字形说解。可以说，《字林》虽然没有调整《说文》部首，但在字条内容上一改《说文》风格，已经形成了后世字典的雏形。

《玉篇》的做法比《字林》更进一步。

首先，在部首上做了调整，主要表现在以下两点：

其一，部首列序改"据形系联"为"以义类聚"。

《说文》部首列序以"据形系联"为大要，前人早有论及，段玉裁《说文解字注》阐述尤为详尽。然亦有试图舍形而求诸义者，如徐锴《说文解字系传》。对此，清代学者王鸣盛评论道："愚谓许既分部，部之前后不可无一编次之道。从'一'字连贯而下，至连之无可连，则不欲强为穿凿，听其断而不连，别以一部重起。全书中如此者屡矣，不止'茻'与'人'也。徐锴乃必欲尽连之，独阙'茻'与'人'，故有穿凿，一病也。且有跳过上一部，其或跳过数部而遥接者，徐锴必欲使衔尾相承，则凿说多，二病也。部叙多以字形相似牵连，不必定有意义，而徐锴必以文义贯通，遂多强说，三病也。"[①]诚然，"据形系联"无论是《说文》540部首的设立，还是部首列序，都是一个基本原则。但"以义类聚"也能时不时地体现出来，如"句、厽"等部的设立就是"以义类聚"的结果，部首列序如"豸、舄、易、象、马、廌"也明显体现出"以义类聚"。可以说，在《说文》部首系统中，"据形系联"是基本原则，"以义类聚"是必要的补充。《玉篇》则舍形而取义，"以义类聚"成为基本原则。如卷三予、我、身、兄、弟诸部之序，显然不是据形系联所得，这几部在《说文》中的部序是：第127部"予"、第453部"我"、第298部"身"、第312部"兄"、第202部"弟"。周大璞把《玉篇》部首概括为天文、地理、人伦等30类，[②]虽不够准确，却也能在一定程度上体现《玉篇》列部的"以义类聚"原则。当然，《玉篇》保留了《说文》"始一

① 王鸣盛.蛾术编［M］.北京：商务印书馆，1958：270.

② 周大璞.训诂学初稿［M］.武汉：武汉大学出版社，2002：122.

终亥"的格局，在首尾两卷基本沿用了《说文》部序。可以说，"以义类聚"虽不是《玉篇》首创（《尔雅》《广雅》等皆以义类聚），但《玉篇》首次把这一原则与《说文》部首系统相结合，一者使得部首排序更具有条理性，二者增加了《玉篇》的实用性（初步具有唐宋类书的功用）。

"以义类聚"在一定程度上还体现在部内列字顺序上。其一，《说文》已有的字，《玉篇》基本保留《说文》之列字顺序，如《说文·言部》"话、诓、诿、謷、谧、谦、谊、诩、诶、诚、调、设、护、谖、诵、愳、讬、记、誉、谱、谢、讴、咏、净、评、谭、讫、谚、讶、诣、讲、誉、切、讷、谴"等字，原本《玉篇》残卷作"誉、诔、调、话、诶、诿、诿、謷、谊、谧、谦、诩、诶、調、谖、愳、设、讀、讬、誉、记、谢、谣、讫、讴、净、咏、谚、评、讶、诣、切、讲、讷、谴"，二者列字顺序大同小异，因《说文》部内字"以义类聚"为序，《玉篇》沿袭不改。其二，《说文》所无之字，《玉篇》一般置于部末，也有据义侧于《说文》已有之字中者，不一而足。如《言部》："谴，责也，让也。""谴"字下继以"诃，相责也""谪，相责怒"，随后就是"耑，相让也""譙，让也""让，责也"，"以义类聚"原则得到较好贯彻。值得一提的是，《玉篇》列字时有前后"勾连"之现象，往往通过词语实现，即前后两个字头是一个词语的拆解，如《石部》"硍磕""磋確""礚磕""碌碳""磋硭""磴礑""碟磔""硨磔""磟磒""礕硈""碼磁""礦礑""硱磳""礒硍""砬硝"，词语成了收字列序的依据。

其二，部目设立有所增削。

《玉篇》542部，并非直接在《说文》540部上增加2部，而是对《说文》的部目做了调整，表现为改、删、增三方面。[①] 改"珡"为"琴"，改"畫"为"書"，改"瀕"为"频"。删"盾、东、哭、延、教、眉、㗊、歙、后、亢、甾、弦"诸部，增"省、父、云、桌、尤、處、由、兆、磬、索、牀、弋、單、丈"

---

① 以下统计以《篆隶万象名义》所反映的原本《玉篇》部首为依据，宋本《大广益会玉篇》部首又有不同。中国学者研究《玉篇》部首变化大都以宋本《大广益会玉篇》为依据，难以反映顾野王《玉篇》的真实面貌。

诸部。又有部分部首在字形上存在差异（/前为《说文》部首，后为《玉篇》部首），如丄/上、𣅀/晨、䰜/鬻、𠂇/屮、冎/另、畗/畐、朙/明、彔/录、𩠐/首、冓/冉、豚/䐁、亾/亡、𠂤/阜、内/瓜。《玉篇》删盾部，盾、瞂、䂸三字归入省部；删东部，东、𣛭二字归入木部；删哭部，哭、丧二字归入吅部；删㢟部，㢟、延二字归入廴部；删教部，教、斆二字归入攴部；删眉部，眉字归入目部，省字立为部首，统摄省、盾、瞂、䂸四字；删𨛜部，𨛜同𨞍、鄉、巷，𨞍同鄉，皆归入邑部；删㱃部，㱃、歠二字归入欠部；删后部，后、听二字归入口部；删夰部，夰、奕、奘、臭、奚、耎、奰、奰诸字归入大部；删甾部，甾字归入田部，𤰞同𤰞、畚同畚、𤱔同𤱔、𤮺同𤮺，诸字归入甶部；删弦部，弦字归入弓部，盭、竗、𦁐三字归入幺部。《玉篇》删削《说文》12部，有的据构件重新归并，有的则与字形隶变相关。增设的14部与删削部首的原因相同，从甾之字隶变后以从甶为常态，故删甾部而立甶部。可以说，字形变化是部首调整的重要原因，宋本《大广益会玉篇》删去《说文》《玉篇》皆有的“㠯部”（《说文》收㠯、皆、鲁、者、𪇴、𦒱、百，《玉篇》收㠯、皆、鲁、者、𪇴、𦒱、𦒱、百），从而造成这些字的绝大部分失收。宋本《大广益会玉篇》还删去“省部”，恢复了原本《说文》就有的“盾、东”二部，最终保留了542部的格局。

其次，在收字方面，《玉篇》有时把《说文》所收古文、籀文、或体等字形收列在相应的部首下，如《说文》“闵”与古文“𢘏”在《玉篇》中分属《门部》《心部》，《说文》“姦”与古文“𢙢”在《玉篇》中分属《女部》《心部》，《说文》“愆”与籀文“𧥄”在《玉篇》中分属《心部》《言部》，《说文》“啸”与籀文“歗”在《玉篇》中分属《口部》《欠部》，《说文》“茵”与或体“鞇”在《玉篇》中分属《艸部》《革部》，《说文》“茑”与或体“樢”在《玉篇》中分属《艸部》《木部》。有时又把《说文》的异部重文合为一处，如《说文》：“讙，哗也。”又：“嚻，呼也。读若讙。”又：“吅，惊嘑也。读若讙。”臣铉等曰：“或通用讙，今俗别作喧，非是。”《玉篇》沟通了讙、嚻、吅、諠之间的关系，作“讙，虚园反，呼丸反。《礼记》：子夏曰，鼓鼙之声讙。郑玄曰：讙嚻之声也。《方言》：讙，让也。自关而西，秦晋之间，凡言相责让曰讙让，北燕曰讙。《广雅》：讙，鸣也。《声类》以为亦嚚字也。野王案，嚚，呼名也，音荒旦反，在皿部。古文为叩字，叩，惊也，在叩部也。"又作"諠，虚园反。《声类》：諠，哗也。一曰忘也。野王案，此亦讙字也"。从某种意义上说，《玉篇》的这种字际关系勾连能在一定程度上消解古文献异文带来的阅读障碍。同时也反映了南北朝时期文字的职用关系相对于前代所发生的些许变化，如《说文》："譀，梦言也。"又："悗，狂之皃。"《玉篇》作"譀，虚罔反。《说文》：梦言也。《广雅》：譀，忽也。野王案，此亦与悗字同，在心部。"《说文》譀、悗不同字，《玉篇》比而同之。

最后，在解字方面，《玉篇》有时承袭《说文》，但做出进一步引证或展开，如《说文》："诶，可恶之辞。一曰诶然。《春秋传》曰诶诶出出。"《玉篇》作"诶，虚疑反。《说文》：诶诶，可恶之辞也。《春秋传》曰诶诶出出是也。野王案，《庄子》桓公见鬼，去反，诶诶为病，数月不出是也。又云云，一曰然也。野王案，然亦应也，与唉字同，在口部也"。顾野王不仅增加了"可恶之辞"的书证，还沟通了"然也"义的"唉"字异体关系。当然，在更多的情况下，《玉篇》只把《说文》释义当作一个义项，另据文献广收义项及书证，也兼有异文勾连，如《玉篇》："譆，虚箕反。《毛诗》：噫嘻成王。《传》曰：譆，敕也。《笺》云：噫嘻，有所多大之声也。《左氏传》：从者曰譆。杜预曰：惧声也。《礼记》：伯鱼之母死，朞而犹哭。夫子曰：譆！其甚矣。郑玄曰：譆，恨之声也。《说文》：哀痛也。欢和之嘻字，在口部也。"今本《说文》："譆，痛也。"由《玉篇》可知，"惧声""恨声"字作"譆"，"噫嘻"字与"譆"通用，"欢和"义字作"嘻"，有同有异，职用较为复杂。

三、《玉篇》的性质流变

今世学者每言《玉篇》为第一部楷书字典，此论似不够准确。一方面，《玉篇》之前已有晋吕忱《字林》。从《字林》佚文看，《字林》有注音和释义，注音以反切为主，释义较《说文》更为完备。且《字林》收字也应是楷书，收字规模据封演《封氏闻见记》载有 12 824 字之多，其中荔、菳、噇等二百余字为《玉篇》所无，①因而《字林》当得起第一部楷书字典。另一方面，《玉篇》侧重点有二：一是引证繁复，二是沟通字际关系。从原本《玉篇》残卷看，无一字条不引证，其引证文献较多的字条如（下引字条中讹舛之处已据有关文献改正）：

次，且史反。《尚书》：畔官离次。孔安国曰：次，伍也。《周易》：旅即次。王弼曰：次者，可以安行旅之地也。《周礼》：掌次，下士四人，掌王次之法，以待张事。郑玄曰：次，自循正处也。又曰：宫正掌宫中之官府、次舍。郑玄曰：次，谓诸吏直宿，若今时部署诸庐也。舍，其所居守也。又曰：祀五帝，张大次小次。郑玄曰：次，谓幄也。大次初往所止居，小次既接祭退俟之处也。又曰：大朝觐，加次席。郑众曰：虎皮为席也。郑玄曰：桃支竹席也，有次列成文者也。又曰：掌讶宾入馆，次于舍门外。郑玄曰：如今官府门更衣处也。《左氏传》：凡师再宿为信，过为次。又曰：杀奚齐于次。杜预曰：次，丧寝也。《穀梁传》：次者，止也。《论语》：生如知之者，上；学而知之者，次也；困而学之，又其次也。野王案，次，第相次比也。《礼记》：反，哭于尔次。郑玄曰：次，舍也。又曰：相者告就次。郑玄曰：次，倚庐也。又曰：季冬，日穷于次。郑玄曰：言日月运行，此月皆周帀也。野王案，次者，天十二辰，日月五星行之所历，以为次舍也。子曰玄枵，丑曰星纪，寅曰析木之津，卯曰大辰，辰曰寿星，巳曰鹑尾，午曰鹑火，未曰鹑首，申曰实沈，酉曰大梁，戌曰降娄，亥曰娵訾之口，凡十二次也。《苍颉篇》：次，叙也。《说文》：不前不精也。《广雅》：次，近也。《字书》：一曰比也。妇人首饰之次为髲字，在髟部。𣢭，《声类》古文次字也。𣡛，《字书》亦古文次字也。

沤通字际关系可以说是《玉篇》编撰的又一主要目的，《玉篇·序》所谓

---

① 此处统计依据《篆隶万象名义》收字，因其收字与顾野王《玉篇》相当。

"字各而训同""易生疑惑"，因而字际关系的梳理尤为迫切。原本《玉篇》残卷字条中近一半字条都涉及字际关系梳理，这些字际关系也颇为复杂，大体有以下数种。

1. 异体字

《玉篇》所定异体字多有文献依据，如"譅，《字书》或为嚏字""詿，《声类》或为惩字""諕，《声类》亦諕字也""訆，《字书》或叫字也""訛，《字书》亦譌字也。《声类》或复为吡字"，但有的文献依据与今本有出入，如"誹，《说文》亦譖字也"，今本《说文》二者并不是异体字关系。也有文献依据明确为异体字而顾野王不以为然的情形，如"譸，《声类》亦嚋字也。野王案，嚋，谁也，音除留反，在口部也"。顾野王认为"嚋"音义皆有别于"譸"者，并非异体字关系。当然，《玉篇》中大量存在顾野王根据文字职用关系确认为异体字的例子，如"謱，或为嗖字""讲，或为侉字""詛，或为禋字""詋，或为褟字""訨，或为吡字"。需要注意的是，《玉篇》"今为""今亦为""今亦或为"有的也是异体字的表述，如"膺，今为應字。""評，今亦为呼字。""懿，今亦为噫字。""籥，今亦为吹字。""勐，今亦为粉字。""誇，今亦或为夸字。"

2. 古今字

《玉篇》古今字一般用"今亦为"表述，如"朁，今亦为憯字""肉，今亦为呐字""暈，今为星字也"。《玉篇》"古今字"多数表现为与常规古今字相反的职用变化方向。常规古今字关系往往是今字分担了古字的部分职用，而《玉篇》"古今字"则表现为古字的职用并入今字中，今字行而古字废。示例如下（因体现古字职用需要，字条未作删减）：

> 訧，有周反。《毛诗》：我思古之人，俾无訧兮。《传》曰：訧，过也。《说文》：訧，罪也。《周书》曰报以庶訧是也。《广雅》：訧，恶。今亦为尤字，在尢部也。
>
> 䪼，口营反。《说文》：䪼仄。野王案，今亦为倾字，在人部。
>
> 訅，空后反。《说文》：訅，扣也，如求妇先訅发之。野王案，以

言相扣发也。《论语》訆其两端,《公羊传》吾为子口隐,并是也。《广雅》:訆,笑也。今为叩字,在邑部。或为扣字,在手部。

譁,柯格反。《毛诗》:不长夏以譁。《传》曰:譁,更也。野王案,譁犹改变也。《周易》天地革而四时成,汤武革命,顺乎天是也。《说文》:一曰饰也。《苍颉篇》:一曰或也。《声类》:谨也。《字书》或为悻字,在心部。今为革字,在革部。

誵,士亚反。《说文》:惭语也。野王案,今并为乍字,在乍部。

龢,胡戈反。《说文》:龢,调也。《字书》:龢,谐也。野王案,此谓弦管声音之和调也。今为和字,在口部。

諧,胡皆反。《说文》:乐和諧也。《虞书》八音克諧是也。野王案,此亦谓弦管之调和也。今为谐字也,在言部。

这种"古今字"关系可以视作古今字变例,也是中古文字音义关系发生较大变化的系统性证据。

3. 假借字

《玉篇》"为""今为""今亦为""今并为"有时表述的字际关系是假借,如"訆,《埤苍》:諸訆,言不解也。野王案,《方言》即謰謱也。为挐字,在手部也""譬,今为频字""謹,今为望字""讼,野王案,歌赞之讼,今为颂字""謄,今亦为滕字""諆,今亦为基字""齭,今亦为楚字""謍,今并为营字"。

如上所述,《玉篇》异体字、古今字、假借字所使用的标识词多有相通之处,以"今为""今亦为""今或为""今并为"等居多,一方面反映了中古文字音义关系变化较为剧烈,另一方面也说明字际关系的具体性质并非《玉篇》所关注的对象。这也从一定程度上说明《玉篇》旨在沟通经典古今异文,便于读经解经,而不是要从文字学角度阐明文字音义关系的变化背后的理论依据。

《玉篇》所反映的这些字际关系实质上就是字词关系,如果说《说文》是"解字",那么《玉篇》就是"解词"。如"讶,鱼嫁反。《周礼》:掌讶掌邦国之积以待宾客。郑玄曰:讶,迎也。《尔雅》亦云。郭璞曰:《公羊传》跛者讶,诐者御是也。《声类》亦为迓字，在辵部。《字书》或为捂字，在手部。车网名讶为枒字，在木部之也"。迎讶字又作迓，车网名讶字又作枒，字形和词义的亲疏关系矛盾运动始终处在动态调整中。再如"譀，呼会反。《说文》：譀，声也。《诗》曰譀譀其声是也。銮声为鏆字，在金部。风羽翙翙，字在羽部也"。汉语词的"浑言""细言"在汉字的形体上得以有效呈现。

四、《玉篇》的传播及影响

广义的《玉篇》传播既有跨文化的域外传播，又包含《玉篇》的历时演进与流传。这里集中探讨其域外传播问题。

《玉篇》传入域外，较早的是在唐代传入日本。公元806年，日本留学僧空海随遣唐使高阶真人远成东渡回国，带去了大量的佛学、诗论、书法典籍及古辞书，其中就有顾野王《玉篇》、沈约《四声谱》等。[①]今存原本《玉篇》各写本残卷多源自真言宗寺院也正是因为顾野王《玉篇》是空海带去的日本。

今存原本《玉篇》残卷数种，虽散藏于多家，其源流关系也不可详考，但彼此不重复，有些还能首尾衔接，大体与同一部《玉篇》拆开分藏及转抄有关。现将见在各残卷记述如下（国内影印出版有遗漏，今补《车部》《鱼部》几个残片）：

（1）《心部》7字，久原文库藏本。该残卷属于顾野王《玉篇》三十卷之卷八，首字残存"与怨憾同为忿恨之恨也"，字头当作"惮"。

（2）《誩部》6字，马渊和夫家藏本，《续修四库全书》本取自黎庶昌《古逸丛书》本。该残卷属于顾野王《玉篇》三十卷之卷九，本应在早稻田大学藏卷九《言部》之后，不知为何佚出。

（3）《言部》存313字，《曰部》11字、《乃部》5字、《丂部》4字、《可部》4字、《兮部》6字、《号部》存1字、《亏部》6字、《云部》2字、《音部》16字、

---

① 详见吕浩.空海和他的《篆隶万象名义》[J].上海大学学报（社会科学版），2005（4）.

《告部》2字、《凵部》1字、《吅部》13字、《品部》4字、《喿部》3字、《龠部》9字、《冊部》存1字,《欠部》存62字、《食部》144字、《甘部》9字、《旨部》存3字、《㳄部》存4字、《㚔部》存3字。该残卷为三个片段粘合，隶属顾野王《玉篇》三十卷之卷九，今为早稻田大学所藏。

（4）《册部》存3字、《䶜部》9字、《只部》2字、《㕯部》6字、《欠部》存40字，该残卷隶属顾野王《玉篇》三十卷之卷九，今为京都福井崇兰馆佐佐木宗四郎所藏,《续修四库全书》本取自黎庶昌《古逸丛书》本。

（5）《放部》3字、《丌部》11字、《左部》3字、《工部》存3字,《卜部》存8字、《兆部》2字、《用部》7字、《爻部》3字、《㸚部》4字、《车部》存88字,《舟部》存26字,《方部》4字。此残卷多段黏合，隶属顾野王《玉篇》三十卷之卷十八，今为藤田氏所藏，曾为奈良东大寺尊胜院、柏木探古书屋所藏。

（6）《车部》存10字。该残卷有两个片段，軓、辑二字条为一个片段，輶、轃、軝、轒、輓、輂、輽、輦为另一个片段。这两个残片隶属顾野王《玉篇》三十卷之卷十八，今有奈良东大寺尊胜院传抄本，收入冈井慎吾《玉篇的研究》。

（7）《水部》存10字。安田文库藏,《续修四库全书》本影印黎庶昌《古逸丛书》本。此残卷自“淦”字后半段始，至“湛”字前半段终，隶属顾野王《玉篇》三十卷之卷十九。

（8）《水部》存16字。见于《古逸丛书》，今藏地不明,《续修四库全书》本影印黎庶昌《古逸丛书》本。

（9）《水部》存119字，隶属顾野王《玉篇》三十卷之卷十九。奈良东大寺尊胜院旧藏，今为藤田氏家藏。

（10）《山部》142字、《屾部》2字、《嵬部》2字、《屵部》10字、《广部》96字、《厂部》40字、《高部》7字、《危部》4字、《石部》152字、《磬部》8字、《𠂤部》2字、《阜部》139字、《𨸏部》5字、《厽部》4字，隶属顾野王《玉篇》三十卷之卷二十二。神宫文库藏，此残卷卷末有记曰“延喜四年正月十五收为典药头宅书”，延喜四年即公元905年，疑为此残卷抄写年代。

（11）《鱼部》存19字，隶属顾野王《玉篇》三十卷之卷二十四。京都府船井郡高原村大福光寺藏。

（12）《鱼部》存5字，隶属顾野王《玉篇》三十卷之卷二十四。该残片见于《留真谱初编》第三，收入冈井慎吾《玉篇的研究》。

（13）《糸部》存270字，隶属顾野王《玉篇》三十卷之卷二十七，自卷二十七始，至《糸部》"繰"字。京都高山寺藏。

（14）《糸部》存122字、《系部》5字、《素部》8字、《絲部》7字、《㡿部》7字、《率部》1字、《索部》3字，隶属顾野王《玉篇》三十卷之卷二十七。近江石山寺藏。

以上十四宗《玉篇》残卷虽出多位藏家，但就其藏本来源则多与真言宗寺庙相关，只是同源异流，且抄写时代及抄手各不同，因而各残卷彼此表现出明显差异。

首先，各抄本的讹舛程度不同。若以讹舛数量除字条数量的得数为讹舛度，则上述十四宗残卷的讹舛度依次为：0，0，0.666，0.716，0.407，0.8，0.1，0.25，0.134，1.233，0.105，0.2，1.066，0.856。讹舛度大于0.5者可谓讹舛频发，抄胥不审。整体上看，内容少的残片相对讹舛少，内容较可靠，如残卷（1）（2）（11）（12）。残卷（7）（8）（9）为近世传抄校对本，讹舛也较少。相比之下，残卷（3）（4）（5）（6）（10）（13）（14）讹舛最为严重。

其次，残卷（5）[①]与其他残卷在内容上有明显差异，即该残卷为顾野王《玉篇》卷十八之"后分卷"，亦即其他残卷隶属于"初分卷"，而此残卷（5）所依据的底本是一种重新分卷后的版本。且此残卷字条中每有引《说文》字形分析的内容，如"甫：从用从父，父声也""爽：从大、㸚"。这些比其他残卷多出来的内容很可能就是导致需要重新分卷（从而形成"后分卷"版本）的原因之一。

顾野王《玉篇》在日本的相当长时期内，都只在真言宗寺院传播，法相宗僧人昌住于892年编纂《新撰字镜》时并未引证《玉篇》就是证据之一（今本《新

---

① 曾为柏木探古书屋所藏。

撰字镜》引《玉篇》为后来补入）。真言宗创始人空海主要据顾野王《玉篇》编撰《篆隶万象名义》，才使得《玉篇》逐渐走入日本文化。平安时代，和歌作家源顺（911—983年）奉第四公主勤子内亲王之命编撰的《倭名类聚抄》引《玉篇》（或引野王按、野王）多达159次。其他如《类聚名义抄》《香要抄》《香药字抄》《香字抄》《药字抄》《弘决外典钞》《八十卷华严经音义私记》《净土三部经音义集》《妙法莲花经释文》《三教指归注》《令集解》《白氏文集》《本朝文粹》等数十种文献都征引过顾野王《玉篇》。当然，这些文献的征引如今成为《玉篇》佚文的主要材料，对《玉篇》的研究意义重大。

继原本《玉篇》传入日本并形成一个改编本《篆隶万象名义》之后，唐代《玉篇》传抄本、改编本和刊本也传入日本。日本真言宗僧人宗睿在《新书写请来法门等目录》之卷末记录了他在865年带去日本的"西川印子《唐韵》一部五卷，同印子《玉篇》一部三十卷"①。这个刊本很可能是《玉篇》最早的刊刻本。另外，891年成书的《日本国见在书目录》（简称《见在目》，日本宫内厅书陵部藏本）记录有《玉篇抄》十三卷。该《玉篇抄》是自大唐渡去，还是日本人摘抄成书，今不得而考。

上述唐刊本《玉篇》及《玉篇抄》今皆不存，其大致面貌可从敦煌残片及吐鲁番残片窥见一斑。这个问题不是本文之要，兹不赘述。

顾野王《玉篇》经萧恺删减行世，又经唐代孙强增字减注，再经宋代陈彭年、吴锐、邱雍校订整理而形成《大广益会玉篇》，其实用性不断增强，其传播与影响越来越大。《大广益会玉篇》在日本有多种渡去刊本，有多种和刻本，还有数十种改编本，简述如下：

1. 宋元明刊本藏于日本者

宋刊本《大广益会玉篇》藏于日本者主要有两种版本，即宋十行本和宋十一行本，皆宋末刊本。宋十行本藏于宫内厅书陵部（该版本有少量元时补刻），金

---

① 王其全《文化的承载与传播——浙江雕版印刷工艺文化研究》（载《浙江工艺美术》，2008年第1期）、冯先思《〈可洪音义〉所见五代〈玉篇〉传本考》（载《古籍研究》，2016年第1期）、王启涛《天府之国与丝绸之路》（载《西南民族大学学报（人文社科版）》，2018年第2期）都提及该刊本。

泽文库、爱知县宝生院皆藏有宋十行本的残卷。宋十一行本藏于国立公文馆，该版本残存卷六至卷三十的大部分内容。国家图书馆藏宋十一行本《玉篇》（残存卷一的一部分）与日本国立公文馆藏本应是同一版本。元明刊本今存者有30种版本，大多数版本在日本都有藏本，较为集中的藏地有国会图书馆、宫内厅书陵部、国立公文馆、静嘉堂文库、尊经阁文库、天理图书馆等。

2. 和刻本

和刻本《大广益会玉篇》较早的是1398年据圆沙书院泰定本覆刻的五山本，之后是1604年据元至正二十六年（1366年）南山书院刊本覆刻的庆长九年（1604年）本。这两种和刻本都是覆刻本，原底本的样式和内容未作改动。宽永年间，和刻本多以假名标注读法，逐渐成为和刻本定式。宽永八年（1631年）本、十八年（1641年）本、廿一年（1644年）本一脉相承，至庆安二年（1649年）三种版本、庆安三年（1650年）两种版本、庆安四年（1651年）三种版本、万治二年（1659年）两种版本，假名标注样式不变。

3. 改编本

室町时代中后期及江户时期出现了按照传入的《大广益会玉篇》编撰的系列"倭玉篇"类汉和字典，日本《本朝书籍目录》记载有《假名玉篇》三卷，学界一般认为是《倭玉篇》的祖本，《倭玉篇》的出现可以追溯到室町时代（1336—1573年）初期。

《倭玉篇》的古写本众多，庆长以前的写本有三十余种。据川濑一马《增订古辞书の研究》考证，《倭玉篇》版本有40多种。川濑根据不同版本的部首数和部序、收字及字序等方面差异把"倭玉篇"分成八大类，借以展示"倭玉篇"版本源流。[①]川濑之后，山田忠雄、铃木功真等都在"倭玉篇"分类问题上有所阐述，[②]铃木功真的考辨相对详尽，他按照部首与收字把"倭玉篇"分为《大广益会玉篇》系统、《龙龛手鉴》系统、世尊寺本《字镜》系统、《字镜集》系统和意义

---

① 川濑一马.增订古辞书の研究［M］.东京：雄松堂，1986：683-685.
② 山田忠雄《国语学辞典》分成四类，铃木功真《倭玉篇之研究》分成五类。

分类系统五类。^①

需要指出的是，"倭玉篇"是一系列字书的总称，它们或名曰《倭玉篇》《真草倭玉篇》《新刊倭玉篇》《袖珍倭玉篇》《增字倭玉篇》《增补倭玉篇画引》，或名曰《和玉篇》《大广和玉篇》《新编和玉篇》《新板新编和玉篇》《增补和玉篇》《增补二行和玉篇》《新刊画引和玉篇》《头书韵附四声画引增益和玉篇》《小篆增字和玉篇纲目》《大广益真草和玉篇》《字林和玉篇大成》《早引和玉篇大成》《增训画引和玉篇图汇》《早引和玉篇大成》《倭玉真草字引大成》，或直接名曰《玉篇》《玉篇卷》《玉篇略》《玉篇要略集》《增补画引玉篇》，还有不含"玉篇"二字的名称，如《拾篇目集》《元龟字丛》《篇目次第》《类字韵》《音训篇》。诸写本时间跨度也较大，有室町中期写本《拾篇目集》《篇目次第》《音训篇》《类字韵》《玉篇》《玉篇卷》《玉篇要略集》，室町末期写本《类字韵》，明治时期写本《元龟字丛》。刊本有庆长六、十、十五、十八年版，元和年间版，宽永四、五、七、九、十五、十六、十八、二十、二十一年版，正保三、四年版，庆安二、三、四、五年版，宽文二、四、五、六、七、十年版，延宝二、九年版，元禄三、六、八年版，宝永四、六年版，享保六、十年版，元文四年版，明和五年版，宽政八年版，享和二年版，文化三年版，文政三年版。

传世《倭玉篇》最为常见的是庆长十五年（1610年）刊本（国立国会图书馆、国立公文馆、东洋文库、静嘉堂文库、东京大学、早稻田大学等近30家藏书单位或个人藏有该版本），这个刊本在版口、鱼尾及各部起始处的鱼尾纹样与《大广益会玉篇》元代刊本的纹样一致，其模仿痕迹十分明显。但是，这并不能得出结论说《倭玉篇》，或者说庆长十五年刊本《倭玉篇》是以《大广益会玉篇》为蓝本编撰的。实际上与其他日本古辞书一样，《倭玉篇》的资料来源也较为复杂，目前比较通行的说法是：《倭玉篇》各版本在部首、收字、说解等方面各有不同，《大广益会玉篇》《龙龛手鉴》《字镜集》《字镜》《新撰字镜》《类聚名义抄》等都对《倭玉篇》有影响，其源流变转关系尚不能完全厘清^②。

① 铃木功真.倭玉篇之研究［D］.东京：日本大学，2004.
② 铃木功真.弘治二年本《倭玉篇》与《大广益会玉篇》之间的关系［M］.语文，1999（103）.

与《倭玉篇》对传入《玉篇》的改编不同，日本"玉篇"类辞书中还有在传入《玉篇》基础上增加字条的增修"玉篇"，典型的有宽文四年（1664年）刊《新刻大广益会增修玉篇》和元禄四年（1691年）刊《增续大广益会玉篇大全》。

上述《倭玉篇》与增修本《玉篇》分别代表了《玉篇》在日本传播与接受的两极：一极是精英文化层坚守传统《玉篇》，不断推出新刊本，甚至扩展为《增续大广益会玉篇大全》；另一极是适应民众学习的需要而蜕变为《倭玉篇》系列。精英文化与大众文化对《玉篇》提出了不同的要求，各自发展出相应的版本，这是《玉篇》日本化的典型特点。这两极相辅相成，共同影响了日本汉字文化传播进程，共同塑造了日本语言文化性格。

五、《玉篇》的现代意义

顾野王《玉篇》跨越近1500年，在东亚传播与影响甚至超过《说文解字》，成为古辞书发展史与传播史上的一个奇迹。这个奇迹的诞生首先离不开顾野王渊博的学识和南梁萧氏丰富的藏书。《玉篇》广泛征引、"总汇众篇"，已如上所述。顾野王在字际关系勾连及词义变化梳理方面也不遗余力，精彩纷呈。再者，《玉篇》发展和传播的机遇在于大唐文化的兴盛，尤其是佛教文化的繁荣。原本《玉篇》及唐代刊本、抄本是日本留学僧渡去日本，日本沙门大僧空海编撰《篆隶万象名义》，唐代的改编本《象文玉篇》由释慧力编撰，《玄应音义》和《慧琳音义》大量征引《玉篇》（其中《玄应音义》大多为暗引），这些都是僧人的贡献。《玉篇》发展史上还有一位道士和一位处士功不可没，即道士谢利贞撰《玉篇解疑》，处士孙强对《玉篇》增字减注。可以说，空海在《玉篇》传播史上贡献最大，孙强在《玉篇》发展史上贡献最大。

当然，《玉篇》发展史与传播史彼此交融，成为东亚辞书发展史的主线，也留下了庞大的《玉篇》书系。这个书系对现代语言文字、文学、文化、文明都具有重要意义。

（一）《玉篇》的小学意义

原本《玉篇》收字 16 000 多字，保存了早期楷字的基本样式，还收录有古文、籀文、异体等多种字样，对研究汉字发展史具有重要意义。

原本《玉篇》注音保存了三国两晋南北朝时的语音面貌，是研究中古音的宝贵资料。在此方面，周祖谟、朱声琦都有利用《玉篇》残卷的反切资料研究南北朝时期语音情况的成果。

在训诂方面，原本《玉篇》也大有用武之地。例如"寸木岑楼"一词，历来解"寸木"为一寸见方的木块，解"岑楼"作尖顶高楼。汉代赵岐注《孟子》已经出现了问题，《孟子·告子下》："不揣其本，而齐其末，方寸之木，可使高于岑楼。"赵岐注："不节其数，累积方寸之木，可使高于岑楼。岑楼，山之锐岭者。"[①]赵岐认为众多方寸之木累积起来就能比岑楼高，这个观点一直为宋、元、明、清历代学者传承，尤其是宋代朱熹解作"方寸之木，至卑，喻食色；岑楼，楼之高锐似山者，至高，喻礼。若不取其下之平，而升寸木于岑楼之上，则寸木反高，岑楼反卑矣"[②]。清人重考据，因声求义多能破解前代训诂难题。焦循《孟子正义》曰："赵氏谓不节其数，累积方寸之木。节其数，谓但以一木为节累积。譬如岑楼高一丈，则累积此木百余，即高过于一丈矣。方寸之木本不能高于岑楼，今累积之故，可使高也，犹食、色本不能重于礼，今变通之故，可使之重也。周氏柄中《辨正》云：'寸木高于岑楼，犹《韩非子》所谓立尺材于高山之上。'按，近时通解如是，与赵氏义异。"[③]焦循在累积木块的基础上又提出一种新的累积方法，即接龙式累积，这样倒是可以节省木块数量。他虽引用了周柄中《四书典故辨正》把《孟子》"寸木高于岑楼"和《韩非子》"立尺材于高山之上"进行类比的看法，也说是"近时通解"，最后也只是评价为"与赵氏义异"，训诂家的抱残守缺之习暴露无遗。综上，赵岐误解"寸木"于前，朱熹等人误解"岑

---

① 孟子：告子下［M］.北京：中华书局，1982：2755.

② 朱熹.四书章句集注：孟子集注卷十二，北京：中华书局，1983：93.

③ 焦循.孟子正义［M］.北京：中华书局，1987：808.

楼"于后，以至于以讹传讹，莫得的解。

原本《玉篇》"嵝"字头下引《孟子》："一寸之木，可使高于岑嵝。"刘熙曰："岑嵝，小山锐顶者也。"《孟子》刘熙注本亡佚。今本《孟子》作"方寸之木，可使高于岑楼"，赵岐注："不节其数，累积方寸之木，可使高于岑楼。岑楼，山之锐岭者。"这样的解释与《孟子》此处前一句"不揣其本，而齐其末"义不能相贯。相反，原本《玉篇》引作"一寸之木"与前一句文通辞顺。另外，今本《孟子》"岑楼"之"楼"字应是后世改字，朱熹《孟子集注》甚至给出了这样的解释："岑楼，楼之高锐似山者。"乃望文生训。

（二）《玉篇》的文献学意义

原本《玉篇》广征博引，义训包罗汉魏传注及古字书，书证涵盖经史子集。征引文献情况已如上所述，原本《玉篇》所保存的古文献大都是梁代宫廷所藏善本，一些古注本、古字书等都已亡佚，这些都凸显了原本《玉篇》在保存古文献方面的独特意义，这些珍贵资料在文献学、古代文学、古代思想文化等众多研究领域具有重要价值。

清代学者董丰垣《尚书大传考纂》、宋翔凤《孟子刘注》、汤球《孙盛晋阳秋》及《何法盛晋中兴书》在考辑上述古逸书方面做出了一定成绩，也初步展示了原本《玉篇》在考辑古逸书方面的价值和这些考辑文献的意义。

近几十年里，原本《玉篇》征引文献研究主要集中在《说文》上，陈建裕、高其良《〈玉篇零卷〉与〈说文〉的校勘》，邓春琴《〈原本玉篇残卷〉引〈说文解字〉释义方式说略》，冯方《〈原本玉篇残卷〉引〈说文〉与二徐所异考》《〈原本玉篇残卷〉征引〈说文·言部〉训释辑校》，侯小英《从〈原本玉篇残卷〉看段校〈说文〉》，兰天峨、贺知章《〈原本玉篇残卷·糸部〉引〈说文〉考异》，王紫莹《原本〈玉篇〉引〈说文〉研究》，杨秀恩《〈玉篇残卷〉等五种材料引〈说文〉研究》，曾忠华《〈玉篇零卷〉引〈说文〉考》，这些研究就《原本玉篇残卷》在校勘《说文》及段注问题开展了一系列讨论，突出了原本《玉篇》所引《说文》的文献学价值。另外，郭万青《原本玉篇残卷引国语例辨正》，苏芃《原本〈玉篇〉引〈史记〉及相关古注材料考论——裴骃〈史记集解〉南朝梁代传本之发现》《试论〈原本玉篇残卷〉引书材料的文献学价值——以引〈左氏传〉为例》，徐前师《原本〈玉篇〉引〈论语〉考》，这几篇论文就原本《玉篇》所引文献在《国语》《史记》《左传》《论语》考证方面的价值有所阐发。

《玉篇》的文献学意义还表现在其他典籍对《玉篇》的引用，这一方面表现出《玉篇》的社会影响力，另一方面也成为《玉篇》辑佚的材料。在《玉篇》辑佚方面，日本学者做得比较多，小岛宪之《关于原本〈玉篇〉佚文拾遗的问题》、上田正《〈玉篇〉逸文论考》等反映出日本学者对《玉篇》佚文的重视，其他如井野口孝、森鹿三、丁锋、井上顺理、佐藤义宽等都在《玉篇》辑佚方面有所贡献。国内辑佚成果主要存于胡吉宣《〈玉篇〉校释》。《〈玉篇〉校释》以宋本为基础，校释语中常有引自原本《玉篇》残卷、《名义》及《一切经音义》《新撰字镜》《香字抄》《三部经音义集》等书的内容，为本文提供了一些宝贵的资料。另外，国内也有就专书辑考原本《玉篇》的研究，如王艳芬"慧琳《一切经音义》所引《玉篇》辑考"。当然，《玉篇》辑佚还应考虑暗引问题，如王仁昫《刊谬补缺切韵》《玄应音义》等书引《玉篇》皆未出书名。

（三）《玉篇》的辞书学意义

顾野王《玉篇》上承《说文》《字林》，遍引字书、义书及经传训诂，开启后世大型字典范式，其文字、音韵、训诂资料为后世字书广泛采用，成为千余年来影响最为广泛且深远的一部古辞书。

从现代大型辞书编纂看，原本《玉篇》故训价值不可小觑。其可补订《汉语大字典》等大型辞书，如《篆隶万象名义》"仡"下有"动也"义项，《汉语大字典》未收。《诗·皇矣》："崇墉仡仡。"毛传："高大也。"释文："仡仡，摇也。"可知动摇之义由高大义引申而来。

又如《汉语大字典》"非"字下引《玉篇》训为：下也，隐也。《篆隶万象名义》无此二义项，只有"不也，责也，违也"义项。查《汉书·陈余传》"陈王非必立六国后"颜师古注"非，不也"，《榖梁传·隐公五年》"非隐也"范宁注"非，责也"，可知《汉语大字典》引宋本《玉篇》训"下也，隐也"皆误训。

再如《汉语大字典》引《玉篇》："撤，警也。"《名义》"撤"字下收录了九个义项，唯独没有"警也"义。《左传·宣公十二年》："军卫不撤，警也。"宋本《玉篇》"警也"为误训。

当然，由于《玉篇》辗转流演，版本众多，难以避免彼此差互，因而全面细致的古籍整理十分必要，也是发挥其辞书学意义的前提。目前，这方面的研究工作虽有不少成果，如《玉篇校释》《大广益会玉篇》（校点本），但还有进一步完善的余地。

参考文献：

［1］川濑一马.增订古辞书の研究［M］.东京：雄松堂，1986.
［2］封演，赵贞信.封氏闻见记校注［M］.北京：中华书局，2005.
［3］王鸣盛.蛾术编［M］.北京：商务印书馆，1958.
［4］姚思廉.梁书［M］.北京：中华书局，2011.
［5］周大璞.训诂学初稿［M］.武汉：武汉大学出版社，2002.
［6］朱葆华.《玉篇》写作及成书年代考［J］.中国海洋大学学报（社会科学版），2003（4）.

【本篇编辑：刘元春】

汉文佛典随函音义衍变史管窥：
写本时代（一）①

——《金光明最胜王经》随函音义探源

马进勇

摘　要：汉文佛典随函音义有独特的语文学、文献学价值。考察其衍变史，对佛典经文校勘、版本研判、汉语史研究等都有重要意义。本文选取《金光明最胜王经》随函音义作个案探究，以小见大，可管窥汉文佛典随函音义衍变史之大要。此为"《金光明最胜王经》随函音义衍变史"系列论文之首篇，以探源为主旨。文章以敦煌写卷和日本奈良时代写本《金光明最胜王经》为基础材料，从部分写本所抄存的译经题记及其与随函音义的位置关系、随函音义条目的一致性、对译经题记中"缀文正字"的解读、对该经传入日本之历史的考索等四个方面着手，层层推进，论证《金光明最胜王经》随函音义系译经时创制，日本古写紫纸金字本所载之随函音义即是《金光明最胜王经》原初的随函音义。

关键词：汉文佛典　随函音义　衍变史　《金光明最胜王经》　起源

作者简介：马进勇（1988—），男，吉林大学文学院博士，主要从事汉语音韵学、敦煌学、汉语音义学研究。

---

① 本文2018年初撰时，承蒙业师萧瑜先生多所赐教，受益良多；在修改过程中，曾蒙扬州大学外国语学院李香老师惠赐《跨越古今——中国语言文字学论文集（古代卷）》一书，获见其宏文《〈金光明最胜王经〉卷尾反切考》，谨此并致谢忱！本文主体部分曾于2021年8月以《〈金光明最胜王经〉随函音义探源——以日本古写本和敦煌写卷为中心》为题在"中国音韵学第21届学术研讨会暨汉语音韵学第16届国际学术研讨会（成都）"上作小组报告，系国家社会科学基金重大项目"汉文佛经字词关系研究及数据库建设"（项目编号：23&ZD311）的阶段性成果。本文根据实际需要适当保留繁体字和异体字。

A Glimpse into the Evolutionary History of Suihan Yinyi in Chinese Buddhist Texts: Manuscript Era (Part 1)

— Exploring the Origin of the Suihan Yinyi in Yi Jing's Chinese Translation of *Suvarṇa-prabhāsôttama*

Ma Jinyong

Abstract: The Suihan Yinyi (随函音义, End-of-volume Notes on Word Pronunciation and Meaning) in Chinese Buddhist scriptures possesses unique linguistic and philological value. Investigating its evolutionary history is of significant importance for textual criticism of Buddhist scriptures, evaluation of different versions, and the study of the history of the Chinese language. By selecting the Suihan Yinyi in Yi Jing (义净)'s Chinese Translation of *Suvarṇa-prabhāsôttama* as a case study and exploring it in detail, we can gain insights into the broader evolution of Suihan Yinyi in Chinese Buddhist texts. This paper, the first in the series titled "The Evolutionary History of the Suihan Yinyi in Yi Jing's Chinese Translation of *Suvarṇa-prabhāsôttama*," focuses on exploring its origin. The paper is based on the Dunhuang and Nara-period Japanese manuscripts of Yi Jing's Translation. It systematically approaches the subject through four aspects: the inscriptions preserved in some manuscripts regarding the translation work of the sutra and their positional relationship with the Suihan Yinyi, the consistency of entries within the Suihan Yinyi, the interpretation of the term "Zhuiwen Zhengzi (缀文正字)" in the inscriptions, and the investigation into the historical transmission of Yi Jing's Translation to Japan. This step-by-step analysis demonstrates that the Suihan Yinyi in Yi Jing's Translation of *Suvarṇa-prabhāsôttama* was created during the translation of the sutra, and the Suihan Yinyi found in Japan's ancient "Purple Paper and Golden Characters" manuscript represents the original Suihan Yinyi in Yi Jing's Translation.

Keywords: Chinese Buddhist texts　Suihan Yinyi　evolutionary history　Yi Jing's Chinese translation of *Suvarṇa-prabhāsôttama*　origin

　　汉文佛典，无论是早期的写卷，还是唐宋以降的刻本，无论是单经本，还是大藏经，皆多见附有随函音义。所谓"随函音义"，"是指附在每一卷（函）末的音义"。①

---

① 黄耀堃.碛砂藏随函音义初探［C］//中国音韵学研究会，石家庄师范专科学校.音韵论丛.济南：齐鲁书社，2004：252.

绪　　言

（一）随函音义及其衍变史研究的价值

随函音义为经文中部分字词注音、释义、正形，在彼时主要有两项功用：一是服务于日常读经，便于信众认字和理解经义；二是在一定程度上确保经书在传诵时少出现误读，在传抄过程中少出现形近致误的错别字。时至今日，其旧有功能已式微，乃至湮灭，而其新的功用和价值则正日渐凸显。作为历史语言文字材料，随函音义具有重要的语文学价值，可为汉语历史语音、词汇、近代汉字的研究提供大量有用材料；作为佛典文献附属材料，则具有重要的文献学价值，可为汉文佛典经文校勘、版本鉴别等提供重要参考。此二端，前者至今已渐为学术界所重，从随函音义研究成果日益增多和"佛典语言学""汉语音义学"等新兴学问之日趋繁盛即可见一斑；后者则尚未引起佛学、佛典文献学等领域的足够重视，①尤其随函音义对于刻本佛典版本鉴别的作用与价值，未见有学者论及。

当前的佛典随函音义研究，几乎都集中在语文学范畴内，且多集中于几种刻本汉文大藏经随函音义的共时层面的研究，鲜有学者触及历时层面的问题。②从历时角度考察随函音义，研究其发展衍变的轨迹和历程，在文献学和语言学两方

---

① 随函音义之于佛典经文校勘的价值，谭翠因专研随函音义而多所关注，先后有《〈碛砂藏〉随函音义与汉文佛经校勘》（《西南交通大学学报（社会科学版）》2010年第1期）和《〈思溪藏〉随函音义与汉文佛典校勘释例》（《古籍整理研究学刊》2019年第6期）两文予以论述，在《〈碛砂藏〉随函音义研究价值发微》（《古汉语研究》2011年第2期）一文中亦有论及。前两文后经增改，分别纳入其《〈碛砂藏〉随函音义研究》（中国社会科学出版社，2013年）和《〈思溪藏〉随函音义研究》（中国社会科学出版社，2021年）两书中，各为一章。此外似未见其他有关论述。

② 据笔者爬梳所见，前辈学者李富华、何梅二位先生在《汉文佛教大藏经研究》一书中曾略涉及个别经卷随函音义的历时比较，以窥察《崇宁藏》《毗卢藏》随函音义对后世大藏经的影响（宗教文化出版社，2003年，第190—191、218—219页）；萧瑜先生《〈重刊北京五大部直音会韵〉初探》（载徐时仪等编《佛经音义研究——第二届佛经音义研究国际学术研讨会论文集》，凤凰出版社，2011年）一文曾选取《五大部直音会韵》中的《金光明最胜王经直音》，"从佛经音义发展史的角度对其直音条目进行历时对比"，以观《五大部直音会韵》对历代音义的继承与创新（见第287—294页）。此外即未再见大跨度的随函音义历时比较研究，更无关于随函音义发展史、衍变史的考察和探讨。

面都有重要价值。对佛典文献研究而言，一是在校勘经文时，可透过随函音义及其衍变情况，窥见诸多讹误、异文之成因，知其所以然，便于更好地校经；[①]二是历时层面上的不同佛典版本，尤其是刻本大藏经，以及据其翻刻的单刻经，相对于一成不变的经文偶有的疏误等差异而言，随函音义因屡有增删修订而往往差异更大，[②]观照随函音义衍变情况，对于从内容上研判佛典版本大有助益。在汉语史研究方面，学者时常利用随函音义中某些较为特殊的语音、词汇现象进行汉语历史语音、历史词汇的共时、历时考察，厘清随函音义的传承关系和衍变历程，有助于辨别、汰除作为直接研究对象的随函音义中前代遗留的层累性成分，对基础材料进行去伪存真，以便更好地进行断代研究和历时比较。

鉴于此，笔者拟通过系列单经随函音义衍变史个案研究，尝试借以管窥汉文佛典随函音义衍变史的宏观情况。

（二）关于《金光明最胜王经》

用作随函音义衍变史个案研究之佛典，须是译经时间明确、有早期经卷存世、早期即有随函音义，且其历代写卷或刻本皆尽可能存有随函音义者。经调查筛选，卷帙适中的《金光明最胜王经》甚合此需。

《金光明最胜王经》（以下简称《最胜王经》），十卷，唐三藏法师义净（635—713年）于武周长安三年（703年）十月译成，"为'《金光明》三译'中最后出而最完备者"[③]。在中晚唐、五代时期流布甚广，且远播东洋，曾被日本列为"镇护国家三经"之一，遗存至今的较早期写本颇多。从现存的唐五代敦煌写卷、日本古写本来看，其各卷末通常都有随函音义。不同写卷，其随函音义条目数量和具体内容不尽相同，但大体一致。宋世以降的历代汉文大藏经本《最胜王经》亦载有随函音义。

---

① 第143页脚注①所提及的谭翠有关论著中已多有论说，兹不赘述。
② 详本文之再续篇《汉文佛典随函音义衍变史管窥：刻本时代——〈金光明最胜王经〉随函音义衍变史之刻本汉文大藏经阶段》（待出）。
③ 丁福保.佛学大辞典［M］.上海：上海书店出版社，2015：1304下。

一、《最胜王经》早期写本之概况

《最胜王经》现存的早期写本，主要有两类：一为敦煌所出的唐五代写卷，二是日本奈良时代写本。敦煌写卷数量颇多，但绝大部分无抄写年代记录。日本古写本存者甚少，却俱为精品。尤其是已被日本政府定为"国宝"、抄写于奈良时代中前期的两种写本，不仅有较为明确的抄写时间，而且均是十卷俱全，甚是难得。其一为抄写于圣武天皇天平十三至十八年（741—746年）间的一部官写本紫纸金字《最胜王经》（简称"紫纸金字本"），原藏日本广岛西国寺，今藏奈良国立博物馆；其二为日本奈良西大寺珍藏、写成于淳仁天皇天平宝字六年（762年）的一部私写愿经（简称"天平宝字本"）。

两种日本古写本都抄存了《最胜王经》颇为完整的译经题记。题记内容包含译经时间、译经地点、参与译经人员及各自职责（即所谓"译场列位"）等颇为详细的译经信息（见图1）。除卷四外，各卷皆存有随函音义，且两种写本大同小异。

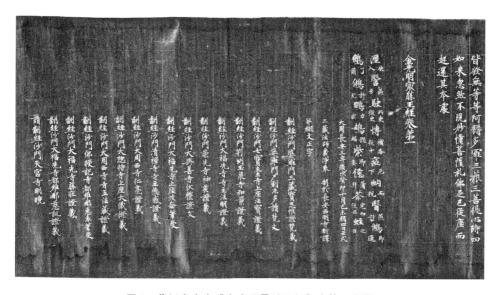

图1　紫纸金字本《金光明最胜王经》卷第一卷尾

在《最胜王经》现存的敦煌写卷中，有几种也抄存了译经题记。日本学者池田温《中国古代写本识语集录》记载了七种。[①]笔者实际得见三种，即B.1751（雨39）、新0743、MS00526《最胜王经》卷五残卷三种，S.523《最胜王经》卷八。[②]未见于池田氏著录者，笔者亦得见两种，即新1172《最胜王经》卷一残卷和《敦煌秘笈》所收录的羽583《最胜王经》卷五。存有随函音义的敦煌写卷则较多。

二、《最胜王经》随函音义之起源

在同时保存有随函音义和译经题记的敦煌写本《最胜王经》卷子中，随函音义均位于译经题记之前。即在该卷经文写完后，卷末先书尾题及卷次，次之为随函音义，再次之才是译经题记。若有愿文、勘记等，则在最末。目前尚未见例外。紫纸金字本（见图1）和天平宝字本亦如此。

从诸多传世文献来看，古人奉旨办差，特别是诸如编纂图书之类的差事，完成后交差时，多会将参与办差的主要人员名录一并呈上，以便皇帝论功行赏，或许客观上也便于在有差池之时追究责任。《大明一统志》《四库全书》等书中均可见到这样的名录。大德高僧奉制译经，虽不为邀功请赏，但无论是为了便于皇帝知晓参与译经的主要人员，还是从参与译经人员自身积累功德的角度看，经书翻译完毕进呈御览、奏请入藏流通时，在卷末列具译经人员名录都是理所应当的。[③]

---

① 池田温.中国古代写本识语集录［M］.东京：东京大学东洋文化研究所，1990：260-264.按，第552页另有补遗一种，即P.2585。然该卷仅有"译场列位"，无经题。据《开元释教录》卷九记载，"长安三年十月四日于西明寺"译毕的佛典不止《最胜王经》一部，另有《能断金刚般若波罗蜜多经》《掌中论》《根本说一切有部毗奈耶》等多种。P.2585既无经题，则难以确知其归属，必经详考而后或可推知。池田氏将其归于《最胜王经》，未知所据，兹不从，亦不计入七种之数。
② 《中国古代写本识语集录》分别记作"北雨字三九""北〇七四三""龙大图西五二六""S五二三"。其中"北〇七四三"误，应作"新〇七四三"，《敦煌劫余录续编》著录编号时省略"新"字，遂致池田氏误。
③ 《开元释教录》卷九有"成均太学助教许观监护。缮写进内，天后制《新翻圣教序》，令标经首"的记载。可知义净三藏等奉制译经，朝廷派有专人监护；译成之后，即须将定本缮写，进呈御览。

列具了译经人员名录的译经题记，不唯《最胜王经》有之，同时期翻译的其他一些经书的写卷末尾，也多有所见，如S.2278《佛说宝雨经》卷九末所载武周长寿二年（693年）译经题记等。[①]因而，根据所载翻经沙门名录中个人职务、译场职责等信息的详细程度，以及绝大多数写卷中"奉制"之"制"前阙格示敬而写作"奉　制"[②]的文书规范来看，《最胜王经》的译经题记当是其翻译完成、誊清写就之后即已写上的，即《最胜王经》译成之后进呈御览的定本上就已写有此译经题记。[③]

按照佛经抄写的庄重严肃性，并结合敦煌写经中存在的普遍现象来看，抄经人自己添加的内容通常都是写在经卷最末的，[④]而不太可能整行整段地间入所据经书底本原有的文字。相反，经书上原有的内容，即便不是经文正文，抑或是某些不太明显的疏误，通常也会被依原样照抄。例如，在《最胜王经》卷七经文末尾、卷末经题行之前，附有一段文字，"此品咒法有略有广，或开或合，前后不同。梵本既多，但依一译。后勘者知之"。从内容上看，此段文字显然不是经文的内容，而是义净三藏等译经时所写的附注性质的译经手记。按照《最胜王经》写卷的通例，此段文字应以双行小字书于经文末尾。但在绝大部分敦煌写卷中，此段文字都是用与经文字号同等的大字单行书写的，有的写卷另起一行，有的则径直接续于经文末尾。仅从形式上看，颇易将其混同为经文。笔者抽取《敦煌宝藏》第70册集中收录的B.1818至B.1842共计25个写卷进行了考察，在其中卷

---

① 此类译经题记，池田温《中国古代写本识语集录》收录颇多，通常题为"某某经译场列位"，可资参考。

② 亦有个别写卷的译经题记中"制"字之前未阙格而径作"奉制"，如B.1751《金光明最胜王经》卷五。

③ 李香在《关于〈金光明最胜王经〉卷尾反切音注与译场列位名单的一点考察——以日藏西国寺本、西大寺本与敦煌本比较为中心》一文中，通过对四种写卷所载译场列位名单的比勘，及与传世文献的对照考察，亦认为"可以确认这份译场列位所载人员就是长安三年参与义净《金光明最胜王经》译场的译经僧众""这份名单应当为义净原本所有，非后来者追加"。（程邦雄，尉迟治平.圆融内外　综贯梵唐：第五届汉文佛典语言国际学术研讨会论文集［C］.台北：花木兰文化出版社，2012：255）

④ 常见者有抄经人的发愿之辞（如S.980《最胜王经》卷二末"辛未年二月四日""皇太子晅"的抄经愿文）、抄经题识（如P.2274《最胜王经》卷七末"大中八年五月十五日""比丘尼德照"的写经题识以及"比丘道斌写"的抄经手记）、校勘手记（如B.1751《最胜王经》卷五末的"弘建勘定"）等等。

尾相对完整、无文字残损的十个写卷中，有九个写卷皆如此，仅 B.1829（为 92）是将此段文字以双行小字书写的。紫纸金字本和天平宝字本亦以单行大字的形式另起一行书写。由此，笔者认为，在《最胜王经》最初的定本中，此段文字即是以单行大字的形式书写的。从整部经书的书写通例来看，这算是一个小疏误。其后的各种抄本，绝大部分均依原样照抄，而未做太多斟酌、质疑和改动；只有诸如 B.1829 等个别经卷，其抄经人注意了这个问题，且进行了大胆调整和更正。① 由此可见，在抄本流传的时代，抄经人对经书原貌进行结构性调整的情况是极其罕见的；非校正讹误等必要的却系有意为之的结构性调整，则更是几乎不可能。因而，在译经题记系定本即已有之的前提下，若说《最胜王经》最初的随函音义是其译场之外、之后的其他人创制并间入经文之后、译经题记之前的，且这一行为无规划、无组织，系创制者全凭个人理解而为之，② 那是不太可能的。

经大量对比，笔者发现，敦煌写卷中《最胜王经》同一卷次不同写本所保存的随函音义，③ 在条目数量上基本保持一致，④ 各条目的具体内容也总体一致，大同小异。紫纸金字本和天平宝字本亦然。在《最胜王经》如此庞杂的敦煌写卷中，其随函音义作为一个相对独立于经文之外、在某种程度上甚至可谓可有可无的部分，竟然保持了如此惊人的一致性，则我们不得不考虑其最初来源的权威性。而最具权威性的来源，莫过于义净三藏等译成之后进呈御览、奏请入藏流通的定本。若其随函音义是由定本发布之后的其他个人创制，则万难在传抄过程中实现这样的一致性。除非是虽为后续创制，但却是由诸如朝廷等非常权威甚至带有强制性的机构颁行，或可实现。不过，对于佛典音义的研究已非

---

① 这种更正为后来的刻版经书所接受，所以在后世诸版刻本汉文大藏经所收录的《最胜王经》中，卷七末尾的此段文字无一例外均以双行小字的形式附于经文末尾。
② 张涌泉、李玲玲在《敦煌本〈金光明最胜王经音〉研究》一文中，即认为《最胜王经》的随函音义"大约是后来的研读者施加的"。见敦煌研究，2006（6）：149.
③ 部分写卷中未抄录随函音义。此处仅就抄存随函音义的写卷而论。
④ 据张涌泉主编《敦煌经部文献合集》（北京：中华书局，2008）第 11 册对《金光明最胜王经》音义的校录情况，并结合笔者自己的调查来看，大概只有 S.3106（卷四）所载的随函音义条目与其他敦煌写卷全然不同。另据笔者的调查，偶有写卷其所载的随函音义条目略有短少，如卷六，相较于大多数写卷，S.4170 少"掠"字条，羽 048 少"撍"字条。而从其所存的随函音义条目来看，这种个别条目的短少当是抄经人偶然疏漏所致，非系统性差异。

一时一人，迄今为止，似亦未发现通过权威渠道或方式颁行单经随函音义的文献记载。

此外，对译经题记中的"缀文正字"当作何理解？笔者认为，在一定程度上相当于现今所说的"统稿"。"缀文"即润色文字，使表达准确，文句流畅。《开元释教录》卷九称义净有部分著述"未遑删缀，遽入泥洹"①，"删缀"即应是删繁润色之义。同卷关于义净神龙元年（705年）译经四部六卷有"兵部侍郎崔湜、给事卢粲等润文正字"的记载，②径作"润文正字"，更可证"缀文"即润色文辞。而"正字"则无外乎两个方面：一是校正经书原文（特别是梵音咒语）翻译的准确性，确保主观用字无误；二是校正整部译经的文字书写的正确性，确保无错别字。

在《最胜王经》早期写本的随函音义中，正好保存了一些有关于字形辨正的条目。例如，在紫纸金字本中，卷一的随函音义中有"駃③：所吏，徎史""愽：補各，徎十"和"荼：宅加，徎示"三条，卷六的随函音义中有"敵：亭歷，徎攵"一条；④在一些敦煌写卷中，卷四的随函音义为"枳：姜里，徎木"一条。⑤这五条音义的字头，在不同敦煌写卷中常有不同写法，"駃"或写作"駛"，"愽"或写作"博"，"荼"或写作"荼""荼"，"敵"右侧偏旁"攵"或写作"殳"，"枳"或写作"抧"，等等。⑥通过这五个条目可以看到，在《最胜王经》早期的随函音义中，确实存在着这样一些具有"正字"性质的条目，它们对经文中易错、易混的字予以特别指出，并进行字形辨析。⑦从这几个字在敦煌写卷中五花八门的写法，也足见其在当时乃至之后很长一段时间内常被人们混淆、错用的事

---

① 智升.开元释教录：卷九［M］//永乐北藏：第143册.北京：线装书局，2000：903上.

② 智升.开元释教录：卷九［M］//永乐北藏：第143册.北京：线装书局，2000：901上.

③ 为便于准确、直观地说明有关字形辨正的问题，相关引文酌情保留繁体、异体、俗体字。下仿此。

④ 天平宝字本中，于此四条，"荼"写作"荼"，"攵"误作"父"，余皆相同。在《最胜王经》卷一和卷六的敦煌写卷中，凡卷末存有随函音义的卷子，一般也都有这几个音释条目。

⑤ 如S.6390、B.1666（珠23）、B.1675（寒26）、羽428等。但紫纸金字本和天平宝字本卷四末尾均无随函音义，此条当非原初所有，或为后加。详见后文考论。

⑥ 各条的具体情况在《敦煌经部文献合集》第11册所收录的《金光明最胜王经音》中已有较为详细的校录（参见第5326、5328—5330、5333、5340、5336页），兹不赘述。

⑦ 在后世刻本经书流传渐广的时代，尤其是刻本大藏经通常都详加校勘，经中文字错讹渐少，随函音义中这类"正字"性质的内容在总体上就逐渐减少了。

实。甚至可以大胆猜测，很有可能是在译经的过程中就有笔受沙门把这几个字写错，或是在译毕誊清时这几个字就被写错了，而后在"缀文正字"阶段又被校对发现，所以才有了随函音义中对这几个字之字形的特别说明。可惜后代抄经人多不注意随函音义中对字形的辨正，而只管埋头抄经，以致诸如误"駛"为"駮"的情况仍时有发生，甚至屡见不鲜。

基于上述考量，笔者认为，《最胜王经》最初的随函音义亦如其译经题记一样，是在此经译成后奏请入藏流通的定本上即已写有的。也就是说，《最胜王经》最初的随函音义当系义净三藏等译场内人员在译经过程中或译经草成后"缀文正字"之时所作，并最终写入定本的。[①]同时，亦可由此推测，写本时代的佛典随函音义，或有相当一部分是在译经之时即已创制的。

三、《最胜王经》随函音义之原初内容

日本紫纸金字本写于圣武天皇天平十三至十八年（741—746 年），当为现存最早的有具体抄写年代可考的《最胜王经》汉文写本。通过考察这个写本的底本来源等有关信息，则可推知《最胜王经》随函音义最初的内容情况。

---

① 李香亦曾在《关于〈金光明最胜王经〉卷尾反切音注与译场列位名单的一点考察》文中推测认为，《最胜王经》"卷尾反切为'后来的研读者施加的'可能性并不大，他很可能……是义净本人或者义净译场中人所加。"（见第 258 页）后来又在《〈金光明最胜王经〉卷尾反切考》一文中进一步认为："根据译场列位首句'……'，可知此次《金光明最胜王经》译场中，担任'正字'职务的正是义净。因此，可以认为卷尾音注为义净所作，也就是说，这些反切音注是能够代表义净语音的材料。"见崔彦，潘碧丝.跨越古今：中国语言文字学论文集（古代卷）[C].吉隆坡：马来亚大学中文系，马来亚大学中文系毕业生协会，2013：282.对于后者，笔者则以为大可不必，且似可商榷。原因有二：其一，《最胜王经》的译成，是译场内诸师集体合作的结果，义净三藏只是领衔和主导其事。以常理推之，除"读梵文""笔受"这样的工作当是专人负责之外，译经过程中汉文表达的遣词造句，译经草成后统稿阶段对所发现的问题之参酌订正等工作，虽皆有主其事者，但似乎通常都不太可能由一人独立完成，而应是一人主导、众人参详、集思广益的结果。似不宜径言系义净个人为之。其二，限于译场内工作的集体合作性质，以及此项翻译工作本身的官方性、权威性，这些随函音义无论事实上是义净三藏一力所为，还是译场内诸师共同议定，其所反映的都必然是当时通语的语音面貌，而不可能是义净或其译场内其他某氏个人的带有方音的语音面貌。所以，若是用这类材料进行当时通语的语音考察，则不必将其作者具体落实到个人；反之，若是用于个人语音（方音）情况的探究，对于这类有可能出自众手的材料，则慎重为宜。

（一）《最胜王经》传入日本史事钩沉

《最胜王经》在奈良时代备受日本朝廷推崇。木宫泰彦《日中文化交流史》记载："《金光明经》早已流入日本，从持统天皇八年（694年）起，每年正月，照例在各国诵此经。而《金光明最胜王经》是到了奈良朝才传到日本，圣武天皇神龟二年（725年），诏令以它代替《金光明经》。"①之后，圣武天皇天平十三年（741年），"诏令每国设置僧尼两寺，僧寺置僧二十人，名为金光明四天王护国寺；尼寺置尼十人，名为法华灭罪寺。前者是根据《金光明最胜王经·四天王护国品》第十二所说，为的是消除国家的灾祸疫疠，祈求四天王保护"②。在这次诏令中，明确要求"天下诸国各敬造七重塔一区，并写《金光明最胜王经》《妙法莲华经》各十部"，同时称"朕又别拟写金字《金光明最胜王经》，每塔各令置一部"，又要求"其僧尼每月八日必应转读《最胜王经》"。③

从《最胜王经》受当时日本朝廷的推崇程度来看，其传入日本的渠道当是非常正式、非常官方的，其在日本的传播也当是自上而下的。而当时最为正式、最为官方的渠道，应首推遣唐使这一官方交流机制。从《最胜王经》等译成的公元703年（文武天皇大宝三年，武周长安三年）前后，到圣武天皇诏令中提及《最胜王经》的公元725年（神龟二年，唐开元十三年），二十余年间，日本朝廷派遣入唐和自唐土东归日本的遣唐使，仅有两次，即日本历史上的第八次和第九次遣唐使。第八次于文武天皇大宝元年（701年）任命，大宝二年（702年）入唐，使团部分官员于庆云元年（704年）及庆云四年（707年）先后东归。第九次于元正天皇灵龟二年（716年）任命，养老元年（717年）入唐，养老二年（718年）归国。第七次遣唐使的归国年月和第十次遣唐使的派出年月均不在此时段

---

① 木宫泰彦.日中文化交流史［M］.胡锡年，译.北京：商务印书馆，1980：173-174.按，实际是诏令中提及可用《金光明最胜王经》代替《金光明经》，而非诏令全面取代之意。《续日本纪》卷九神龟二年七月戊戌条原文为："仍令僧尼读《金光明经》，若无此经者，便转《最胜王经》，令国家平安也。"

② 木宫泰彦.日中文化交流史［M］.胡锡年，译.北京：商务印书馆，1980：171.

③ 菅野真道，等.续日本纪：卷14［M］.立野春节跋本.1657（明历三年）.

内。①因而，《最胜王经》传入日本最有可能的时间即是在第八、第九两次遣唐使的随团人员归国之时，以随行的学问僧赍经东归的可能性最大。②

　　木宫泰彦等日本学者认为，《最胜王经》是由入唐请益的日本学问僧道慈传入日本的。③释东初《中日佛教交通史》亦称《最胜王经》系"道慈回国时携回"，④但未有论证。在勉诚社影印天平宝字本的出版弁言中，大矢实圆也称《最胜王经》是随遣唐使入唐的道慈于公元718年归国时请回日本的。⑤从木宫泰彦《日中文化交流史》中的考察来看，在703年至725年，从唐土东归日本的学问僧，有明确文献记载的，似也仅见道慈一人。

　　道慈（？—744），俗姓额田，添下郡人。于文武天皇大宝二年（702年，武周长安二年）随遣唐执节使粟田真人入唐，在长安学三论、法相两宗及真言密宗。历十七年，于元正天皇养老二年（718年，唐开元六年）随养老元年（717年，唐开元五年）入唐的遣唐押使多治比县守归国。"他留唐时，已以学业卓越著称，曾特被选入宫讲《仁王》《般若》两经，受到优赏。"其还归之时，日本"释门之秀者，唯法师（笔者按：即道慈）及神睿法师二人而已"。归国不久，旋即于养老三年（719年）十一月乙卯朔，与神睿一同受到元正天皇的颁诏褒扬封

---

① 参见木宫泰彦.日中文化交流史［M］.胡锡年,译.北京：商务印书馆,1980：65-67.

② 例如，据《续日本纪》卷十六天平十八年六月己亥条的记载，随第九次遣唐使入唐的学问僧玄昉，在留唐十多年后还归日本时，就带回"经论五千余卷及诸佛像"。

③ 参见木宫泰彦.中日交通史：上册［M］.陈捷,译.上海：商务印书馆,1931：203.木宫泰彦.日中文化交流史［M］.胡锡年,译.北京：商务印书馆,1980：174.奈良国立博物馆.国宝：金光明最胜王经　卷第一～十（国分寺经）.

④ 释东初.中日佛教交通史［M］.台北：东初出版社,1985：216.按,释东初称"《金光明最胜王经》在中国已在道慈入唐以前二年，即西元七〇〇年，由义净奉则武敕在东都译毕，故道慈回国时携回此经，因此，日本乃于西元七二五年（日本圣武天皇神龙二年）颁布用以代替《金光明经》。"《最胜王经》于公元703年译毕，在道慈入唐之后一年；公元700年系《最胜王经》等几部经书开始翻译之年，非译毕之年。"神龙"系"神龟"之误，圣武天皇无"神龙"年号。又按，赵青山《〈金光明经忏悔灭罪传〉相关问题考——从日本金刚寺本谈起》［敦煌学辑刊,2014（1）：30］误读释东初此段文字，称"神龟二年（725年）旅唐僧道慈带回义净十卷本《金光明最胜王经》"，时间误，详下文。

⑤ 大矢实圆.刊行の辞［M］//总本山西大寺.国宝西大寺本金光明最胜王经（天平宝字六年百济丰虫愿经）：卷首.东京：勉诚社,2013.原文为："遣唐使とともに入唐し、七一八年に帰国した道慈律师が新訳『金光明最勝王経』をいちはやくわが国に请来し、この经文の功德に依拠して天平十三年（七四一）には国分寺建立の诏が发布されました。"

赏。天平元年（729年）为律师，天平九年（737年）十月丙寅，道慈"讲《金光明最胜王经》于太极殿，朝廷之仪，一同元日"。后成为日本三论宗的第三代祖师。天平十六年（744年）十月辛卯，以七十余岁高龄示寂。"深得日本朝廷的信任"，"是奈良朝初期传播佛教最有力的人物"，"著述《愚志》一卷，论僧尼之事"。①

据木宫泰彦《日中文化交流史》的考察及《续日本纪》的有关记载，天平元年（729年）迁建大安寺于平城之时，道慈奉敕"勾当其事"，设计建造了大安寺。"根据《大安寺缘起》所载，大安寺是效仿道慈留唐时所描绘的长安西明寺的规模建造的。西明寺是唐高宗敕建的，当时有大殿十三所，以著名的道宣律师为上座，选择在京高僧居住其中。它是和日本学问僧关系最深的一个寺院。奈良朝末期入唐的近江梵释寺的永忠也曾住在此寺。后来空海入唐，就以此寺为根据地，历访城中的高僧。真如法亲王为了获得前往天竺的官符，也曾在此寺逗留六个月左右。"②由此可推测，道慈入唐之后，极有可能也曾住在西明寺。即便未曾实际入住寺内，从他对西明寺的熟识程度，以及被选入宫讲经的卓著业绩来看，他经常进出西明寺，对当时住在西明寺内的诸多高僧非常熟悉，则应是毫无疑问的。

道慈于武周长安二年（702年）入唐之时，《最胜王经》等一批佛典的翻译工作尚在进行中，次年十月初方才告竣进呈，而译经地点正好就在长安西明寺。这样看来，道慈应当是最有可能在《最胜王经》译成之初即有幸得见此经真容的入唐学问僧。

基于以上论述，笔者认为：第一，《最胜王经》当是道慈在公元718年（日本元正天皇养老二年，唐开元六年）自唐土东归之时传入日本的；第二，道慈所得并携以还归日本的《最胜王经》写本，乃是最接近甚至完全同于义净等进呈御

---

① 参见木宫泰彦.日中文化交流史［M］.胡锡年，译.北京：商务印书馆，1980：65-66，132，172-174.杨曾文.日本佛教史：新版［M］.北京：人民出版社，2008：63.菅野真道，等.续日本纪［M］.立野春节跋本.1657（明历三年）：卷八12-13，卷十二24，卷十五19.

② 木宫泰彦.日中文化交流史［M］.胡锡年，译.北京：商务印书馆，1980：163.

览、奏请入藏流通之定本的。

（二）道慈传本《最胜王经》写成时间推考

从道慈赍经归国的养老二年（718年），到抄写紫纸金字本《最胜王经》的圣武天皇天平十三至十八年（741—746年），前后不过二十余年，相去未远。而后来已被尊为日本三论宗第三代祖师的道慈，也直到天平十六年（744年）初冬才去世。又因紫纸金字本系遵圣武天皇诏令写成的官写护国经典，其严谨性、权威性自不待言，故紫纸金字本与道慈所传之本当是完全一致的。

再看天平宝字本，其在内容上与紫纸金字本保持了极大的一致性。各卷末随函音义的条目数量与紫纸金字本完全相同；除少数几个字形有所差异之外，各条目的具体内容和先后次序也与紫纸金字本保持一致。紫纸金字本的诸多特点均为天平宝字本所继承。例如，经首末抄载唐中宗李显御制《大唐中兴三藏圣教序》，卷一末有完整的译经题记，卷四无随函音义，少数文字较为特殊的讹误写法，等等。据此基本可以判定，天平宝字本与紫纸金字本属同一系统，当是一脉相承的，且其所据底本极有可能就是遵照圣武天皇诏令而写成的天平写经。天平宝字本乃私家写本愿经，尚且与紫纸金字本保持了如此高的一致性，则奈良时代中前期《最胜王经》写本的同源性和稳定性亦可见一斑。这也可旁证紫纸金字本与道慈传本《最胜王经》当是完全一致的。

后世刻本大藏经中所收《最胜王经》，经首多刊有唐中宗御制《大唐龙兴三藏圣教序》[①]（简称"唐中宗《圣教序》"）一篇。敦煌写卷 S.1177、P.2899、P.3154 等《最胜王经》卷一之卷首亦抄录此序文。[②]但紫纸金字本开篇即为经文《序品第一》，经首无唐中宗《圣教序》。那么，在很大程度上可以认为，道慈所传本《最胜王经》即无唐中宗《圣教序》。

---

① 或题作"大唐中兴三藏圣教序""唐龙兴三藏圣教序"。
② 其中，S.1177 为唐光化三年（900年）写本，卷端残佚，未见序文标题；P.2899 和 P.3154 题作"大唐中兴三藏圣教序"。另有 B.8408（翔50）和 S.462 两个单抄录此序文的写卷，亦题作"大唐中兴三藏圣教序"。

据《开元释教录》①《续古今译经图纪》②《贞元新定释教目录》③等记载,唐中宗《圣教序》作于神龙元年（705年）,既成,中宗"御洛城西门,宣示群辟④,净所新翻,并令标引"⑤。如此,则至少在此后的短期之内,帝京所抄义净新译出的经书中,尤其是宫廷所出的写本上,理论上皆当有唐中宗《圣教序》。《最胜王经》译成不过三个年头,自当归于"新翻"之列。现存的多个敦煌写卷及后来刻本汉文大藏经中《最胜王经》卷首皆载唐中宗《圣教序》,亦可在很大程度上证明,当时确曾依令将该序文标引于《最胜王经》卷首。因而神龙元年之后的一定时期内,长安所出的《最胜王经》写本卷首理论上皆当载唐中宗《圣教序》。道慈作为日本朝廷派出的生活在长安的学问僧,若其抄写《最胜王经》所据之底本上已载唐中宗《圣教序》,他当是不大可能擅自略去、不予抄录的。那么,更有可能的情况就是,道慈所据底本上原无唐中宗《圣教序》。既无该序,则其所据底本就应是写成于神龙元年唐中宗《圣教序》问世之前,抑或道慈携以东归的《最胜王经》写卷本身就抄写于唐中宗《圣教序》发布之前。如此,则可把道慈传本的写成时间进一步前推至公元705年之前。这距离《最胜王经》译成之年已近在咫尺。

---

① 智升.开元释教录:卷九［M］//永乐北藏:第143册.北京:线装书局,2000:900下-901上.

② 智升.续古今译经图纪［M］//永乐北藏:第143册.北京:线装书局,2000:868上.

③ 圆照.贞元新定释教目录:卷13［M］//高丽大藏经:第67册.北京:线装书局,2004:636下-637上.

④ 群辟,《贞元新定释教目录》作"群品",义同。

⑤ 唐中宗《圣教序》中称义净为"大福先寺翻经三藏法师",称武后为"则天大圣皇帝"等,均可内证该序文确系作于神龙元年。陈金华《〈大唐龙兴三藏圣教序〉再考:兼论义净译经以及法藏同荐福寺与崇福寺之关系》(陈金华.佛教与中外交流［M］.上海:中西书局,2016)一文考证颇详,兹不赘述。《最胜王经》译成后第三年,即神龙元年二月,唐中宗复国,即称"中兴"。后因张景源上疏以"中兴"不妥,遂于神龙三年（707年）二月敕改"龙兴",并明令"自今以后,更不得言'中兴'"(见《旧唐书》卷七《本纪第七·中宗》、《册府元龟》卷四八〇《台省部·奸邪第二》。按,张景源上疏议改"中兴"事,系由周祖谟先生所发掘,见其《王仁昫切韵著作年代释疑》文。)则该序文最初当系题作"大唐中兴三藏圣教序"。敕改"龙兴"之后,遂改题"大唐龙兴三藏圣教序"。因朝廷明令"更不得言'中兴'",故出于遵守朝廷法令、惧怕违令受惩的一般性考虑,将唐中宗《圣教序》题作"中兴"的敦煌写卷,写成时间在敕改"龙兴"之前的可能性比较大,至少其所据底本当是写成于敕改"龙兴"之前。当然,边鄙之地,倘因法令尚未布及黎庶,或亦存在不知法而违法者。这种可能性似也无法完全排除,需另当别论。而题作"龙兴"的写卷,则必然是神龙三年二月敕改之后所写。由此,在对载有唐中宗《圣教序》的敦煌写卷进行年代判别时,"中兴""龙兴"之别,即可作为一项参考依据。

从这一角度看，则道慈所传之本与义净等译成写定进呈御览、奏请入藏流通的原本完全一致，就可以说是毫无疑问了。此虽是推论而非确证，然亦足备一说。

（三）《最胜王经》随函音义原初内容考定

道慈所传之本的写成时间，无论是以唐中宗《圣教序》写成的公元705年为时间下限，还是以道慈归国的公元718年为时间下限，都与《最胜王经》译成入藏流通之年相去未远。其与《最胜王经》译成入藏流通的定本不会存在系统性差异，当是毫无疑问的。而根据前文的论述，紫纸金字本又与道慈传本完全一致，那么，由此上溯，则紫纸金字本与义净三藏等译成的定本亦当是完全一致的，至少不会存在系统性差异。

再从另一个角度看，前文中曾提到，大量《最胜王经》敦煌写卷所存随函音义都与紫纸金字本有着相当程度的一致性，甚至很多写卷的随函音义与紫纸金字本的相应卷次完全相同，毫厘不爽。在地理空间上，其写本以长安为中心，向东则远播扶桑，向西则遥及敦煌。在年代延续上，据池田温《中国古代写本识语集录》等有关研究显示，《最胜王经》敦煌写卷的时间蔓延下及唐末、五代，乃至宋初。[①]空间跨度和时间跨度皆如此之大，而其随函音义却能保持一致，唯一可能的解释就是它们都源自同一个权威性很强的祖本。而紫纸金字本的写就，距离《最胜王经》译成不过40年，再往前追溯，这个权威的祖本也就只能是义净三藏等译成之后入藏流通的定本了。

因此，笔者认为，紫纸金字本所呈现的随函音义之形态，即《最胜王经》随函音义最初的形态。或许单个字的字形略有差异，但各卷之随函音义的条目数量，以及每个条目的具体内容，都与其初本无别。

---

① 笔者目前所见，存有随函音义的《最胜王经》写卷，有确切写经年代的，最晚为唐光化三年（900年）"太夫人张氏"写本（S.1177、羽048、羽625）；结合一些学者的研究，大致可推定写经年代的，最晚为公元911年（辛未年）"皇太子晅"写本（S.980）。有确切写经年代而无随函音义的，最晚为宋乾德三年（965年）"邓兴受"写本（北大D063）。

对于紫纸金字本和天平宝字本均无随函音义的卷四，笔者对所见的近百个敦煌写卷进行了穷尽式调查。卷四末尾基本完整的写卷有48个。其中，有18个写卷无随函音义；29个写卷载录"枳：姜里，筏木"一条随函音义；[①]另有一孤例，S.3106卷末载音释四条，"掫：贞里。嘘：巨略。窒：丁戾。谜：莫计。"因S.3106卷末四条音释所注之字均出自该卷经中咒语，条目亦与其他写卷全然不同，属于例外，故暂不纳入探讨。[②]由此，则卷四可能存在两种情况：原无随函音义，或原有"枳：姜里，筏木"一条随函音义。而仅依靠统计数据，显然无法判定二者孰是孰非。

除S.3106之外，载有随函音义的写卷均只有"枳"字一条，因而在某种程度上也无法排除那些无随函音义的写卷或许存在漏抄此条音释的可能。但通过对紫纸金字本其余九卷的79条随函音义进行内部比对，可以发现，这79个条目中无一重出字头。按理说，若卷四原有随函音义，则亦不应有重出字头。而卷九有"枳：居尔"条，大量的敦煌写卷亦有之。若卷四原有"枳：姜里，筏木"一条，则显然与卷九中字头重出。因整部《最胜王经》的随函音义条目总量不算太多，倘若卷四只此一条，却又于卷九重出，则会显得颇为醒目，"缀文正字"之时易于发现。

此外，"枳"和"尔"中古同韵，皆属上声纸韵。唐写全本《王仁昫刊谬补缺切韵》中，"枳"在上声四纸韵"诸氏反"纸小韵，"尔"见于上声四纸韵"兒氏反"爾小韵"爾：兒氏反，亦作尒、尔"，二字韵、调全同。而"里"在上声

---

① 其中，B.1652（秋51）误"木"为"大"；B.1685（往89）误"木"为"衣"；B.1663（列40）和S.3933作"枳：姜里反，筏木"。

② 从所处的位置来看，《最胜王经》写卷的音注有两类：一类是置于各卷末的随函音义；另一类见于经文之中，仅以反切的方式随文注音，所注者均为梵音咒语音译字。李香《〈金光明最胜王经〉卷尾反切考》（第269—270页）和《试论〈金光明最胜王经〉卷尾音的性质——以日本西国寺本、西大寺本的考察为中心》（《高等日语教育》第5辑，第58页）认为，"经文内的音注基本上都是为陀罗尼音译字所加的特殊读音"，"其目的是为描写咒语音译字所对的梵音原音，并非提示该字的实际读音"，"这类音注有其特殊性，和卷尾反切在性质上有所不同"。笔者比较赞同这一观点。S.3106卷末之四条音释，虽然形式上是随函音义，但就内容看，其性质与经文中随文注音相同，而不同于随函音义。又因其为孤例，故笔者认为，这四条音释当由《最胜王经》传抄过程中某一研读者自行添加，系个人行为的结果，且就性质而言，或亦当归入经文中随文注音一类，与《最胜王经》诸写卷所见的其他随函音义不可相提并论。因而此处以例外视之，暂不纳入探讨。

六止韵"良士反"里小韵，与"枳"不同韵。《广韵》亦然。就音切而言，"居尔"更为准确，亦更凸显原初注音之审慎。

此外，通过对紫纸金字本及天平宝字本的校勘可看出，道慈传本《最胜王经》的抄写甚为审慎，当不会出现漏抄随函音义条目的情况。

因而，综合这三个角度的考虑，笔者倾向于认为，《最胜王经》卷四最初无随函音义。而敦煌写卷中所见的"枳：姜里，筏木"一条，很可能是在距《最胜王经》译成之年不太久远、其流布尚未特别广泛的某个时候，被人添加的。[1]而增入了"枳：姜里，筏木"一条的这个版本，后来在敦煌地区传抄较多，成为了一部分《最胜王经》敦煌写卷的祖本，于是也就有了那29个载有此条随函音义的写卷。

综上，笔者认为，紫纸金字本的随函音义即为《最胜王经》随函音义之原初内容（见表1）。

表1　紫纸金字本《金光明最胜王经》随函音义一览表[2]

卷次	序号	条目	音释	卷次	序号	条目	音释
一	1	淫	失入	一	9	鷯	了萧
	2	瞖	燕兮		10	鵂	許尤
	3	駃	所吏筏史		11	鶹	力求
	4	愽	補各筏十		12	搗	偢竭
	5	瘂	厄下		13	觜	即委
	6	蚋	而税		14	憊	蒲拜
	7	瞖	燕計		15	茶	宅加筏示
	8	（鵂）〔鷯〕	即遥		16	蛭	之日

---

[1] 李香通过对《最胜王经》随函音义条目的校异，亦认为紫纸金字本、天平宝字本"保留的是早期形态"（《试论〈金光明最胜王经〉卷音义的性质——以日本西国寺本、西大寺本的考察为中心》，第54页），"第四卷卷尾可能本无音注，'枳'字音为后补"（《〈金光明最胜王经〉卷尾反切考》，第273页）。
[2] 本表仅照录其随函音义条目，保留繁体、异体、俗体字，不对字形进行规范，亦不作逐条校勘；仅对疑为形误之字，遵校勘通例，以（ ）标示疑误之原字，以〔 〕注出笔者认为的校正字形。

续　表

卷次	序号	条目	音释	卷次	序号	条目	音释
二	1	礦	古猛	六	11	颯	蘇合
	2	鍊	蓮見		12	薜	薄悶
	3	鎔	欲鍾		13	撦	車者
	4	淳	大丁		14	挐	奴加
	5	桴	覆于		15	宰	孫骨
	6	鎖	蘓果		16	曬	盧盍
	7	羂	古縣		17	呬	虛致
三	1	闠	胡對		18	鞔	末殷
	2	穆	莫六		19	叡	以（芮）〔芮〕
	3	曁	其罢	七	1	頦	多可
四	—	—	—		2	澀	色立
五	1	弈	盈益		3	蝱	麦庚
	2	貐	許救		4	薐	力徵
	3	窒	丁結		5	鬂	粟俞
	4	稔	任甚		6	謎	迷計
六	1	胚	陟尸		7	攞	羅可
	2	（敝）〔敞〕	昌兩		8	葺	侵入
	3	敵	亭歷徙攵		9	蠱	作含
	4	整	征郢		10	叱	瞋失
	5	殿	田見		11	杞	欺己
	6	蝕	乘力	八	1	掇	陟履
	7	掠	良灼		2	拄	誅主
	8	讖	士咸	九	1	髦	毛報
	9	寋	劬矩		2	痰	徒甘
	10	麼	摩可		3	癋	於禁

续　表

卷次	序号	条目	音释	卷次	序号	条目	音释
九	4	玃	俱縛	十	2	航	胡郎
	5	枳	居尔		3	鴒	仕于
	6	弭	弥氏		4	擒	巨今
	7	（媞）〔媞〕	普詣		5	鋌	逞頂
	8	睇	啼計		6	瘠	情昔
	9	捎	所交		7	捪	胡本
十	1	馤	去例		8	鯁	庚杏

赘　　语

　　本篇简要论述了汉文佛典随函音义衍变史研究的重要意义，对个案探索对象《最胜王经》随函音义作了溯源考索。继之即是对《最胜王经》随函音义在唐五代时期（写本时代）和宋世以降至清代止（刻本时代）两个阶段的衍变历程进行考述。限于篇幅，无法在此文内一并呈现，后续将分撰《汉文佛典随函音义衍变史管窥：写本时代（二）——〈金光明最胜王经〉随函音义衍变史之写本时代》和《汉文佛典随函音义衍变史管窥：刻本时代——〈金光明最胜王经〉随函音义衍变史之刻本汉文大藏经阶段》两篇。

参考文献：

［1］北京图书馆善本组.敦煌劫余录续编［M］.北京：北京图书馆，1981.
［2］陈金华.《大唐龙兴三藏圣教序》再考：兼论义净译经以及法藏同荐福寺与崇福寺之关系［M］//佛教与中外交流.上海：中西书局，2016.
［3］池田温.中国古代写本识语集录［M］.东京：东京大学东洋文化研究所，1990.
［4］丁福保.佛学大辞典［M］.上海：上海书店出版社，2015.
［5］黄耀堃.碛砂藏随函音义初探［C］//中国音韵学研究会，石家庄师范专科学校.音韵论丛.济南：齐鲁书社，2004.
［6］黄永武.敦煌宝藏［M］.台北：新文丰出版公司，1981—1986.
［7］菅野真道，等.续日本纪［M］.立野春节跋本.1657（明历三年）.

［8］金光明最胜王经［M］.释义净，等，译.写本.741—746（日本天平十三年至十八年）.

［9］李富华，何梅.汉文佛教大藏经研究［M］.北京：宗教文化出版社，2003.

［10］李香.关于《金光明最胜王经》卷尾反切音注与译场列位名单的一点考察：以日藏西国寺本、西大寺本与敦煌本比较为中心［C］//程邦雄，尉迟治平.圆融内外　综贯梵唐——第五届汉文佛典语言国际学术研讨会论文集.新北：花木兰文化出版社，2012.

［11］李香.《金光明最胜王经》卷尾反切考［C］//崔彦，潘碧丝.跨越古今：中国语言文字学论文集（古代卷）.吉隆坡：马来亚大学中文系，马来亚大学中文系毕业生协会，2013.

［12］李香.试论《金光明最胜王经》卷尾音义的性质：以日本西国寺本、西大寺本的考察为中心［M］//潘钧.高等日语教育：第5辑.北京：外语教学与研究出版社，2020.

［13］刘昫，等.旧唐书［M］.北京：中华书局，1975.

［14］木宫泰彦.日中文化交流史［M］.胡锡年，译.北京：商务印书馆，1980.

［15］木宫泰彦.中日交通史［M］.陈捷，译.上海：商务印书馆，1931.

［16］奈良国立博物馆.国宝：金光明最胜王经　卷第一～十（国分寺经）［OL］.奈良国立博物馆，［2018-05-01］.https://www.narahaku.go.jp/collection/759-0.html.

［17］释东初.中日佛教交通史［M］.台北：东初出版社，1985.

［18］王钦若，周勋初，等.册府元龟：校订本［M］.南京：凤凰出版社，2006.

［19］武田科学振兴财团，杏雨书屋.敦煌秘籍［M］.大阪：武田科学振兴财团，2009—2013.

［20］萧瑜.《重刊北京五大部直音会韵》初探［C］//徐时仪，等.佛经音义研究：第二届佛经音义研究国际学术研讨会论文集.南京：凤凰出版社，2011.

［21］杨曾文.日本佛教史：新版［M］.北京：人民出版社，2008.

［22］圆照.贞元新定释教目录［M］//高丽大藏经：第67册.北京：线装书局，2004.

［23］张涌泉.敦煌经部文献合集：第11册［M］.北京：中华书局，2008.

［24］张涌泉，李玲玲.敦煌本《金光明最胜王经音》研究［J］.敦煌研究，2006（6）.

［25］智升.开元释教录［M］//永乐北藏：第143册.北京：线装书局，2000.

［26］智升.续古今译经图纪［M］//永乐北藏：第144册.北京：线装书局，2000.

［27］中国国家图书馆，任继愈.国家图书馆藏敦煌遗书［M］.北京：北京图书馆出版社，2005—2012.

［28］总本山西大寺.国宝西大寺本金光明最胜王经（天平宝字六年百济丰虫愿经）［M］.东京：勉诚社，2013.

［29］British Library.MS00526 [OL]. International Dunhuang Programme, [2024-10-06].

【本篇编辑：刘元春】

是故恶夫佞者

潘星辉

摘 要：孔子所"恶"之"佞"，根本在于言不由衷——虚伪，一方面，系由社会巨变造成，"狎大人，侮圣人之言"，另一方面，则具宽泛的含义，即"巧言令色，鲜矣仁"。孔子与"佞"的牵染，在他看来，都被人误解了。《论语》里的孔子止于表达对"佞"的反感，战国以来却出现孔子诛少正卯之说。"巧言令色"之"佞"后世续有发展，在现代中国，这种"佞"已然从政治到文化、从精英到庶民扩散开来。

关键词：孔子 《论语》 佞 恶

作者简介：潘星辉（1971—），男，上海交通大学人文学院，历史学博士，副教授，主要从事中国古代史研究。

It's on This Account That I Abhor The *NingZhe*

Pan Xinghui

Abstract: The "Ning (佞)" that Confucius "abhors" fundamentally lies in insincerity or hypocrisy. On the one, it is caused by great social changes, leading to "familiarity with the great men and contempt for the words of the wise." On the other hand, it has a broad meaning, that is, "clever words and flattering manners, which are rare in benevolence." Confucius' connection with "Ning (佞)", but in his eyes, it is all due to being misunderstood by others. In the Analects, Confucius only expresses his aversion to "Ning (佞)", but since the Warring States period, there has been a story about Confucius executing ShaozhengMao. The "Ning (佞)" characterized by "clever words and flattering manners" continued to develop in later generations. In modern China, this kind of "Ning (佞)" has extended from politics to culture, from the elite to the ordinary.

Keywords: Confucius *Analects* Ning (佞) abhor

在《论语》中，孔子论"佞"多泛言，唯有一显一隐两处交代了具体语境：

> 子路使子羔为费宰，子曰："贼夫人之子。"子路曰："有民人焉，有
> 社稷焉，何必读书，然后为学？"子曰："是故恶夫佞者。"①

张甄陶《四书翼注论文》称："'何必读书'，并非废学之说。古人为学，果然不
单指读书一样……但子路使子羔本意，不过欲为季氏得一良宰，又使子羔得禄
仕。此一副议论，乃随口撰出。故夫子不斥其非而恶其佞。"②

> 季氏将伐颛臾。冉有、季路见于孔子，曰："季氏将有事于颛臾。"
> 孔子曰："求！无乃尔是过与？夫颛臾，昔者先王以为东蒙主，且在邦
> 域之中矣，是社稷之臣也，何以伐为？"冉有曰："夫子欲之，吾二臣
> 者皆不欲也。"孔子曰："求！周任有言曰：'陈力就列，不能者止。'危
> 而不持，颠而不扶，则将焉用彼相矣？且尔言过矣。虎兕出于柙，龟
> 玉毁于椟中，是谁之过与？"冉有曰："今夫颛臾，固而近于费。今
> 不取，后世必为子孙忧。"孔子曰："求！君子疾夫舍曰欲之而必为
> 之辞。"③

据朱熹《论语集注》："颛臾，国名，鲁附庸也。""东蒙，山名，先王封颛臾于此
山之下，使主其祭。""是时四分鲁国，季氏取其二"，"附庸之国尚为公臣，季氏
又欲取以自益。"④潘光旦认为："'舍曰欲之'云云，就是'佞'字的解释。"⑤两处
合观，可见围绕着辅佐季氏，弟子们的政治作为与老师的原则冲突，且各有一套

---

① 杨伯峻.论语译注：先进［M］.北京：中华书局，1998：118.
② 转引自程树德.论语集释：先进下［M］.北京：中华书局，1996：797.
③ 杨伯峻.论语译注：先进［M］.北京：中华书局，1998：172.
④ 朱熹.论语集注：季氏［M］.北京：中华书局，2006：169.
⑤ 潘光旦.自由之路：说为政不在多言［M］.北京：群言出版社，2014：362.

说辞，大为孔子所不满。①这里的"佞"指强词夺理、文过饰非，②总之是言不由衷——虚伪，孔子深"恶"痛"疾"于"佞"，根本原因在此。

阮元撰《释佞》，归纳了先秦文献中的"佞"字义解，称："商、周之间始有'仁''佞'二字，'佞'从'仁'，更在'仁'字之后……故'佞'与'仁'相近，尚不甚相反，周之初尚有用'仁'字以寄'佞'义者，不似周末甚多分别也。"小字注："《论语》'雍也仁而不佞'，可见'仁''佞'尚欲相兼，'不知其仁'，始言'佞'异于'仁'；'鲜矣仁'，非绝无'仁'。"又称："《说文》：'佞，巧、谄、高材也，从女仁声。'……巧是一义，材又一义，柔谄又一义，御口给又一义，属文时当用何义，则可以何义释之。""后世'佞'字全弃高材、仁、巧之美义，而尽用口谄、口给之恶义。"③这不妨理解成，"仁"加"女"为"佞"，其义逐渐偏离"仁"，但在周代前期，美义、恶义犹混用。

赵纪彬《论语新探·崇仁恶佞解》参考了《释佞》，"择其义之可取而与本文有关部分，作为研究的起点"，认同"'仁''佞'戾异，始见《论语》；崇'仁'恶'佞'，发自孔丘"，迭经考辨，得出结论："《论语》'佞'字，本质上是富于逻辑意趣的名辩方法。这种名辩方法，是在'礼坏乐崩'的过程中，从祝史之业派生而出，乃春秋末叶新兴文化之一支；而所谓'佞者'或'佞人'，也就是擅长名辩的新兴文化人。这种文化人，即是属于小人派别的'士'。"④整个论证不乏牵强附会，但紧扣身份与等级的思路颇具启发性。此种"佞者"或"佞人"

---

① 案孔门四科，"政事：冉有、季路"（杨伯峻.论语译注：先进［M］.北京：中华书局，1998：110），但二人被孔子敲打特多，像"季子然问：'仲由、冉求可谓大臣与？'子曰：'吾以子为异之问，曾由与求之问。所谓大臣者，以道事君，不可则止。今由与求也，可谓具臣矣。'曰：'然则从之者与？'子曰：'弑父与君，亦不从也。'"（1998：117）冉有仕季氏更久，孔子甚至要学生"鸣鼓而攻之"（1998：115）。

② 参见《李颙集》卷二十六《四书反身录·子张篇》论子夏所说"小人之过也必文"："庸鄙小人不文过，文者多是聪明有才之小人；肆无忌惮之小人不文过，文者多是慕名窃义、伪作君子之小人。"（西安：西北大学出版社，2015：482）

③ 阮元.揅经室集：续一集卷一［M］.北京：中华书局，2006：1011-1012.篇终重申，"是故解文字者，当以虞、夏、商、周初、周末分别观之"（1013）。梁章钜《论语集注旁证》亦称："佞是口才捷利之名，本非善恶之称，但为佞有善恶耳。为善捷敏是善佞，祝鮀是也。为恶捷敏是恶佞，即远佞人是也。"转引自《论语集释》卷九《公冶上》，第294页。

④ 赵纪彬.论语新探：崇仁恶佞解［M］.北京：人民出版社，1976：276，277，289.

的涌现，看来乃是社会巨变的表象。随着旧的社会秩序的动摇，旧的话语体系逐渐崩塌，一些常识化的正统观念、命题被人调侃、挖苦、否定，"歪理邪说"，连同怪话、"段子"不胫而走，传统的维护者起初犹能危坐庄论，很快便穷于应付，直至跌落神坛。孔子曰："小人不知天命而不畏也，狎大人，侮圣人之言。"朱熹注："侮，戏玩也。"①像宰我质疑"三年之丧"的一幕，就不乏此意味。②针对晚明社会的异化，王夫之直斥："近世有《千百年眼》《史怀》《史取》诸书及屠纬真（隆）《鸿苞》、陈仲淳〔醇〕（继儒）《古文品外录》之类，要以供人之玩，而李贽《藏书》，为害尤烈。"③强调意识形态的败坏取径于解构历史与经典。类似的情形在20世纪中国也屡次发生。孔子当日仅是抓苗头而已，到战国时代，"诐辞""淫辞""邪辞""遁辞"④才洪水猛兽一般泛滥横行。

不过，孔子说"巧言令色，鲜矣仁"⑤时，他心目中的"佞"应还有种相对宽泛的含义。另见："巧言、令色、足恭，左丘明耻之，丘亦耻之。""巧言乱德。"⑥

---

① 朱熹.论语集注：季氏［M］.北京：中华书局，2006：172.
② 杨伯峻.论语译注：阳货［M］.北京：中华书局，1998：188.居孔门"言语"科之首的宰我，却令孔子感慨："始吾于人也，听其言而信其行；今吾于人也，听其言而观其行。于予与改是。"（1998：45）骂他"不仁"（《阳货》），看来不是偶然的。
③ 王夫之.俟解［M］//梨州船山书.台北：世界书局，1974：2.王弘撰亦斥《鸿苞》"谲诞"，"诬圣害道不在李贽之下"，"得逃两观之法焉，亦其倖也"（山志：初集卷四：屠隆［M］.北京：中华书局，1999：99）。"两观之法"指传说孔子诛少正卯事，而后世就是视其为"佞人"的。
④ 杨伯峻.孟子译注：公孙丑上［M］.北京：中华书局，2003：62.
⑤ 杨伯峻.论语译注［M］.北京：中华书局，1998：3，187.《尚书·虞书·皋陶谟》："巧言令色孔壬。""孔壬"即"甚佞"之意（断句十三经经文［M］.台北：台湾开明书店，1978：4）。"巧言令色"可与《宪问》"时然后言，人不厌其言，乐然后笑，人不厌其笑"对看，这是公明贾对公叔文子的形容，孔子的反应是："其然，岂其然乎？"潘光旦《说为政不在多言》谓"孔子时然后言，人不厌其言"（第361页），这是读《论语》稍不留意即容易误会的。
⑥ 杨伯峻.论语译注［M］.北京：中华书局，1998：52，167.案，"言"指言语，"色"指表情，"足"，以步法兼指身姿。翟灏《四书考异》卷七《论语》论"足恭"："《集解》孔曰：'足恭，便辟貌。'邢氏疏曰：'此读足如字，谓便习盘辟其足以为恭也。'《书·冏命》'巧言令色便辟'，孔传曰：'便辟，足恭。'《正义》曰：'前却俯仰，以足为恭也。'……《大戴礼·曾子立事篇》：足恭而口圣，君子勿与也。按孔氏以《尚书》《论语》互相训证，《大戴》以'足恭''口圣'两为对偶。《表记》又云：'君子不失足于人，不失色于人，不失口于人。'失足于人，足恭也；失色于人，令色也；失口于人，巧言也。三者亦并言之。'足'当如字直读无疑，其义自为'手足'之'足'。"（刻《皇清经解》本.学海堂，9B）王聘珍《大戴礼记解诂》卷四《曾子立事》释"足恭而口圣"："足恭，谓便辟其足，前却为恭，以形体顺从于人。圣，通也。口圣，谓柔顺其口，捷给为通，以言语餂人意。"（北京：中华书局，1992：74）。黄式三《论语后案·季氏》谓："便辟者，习惯其般旋退避之容，一于卑逊，是足恭也。"（南京：凤凰出版社，2008：467）便辟，又作槃辟、盘辟、般辟。郭庆藩（转下页）

顾炎武引申道："自'胁肩谄笑''未同而言'，以至于'苟患失之，无所不至'，皆'巧言令色'之推也。"①反之就是："刚毅、木讷近仁。""仁者，其言也讱。"②洪迈打通两者："刚毅者必不能令色，木讷者必不为巧言。此'近仁''鲜仁'之辨也。"③孔子下面几句话也应捉置一处："君子欲讷于言而敏于行。""君子……敏于事而慎于言。""君子耻其言而过其行。"④反之就是："色取仁而行违。""其言之不怍，则为之也难。""有言者不必有德。"朱熹注："能言者或便佞口给而已。"⑤

孔子本人"温而厉，威而不猛，恭而安"⑥，爱好雅乐，"与人歌而善，必使反之，而后和之"。⑦其与"佞"牵染者有二，对应于上述两方面，在他看来，都是被人误解了，一是："微生亩谓孔子曰：'丘何为是栖栖者与？无乃为佞乎？'孔子曰：'非敢为佞也，疾固也。'"⑧刘宝楠释作："夫子周流无已，不安其居，所至

（接上页）《庄子集释》卷七《外篇·田子方》："从容一若龙，一若虎。"郭象注："槃辟其步，逶蛇其迹。"成玄英疏："擎跪揖让，前郤〔却〕方圆。"（影印本.北京：中国书店出版社，1988：19B）《宋蜀刻本论语注疏》卷五《乡党》详细描述了孔子的言语、表情、身姿，如"过位，色勃如也，足躩如也，其言似不足者"（桂林：广西师范大学出版社，2019：253），包咸于前文"君召使摈，色勃如也，足躩如也"句注："足躩，盘辟貌。"（250）是即"足恭"，唯在"事君尽礼"（《八佾》）的情况下，就成合理（礼）的了。

① 黄汝成.日知录集释：巧言［M］.长沙：岳麓书社，1994：682.引文见杨伯峻.孟子译注：滕文公下［M］.北京：中华书局，2003：152.杨伯峻.论语译注：阳货［M］.北京：中华书局，1998：186.

② 杨伯峻.论语译注［M］.北京：中华书局，1998：143，124.《辞源（修订本、合订本）》释"讱"为"言不易出，说话谨慎"（北京：商务印书馆，1995：1564）.作为"仁"的界定之一，"讱"与"切"几乎完全同义。

③ 洪迈.容斋随笔：卷二［M］.长沙：岳麓书社，1994：15.

④ 杨伯峻.论语译注［M］.北京：中华书局，1998：41，9，155.参《里仁》"古者言之不出，耻躬之不逮也"（40），《大戴礼记解诂》卷四《曾子立事》"君子……微言而笃行之，行必先人，言必后人"（70），卷五《曾子制言上》"君子执仁立志，先行后言"（90）。

⑤ 朱熹.论语集注［M］.北京：中华书局，2006：138，154，149.案《颜渊》之"为之难，言之得无讱乎"（133），与《宪问》之"其言之不怍，则为之也难"，貌似矛盾，实则前者先为其难而后慎其言，后者先易其言而后难其为。

⑥ 杨伯峻.论语译注：述而［M］.北京：中华书局，1998：77.参《季氏》："君子……色思温，貌思恭。"（177）《子张》："君子有三变：望之俨然，即之也温，听其言也厉。"（201）《尧曰》："君子……威而不猛。……君子正其衣冠，尊其瞻视，俨然人望而畏之，斯不亦威而不猛乎？"（210）《学而》："君子不重则不威。"（6）《大戴礼记解诂》卷四《曾子立事》："君子恭而不难，安而不舒。"（72）杨雄亦本《论语》而有"貌重则有威""貌轻则招辱"之说，汪荣宝.法言义疏五·修身卷第三［M］.北京：中华书局，1996：96.

⑦ 杨伯峻.论语译注：述而［M］.北京：中华书局，1998：75.但"是日哭，则不歌"（68）.司马迁《史记》卷四十七《孔子世家第十七》说"三百五篇，孔子皆弦歌之"（上海：上海书店出版社，1992：1269），未免夸张了。

⑧ 杨伯峻.论语译注：宪问［M］.北京：中华书局，1998：155-156.

皆以礼义之道陈说人主。微生疑夫子但为口才以说时君，故曰'佞'也。""固陋者，昧于仁义之道，将以习非胜是也。夫子欲行道以化之，不得不干人主，此自明'栖栖'之意。"① 二是："子曰：'事君尽礼，人以为谄也。'"② 孔子特别重视行礼，"礼"也确有表演成分，但那主要是操作性的，而非娱乐性的。江声《论语俟质》所谓："孔子事君之礼，如众拜上而子独拜下，又如《乡党》所记，闻君命，入公门，及过位鞠躬如，色勃如，足躩如，虽未见君而已形敬畏，升堂见君则鞠躬屏气，皆是人不能然，而或反以为谄也。"③ "事君"故"尽礼"，这是孔子等级思想的极致表现。

《论语》里的孔子通常止于表达对"佞"的反感，除了前文提到的"恶""疾"之外，尚有一"憎"字："焉用佞？御人以口给，屡憎于人。"④ "人"必包括他自己在内。再如："恶紫之夺朱也，恶郑声之乱雅乐也，恶利口之覆邦家也。"⑤ 唯在回答"颜渊问为邦"时，更进一步，提出了"远"："放郑声，远佞人。郑声

① 刘宝楠.论语正义：宪问［M］//诸子集成：第1册，上海：上海书店出版社，1996：321.微生亩的质疑代表了一批冷眼旁观者的态度，近似者还有《庄子》中渔父对孔子的数落："今子既上无君侯有司之势而下无大臣职事之官，而擅饰礼乐、选人伦，以化齐民，不泰多事乎？"且以"莫之顾而进之，谓之佞"为"八疵"之一，《庄子集释》卷十《杂篇·渔父》，第4页A，胡文蔚以《论语·季氏》"言未及之而言"作注（南华经合注吹影：卷31［M］.北京：人民出版社，2020：336）别参卷八《杂篇·则阳》："孔子之楚，舍于蚁丘之浆。其邻有夫妻臣妾登极者。子路曰：'是稷稷何为者邪？'仲尼曰：'是圣人仆也。是自埋于民，自藏于畔。其声销，其志无穷，其口虽言，其心未尝言。方且与世违，而心不屑与之俱，是陆沉者也，是其市南宜僚邪？'子路请往召之。孔子曰：'已矣！彼知丘之著于己也，知丘之适楚也，以丘为必使楚王之召己也。彼且以丘为佞人也。夫若然者，其于佞人也，羞闻其言，而况亲见其身乎？而何以为存？'子路往视之，其室虚矣。"第33页A—34页A，"以丘为佞人"，阮毓崧《重订庄子集注》卷下《杂篇则阳第三》解作："以我历聘诸侯，不无谄佞也。"（上海：上海古籍出版社，2018：745）吕惠卿《庄子义》即将微生亩和宜僚相提并论，见汤君.庄子义集校：卷八则阳第二十五［M］.北京：中华书局，2011：485.蒋伯潜《细读论语》（原名《语译广解四书读本》之一）第十四《宪问》更串合孔、孟："微生亩以孔子为佞，与战国时人以孟子为好辩同。"（上海：上海辞书出版社，2022：228）
② 杨伯峻.论语译注：八佾［M］.北京：中华书局，1998：30页.前句参《乡党》即可，后句参《孟子译注·尽心上》："有事君人者，事是君则为容悦者也。"（北京：中华书局，2003：308）
③ 转引自程树德.论语集释：八佾［M］.北京：中华书局，1996：196.
④ 杨伯峻.论语译注：公冶长［M］.北京：中华书局，1998：43.
⑤ 杨伯峻.论语译注：阳货［M］.北京：中华书局，1998：187.参《孟子译注·尽心下》："孔子曰：'恶似而非者。恶莠，恐其乱苗也。恶佞，恐其乱义也。恶利口，恐其乱信也。恶郑声，恐其乱乐也。恶紫，恐其乱朱也。恶乡原，恐其乱德也。'"（［M］.北京：中华书局，2003：341）

淫，佞人殆。"①"佞人""利口"每同"郑声"连类，颇耐寻味。《乐记》有云："世乱则礼慝而乐淫。是故其声哀而不庄，乐而不安，慢易以犯节，流湎以忘本。广则容奸，狭则思欲，感条畅之气而灭平和之德。是以君子贱之也。"②社会巨变会反映到音乐风尚的转移，古人早就觉察了。杨伯峻译"殆"为"危险"，译"远"为"斥退"，这大概意味着，孔子如果当政，会将"佞人"赶走了事。班固《白虎通·诛伐》则改"远"为"诛"："佞人当诛何？为其乱善行、倾覆国政。"继引《韩诗内传》："孔子为鲁司寇，先诛少正卯，谓佞道已行，乱国政也。佞道未行，章明，远之而已。"③孔子诛少正卯之说，最早见诸《荀子》，④反映的是战国后期日趋专制、严酷——法家化——的政治形态。西汉韩婴还勉强区分"佞道未行、已行"，以调和孔、荀，东汉班固干脆省了。

"巧言令色"之"佞"后世续有发展。包咸解为"好其言语""善其颜色"，⑤陈天祥解为"甘美悦人之言""喜狎悦人之色"，⑥已添了作料。吕坤《呻吟语》更描画道："滑稽诙谐，言毕而左右顾，惟恐人无笑容，此所谓'巧言令色'者也。小人侧媚者皆此态也。"⑦今人动辄要煽情抹泪，后来居上。孔子又说："友直，友谅，友多闻，益矣。友便辟，友善柔，友便佞，损矣。"⑧张载以"便辟""善柔""便佞"当"足恭""令色""巧言"，⑨朱熹则以三者与"直""谅""多闻"相应

---

① 杨伯峻.论语译注：卫灵公［M］.北京：中华书局，1998：164."远"音yuàn。

② 礼记：卷七［M］.上海：上海古籍出版社，1994：212.王夫之《四书稗疏·论语下篇·郑声》曰"雅，正也，郑，邪也。医书以病声之不正者为郑声，么哇嗌呢而不可止者也，其非以郑国言之，明矣"（长沙：岳麓书社，2011：48）.至齐宣王自陈"寡人非能好先王之乐也，直好世俗之乐耳"（杨伯峻.孟子译注：梁惠王下［M］.北京：中华书局，2003：26），已是战国时的情形。

③ 陈立.白虎通疏证：诛伐［M］.北京：中华书局，1994：217.

④ 荀子：宥坐［M］.上海：上海古籍出版社，1993：164.对相关文献资料的综论参赵纪彬.关于孔子诛少正卯问题［M］.北京：人民出版社，1973.赵氏持"实有说"，故而强调，"'远佞人'一语的'远'字，突出地表明孔子对佞人的深恶痛绝的态度。此因此'远'字，不是疏远，而是与'诛'同训的一种很重的刑罚"（1973：40），但他的论证欠严谨，参"附考：佞与凶"。

⑤ 何晏，陆德明，邢昺.宋蜀刻本论语注疏：学而［M］.桂林：广西师范大学出版社，2019：22.

⑥ 陈天祥.四书辨疑：论语［M］.北京：中国社会科学出版社，2021：15.参《论语正义》卷十六《子路》："说之不以道。""说"通"悦"。刘宝楠曰："《礼记·曲礼》云：'礼不妄说人。'郑注：'为近佞媚也。君子说之不以其道，则不说也。'不以其道，即是佞媚，即是妄说。"见刘宝楠.论语正义［M］//诸子集成.上海：上海书店出版社，1996：298.

⑦ 吕坤.呻吟语：卷二［M］.长沙：岳麓书社，2016：92.

⑧ 杨伯峻.论语译注：季氏［M］.北京：中华书局，1998：175.

⑨ 张载集：正蒙［M］.北京：中华书局，1978：44.

而相反。①《四书评》再加一倍："今又有'便辟'而托于'直'者，'善柔'而托于'谅'者，'便佞'而托于'多闻'者，奈何！"②该书嫁名李贽，不足信，但"今"是明季无疑。能说会道，口是心非，装模作样，哗众取宠，却以"直谅多闻"的面目示人，这样的"佞者"何尝不是现代社会的俊髦呢？

在现代中国，这种"佞"已然由政治到文化、由精英到草根扩散开来，借助传统媒体和新媒体，制造各种"秀场"，衍生出庞大的产业。"佞"联手科技、资本，达到史无前例的规模，民粹化终竟与商业化合流。事实上，西方式的现代化本身就包含着西方式的"佞"化。"为在从众，不贱佞谄"，③无妨断章取义，影响所及，几乎举世皆狂，甚至仿佛一个人不走到聚光灯下、为大众围观，即于人生价值有亏。真不知道孔子看到这番景象，会作何感想。

现代社会释放了人性的同时改造着人性。人类的表演基因，在新的社会环境压力下，不断得到强化——"佞"还在野蛮生长。谁也不用活得像孔子一样，恰恰相反，每个人都应自具其真实性和特殊性，因而才必须反抗"佞"的霸权。这不能通过"远"，更不能通过"诛"，它们是被现代性排除掉的选项。孔子说："是故恶夫佞者。"除了坚守底线，没有别的办法。

附考：佞与凶

赵纪彬《关于孔子诛少正卯问题》为论证《论语》"远佞人"之"远"与"诛"同训，特地指出："子思（公元前四八三——四〇二）所作的《尧典》（据郭沫若考定），即将流共工于幽州、放驩兜于崇山、迁（《孟子》作'杀'）三苗于三危、殛鲧于羽山等，名为'难任人'；此'难'字训'远'，'任'字训'佞'；所以《史记·五帝本纪》迳作'远佞人'，《汉书·五行志上》则作'远四佞'。"④

① 朱熹.论语集注：卷8［M］.北京：中华书局，2006：171.
② 佚名（原署李贽）.四书评［M］.上海：上海人民出版社，1975：140-141.
③ 郭庆藩.庄子集释：卷6［M］.影印本.北京：中国书店出版社，1988：11B.
④ 赵纪彬.关于孔子诛少正卯问题［M］.北京：人民出版社，1973：40.

等"佞"于共工一类的上古氏族部落集团。"据郭沫若考定"，本诸《十批判书·儒家八派的批判》，姑置之。而赵氏的文献征引存在疏脱之弊，兹将相关内容补充开列（见表1）。

表1　赵氏文献疏脱汇总表

《尚书·尧典》	（舜）流共工于幽州，放驩兜于崇山，窜三苗于三危，殛鲧于羽山，四罪而天下咸服（甲）	难任人
《左传·文公十八年》	昔高阳氏有才子八人，苍舒、隤敱、梼戭、大临、尨降、庭坚、仲容、叔达，齐圣广渊，明允笃诚，天下之民谓之"八恺"。高辛氏有才子八人，伯奋、仲堪、叔献、季仲、伯虎、仲熊、叔豹、季狸，忠肃共懿，宣慈惠和，天下之民谓之"八元"。此十六族也，世济其美，不陨其名，以至于尧，尧不能举。舜臣尧，举八恺，使主后土，以揆百事，莫不时序，地平天成，举八元，使布五教于四方，父义、母慈、兄友、弟共、子孝，内平外成。昔帝鸿氏有不才子，掩义隐贼，好行凶德，丑类恶物，顽嚚不友，是与比周，天下之民谓之浑敦。少皞氏有不才子，毁信废忠，崇饰恶言，靖谮庸回，服谗蒐慝，以诬盛德，天下之民谓之穷奇。颛顼氏有不才子，不可教训，不知话言，告之则顽，舍之则嚚，傲很明德，以乱天常，天下之民谓之梼杌。此三族也，世济其凶，增其恶名，以至于尧，尧不能去。缙云氏有不才子，贪于饮食，冒于货贿，侵欲崇侈，不可盈厌，聚敛积实，不知纪极，不分孤寡，不恤穷匮，天下之民以比三凶，谓之饕餮。舜臣尧，宾于四门，流四凶族浑敦、穷奇、梼杌、饕餮，投诸四裔，以御魑魅。是以尧崩而天下如一，同心戴舜以为天子，以其举十六相、去四凶也（乙）	
《孟子·万章上》	舜流共工于幽州，放驩兜于崇山，杀三苗于三危，殛鲧于羽山，四罪而天下咸服，诛不仁也（甲）	
《大戴礼记·五帝德》	（帝尧）流共工于幽州，以变北狄；放驩兜于崇山，以变南蛮；杀三苗于三危，以变西戎；殛鲧于羽山，以变东夷（甲）	
司马迁《史记·五帝本纪》	于是舜归而言于帝，请流共工于幽陵，以变北狄；放驩兜于崇山，以变南蛮；迁三苗于三危，以变西戎；殛鲧于羽山，以变东夷。四罪而天下咸服（甲） 昔高阳氏有才子八人，世得其利，谓之"八恺"。高辛氏有才子八人，世谓之"八元"。此十六族者，世济其美，不陨其名。至于尧，尧未能举。舜举八恺，使主后土，以揆百事，莫不时序，举八元，使布五教于四方，父义、母慈、兄友、弟恭、子孝，内平外成。昔帝鸿氏有不才子，掩义隐贼，好行凶慝，天下谓之浑沌。少暤氏有不才子，毁信恶忠，崇饰恶言，天下谓之穷奇。	远佞人

续 表

	颛顼氏有不才子,不可教训,不知话言,天下谓之梼杌。此三族,世忧之。至于尧,尧未能去。缙云氏有不才子,贪于饮食,冒于货贿,天下谓之饕餮。天下恶之,比之三凶。舜宾于四门,乃流四凶族,迁于四裔,以御螭魅(乙)
王褒《九怀・株昭》	四佞放兮后得禹
班固《汉书・五行志上》	故尧、舜举群贤而命之朝,远四佞而放诸壄

从横向看,《尚书・尧典》"(舜)流共工于幽州"云云,与其后文"难任人",乃是两事,并未"将流共工于幽州……名为'难任人'",《史记・五帝本纪》亦然,唯改"难任人"为"远佞人"而已。伪《孔传》注:"任,佞;难,拒也。佞人斥远之。"孔颖达疏:"难拒佞人,斥远之,使不干朝政。"都和"四罪"或"去四凶"无涉甚明。

从纵向看,早期文献实有"四罪"(甲)、"去四凶"(乙)两系记载:《尚书・尧典》的共工、驩兜、三苗、鲧为甲系,《孟子・万章上》《大戴礼记・五帝德》同;《左传・文公十八年》的浑敦、穷奇、梼杌、饕餮为乙系;《史记・五帝本纪》则先甲后乙("敦"作"沌"),兼收并蓄。后人强行连通,如谓穷奇即共工,浑沌即驩兜,饕餮即三苗,梼杌即鲧,想当然耳。赵氏在"流共工于幽州、放驩兜于崇山、迁(《孟子》作'杀')三苗于三危、殛鲧于羽山"末缀一"等"字,含糊其辞,盖欲弃乙系不道,因其仅及"流""投"或"去""迁",无法同甲系"殛"或"杀"互训。

把甲系和《史记・五帝本纪》"远佞人"混糅,可能最早见于王褒《九怀・株昭》的"四佞放兮后得禹","佞"字据"远佞人","放"字据"放驩兜于崇山",王逸注"放四佞"为"驩、共、苗、鲧窜四荒也"。班固《汉书・五行志上》称:"故尧、舜举群贤而命之朝,远四佞而放诸野。"虽"四佞""放"貌似沿自王褒文,但"远"字据"远佞人","举群贤而命之朝"当指《左传・文公十八年》的举八恺、八元,正在"流四凶族""去四凶"前,《史记·五帝本纪》略同，颜师古注"四佞，即四凶也"，甚谛，则是乙系混揉"远佞人"而成。也就是说，王褒、班固都有意无意地篡乱了文献，直到后者笔下，才完成以"凶"训"佞"的转义。这与班氏倡言"佞人当诛"消息相通，此际的"远""放"的确暗藏"杀"机了。不妨参看范晔《后汉书·冯勤传》刘秀赐侯霸玺书："崇山幽都何可偶？黄钺一下无处所！"李贤注："崇山，南裔也，幽都，北裔也，偶，对也。言将杀之，不可得流徙也。《尚书》：舜流共工于幽州，放驩兜于崇山。"

参考文献：

［1］陈立.白虎通疏证［M］.北京：中华书局，1994.

［2］陈天祥.四书辨疑［M］.北京：中国社会科学出版社，2021.

［3］程树德.论语集释［M］.北京：中华书局，1996.

［4］辞源：修订本，合订本［M］.北京：商务印书馆，1995.

［5］郭庆藩.庄子集释［M］.影印本.北京：中国书店出版社，1988.

［6］何晏，陆德明，邢昺.宋蜀刻本论语注疏［M］.桂林：广西师范大学出版社，2019.

［7］洪迈.容斋随笔［M］.长沙：岳麓书社，1994.

［8］胡文蔚.南华经合注吹影［M］.北京：人民出版社，2020.

［9］黄汝成.日知录集释［M］.长沙：岳麓书社，1994.

［10］黄式三.论语后案［M］.南京：凤凰出版社，2008.

［11］蒋伯潜.细读论语［M］.上海：上海辞书出版社，2022.

［12］礼记［M］.上海：上海古籍出版社，1994.

［13］李颙集［M］.西安：西北大学出版社，2015.

［14］刘宝楠.论语正义［M］//诸子集成.上海：上海书店出版社，1996.

［15］吕惠卿，汤君.庄子义集校［M］.北京：中华书局，2011.

［16］吕坤.呻吟语［M］.长沙：岳麓书社，2016.

［17］潘光旦.自由之路［M］.北京：群言出版社，2014.

［18］阮毓崧.重订庄子集注［M］.上海：上海古籍出版社，2018.

［19］阮元.揅经室集［M］.北京：中华书局，2006.

［20］尚书［M］//断句十三经经文.台北：台湾开明书店，1978.

［21］司马迁.史记［M］.上海：上海书店出版社，1992.

［22］汪荣宝.法言义疏［M］.北京：中华书局，1996.

［23］王夫之.四书稗疏［M］.长沙：岳麓书社，2011.

［24］王夫之.俟解［M］//梨州船山五书.台北：世界书局，1974.

［25］王弘撰.山志［M］.北京：中华书局，1999.

［26］王聘珍.大戴礼记解诂［M］.北京：中华书局，1992.

［27］荀子［M］.上海：上海古籍出版社，1993.

［28］杨伯峻.论语译注［M］.北京：中华书局，1998.

［29］杨伯峻.孟子译注［M］.北京：中华书局，2003.

［30］佚名（原署李贽）.四书评［M］.上海：上海人民出版社，1975.

［31］翟灏.四书考异［M］.《皇清经解》本.学海堂.

［32］张载集［M］.北京：中华书局，1978.

［33］赵纪彬.关于孔子诛少正卯问题［M］.北京：人民出版社，1973.

［34］赵纪彬.论语新探［M］.北京：人民出版社，1976.

［35］朱熹.论语集注［M］.北京：中华书局，2006.

【本篇编辑：刘元春】

浅析朱子之诗学人格及诗艺思考

陈酌箫

摘 要： 朱子早年经意为诗，其诗技艺精妙、意蕴深厚。束心入道后，他有意掩抑诗心，一至反对作诗，实则早年喜诗的特质从未泯灭。晚岁虽居道学之尊，他也仍凭诗艺拣择能够与之唱酬、论诗的师友。朱子并非自成矛盾或采取双重标准，其行为不仅源于精研诗艺的恒久情结，也与具体情境相关。

关键词： 朱熹　宋诗　理学

作者简介： 陈酌箫（1997—），男，复旦大学中华古籍保护研究院博士研究生，主要从事宋元文献研究。

A Shallow Analysis of Zhu Xi's Poetic Personality and Conception of Writing Poetry

Chen Zhuoxiao

Abstract: Zhu Xi studied hard to write poetry when he was young, and his poems were skillful in technique and rich in meaning. After studying the Neo-Confucianism, Zhu Xi deliberately restrained his desire to write poetry, and even opposed people to writing poetry. In fact, Zhu Xi's character of loving poetry has never changed. In his old age, he had become a very influential rationalist, but he still chose the people he talked to about poetry based on the quality of their poems. It is not that he contradicted himself or had two sets of criteria. His behavior stemmed not only from the constant complex of fine-tuning the art of poetry, but also related to specific situations.

Keywords: Zhu Xi　Song Dynasty Poetry　Neo-Confucianism

朱子"早岁本号诗人"，其诗诸体兼备。其学诗兴趣和诗艺思考在青年时概已成型。40岁后虽将精神生命转入理学，仍在广泛交游中实践其诗学理念，与人往来论诗。他虽曾提出"戒诗"口号，但警惕的仅是过度作诗，在与一般诗人往还时并不极言诗的消极意义。唯与学者对话，其态度才更严肃，唯恐后学分心。此中朱子有其本于诗艺的判断：对诗艺较高的学者，颇乐与之唱酬、论诗。对诗艺不佳尚需精进者，则每言诗"终无用处"。本文通过爬梳文献，得出朱熹的诗艺思考初成于青年，并深刻影响其交游的结论，分析其戒诗主张之下的诗艺考量。

一、诗人之言：朱熹的诗家品格

朱子云"某旧时亦要无所不学，禅、道、文章、楚辞、诗、兵法，事事要学"，可见并非起初便"束心求道"，而是久耽文学魅力，用大量精力学诗、作诗，意图塑就"气格"。①其诗家品格和诗学构想皆成于40岁前后。

朱子父朱松诗才卓著，受其影响，朱熹自幼于诗倾心不已，17岁即开笔作诗。朱松临终将朱子托付于数友。其中张嵲是陈与义表侄，其诗"气体高朗"。张氏虽依秦桧进身，朱熹仍视为师长，称"其诗闲谈高远，恐亦未可谓不深于诗者也"②。刘子翚以理学闻名，朱熹亦深取其诗学："某闻先师屏翁及诸大人先生皆言，作诗须从陶柳门庭中来乃佳耳。"③跋刘氏之诗，云："如学诗则且当以此等为法。"④

朱子求理入道始于从学李侗。李氏为罗从彦门人，朱子问学之际亦不忘访求罗氏遗诗，又抄寄程颢诗。李氏评云："便是吟风弄月，有吾与点也之气味。"⑤朱子问何以变风俗，李氏也说："恐不若且诵龟山与胡文定梅花诗，只是意味深长也"，意谓其既喜诗，不如径以"诗教"为方。⑥

有门人举某人能诗，朱子谓："他是某人外甥，他家都会做诗，自有文种。"⑦

① 黎靖德.朱子语类：卷104［M］.北京：中华书局，1986：2620.
② 曾枣庄，刘琳.全宋文：第249册：卷5591［M］.上海：上海辞书出版社，2006：218.
③ 曾枣庄，刘琳.全宋文：第249册：卷5615［M］.上海：上海辞书出版社，2006：241.
④ 曾枣庄.宋代序跋全编：卷154［M］.济南：齐鲁书社，2015：4383.
⑤ 曾枣庄，刘琳.全宋文：第185册：卷4065［M］.上海：上海辞书出版社，2006：156.
⑥ 曾枣庄，刘琳.全宋文：第185册：卷4065［M］.上海：上海辞书出版社，2006：164.
⑦ 黎靖德.朱子语类：卷140［M］.北京：中华书局，1986：3334-3335.

于学诗氛围浓厚的环境中长成，朱子也自有"文种"，初离场屋即投身诗艺，吟咏不倦。四年间积百余首，订为《牧斋净稿》，潭州归途诗则结为《东归乱稿》。此际，朱子自诩"未觉诗情与道妨"，大有一腔诗情不吐不快之势。

立足诗人品格，朱子多有探索。为诗态度上，首先承认诗自有其"体制"，应予尊重，而反对将理学和诗学强作牵合。有人认为诗应取资书传，朱熹说："恐亦须识得古今体制，雅俗向背。"建议应以熟悉诗之"体制"为先，不然"其所去取又或未能尽天下之公"[①]。对引经传文字入诗的做法，朱子批评说："文字好用经语亦一病。"[②]

朱熹更以诗家品格体恤诗学，注重"文字言语声响之工"。如赞许黄庭坚诗："精绝！知他是用多少工夫，今人卒乍如何及得？"又述陈师道作诗"累日而后成，真是闭门觅句"，称许其辛苦用功。更将作诗譬诸为学，提出"作诗先用看李杜，如士人治本经。本既立，次第方可看苏黄以次诸家诗"。又举例说：

> 向来初见拟古诗，将谓只是学古人之诗。元来却是如古人说"灼灼园中花"，自家也做一句如此；"迟迟涧畔松"，自家也做一句如此……某后来依如此做得二三十首诗，便觉得长进。[③]

强调揣摩经典和练习之功。相应地，朱子提出："今人诗更无句。只是一直说将去，这般诗一日作百首也得。"鄙视容易为诗。

审美上，朱熹推崇平淡自然。时人"多作拙易诗而自以为平淡"，而朱子主张有"深味隽永之趣"才能"成一家之言"，提倡"平淡"以外情感更应丰沛，故时常连言平淡与"意思"，如"古人文章，大率只是平说而意自长""虽平淡，其中却自美丽……却不是阘茸无意思"。对表面平淡内里缺乏"意思"者亦有讥议。《语类》载：

---

① 罗大经.鹤林玉露［M］.北京：中华书局，1983：112.
② 黎靖德.朱子语类：卷140［M］.北京：中华书局，1986：3327.
③ 黎靖德.朱子语类：卷139［M］.北京：中华书局，1986：3310.

　　或曰："圣俞长于诗。"曰："诗亦不得谓之好。"或曰："其诗亦平淡。"曰："他不是平淡，乃是枯槁。"

　　曰："圣俞诗不好底多。如《河豚》诗，当时诸公说道恁地好，据某看来只似个上门骂人底诗，只似脱了衣裳上人门骂人父一般，初无深远底意思。"[①]

点出梅诗乏于意蕴，不足以称平淡，更明确"意思"是平淡不可或缺的注脚。

　　细化到作法，音节方面朱子强调诗应具"声响""诗字字要响"。如谓吕本中"其晚年诗都哑了"，评刘子翚诗"音节华畅"。朱子尤喜陈与义诗，亦缘于江西诗多生涩拗口，而陈诗"响得自是别"，独能音节嘹亮。字法方面，朱子常思"做文字下字实是难……如何铺排得恁地安稳"，遂推崇"炼字"。[②]句法方面，朱子拈出"浑成"。"浑成"一作"混成"，盖指不事斧凿，意脉浑然一体。朱熹云："诗须是平易不费力，句法混成。如唐人玉川子辈句语虽险怪，意思亦自有混成气象。"[③]

　　按《鹤林玉露》："胡澹庵上章荐诗人十人，朱文公与焉。文公不乐，誓不复作诗，迄不能不作也。"[④]如就对诗的经意程度将宋代士人由低到高分为理学家、一般士大夫和诗人三个等级，被胡铨目为诗人这一故实正显示了朱子之诗人品性和诗艺水准。朱子早年心迹虽在专心学道后被掩饰，但并非无迹可寻。考索文献，一个勤于学诗、善于作诗、深于评诗的诗人形象便完整浮现。

二、唱酬与戒诗：本于诗艺的判断

　　孔子论《诗》，有"兴观群怨"四义，"群"盖指诗之交际功能，唱酬诗歌

---

① 黎靖德.朱子语类：卷139 [M].北京：中华书局，1986：3313.卷140 [M].3334.
② 黎靖德.朱子语类：卷139 [M].北京：中华书局，1986：3301.
③ 黎靖德.朱子语类：卷140 [M].北京：中华书局，1986：3328.
④ 罗大经.鹤林玉露 [M].北京：中华书局，1983：112.

既能提高参与者的诗艺，又可敦睦交情友谊，后世士大夫率以诗相交。朱子称："诗皆原于赓歌。今观其诗如何有此意？"批评诗社诸人背离了"群"的初衷，也反映出他对诗承载交际、维系友谊的认知。朱熹也心会，在存在方式的拣择上，更多人选择做诗人、文士而非学者，但主张理学并不代表就要抛弃理学以外的广大士人。故无论是从回溯"诗可以群"的教义，还是培固理学发展的土壤上看，以诗交游都很有必要，这或许才是朱熹"迄不能不作"的真实原因。今存朱熹诗涉及交游的就有三分之二以上，其诗交对象及于亲旧门人、同僚方外，无所不与；内容包含怀人、感事、游赏和题品，亦无所不包，且多集中于中后期，可见交游中的诗歌酬唱是朱熹精神生命转向理学后文学品格发泄的唯一窗口。

朱熹之"誓不复作诗"，又因何而言此？这辄如"庐山三隐"交谈不觉逾溪时的猛虎震吼一般，是纵情吟诗后的自警。如乾道三年（1167年）七月，朱熹携弟子林用中、张栻共游衡岳，一路赓诗百余篇。三人自感"荒于诗"，约定"异日当止"。七天后行将离别，朱熹又提出解禁，说：

> 丙戌之莫，熹谂于众曰：诗之作，本非有不善也，而吾人之所以深惩而痛绝之者，惧其流而生患耳，初亦岂有咎于诗哉？然而今远别之期近在朝夕，非言则无以写难喻之怀。然则前日一时矫枉过甚之约，今亦可以罢矣。①

既然此前戒诗乃矫枉过正之举，那么一旦脱离能诱发大量创作的环境，又能回归到有节度的作诗频率，"作数句适怀不妨"，故不再重申诗戒。

与大多人的交往时，朱熹对于作诗、论诗尚具热情。如秀野老人刘韫为朱熹父执，朱熹称许为"吟龙"，与之唱和诗作达百首。朱熹曾在呈奉的诗札之首写道："熹伏读佳作，率尔攀和，韵剧思悭，无复律吕。笑览之余赐以斤斧，幸

---

① 曾枣庄，刘琳.全宋文：第252册：卷5651［M］.上海：上海辞书出版社，2006：34.

甚。"堪称诗人之交。尤袤以诗学居"中兴四大家"之首，与朱熹际遇颇深，赞赏朱诗"源远流长"。淳熙八年（1181年）尤袤游庐山，有诗。朱熹读后作和诗14篇以表倾慕。陆游与朱熹都精于诗道，常以酬诗代替通问。朱熹寄纸被给陆游御寒，陆答诗："布衾纸被元相似，只欠高人为作铭。"门人由闽入浙，朱熹以诗问讯陆游云："平日生涯一短篷，只今回首画图中。平章个里无穷事，要见三山老放翁。"风格显是仿效"放翁体"。

对话理学中人时，朱熹于诗是否一概"铁面无私"呢？诚然朱熹曾说："今言诗不必作，且道恐分了为学工夫。"既以理学为依归，便不能不厘清"道"与"文"的主次关系。但理学方面已颇见成就、所谓"学道已专"者，朱熹相信他们已颇具"工夫"，自知省察，不致溺于吟诗。故与学人师友交往时，朱熹仍重视诗的"群居之义"，唱和频仍。如张栻为朱熹论学挚友，两人唱酬诗歌近百首。林用中曾学于林光朝，朱熹视之为畏友，南岳之行及归途与之唱和百余首，又喜与论诗。蔡元定是朱熹最为重要的门人，二人切磋琢磨，燕闲之暇唱和达二十余首。此外朱熹相唱和的学林师友，尚有黄榦、吴英、李咏、李宗思、江默、杨方、王朝、刘孟容等人。

至于真正要遏止的情况，看似是以贻误学道为由，细究之下则是朱熹本于自身诗学观的考量。如后学谢成之喜诗，向朱熹寄去作品求教。朱熹复信云：

> 诸诗亦佳，但此等亦是枉费工夫，不切自己底事。若论为学，治己治人，有多少事？至如天文地理、礼乐制度、军旅刑罚，皆是着实有用之事业，无非自己本分内事。古人六艺之教，所以游其心者正在于此。其与玩意于空言，以校工拙于篇牍之间者，其损益相万万矣。若但以诗言之，则渊明所以为高，正在其超然自得，不费安排处。东坡乃欲篇篇句句依韵而和之，虽其高才，合凑得着，似不费力，然已失其自然之趣矣。况今又出其后，正使能因难而见奇，亦岂所以言诗也哉？ ①

---

① 曾枣庄，刘琳.全宋文：第248册：卷5570［M］.上海：上海辞书出版社，2006：275.

文中朱熹斥其作诗"枉费工夫"，本已无须再作解释。后文却仍举出陶诗天成所以高妙、东坡临仿而失真趣的例子，则是在委婉指出谢诗同具亦步亦趋及"费安排"的毛病，违背了平淡天真的审美。要知道朱熹就曾指出"黄（庭坚）费安排"，可见他劝谢氏再勿作诗的原因，实是谢诗浸染习气，格调不高而已。

赵蕃一生浸淫诗道，被称为江西诗派"殿军"，曾受学刘清之，年五十而转师朱熹。朱熹肯定赵蕃"志操文词皆为流辈所不及"，问学也"较恳切"，但不满其溺于作诗，去信云：

> 来书所喻，似皆未切事情，已细与长孺言之。后有的便，渠必一一奉报。要之今日只可谨之又谨，畏之又畏，不可以目下少宽，便自舒肆。况所谓少宽者，又已激而更甚乎？
>
> 已草挂冠之牍，开岁即上。计较平生，已为优幸，独恨为学不力，有愧初心。著书未成，不无遗憾耳。因便寓此，少致问讯之意。政远，千万戒诗止酒，以时自爱。①

参照朱熹称谢成之作诗"不切自己底事"的说法，前信似在告诫赵氏不应就作诗向自己问论，更须恭谨克制，不能任由作诗的欲望放荡洋溢。在后信中，朱熹竟重提久遭弃置的"诗戒"，命其戒诗自爱。赵氏宗法江西，尤取其"寒瘦"。此风从黄庭坚等诗家而来，却与朱熹所推崇之平淡审美背道而驰。朱熹曾欲矫正其弊，语赵蕃云："李白诗……但玩其言犹是汉末文字，可爱。其言存神内照者亦随时随处可下功夫，未必无益于养病也。"②劝其学习揣摩"雍容和缓"的李白诗来改进诗艺。但赵氏无大改观，究使朱熹一度忿然。《朱子语类》载：

> 因林择之论赵昌父诗。先生曰："今人不去讲义理，只去学诗文，已落第二义。况又不去学好底，却只学去做那不好底。作诗不学六朝，

---

① 曾枣庄，刘琳.全宋文：第250册：卷5602［M］.上海：上海辞书出版社，2006：7-8.
② 曾枣庄，刘琳.全宋文：第250册：卷5602［M］.上海：上海辞书出版社，2006：8.

又不学李杜，只学那峣崎底。今便学得十分好后，把作甚么用？莫道更不好。如近时人学山谷诗，然又不学山谷好底，只学得那山谷不好处。"①

直斥赵蕃因诗废学之误，更谓其诗尽学"峣崎底"，正中其所深恶的江西末学流弊。朱熹对于江西之学态度极为严峻，说："今江西学者有两种：有临川来者，则渐染得陆子静之学；又一种自杨谢来者，又不好。子静门犹有所谓'学'，不知穷年穷月做得那诗，要作何用？江西之诗，自山谷一变至杨廷秀，又再变，遂至于此。"②可见朱熹是以江西诗派格调之卑下否定其"用"，而不是以诗为学道之"闲事"来彻底否定作诗。朱熹向赵蕃提出戒诗要求，同样含有认为赵氏诗艺不精的考虑。

另一从学者巩丰却获得了朱熹的青眼。巩氏初以乡谊师事吕祖谦，精研义理，被《宋元学案》列为东莱门人。后又从朱熹问学，屡有往还。他曾向陆游学诗，有句如"鸡唱未圆天已晓，蛙鸣初散雨还来""炉寒闲取薪添火，窗暗时将烛助灯""壁上字多知店老，岭边松茂喜车凉"，都写得平淡天真。巩丰在家乡武义会晤吕祖谦时，便请朱熹加入和诗，后者欣然应诺。朱熹晚居建阳，巩丰"时在福建帅幕，故往来通书颇便也"，与朱熹初相见就寄以在武夷之诗，后常去信与朱熹探讨学术和诗艺。朱熹不仅未加指斥，反而复信达八千余言。其间认可巩丰诗风诗艺，多出赞语，谓其："武夷续诗，读之无非向来经行所历，景物宛然，益叹摹写之妙。""雄丽精切，叹服深矣！"③

在写给巩丰的书信中，朱熹虽不忘称作诗乃"为学之务有急于此"，但就诗学展现了非凡的谈兴：

诗序纵横放肆，多出前人未发之秘。但诋江西而进宛陵，不能不

① 黎靖德.朱子语类：卷140［M］.北京：中华书局，1986：3334.
② 黎靖德.朱子语类：卷140［M］.北京：中华书局，1986：3334.
③ 曾枣庄，刘琳.全宋文：第249册：卷5591［M］.上海：上海辞书出版社，2006：217.

骇俗听耳。少时尝读梅诗，亦知爱之，而于一时诸公所称道，如《河豚》等篇，有所未喻，用此颇疑张徐之论亦未为过。至于"寂寥"短章，闲暇萧散，犹有魏晋以前高风余韵，而不极力于当世之轨辙者，则恐论者有未尽察也。不审贤者雅意谓何？

来喻所云'漱六艺之芳润以求真淡'，此诚极至之论。然恐亦须先识得古今体制，雅俗向背，仍更洗涤得尽肠胃间夙生荤血脂膏，然后此语方有所措。如其未然，窃恐秽浊为主，芳润入不得也。近世诗人正缘不曾透得此关，而规规于近局，故其所就皆不满人意，无足深论。然既就其中而论之，则又互有短长，不可一概抑此伸彼。况权度未审，其所去取又或未能尽合天下之公也。

来书所论"平淡"二字误尽天下诗人，恐非至当之言，而明者亦复不以为非，是则熹所深不识也。夫古人之诗，本岂有意于平淡哉？但对今之狂怪雕锼，神头鬼面，则见其平；对今之肥腻腥臊、酸咸苦涩，则见其淡耳。[①]

在第一通复信中，朱熹首先赞许了巩丰的学诗取向，认为他是一个诗学上的可造之才，因而进一步鼓励其遵从"闲暇萧散"的美学观念，而切莫受惑于江西一路做法。后两则针对巩丰"求淡"过急和对"平淡"审美颇有冤词的情况，朱熹的指导意见是：先要对诗格体式揣摩和熟悉，屏去己见，不能贸然将"经语"之类硬塞入诗。至于"平淡"美学是一定要追寻的，但要"无意于工乃工"。

巩丰同样也是一个于学术尚未成就的求道者，但却与朱熹产生了最为融洽的诗学际遇。与对待同样遭逢未深的谢成之和赵蕃不同，朱熹对其诗赞赏有加、往来论诗滔滔不倦，其中原因当是二人诗学观的契合，及朱熹对巩氏诗艺的钦许。如此一来，"诗戒"也就全然搁置了。

---

① 曾枣庄，刘琳.全宋文：第249册：卷5591［M］.上海：上海辞书出版社，2006：217-222.

余　论

钱锺书曾对朱子表达过一种不解：

> 道学家像朱熹要说："顷以多言害道，绝不作诗"……不过这种清规戒律根本上行不通。诗依然一首又一首地作个无休无歇，妙的是歪诗、恶诗反而因此增添，就出于反对作诗的道学家的手笔。因为道学家还是手痒痒地要作几首诗的，前门撵走的诗歌会从后窗里爬进来，只添了些狼狈的形状。①

对戒诗和作诗之间的朱熹时有冷语。

而前文已及，朱熹在青年时代形成的诗学品格和诗艺构想在其一生中从未缺席。对诗的创作兴趣使其欲戒而不能，畏惧耽误为学也不足以成为贬抑作诗的条件，故而他仍借诗歌与友好相交，更能基于诗艺思考作出价值评判。"作文害道"的说法也并不为朱熹所服膺，只用作劝诗艺不佳者不必浪费时间的说辞。且朱熹作为大学者，对学术和文章艺事多有其"超越性"。在宋人休闲文化流行的社会背景下，他徜徉于文章诗词、金石书画中，未必需要就理学给出一个解释。相反，文章艺事的本有体制驱使朱熹作出"去理学化"的价值评判，这不仅出于它们强大的魅力，而且源自朱熹的主动认同。

钱氏又将朱熹和其所师事的刘子翚做对比云：

> 假如一位道学家的诗集里"讲义语录"的比例还不大、肯容许些"闲言语"，他就算得道学家中间的大诗人，例如朱熹。刘子翚却是诗人里的一位道学家，并非只在道学家里充个诗人，他沾染"讲义语录"

---

① 钱钟书.宋诗选注：刘子翚小传［M］.北京：生活·读书·新知三联书店，2019：245.

的习气最少。①

按钱氏之论，刘子翚是"诗人中的道学家"，而朱熹"只在道学家里充个诗人"。

诚然朱熹有一些"放射出头巾气"的作品，但沾染习气之程度与乃师相去究能几许，使得二者间存有明显的界限？通过本文的梳理我们知道，朱熹对诗之美恶十分明晰，更严格要求自己和他人。相当时候，他都致力于纯以诗歌的头脑来论诗和作诗，这一现象是不见诸任何理学家及至大多一般士大夫身上的。如果说"观念"是外来的、不稳定的，而"思想"是内发的、恒久的，那么文中所析朱熹之"戒诗"似观念而"爱诗"可能是思想，"理学家中的诗人"的说法就更值得商榷。综而言之，不能简单地把他的诗歌、诗学放在理学场域里评判。抛去理学标签，进入历史语境去看其诗艺人格的独立地位，是我们须给予前人的尊重。

参考文献：

［1］黎靖德.朱子语类［M］.北京：中华书局，1986.
［2］罗大经.鹤林玉露［M］.北京：中华书局，1983.
［3］钱锺书.宋诗选注［M］.北京：生活·读书·新知三联书店，2019.
［4］曾枣庄，刘琳.全宋文［M］.上海：上海辞书出版社，2006.

【本篇编辑：林振岳】

---

① 钱钟书.宋诗选注：刘子翚小传［M］.北京：生活·读书·新知三联书店，2019：246.

人类长寿神话：现实与虚拟现实

叶舒宪

摘　要： 长寿神话，是继人类永生不死神话破灭后的替代选择，神话主旨从信奉永生到延寿，这种变换是文明时代对万年史前信仰的再造，二者都出于对个人生命短暂和生命仅有一次性的严酷现实的幻想性反叛。人类独有的幻想能力，为社会生活营造出代代相传的虚拟现实的传统。对照史前社会的短寿现实和华夏文明的长寿神话传说，需要从大传统的思想观念发生史做深度理解，如何从无机物玉石和有机物蚕丝所共享的神圣生命力之"精"的古老信仰，转换到以玉石为上药的中医养精实践，以及道家的修炼行为，是聚焦长寿神话之中国特色、体验"幻想引领人类"原理的生动案例。

关键词： 上下五千年　玉敛葬　食玉信仰　彭祖井

作者简介： 叶舒宪（1954—），男，文学博士，上海交通大学资深教授、中国社会科学院研究员。主要从事比较文学、文学人类学、神话学研究。

Myth of Human Longevity: Reality and Virtual Reality

Ye Shuxian

Abstract: The myth of longevity emerged as an alternative to the shattered myth of human immortality. The theme of mythology shifted from belief in eternal life to the extension of lifespan, representing a reinvention of prehistoric beliefs in the civilized era. Both myths stem from a fantastical rebellion against the harsh reality of the transience and uniqueness of individual life. The unique imaginative capacity of humans has cultivated a tradition of virtually real experiences that are passed down through generations in social life. To fully grasp the contrast between the short-lived reality of prehistoric societies and the myths and legends of longevity in Chinese civilization, a deep understanding of the history of ideological development within the grand tradition is necessary. The transition from the ancient belief in the sacred "essence" of life shared by inorganic jade and organic silk to the practice of nurturing this essence in traditional Chinese medicine, where jade is considered a supreme medicine, as well as to Taoist cultivation practices, serves as a vivid case study highlighting the Chinese characteristics of the longevity myth and embodying the principle that "fantasy guides humanity."

Keywords: five thousand years of Chinese history　jade burial　belief in consuming jade *Peng Zu* well

一、幻想引领人类：永生和长寿神话

人类是在40亿年生命史中最后被筛选出来的超级物种，筛选的温床就是数百年的狩猎史，其猎杀能力因为使用火和投掷武器而得以跃升。历经10 000年来的农业革命、5 000多年来的城市文明和300年来的工业革命，人类在地球上的创造力和影响力，发展到无与伦比的程度。

自启蒙时代以来，对人类的颂歌已经高唱了几个世纪，而近半个世纪的情况发生了微妙改变。与工业革命伴随而来的启蒙和现代性，从往昔熟悉的褒义词用法，蜕变出越来越强烈的贬义色彩。好像一觉醒来，突然发现人类作为超级物种而被进化的结果，不仅在全部生物种类中已经打遍天下无敌手，而且对整个地球生态的破坏性和毁灭性也随着核战争的阴云密布而到了千钧一发的空前紧迫地步。

上面两段话，两次使用"被"字，旨在强调：超级生物也还是生物，其被塑造、被进化和被定性的全过程，全都不是自己选择的结果。好像有那么一种经济学家喜欢说的"看不见的手"，在暗中支配这迄今无解的人类物种的神奇变化。如今看来，马克思在19世纪所抽象出的世界历史驱动性要素——生产力的构成，也应该包括人类被进化出来的一项独有能力——幻想。

不过，人类自己至今也不太清楚：她是怎样从无幻想的懵懵懂懂或浑浑噩噩状态，终于进化到上天入地奇思妙想的状态的。

在古希腊文明迎来科学革命和哲学形而上思维的大爆发之前，如今能够确认的人类行为驱动力，从主体视角来看，除了生存本能，唯有幻想。人类的这种幻想能力，早在三四万年前的旧石器时代末期，曾以制作小雕像和洞穴壁画的方式，首次闪亮登场。到了 5 000 年前欧亚非三大洲孕育四大文明古国时，所遗留下来的苏美尔神庙、埃及金字塔、中国的红山文化女神庙、凌家滩和良渚古国玉敛葬景观，没有一个不是彰显文化特征的幻想产物。

随文明起源而来的人类幻想内容，持续围绕着一个古老不变的核心：怎样为死后能够获得永生的生命而努力尝试升天。金字塔、木乃伊加《亡灵书》的组合，神庙建筑加青金石饰物和黄金器的组合，积石冢、祭坛加玉礼器的组合，其所承载的幻想目标是殊途同归的：保证逝者灵魂升天即获得永生。

就此幻想驱动作用而言，苏美尔文明和埃及文明的黄金器与青金石饰品、华夏文明的玉礼器，都是来自上五千年的承载永生不死之玄幻理想的文明法器。

2024 年 9 月在我国发生的两件事，为全民性补习文明探源的神话幻想驱动力原理提供了极好的便利。第一件事是：9 月 1 日开学使用的义务教育七年级历史教材，破天荒地将辽宁省建平县牛河梁女神庙和红山文化积石冢的内容纳入。第二件事是：9 月 23 日的考古发布会，将内蒙古自治区敖汉旗元宝山新发掘的红山文化晚期最大的积石冢墓葬公诸于世，创纪录地在一座上五千年的北方墓葬中出土玉器超过 100 件！

假如有人能向 5 000 年前的埃及法老、苏美尔城邦的国君，还有享受豪华玉敛葬特权的中国史前文化即红山文化古国酋长发问：你们需要长寿吗？

回答无疑是否定的。

凡是信仰人类灵魂死后能够永生者，都无须追求什么长寿。

和永生不死相比，长寿的所有幻想，都立刻会显得微不足道。

这个宗教史的基本原理，英国人类学大师詹姆斯·弗雷泽已经写成大著《永生的信仰和对死者的崇拜》。限于时代条件，该书所欠缺的中国多民族神话的素材，已经由上海交通大学神话学与民间文学研究院组织编写的中华创世神话资料集成性著作《中华创世神话精选》《中华创世神话选注》做出有效补充。

各种有关黄帝升天、昆仑玉山瑶池和西王母不死药之类神话，都表明早在长寿神话出现以前，最流行的更早信仰还是人类个体能够追求并达到永生不死的境界。

古人没有经济学，根本不知道什么叫扩大内需。处在小国寡民状态的前文明国家时代的部落社会，也不会多少外需。可以说那时所有需求都是内需。需要弄清楚：内需是如何被调动起来的？

原来有一种循环运动模型：原始共产主义社会，最不容易激发人类的生产欲。只有当社会复杂化，即从人人平等的共产状态，转化为阶级分化的社会分层制度即私有制，才有力驱动社会人群的贫富分化现象，从而引起生产力的跃进。史前中国南北方的玉敛葬现象表明，是否拥有玉器，拥有的数量多寡，就是社会分层分化现象的明证。没有这样的贫富分化和神话奢侈物追求的强烈拉动效应，小国寡民的部落永远不会进化到文明国家。

哪怕到了秦始皇修长城和骊山皇陵的时代，此类统治者行为仍然不是出于科学考量，而是幻想驱动的产物。"金玉满堂"是中国社会古今一贯的理想，如今完全可以按照出土的玉器和金属器的史前时段，来确认有关玉和金所代表的永生幻想，其所发生的年代和地域及其随后的文化传播情况，即点线面的扩展过程。有关中华文明探源研究的"玉成中国"原理，说白了，就是永生信仰神话所驱动的拜物教幻想作用及其在东亚地理大扩散的原理。

改革开放以来中国特有的一个新兴交叉学科或学派——文学人类学，自2005年首次提出第四重证据的概念，20年来开始全面关注"物的叙事"，并在2020年再度提出四重证据法的应用原则，即"物证优先"研究原则，这就使得华夏幻想史溯源研究，超越汉字的时间限制而进入史前文化大传统成为可能。如此看来，早期的社会分化现象发生在遥远的史前时代，即在距今6 000至5 000年之间。在仰韶文化社会的早中期、相当于南方的马家浜文化时期，社会基本处于平等状态。到了仰韶文化的庙底沟期、南方的崧泽文化，均出现明显的不平等现象萌芽状态。再到凌家滩—良渚文化时期的社会，即上五千年时段的末期，社会不平等现象发展到巅峰状态。在北方，是大汶口文化至龙山文化时期的社会：

加剧了阶级分化态势。以石峁、陶寺和三星堆几个遗址为代表：宝物大荟萃的现象是社会剧烈分化的直接见证，少数人垄断了社会奢侈品资源，即代表永生幻想的神奇物质。再到距今2 000年前后的汉代社会，国家最高统治阶层的特权以金缕玉衣为典型代表，其拉动经济的效果是十分惊人的。

动力是一个物理学范畴，一旦说到力，首先就要面对人类生存世界的最大之力——万有引力。万有引力是西方科学的大发现，始于艾萨克·牛顿生活的18世纪初。在万有引力定律还没有被发现和公开传播的时代，全人类最大的幻想努力，就是如何让精神挣脱万有引力的作用，实现向上方及天界的运动——升天。对这类神奇幻想的执念，当然要归结为今日的航天科学之祖源和原动力。换言之，从滑翔技术到飞机技术、宇航技术，都只不过是人类千万年来的不懈努力——模仿飞鸟的升天幻想变为现实而已。

从神话思维的逻辑看，这完全是古老的神话仿生学的伟大胜利。其成功秘诀就是不懈努力和不放弃幻想目标。因此，要在"有志者事竟成"之外，再添加一个必要条件：有幻想者事竟成。事成之后，幻想也没有终止的意思，而是带来更丰富的幻想：有关外星世界和外星人的无限想象：从月球或火星的穿越旅行，到异托邦的潘多拉星球故事——《阿凡达》。

二、精：从永生能量到长寿操演

华夏文明的生命观，以上古中医宝典为最佳代表。《黄帝内经·灵枢·本神》说：

> 故生之来谓之精，两精相搏谓之神，随神往来者谓之魂，并精出入者谓之魄。所以任物者谓之心，心之所忆谓之意，意之所存谓之志，因志而存变谓之思，因思而远慕谓之虑，因虑而处物谓之智。[1]

---

[1] 黄帝内经 [M]. 北京：中医古籍出版社，2003：222-223.

将生命本源归结到一个农耕文化孕育的概念"精"。精字从米，指向万年来的南方水稻种植。水稻生长的农耕生产现实，被先民用幻想加工为虚拟现实的神话观：看不见的稻谷精灵，驱动看得见的稻米生长。再将驱动植物生长的神秘力量和驱动人类生命的力量相互等同，精的神话，就这样从农业生产的虚拟现实经验拓展到华夏农业文明的人体生命观了。

在华夏文明中，"精"的神话观统领中医信仰所谓的"精气神"三字真经。精的信念，也大致经历过从不死到长寿的变革。当《国语》所记观射父对楚王问而讲述"玉帛为二精"教义时，是希望借助玉帛两种神秘物质的永生不死性来加持现实中人类个体的生命。当你还信仰玉礼器加丝绸引导升天的梦想时，你根本不会去追求什么养生长寿。只有意识到永生不死的虚幻性，即属于不可能兑现的奢望，人才会更加实际，面对现实，寻找尽量延长有限生命的办法。从汉代行气玉铭的实践，到汉代房中术的核心命题"还精补脑"说的出现，再到炼丹术的说，这些都已经不是追求永生不死，而是追求延年益寿的可操作的具体方式之技术操练。

其间的变化原因，是现实经验的警醒和觉悟：个体的肉体生命不可能永生，必死无疑。在此基础上催生出灵肉二分的信仰，区分短暂的寿命（肉体）与永恒的生命（精魂）。再尝试借助于承载着永生之精的现实物质，如玉帛，加持人类的生命力。与人类文明起源期相伴随的，无论是长寿神话，还是来自石器时代的永生不死神话，都是由神话思维催生出的生命永续留存信念。金字塔就是法老魂灵升天永生的神话信念之产物。

从作为早期文明标志圣物的各种美丽玉石到冶金物，全部由永生信仰驱动。只有到了永生不死理想彻底破灭，在退而求其次的意义上，才转向较为低调和现实的长寿神话。德国思想家雅斯贝斯提出所谓的"轴心时代"，其实不是理性和科学昌明的时代，那只不过是永生神话被长寿神话替代的年代，思想精英所面对的还不是真正的残酷现实，而是用幻想所建构的虚拟现实。

厚古薄今，是每个古老文明的神话历史叙述的共有特征。在西方文明中，除希腊神话讲述的人类历史第一个时代"黄金时代"之外，还有犹太教和基督教经典《旧约·创世记》讲述的"伊甸园"叙事。因人祖亚当、夏娃偷食禁果，被上帝赶出伊甸园。这就奠定了西方文明追溯原初历史的"失乐园"叙事模型。伊甸园记忆，也会让后来人们永久陶醉在"复乐园"的天真幻想中。乐园最大的魅力在于：那里只有生，没有死。

我国第一部医学宝典《黄帝内经》通过回顾人文初祖黄帝的话语，提供了一幅古人对于文明近似乌托邦的天真美好陈述，对后世产生了极大影响。《内经》开篇的第一题目是《上古天真论》，其文曰：

> 昔在黄帝，生而神灵，弱而能言，幼而徇齐，长而敦敏，成而登天。乃问于天师曰："余闻上古之人，春秋皆度百岁，而动作不衰。今时之人，年半百而动作皆衰者，时世异耶？人将失之耶？"
>
> 岐伯对曰："上古之人，其知道者，法于阴阳，和于术数。食饮有节，起居有常，不妄作劳。形与神俱，同臻寿分，谨于修养，以奉天真，故尽得终其天年，度百岁乃去。今时之人不然也，以酒为浆，以妄为常，醉以入房，以欲竭其精，以耗散其真。不知持满，不时御神。快于心欲之用则逆养生之乐矣。起居无节，故半百而衰也。夫上古圣人之教下也，皆谓之虚邪贼风，避之有时。"①

岐伯神医，为黄帝的导师，在此又称"天师"。黄帝本人不仅生而神灵，还有"成而登天"的超自然交通能力。关于"上古天真"的一整套主题论述，就在这样一种天书泄露人间的神圣知识传授背景中，得以传播后世。试问：对于黄帝所敬重的天师岐伯之言，后代的读书人，有多少盲从盲信者，又有多少独立思考者胆敢怀疑或挑战呢？

依照岐伯的说法，上古社会的基本特征有二：第一是天真无邪，第二是长命百岁。相对于西方文明的黄金时代记忆和伊甸乐园美景，在天真烂漫这一点上，

---

① 黄帝内经［M］. 北京：中医古籍出版社，2003：2.

是基本一致的。但《黄帝内经》作为中医书的鼻祖，没有刻板地重述神话时代以来的永生不死观念。其主旨在于说明：人如何通过养生医疗实践而得以长寿。上古之人普遍能够享寿百岁的说法，无非是给著作者的中医学理论体系建构树立足以效法的远古榜样。

就连直接标榜"不语怪力乱神"的孔子本人，对"正神"和长寿神话也还是青睐有加的。孔子还说过希望梦见凤凰和要自比老彭的话，可见早期儒家不是不关注神话，而是非常关注。《论语·述而篇》中"述而不作，信而好古，窃比我于老彭"一句，被后世学者广为传诵。其中"老彭"一词的具体所指，历来的解经家众说纷纭，有彭祖说、老子说、老子加彭祖说等。信而好古的孔圣人，据传曾经有过亲自拜见老子并向他求教的事迹。这传说的可信度至今没有确切的文字证据支持，只能欣赏一下在汉画像石中的图像描绘，姑妄听之。孔子推崇彭祖，这是儒家和学界普遍接受的看法。毕竟，彭祖是周秦之间古书中被记载较多并得到一致仰慕的长寿神话代表人物，享寿800岁，历经夏商周。其长寿的秘诀是"常食桂芝"和"善导引行气"（刘向《列仙传》）。

"人生不满百，常怀千岁忧。"先秦时人津津乐道的神话人物彭祖，同两汉魏晋以后的人津津乐道神话化的老子，原理是一致的。那就是，同不尽如人意的现实寿命相比，总要把远古想象为更加理想化的时期——所谓"太平盛世"。按照《黄帝内经》的说法，太平盛世即"上古圣人之教下"的美好时期。就个人生活而言，后人总会设想古人比现在的人要优越。其中，最大的优越便是长寿。如果永生不死是虚幻缥缈的、不可兑现的空头支票，那么延年益寿则是相对可以努力做到的。《上古天真论》的因果推理模型是："谨于修养，以奉天真，故尽得终其天年，度百岁乃去。"

《内经》的作者用一个因果关系词"故"，将修养天真人性，说成是能"度百岁"的主因。先民们就这样将长寿理想加以人格化，或对现实的历史人物加以神话化或仙话化。讲述彭祖800岁的《列仙传》和《神仙传》之类就不用说了，就连国家正史写作的西汉代表司马迁也无法分清现实与神话的界限，其《史记·老聃韩非列传》写道：

盖老子百有六十余岁，或言二百余岁，以其修道而养寿也。[1]

司马迁对老子长寿的这个说法，和《上古天真论》的逻辑完全一致，因为修道而获长寿。既然官方史官推测老子活了160多岁，那么大约同时期的经典医书《内经》说上古人寿命达到100岁，还有什么值得大惊小怪呢？这类为修道和养生做宣传的说法，总比秦始皇、汉武帝不遗余力地追求永生不死秘方要显得靠谱一些吧。

老聃从春秋时代的思想家，到西汉时代因被美化和神话化而成为修道养生和长寿楷模。从传说到神话，建构出新的神格崇拜，乃至改换门庭，不再称呼其真姓名，而美称为"老君"或"太上老君"，被名正言顺地添加到伏羲、黄帝以来的华夏祖先神崇拜谱系中。

老君神，即后起的寿神，对应《山海经》等书中记述的"老童""神耆童"，这两个名称皆隐喻返老还童的生命神迹。随后，神话化过程愈演愈烈，一发而不可收。就养生法而言，古人艳羡彭祖有三宝术：烹调术、导引术和房中术。老子晚于彭祖，便将老子的母亲说成是一位永生的玉女，名为"玄妙玉女"。东晋时的"老君"叙事，便有了神仙化特征。让鸟、人合体的联想，是其外貌特点。《抱朴子内篇·杂应》记载：

> 老君真形者，思之，姓李名聃，字伯阳，身长九尺，黄色，鸟喙，隆鼻，秀眉长五寸，耳长七寸，额有三理上下彻，足有八卦，以神龟为床，金楼玉堂，白银为阶，五色云为衣，重叠之冠，锋铤之剑，从黄童百二十人，左有十二青龙，右有二十六白虎，前有二十四朱雀，后有七十二玄武，前道十二穷奇，后从三十六辟邪，雷电在上，晃晃昱昱，此事出于仙经中也。[2]

---

[1] 司马迁.史记［M］.北京：中华书局，2019：2607.
[2] 葛洪，王明.抱朴子内篇校释［M］.北京：中华书局，2011：273-274.

神仙化的太上老君，如同封神一般，获得历史上的多种身份。据《神仙传》：他在上三皇时为元中法师，下三皇时为金阙帝君，伏羲时为玉华子，神农时为九灵老子，祝融时为广寿子，黄帝时为广成子，颛顼时为赤精子，帝喾时为禄图子，尧时为务成子，舜时为尹寿子，夏禹时为真行子，殷汤时为锡则子，文王时为文邑先生，一云为守藏史。或云在越为范蠡，在齐为鸱夷子，在吴为陶朱公。和历经夏商周三代的彭祖相比，老君的超长履历可算是后来居上，无以复加。

千百年来，对古书所云上古天真且长寿，后人无从求证，只能姑妄听之。虽说半信半疑，但也无法拿出什么较为确凿的反证。周代以后的所有修道养生之学言论，目标始终一致，那就像"复乐园"一般回归圣人之教的天真而长寿理想。

三、短寿的现实：催生神话虚拟现实

如今的知识界，对上古乃至史前社会的认识，情况有了根本改变。依照四重证据法的"物证优先"原则，今人不仅能够在某些方面判断古书内容的真伪虚实，而且还有充分的证据说明：较之今人，远古或史前的人类，其实是非常短命的。那时的人究竟短命到何种程度，口说无凭。下文采用11部中国史前遗址考古报告的13个时期的检测数据，让大数据来呈现6 200年前至4 000年前，2 000多年间我国史前南北方各地居民的平均年龄。

（1）浙江嘉兴的马家浜遗址，距今约6 200年。"经测算，该组居民女性平均预期寿命为31.4岁，男性平均预期寿命为30.79岁。全组居民的平均预期寿命为30.58岁。"[①] 6 000年前的长三角地区先民，虽然早早建立起鱼米之乡的优越生活方式，但是其居民的平均寿命却很低，也就是30岁出头。仅看这一个数字，理想化、乌托邦化的上古"天真"说和长寿观，就会焕然消融了。嘉兴马家浜的数据有一点比较特殊，即女性寿命长于男性，这在各地的史前社会都是难以想象

[①] 浙江省文物考古研究所.马家浜［M］.北京：文物出版社，2019：228.

的。因为在缺医少药的年月，女性生育这一关是高死亡率的必然要素。

（2）浙江嘉兴的南河浜遗址，主体属于崧泽文化和良渚文化。目前发掘崧泽文化和良渚文化墓葬共计96座，年代距今6 000年至4 800年，但可供统计的人骨只有19个，年龄最大的成年人45岁以上，其余均在45岁以下，没有55岁以上的老年人，甚至连50岁的人都没有一个。[①]因采样标本中有夭折的儿童，所以南河浜组居民的平均年龄也在30岁出头，与更早的马家浜文化时期基本一致。

（3）陕西临潼姜寨遗址一期，属于仰韶文化中期，距今6 000年。对本组共15具人骨8男7女所作性别与年龄统计，按照四个年龄层划分：青年期，23岁，6人，全部女性。占比40%；壮年期，24—35岁，5人，4男1女，占比33.3%。中年期，36—55岁，4人，全部男性。占比26.7%。老年期，56岁以上，0人，占比也是0。结论是："姜寨一期文化的男性居民死于壮年和中年期，女性多死于青年期。总的看来，这与山东省西夏侯新石器时代居民的死亡情况大体相同，而与其他新石器时代居民多死于壮年和中年期的情况相近。"姜寨一期的人骨采样仅有7名女性，其中6名都在24岁以下便死去，这显然和女性怀孕和生育的高危性有关。男性寿命虽稍长，还是没有能活到55岁以上者。

（4）陕西临潼姜寨遗址二期，属于仰韶文化中期，距今5 500年。二期本组居民人骨采样共23人，11男12女。按照四个年龄层划分：青年期，23岁以下，2人，全部女性。占比8.7%。壮年期，24—35岁，9人，4男5女，占比39.%。中年期，36—55岁，11人，6男5女。占比48.%。老年期，56岁以上，1人，占比4.3%。结论是："姜寨第二期文化居民多死于中年期和壮年期。这种现象与其他新石器时代居民的死亡情况大体相近。"[②]好消息是在姜寨二期遗址中终于出现一位寿命在56岁以上者。虽不能说绝无仅有，在5 000多年前的中原社会，也算得上是超级寿星了！那时的人不可能奢望四世同堂，这位临潼寿星有条件享受三世同堂的天伦之乐吧。

（5）河南灵宝的西坡墓地，属于仰韶文化庙底沟期，距今5 300年。据发掘

① 浙江省文物考古研究所.南河浜［M］.北京：文物出版社，2005：376.
② 西安半坡博物馆，等.姜寨［M］.北京：文物出版社，1988：465-466.

的34座墓葬的35例个体统计，平均死亡年龄为38岁。绝大多数死于中、壮年，但无一例死于老年。从本文的有限采样情况看，灵宝西坡墓地人骨数据所反映的平均年龄38岁，在5 000年以上的所有遗址中，算得上是平均寿命较长的一组。[①]这个岁数毕竟接近了孔子所说的不惑之年。

（6）上海青浦的福泉山遗址，包括崧泽文化和良渚文化，距今5 100年至4 600年。墓葬人骨取样有25例个体，统计结果是："一般成年人的寿命在三四十岁上下，与其他同时代的遗址相仿。""老年个体很少，这是因为当时人类寿命不长。本文中一名老年个体，恰为女性。"[②]三四十岁是个约数，这和灵宝西坡的平均38岁，大体相当。不过史前上海人的这个寿数，还不到今天上海人平均寿命的一半。如今的上海，是中国平均寿命最高的城市。

（7）山西襄汾的陶寺遗址，属于龙山文化时期，距今4 300年至4 000年。陶寺遗址人骨采样985例个体，男531例，女417例。预期寿命男性为38.88岁，女性为39.03岁。值得关注的是，55岁以上者，男17例，占比3.2%；女42例，占比10.07%。[③]陶寺遗址伴随国家起源期的暴力现象，战争的规模化和常态化使得男性死亡率大增，其平均寿命又一次低于女性。

自仰韶文化到龙山文化，时光机滚动了1 000年，中原地区的人口平均寿命，似乎只增加了一岁左右。仍然需要向不惑之年而努力。

（8）内蒙古自治区鄂尔多斯市伊金霍洛旗朱开沟遗址，属于龙山文化时期，距今约4 000年。据89例个体的统计数据，平均预期寿命为33.58岁，四舍五入计算后，为34岁。[④]朱开沟遗址人均寿命34岁，要低于同时期黄河对岸的陶寺遗址人群寿数不少。原因为何，目前不好妄下判断。

（9）陕西神木新华遗址，属于龙山文化时期，距今约4 000年。据38座墓葬的42例个体统计，这批人口的死亡高峰大致25—55岁的壮年—中年期，能存活

---

① 中国社会科学院考古研究所，等.灵宝西坡墓地［M］.北京：文物出版社，2010：116.

② 黄宣佩.福泉山［M］.北京：文物出版社，2000：155.

③ 中国社会科学院考古研究所，等.襄汾陶寺［M］.北京：文物出版社，2015：1166-1167.

④ 内蒙古自治区文物考古研究所，等.朱开沟［M］.北京：文物出版社，2000：340.

到老年的很少。[①]虽说少，毕竟还有56岁以上的2男1女，这在诸多史前遗址人寿统计中已经算是很高寿的。

神木在2012年发掘出中国史前最大的城市石峁古城，这里无疑是4 000年前中国最富有的地方。石峁在20世纪初就以出现大量玉器而闻名，数以千计的古玉被辗转卖到国外，被各大博物馆争先收藏。新华遗址距离石峁城不远，以发现36件片状玉器的祭祀坑而著称。这里出现多位年过半百的史前长寿者，似不足为奇。

（10）甘肃天水师赵村遗址四期至七期，属于马家窑文化和齐家文化及西周墓葬。距今5 600年至4 000年。西周墓葬距今约3 000年。所发掘的遗址第四期至西周时期墓葬共16例个体，年龄在55岁以上的只有一位西周男性，他活到56岁，其余皆在45岁以下，平均年龄在32岁上下。[②]看来西北史前社会的人均寿命要低于中原和陕北、晋南地区。

（11）甘肃天水西山坪遗址，属于齐家文化时期，距今约4 000年。可统计的人骨8具，皆为男性，其中40岁左右2具，30岁左右2具，22—24岁4具。平均年龄30岁左右。[③]齐家文化时期的人寿为什么反而比更早的马家窑文化时期有所倒退？

（12）宁夏海原县菜园遗址，属于菜园文化时期，年代相当于马家窑文化到齐家文化早期，距今4 800年至4 000年。据发掘的49个人骨统计数据："海原新石器时代居民的死亡年龄很低，其中死于未成年的占14.5%，死于青年、壮年到中年的占73%以上。平均死亡年龄只有25.92岁，依40个成年个体计算的平均年龄也只有30.36岁；只有个别个体能活到老年。"[④]不过，这里毕竟有1人达到56岁以上。

（13）江苏昆山赵陵山遗址，以良渚文化晚期墓葬为主，距今约4 500年。

---

① 陕西省文物考古研究所, 等.神木新华［M］.北京：科学出版社，2005：331.
② 中国社会科学院考古研究所.师赵村与西山坪［M］.北京：中国大百科全书出版社，1999：332.
③ 中国社会科学院考古研究所.师赵村与西山坪［M］.北京：中国大百科全书出版社，1999：332.
④ 宁夏文物考古研究所, 等.宁夏菜园［M］.北京：科学出版社，2003：352.

能确定性别和年龄的人骨有43具个体；其年龄共分七类：幼年4，少年8，青年（20岁左右）9，壮年（30至39岁）14，中年（40—45岁）2，老年（45岁以上）2，年龄未详7。"墓葬人骨的死亡年龄集中在青壮年，其他各年龄组都占有一定的比例……在中年和老年时期死亡人骨只是少数。"[1]43个人中，能活到中年和老年者，即40岁以上者共4人，还不到总数的十分之一。45岁以上就算老年，也仅有2人。

以上13组数据基本可以显示史前时期的我国居民平均寿命。到文明时期的秦汉国家以后，情况又如何呢？2008年吉林大学张敬雷的博士论文《青海省西宁市陶家寨汉晋时期墓地人骨研究》，根据青海省西宁市陶家寨墓地90座墓葬共378例人骨鉴定，得出平均死亡年龄为33.39岁。[2]青海西宁的汉晋时期人口寿命，为什么会和史前时期的数据大致类似呢？

唐代杜甫诗云："人生七十古来稀。"唐代的人口寿命比上古大大增加，不过也还只是"人生六十古来稀"。杜甫自己就没活到60岁，李白也仅61岁。在更多的场合，是"人生五十古来稀"吧。

回到《黄帝内经》的上古天真长寿说，考古学实证毫不留情，给出严酷的证伪数据。明明是短命，却要说百岁，显然是在借助神话表达理想和期盼，现实越是骨感，虚拟现实就越发夸张。古人的习惯则是人云亦云和以讹传讹，没有人意识到事情的真相。

人类自相残杀的空前残酷性，在被进化到工业社会以后首次公然呈现在世人面前：从第一次世界大战到第二次世界大战，数以千万计的人死于非命。这种海量死伤的残酷现实，倒逼出一种能够大幅度降低外伤感染死亡率的神药——青霉素。这是数百万年进化史上最有效的一次大幅度提高人类寿命现象。以20世纪人均寿命最高的美国为例：1900年美国的人均寿命为46岁。"二战"期间，在美国大规模生产的青霉素挽救了无数生命。救命药的奇效，使得这款新药的价格超过黄金！谁曾想，人类在开启拜金传统的5 000年之后，迎来拜药新风尚。

---

[1] 南京博物院.赵陵山[M].北京：文物出版社，2012：329.

[2] 张敬雷.青海省西宁市陶家寨汉晋时期墓地人骨研究[D].长春：吉林大学，2008：8.

1945年"二战"结束后，青霉素在发达国家迅速大普及。至20世纪50年代，美国人均寿命首次突破60岁大关。活到耳顺之年，成为古代人无法企及的科学成就。回望历史，若不是青霉素时代所标志的20世纪的医疗技术成就，我们今天大多数人也不能奢望活过耳顺之年吧。

四、彭祖养生方

吃水不忘挖井人。早年到徐州旅游，可见以神仙人物彭祖命名的景点——彭祖井。徐州是上古时期大彭国之都，彭祖也被后世彭姓家族认同为鼻祖。据嘉靖《徐州志》载："彭祖篯铿，尧封之彭城，州城中有故楼、宅及井。"一位传奇般的上古人物，能够在几千年之后给人们留下足够的念想，主要还是因为其长寿。

长寿神话及相关的修炼养生术，同时蕴含多个主题：彭祖作为中华烹饪之祖的烹调术、彭祖作为三朝元老的智慧形象，还有作为养生鼻祖的气功导引和房中术起源等。这些都是将"精"的国粹理念发挥到养生实践中的典范。

唐杨炯《庭菊赋》云："降文皇之命，修彭祖之术，保性和神，此焉终吉。"徐州本地饮食的特色名片是"啥汤"，相传正是大彭国创建人彭祖烹调术的嫡传。1998年《中国食品报》发表有关徐州马市街"天下第一羹"的文章，让这种特色地方小吃的名声不胫而走。如今，来徐州旅游没有品尝这种特色鸡汤，就像去西安旅游没有吃过羊肉泡馍一样遗憾。据说传自彭祖时代的秘方如今已经公开，那就是加入中药薏米。具体的配伍比例是：野鸡肉1 000克，薏米150克。从广告宣传看，薏米已经被说得神乎其神，又是美颜，又是养生……我们对照晋代的道教医药学家葛洪《神仙传》所记彭祖事迹，却根本不见薏米配方，反倒是有三种中医学上品药材："善于补养导引之术，并服水桂、云母粉、麋鹿角，常有少容。"彭祖能在老年时保持少年容貌，靠的是三宝：水桂即桂芝，一种灵芝仙药；云母粉是一种玉屑。至今玉器市场上还流行的广东绿玉，又称绿石，就是一种云母矿石。麋鹿角如鹿角鹿茸，自古的滋补名药。葛洪《抱朴子·仙药》在还特意引经据典，推崇云母和其他玉石类的非凡药用价值：

《神农四经》曰：上药令人身安命延，升为天神，遨游上下，使役万灵，体生毛羽，行厨立至。又曰：五芝及饵丹砂、玉札、曾青、雄黄、雌黄、云母、太乙禹余粮，各可单服之，皆令人飞行长生。[①]

国人对高寿的向往之情，至今没有什么改变。安徽池州九华山百岁宫的香火之圣可以为证。该寺庙得名：相传有一位活到126岁的得道高僧，叫无暇和尚，明代皇帝和民国总统先后为百岁宫题字。不过和远古的彭祖比起来，一百来岁也只能算小青年吧。

实际上，古人的寿命要比今人短得多。人类寿命的大幅提升，以现代医学发明抗生素药物为里程碑。按照精神分析的基本原则：未能满足的欲望会积聚力量并寻找时机升华为文学和艺术。正是短寿的残酷现实，驱动着长寿信仰和神话传承的持久不衰。战国时期有百家争鸣，因三观不同而相互辩驳。但儒道墨法各家，对远古传下来的一人一物没有争议，罕见地达成一致意见：一物即通神礼仪所用圣物——美玉；一人便是超级寿星彭祖。

这一人一物彼此有什么关联呢？诸子们没有给出直接答案，一直要等到唐代，有位诗人才给出标准答案。皇甫冉《彭祖井》诗如下：

> 上公旄节在徐方，旧井莓苔近寝堂。
> 访古因知彭祖宅，得仙何必葛洪乡。
> 清虚不共春池竟，盥漱偏宜夏日长。
> 闻道延年如玉液，欲将调鼎献明光。

读过唐诗《彭祖井》才终于明白：作为当今徐州旅游胜地的这一口井，其盛名由来，不光是历史久远，更是其井水早就被长寿之祖神话化为琼浆玉液。神话中国的共祖黄帝，就以《山海经》的吃玉膏传奇而闻名天下。作为黄帝后裔的彭

---

① 葛洪，王明.抱朴子内篇校释［M］.北京：中华书局，2011：196.

祖，原来也继承这个传统，并加以发扬光大。皇甫冉诗末句的"调鼎"，专指彭祖烹调术绝活。相传他用玉屑等药材特制的雉羹献给帝尧，并因此获封大彭国国君。在无比长寿和以玉精为食之间，就这样找到了隐蔽的因果关系。

《国语·楚语》中观射父所言"玉帛为二精"五字真言，属于万年中国玉文化传承的最大神话观念驱动力。所有生命物体赖以存活的神圣保证，便是古人信仰的神秘之"精"的存在。当今徐州美食"天下第一羹"误认为继承自远古时代的雉羹配方，多出薏米这样的常见药材，却放弃了流行"五石散"的魏晋时代的原版名贵玉石药材：云母。且看葛洪在《抱朴子·仙药》中写出一段文字，专门详尽叙述云母的仙药功能和具体服用方法，讲得头头是道，居然把这种玉石描述为天下罕见之灵丹妙药：

> 又云母有五种，而人多不能分别也。法当举以向日，看其色详占视之，乃可知耳。正尔于阴地视之，不见其杂色也。五色并具而多青者名云英，宜以春服之。五色并具而多赤者名云珠，宜以夏服之。五色并具而多白者名云液，宜以秋服之。五色并具而多黑者名云母，宜以冬服之。但有青黄二色者，名云沙，宜以季夏服之。晶晶纯白名磷石，可以四时长服之也。五云之法或以桂葱水玉化之，以为水，或以露于铁器中，以玄水熬之为水，或以硝石合于筒中埋之为水。或以蜜搜为酪，或以秋露渍之百日，韦囊挺以为粉；或以无巅草樗血合饵之，服之一年，则百病愈，三年久服，老公反成童子。五年不阙，可役使鬼神，入火不烧，入水不濡，践棘不伤肤，与仙人相见。[①]

道家信徒们坚信服用玉屑黄金之类就能战胜死亡，得道成仙。甚至还相信"金玉在九窍，则尸体为之不朽"的神话感应原理。对照弗雷泽《永生的信仰和对死者的崇拜》一书，所论对象全都在南太平洋地区，包括澳大利亚土著和新西兰毛利

---

① 葛洪，王明.抱朴子内篇校释［M］.北京：中华书局，2011：202-203.

人。如果说早期人类坚信人死后还有生命或灵魂，那么发展到文明社会，多数人不再相信永生不死神话。意识到生命的一次性和不可再生性，就会退而求其次，放弃永生渴求，转而追求长寿养生，尽可能让生命得以延长。彭祖神话，便是在这类精神需求下应运而生。在《山海经》这部书里，既保留了大量永生不死的叙事，也同样充斥着各种极度长寿的理想化叙事。如《海外西经》轩辕国，不寿者八百岁；神兽乘黄，寿三千岁。郭璞注：其国在山南边也，《大荒经》曰岷山之南。吴任臣注：《博物志》西北有轩辕国，在穷山之际，其不寿者八百岁。张衡《思玄赋》云：超轩辕于西海兮，谓此。图赞曰：轩辕之人，承天之祐，冬不袭衣，夏不扇暑，犹气之和，家为彭祖。彭祖历经唐尧虞舜和夏商周，一共四代800年。《列子·力命篇》非常艳羡地说："彭祖之智不出尧舜之上，而寿八百。"

屈原在楚辞《天问》中发问："彭铿斟雉，帝何飨？受寿永多，夫何久长？"意思是彭祖给帝尧私人定制野鸡汤，能使尧吃后获得长寿。屈原此问，成为今日中国职业厨师将彭祖奉为行业祖师爷的依据。在屈原之前，儒家创始人孔子曾说过自比彭祖的话。《论语·述而》："述而不作，信而好古，窃比于我老彭。"孔子说的"老彭"有多重理解，主要的观点有老彭指老子和彭祖二人说，也有专指彭祖一人说。

道家第二位原创思想家庄子《逍遥游》和《大宗师》中多次讲到彭祖，而且全部是正面的褒扬。聚焦《逍遥游》称颂彭祖的哲理语境，有关小大之辨：小智慧不如大智慧。寿命短的，不能理解超级长寿的生命体验是怎样的。朝菌不知道有月初月末，寒蝉不知道有春天和秋天，这是活得短的。楚国南方有一棵叫冥灵的大树，五百年为春，五百年为秋；上古有一种叫大椿的树，八千年为春，八千年为秋，这就是长寿。八百岁的彭祖是一直以来所传闻的寿星，人们若是和他比寿命，岂不可悲吗？在《大宗师》论道的人格化故事化语境中，庄子再度抬出彭祖为榜样：

> 夫道，有情有信，无为无形；可传而不可受，可得而不可见；自本自根，未有天地，自古以固存；神鬼神帝，生天生地；在太极之先而不为高，在六极之下而不为深，先天地生而不为久，长于上古而不为

老。狶韦氏得之，以挈天地；伏戏氏得之，以袭气母；维斗得之，终
古不忒；日月得之，终古不息；堪坏得之，以袭昆仑；冯夷得之，以
游大川；肩吾得之，以处太山；黄帝得之，以登云天；颛顼得之，以
处玄宫；禺强得之，立乎北极；西王母得之，坐乎少广，莫知其始，
莫知其终；彭祖得之，上及有虞，下及五伯；傅说得之，以相武丁，
奄有天下，乘东维、骑箕尾而比于列星。[①]

德国思想家雅斯贝斯闭门造车一般想象：世界各大文明古国在公元前5世纪
前后，不约而同进入哲学突破的所谓"轴心时代"景观。真不知道他是否读过上
引这段庄周论道宣言？如果说《庄子》代表的战国时期思想家有什么突破，那只
能是一种朝向神话信仰的突破，而不是向科学理性的突破。用学术话语讲，即再
神话化。庄子所述十三位得道者中，前十一位都是大神或古帝圣王，唯有第十二
位彭祖和第十三位傅说，是历史人物。一位生活在唐尧虞舜时代，却一直长寿不
老，历经夏商周。另一位是商代的贤臣，位居相国，当然也非等闲之辈。十三位
得道者中，没有官方身份的唯有彭祖一人。长寿是自带流量的大IP，其实就是最
好的文化符号。彭祖在后世被抬举到仙籍之林，位列汉代刘向所著《列仙传》第
十七位，后来更荣获"寿神"的极大殊荣。

和庄子同时代的法家代表荀子，也在《刻意》篇描述彭祖导引修炼气功的
奥妙："吹呴呼吸，吐故纳新，熊经鸟申，为寿而已矣，此道引之士、养形之人，
彭祖寿考者之所好也。"所谓"熊经鸟申"，讲的是上古修炼者所遵循的神话仿生
学逻辑，要将神圣动物的巨大生命潜力，通过人类的模仿行为而转移获取。荀子
的话为著名的神医华佗《五禽戏》中为什么有熊戏，给出明确解释。《荀子·修
身》再次讲道："扁善之度，以治气养生，则身后彭祖；以修身自强，则名配尧
禹。"稍晚，秦国丞相的名著《吕氏春秋》问世。其中屡言彭祖。《审分览》记田
骈与齐王言政，曰："变化应求而皆有章，因性任物而莫不宜当，彭祖以寿，三

---

① 郭庆藩.庄子集释［M］.北京：中华书局，2018：254.

代以昌，五帝以昭，神农以鸿。"这是将彭祖和五帝并称。还有的篇章说："天子
至贵也，天下至富也，彭祖至寿也，诚无欲，则是三者不足以劝。"这是用彭祖
长寿的例子来论"使民无欲"的道理。

以上大致列举出先秦著述中依次称颂过彭祖的各位名家，这些言论足以说明
彭祖神话的巨大影响力。彭祖获得的这种知名度和美誉度，让西汉王朝写第一部
中国通史的司马迁很是为难。不写他吧，不合情理，也对不起先贤们众口一词的
推崇；写他吧，又没有什么确凿可信的内容，所以他只能将彭祖大名写入史书，
却不加任何事迹陈述。好像采用这样的回避策略，才能避免人们对太史公史官职
责的批评。倘若司马迁敢写彭祖 700 岁或 800 岁的年寿，《史记》就根本无法取信
于人了。

不理解司马迁苦衷的后世史家不少。如张守节《史记正义》说："彭祖自尧
时举用，历夏、殷，封于大彭。"再如《批点史记琐琐》的作者郝敬说："彭祖生
历唐、虞、夏、商、周间，寿八百岁……彼亲见尧、舜、禹、汤列圣，其传述最
真，故夫子自谓信古，窃比老彭，亲见先圣云尔。读者多不解。"能够体会到司
马迁苦衷的知音者，相对稀少。梁玉绳算是一位。其《史记志疑》云："彭祖最
寿，为神仙家所托，史略其事，盖不信之也。而独侈言老子，何哉？"德龄《铁
定史记》甚至认为司马迁或后世抄书人写错了："(《五帝本纪》叙舜以下的一段)
自禹至彭祖为十人，而下文叙其分职，则唯九官，而无彭祖。窃疑彭祖二字是衍
文。"①这位的猜想实在不靠谱，因为彭祖尊名不仅出现在《五帝本纪》，还出现
在《楚世家》，同样列为黄帝、颛顼之后裔。一处不小心写错了，难道还能另一
处再犯同样的错误？

对于彭祖神话，司马迁《史记》的"顾左右而言他"，并不能阻断伟大寿星
信仰在后世的继续传播。因为东周以来的众人口碑，言之凿凿。既然第一位思想
史上的圣人导师和第一位署名的文学家都异口同声夸赞彭祖，从传播效果看，没
有比孔子、屈原、庄子、荀子这几位更加强大的代言者了。要问为什么道家第一

---

① 赵光勇，等.五帝本纪［M］.西安：西北大学出版社，2019：387.

鼻祖老子在《道德经》中没提到彭祖？有一种观点认为：老子就是学者版的彭祖！"老彭"究竟是合成词，还是专有名词？是一人，还是两人？需结合《山海经》"神耆童"和《楚世家》及包山楚简中的"老童"神话，做出相应的解码探究。各种一生下来就是白发儿童的奇幻叙事，无非是要演绎返老还童，让生命自我更新的潜能，成为打破老幼年龄界限的利器。这就像彭祖传奇中交织着长寿神话和玉石药用信仰，足以体现中国思想的独有特质。

最后，让我们重温宋人赵公豫《彭祖井》诗，仔细体会我们中国文明从上五千年葬玉礼俗到下五千年琼浆玉液养生信仰之间的精神传承脉络：

> 茫茫海甸几沧桑，井泽犹余姓氏香。
>
> 道术尽人夸往事，仙踪何处仰遗芳。
>
> 云龙山下风霜冷，戏马台边草木黄。
>
> 唯有城隅一掬水，春秋代谢自清凉。

参考文献：

［1］葛洪, 王明.抱朴子内篇校释［M］.北京：中华书局, 2011.
［2］郭庆藩.庄子集释［M］.北京：中华书局, 2018.
［3］黄帝内经［M］.北京：中医古籍出版社, 2003.
［4］黄宣佩.福泉山［M］.北京：文物出版社, 2000.
［5］南京博物院.赵陵山［M］.北京：文物出版社, 2012.
［6］内蒙古自治区文物考古研究所, 等.朱开沟［M］.北京：文物出版社, 2000.
［7］宁夏文物考古研究所, 等.宁夏菜园［M］.北京：科学出版社, 2003.
［8］陕西省文物考古研究所, 等.神木新华［M］.北京：科学出版社, 2005.
［9］司马迁.史记［M］.北京：中华书局, 2019.
［10］西安半坡博物馆, 等.姜寨［M］.北京：文物出版社, 1988.
［11］张敬雷.青海省西宁市陶家寨汉晋时期墓地人骨研究［D］.长春：吉林大学, 2008.
［12］赵光勇, 等.五帝本纪［M］.西安：西北大学出版社, 2019.
［13］浙江省文物考古研究所.马家浜［M］.北京：文物出版社, 2019.
［14］浙江省文物考古研究所.南河浜［M］.北京：文物出版社, 2005.
［15］中国社会科学院考古研究所, 等.灵宝西坡墓地［M］.北京：文物出版社, 2010.
［16］中国社会科学院考古研究所, 等.襄汾陶寺：第3册［M］.北京：文物出版社, 2015.
［17］中国社会科学院考古研究所.师赵村与西山坪［M］.北京：中国大百科全书出版社, 1999.

【本篇编辑：柴克东】

探索中华民族认同的文化基因

——从哈克文化玉石器发现的意义谈起[①]

唐启翠

摘　要：2023年8月，文学人类学团队第十六次玉帛之路考察的最后一站，是位于北纬49°的哈克遗址。这是中国新石器时代玉器和彩陶出土最北的文化遗址，处于贝加尔湖和中国黑龙江、吉林、辽宁、内蒙古文化交汇影响的中间地带。作为呼伦贝尔新石器时代玉石文化巅峰代表的哈克文化，其自然生态与生计方式、族群亲缘与文化传统、精神信仰诸方面，都与贝加尔湖以东至黑龙江畔的族群文化密切相关。运用民族考古学类比法探讨哈克玉石器的使用方式、社会功能和文化内涵，为廓清东北亚萨满神器物料传统和玉石神话信仰的关联提供物证，为东北亚"萨满式文明"考古学研究遭遇的瓶颈问题以及"巫觋""萨满"之争提供解决方案。从萨满圣石、巫玉到王玉的因革变迁，也证明了玉石礼器在万年中国多元一体化进程中的重要物证意义，是今天铸牢中华民族共同体意识的重要文化基因。

关键词：玉石器　文化基因　民族志类比法　中华民族共同体意识

作者简介：唐启翠（1975—　），女，上海交通大学人文学院副教授，主要从事三礼与神话、玉文化与古代文论研究。

Exploring the Cultural Genes of Chinese National Identity

—Starting with the Significance of the Discovery of the Hake Cultural Jade Implements

Tang Qicui

Abstract: In August 2023, the literary anthropology team's 16th Jade Road expedition culminated at the Hake site, located at 49° North latitude. This site represents the northernmost

---

① 本文系国家社科基金一般项目"古代文论'玉石'象喻研究"（项目编号：22BZW018）的阶段性成果。

cultural location in China where Neolithic jade and painted pottery have been excavated, situated in an intermediate zone influenced by the cultures of Lake Baikal and the Jilin-Heilongjiang-Liaoning-Inner Mongolia region. The Hake culture, regarded as the apex of Neolithic jade culture in Hulunbuir, exhibits strong connections to the ethnic cultures extending from the eastern shores of Lake Baikal to the banks of the Heilongjiang River, particularly in terms of natural ecology, livelihood, ethnic kinship, cultural traditions, and spiritual beliefs. By utilizing the comparative method of ethno-archaeology to investigate the uses, social functions, and cultural implications of Hake jade artifacts, this study provides empirical evidence to elucidate the relationship between shamanic material traditions and jade mythological beliefs in Northeast Asia. Furthermore, it addresses the challenges encountered in the archaeological exploration of 'shamanic civilization' in Northeast Asia and contributes to the ongoing debate surrounding 'Wū Xí (巫觋)' and 'shaman (萨满)'. The transition from shamanic sacred stones to witch jade and ultimately to royal jade underscores the significant material evidence of jade ritual vessels within the ten-thousand-year process of integrating China's multiculturalism, serving as a vital cultural gene in shaping the collective consciousness of the Chinese national community today.

Keywords: jade artifacts　cultural genes　ethnographic analogy method　ethnic community consciousness

引言：问题的提出

位于呼伦贝尔鄂温克族自治旗海拉尔河畔的哈克遗址，是第十六次玉帛之路考察①的最后一站，也是迄今中国新石器时代玉器出土最北的文化遗址（北纬49°），是呼伦贝尔草原新石器时代（距今约8 000—7 000年）和历史期渔猎、游牧民族（汉、隋唐及以后）的聚落遗址。②从东北亚大地理和大历史视域审视，位于西伯利亚贝加尔湖和黑吉辽蒙早期文化交汇中间带的哈克文化玉石器文化功能的揭示，对中华多元一体文明呈现的学术意义不容低估。具体来说，能否以民族考古学的类比方式，揭示哈克文化玉石器的使用方式、社会功能和文化意义？能否化解中国式"萨满文明"与"巫觋文明"的学术争端？

---

① 2023年7月30日—8月15日，上海交通大学神话学研究院首席专家叶舒宪领队，开展了对黑、吉、辽及内蒙古东北部的第十六次玉帛之路考察，希望通过考察从距今10 000年至5 000年出土玉石器的重要遗址，为认识中华上五千年文化史新知识积累素材。
② 中国社会科学院考古研究所，等.哈克遗址：2003—2008年考古发掘报告［C］.北京：文物出版社，2010：209.

一、哈克文化玉石器研究综览

迄今被确认并公开发表的哈克文化玉器共计27件，分别是故宫博物院馆藏出土于伊敏河右岸塔头山遗址的11件玉璧，[①]扎赉诺尔博物馆（满洲里）、呼伦贝尔历史博物馆（哈拉尔区）等馆藏的16件玉器[②]。其中哈克遗址第三地点第7A层M2（距今6 000—5 500年，五人二次合葬墓）[③]出土深绿玉斧一、白玉斧一、浅绿有刃锛一、黄绿玉璧一、白玉璧一、白玉环一、绿松石珠一等七件玉器（见图1），另有玉髓、玛瑙等质地石镞46件（见图2）。哈克遗址第三地点第7A层M3（距今7 000年，一男一女二次合葬墓）一号头骨下出一件青玉匕形饰[④]（见图3）。陈巴尔虎旗东乌珠尔墓葬（距今约4 000年）一璧、一玉片[⑤]和辉河水坝南苇塘台地墓（距今约4 000年）[⑥]玉面饰一（见图4），以及采集自塔头山南的三角形璧一、孟根楚鲁苏木南的璜一。与哈克文化玉器缺环式分布于距今7 000年至4 000年不同，渔猎用具箭镞、石刃等细石器从哈克文化早期（距今8 000年）一直延

---

① 除了玉璧，还有黄燧石矛一、碧玉镞一、白玉髓石叶二、白玉髓石镞五、灰白燧石镞三，共计23件泛玉质地猎具。徐琳.故宫博物院藏哈克文化玉器研究［J］.故宫博物院院刊，2012（1）.

② 刘景芝，赵越.呼伦贝尔地区哈克文化玉器［C］//杨伯达.中国玉文化玉学论丛：三编，北京：紫禁城出版社，2005：372-381.赵艳芳，哈达.哈克文化的发现与研究：纪念哈克遗址发掘二十周年［J］.草原文物，2019（2）.两篇文献均报告了14件玉器，但又略异。笔者在扎赉诺尔博物馆、呼伦贝尔历史博物馆看到的有16件。不过也有学者如赵宾福认为辉河水坝遗址出土的玉器与哈克玉器有区别，当非一种考古学文化。另外在呼伦贝尔历史博物馆还陈列展出红山文化青玉蝉一、青玉玦一、白石环一，玉料玉质较辽西红山文化差，造型、加工技艺较辽西红山文化原始。

③ 乌恩，刘国祥，赵越，等.内蒙古海拉尔市团结遗址的调查［J］.考古，2001（5）.

④ 哈克遗址M3的碳14测年数据至今尚未见正式发表，据徐琳文末注释，此测年数据是刘景芝研究员在2010年海拉尔"中国玉文化名家论坛"发言中提到，由邓淑苹转告给徐琳。详参徐琳.故宫博物院藏哈克文化玉石器研究［J］.故宫博物院院刊，2012（1）：80.杨颖亮《哈克遗址出土玉饰件检测报告》确认匕形饰为透闪石玉，详参《哈克遗址》附录3，第213页。

⑤ 1985年陈巴尔虎旗东乌珠尔墓葬（距今约4 000年）出土石、玉、骨、牙器共计277件，其中石镞最多有148件分六处随葬在墓主周围，另有石刃、石钻、尖状器、骨矛、骨锥、骨刀及柄、石网坠、兽牙串饰（七件兽牙、三件野猪獠牙）、玉璧、赤铁矿石、铅块等，与哈克遗址出土石玉器大同小异，应是同一文化的前后不同时期的遗存。玉璧一件出土于死者下颌骨下，浅绿色，通体磨光，周边磨制很薄。王成.呼伦贝尔东乌珠尔细石器墓清理简报［J］.辽海文物学刊，1988（1）.

⑥ 赵艳芳，哈达.哈克文化的发现与研究：纪念哈克遗址发掘二十周年［J］.草原文物，2019（2）.

图1　哈克遗址出土玉器

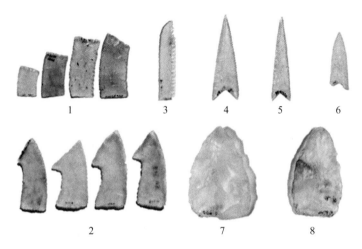

图2　哈克遗址出土玛瑙、玉髓石刃、石镞

图3　哈克遗址M3（双人合葬墓）1号墓主人头骨下出土的玉饰

图4　辉河水坝遗址征集玉面饰

续到公元10世纪，呈现出与大兴安岭南麓辽河流域的兴隆洼、红山文化等以农耕为主兼营渔猎不同的生计形态：渔猎为主的经济形态。① 尤其是大量玉髓、玛瑙等泛玉质地的刀刃、箭镞、矛等渔猎用具和玉器同出，无疑为哈克文化玉器的文化属性及其功能研究提供了文化背景。哈克文化玉石器研究主要集中在以下几个方面：

其一，器类器形及其功能，以工具箭镞、刀刃、斧、锛、璧为主，佩饰为辅。内外壁边缘渐薄、剖面呈柳叶形、形状不甚规则的玉璧（被称为"圜形边刃器"），可能具有切割功能，而残留的佩戴痕迹，表明其可能是巫师身上佩戴的法器。

其二，哈克遗址玉器与周边文化的异同比较，玉璧与饶县小南山、藤家岗、长岭腰子井、南宝力皋吐和哈民玉璧形制相似，两端刃斧锛与辽宁新乐、黑龙江亚布力遗址相近。② 青玉匕形饰、弯条形璜与小南山、兴隆洼同类玉器相似。

其三，从玉料来源看，白、黄绿二色乃哈克文化玉石器主色调，可能分别来自辽宁岫岩和贝加尔湖畔。③ 呼伦贝尔草原蕴藏丰富的优质玛瑙矿、玉髓矿等，而未见透闪石玉矿资源，而距离海拉尔不远的贝加尔湖（古称贝海）畔蕴藏着丰富的白玉矿资源和万年以上玉器遗址，是迄今所见最古老的玉路之源，④ 在距今10 000年前后，经草原之路进入东北亚地区，催生出吉林白城双塔遗址（距今10 000年）、黑龙江饶县小南山（距今9 100—8 600年）、兴隆洼文化（距今8 000年）、红山文化（距今6 500—5 000年）等系列史前玉文化，⑤ 再一路向南向西，引出随后"玉成中国"波澜壮阔的文化潮流。⑥ 陶器的比较研究表明，在

---

① 赵艳芳．哈达．哈克文化的发现与研究：纪念哈克遗址发掘二十周年［J］．草原文物，2019（2）．
② 钟雪．南宝力皋吐墓地出土玉石器研究［J］．边疆考古研究，2021（2）：140-141．
③ 邓淑苹、冯子道、杨伯达、冯恩学、邓聪、郭大顺等先后论述过黑龙江、吉林、辽宁、内蒙古出土玉器及玉料来源可能与贝加尔湖地区有关。详参徐琳．故宫博物院藏哈克文化玉石器研究［J］．故宫博物院院刊，2012（1）：77-78．
④ 邓聪．玉器起源的一点认识［C］∥杨伯达．中国玉文化玉学论丛．北京：紫禁城出版社，2002：195-206．
⑤ 邓聪、科米萨罗夫、吉平，等．贝加尔—岫岩史前玉器交流［M］∥吉平，邓聪．哈民玉器研究．北京：中华书局，2018：172-213．
⑥ 叶舒宪．从草原玉路到草原丝路：万年玉路踏查的理论创新意义［J］．西北民族大学学报（哲学社会科学版），2023（1）．

距今 9 000—5 000 年，哈克文化先后受到来自贝加尔湖绳纹陶和辽西小河西文化素面陶、南台子网格纹平底陶和红山文化几何纹彩陶的影响。[①]其四细石器的系统研究。哈克遗址第 7-4 文化层（新石器时代早期至公元 10 世纪），出土形制多样、工艺精湛、质地优良的箭镞、石叶、石刃等渔猎、狩猎工具，涵括且见证了呼伦贝尔草原海拉尔西山、扎赉诺尔露天煤矿等遗址（8 000 年前）的柳叶形、桃形石镞，哈克遗址（距今 8 000—4 000 年）三角形石镞和哈克、谢尔塔拉遗址（4 000 年以后）四棱形石镞的技术进化历程。[②]

综上研究，哈克遗址出土的绵延几千年渔猎工具，确认了其生计形态的历史延续性；大量优质白云岩（1724）、玉髓（202）、燧石（373）、石英砂岩（119）、蛋白石（43）、黑曜石（17）、水晶（3）等材质箭镞、石刃、石片等[③]和精美玉器，则见证了新旧石器交替之际就地取材和有意识甄选坚韧耐久晶莹润透的美石制作工具、饰品的知识体系进化历程。这与距今 28 000 年至 9 000 年前的吉林、黑龙江、内蒙古东部的渔猎型文化细石器原料由集中开发玻屑凝灰岩和燧石等优质石料，转变为大量利用凝灰岩和流纹岩，兼顾角岩、燧石、玛瑙、透闪石等原料的利用基本同步。如双塔（距今约 11 000 年）和小南山（一期距今约 15 000—13 500 年，二期距今约 9 100—8 600 年）等遗址中磨制斧锛凿镞和透闪石、蛇纹石质地的斧、璧、环、玦等的比重明显上升，[④]显示出玉石器制作技术与开发利用自然资源的深度、广度和神灵信仰复杂化程度的内在关联。这对于探讨万年中国玉文化史及其在中国文明化进程中的宇宙观、审美观、价值观等的影响与形塑，具有溯源知流的意义。

---

① 哈克一期文化（距今 9 000—8 000 年）陶器已受到来自外贝加尔地区绳纹陶的强影响和辽西地区小河西文化素面陶的弱影响，辉河水坝一期遗存（距今 8 000—7 500 年）在继承哈克一期文化基础上，受辽西地区南台子文化网格纹平底陶的影响；哈克文化二期（距今 6 000—5 000 年）则受到辽西地区红山文化几何纹彩陶的强影响。丁风雅，赵宾福.海拉尔河流域四种新石器文化遗存辨析 [J]. 中国国家博物馆刊，2018（10）.
② 赵越.再论哈克文化：哈克遗址与周边各遗址出土石镞形制的比较研究 [C] // 中国社会科学院考古研究所，等.哈克遗址：2003—2008 年考古发掘报告.北京：文物出版社，2010：217-222.
③ 详参《哈克遗址》第 160 页表二哈克遗址石制品岩性与利用率统计表.
④ 岳健平，李有骞，杨石霞.中国东北北部地区旧-新石器时代过渡的文化生态研究 [J]. 考古，2022（3）.

然而，把哈克玉石器归为工具和巫师佩饰，显然过于笼统和模糊。从目前考古学研究揭示的哈克文化所属森林草原自然环境、采集-渔猎-游牧生计形态及文化连续性来看，可初步判断，哈克文化区原始宗教应与东北森林草原诸族的萨满信仰更具亲缘性。在哈克遗址第6-5文化层（距今约4 000—2 000年）中，发现了工艺成熟、长时使用的青铜镞、青铜刀和块炼渗碳钢铁鱼钩与四棱有梃石镞同出，①却未见萨满常用神具铜镜、铜铃、铜片。影响"见"与"不见"的因素显然是复杂的，在考虑文化变迁、历史断裂、考古发现偶然性等因素之外，还应反向发问：前金属时代萨满神具会是什么材质？东北诸族的萨满信仰有用玉石器的传统吗？东北史前萨满考古的现状及其瓶颈是什么？

二、"萨满"与"巫觋"之争：玉器是判断标准吗？

目前研究者对中国新石器时代玉器功能的精神考古，主要有两种声音：萨满用具和巫觋用具。前者主要以国际萨满教考古学研究的三种理论视角——普遍萨满教论模式②、神经心理学模式③、民族学类比模式，以及"中国萨满式文明"说④为基础，论证红山文化、凌家滩文化、良渚文化等墓葬玉器，是萨满式信仰在中国文明化进程中的呈现，高等级墓葬的主人应是法力强大的萨满，随葬玉器赋予其人造空间的神圣力量、转化变形和通神法力。玉器作为萨满神具，演变成神圣王权的象征物。⑤神经心理学模式研究认为红山文化动物玉雕旋涡纹、勾云形纹

---

① 中国社会科学院考古研究所，等.哈克遗址：2003—2008年考古发掘报告［C］.北京：文物出版社，2010：224-225.

② 伊利亚德（Eliade）《萨满教：古老的入迷术》是该理论的定鼎之作，将萨满教确认为源自亚欧大陆旧石器时代晚期洞穴文化的全球性宗教形式。经人类学家弗斯特（Furst）、考古学家张光直等的深化，成为解释史前宗教信仰性遗迹遗物和图像的主要理论。

③ 在萨满入迷术论基础上，引入神经心理学大脑幻象实验成果（药物刺激产生重叠、并置、倍增、涡旋、重圈、人兽合形等大脑幻象）和民族志类比法来考察史前雕塑和图像的研究法。J L WILLIAMS, T A D, DOWSON. Signs of all times, entoptic phenomena in upper paleolithic art[J]. Current Anthropology, 1988, 29(2): 201-245.

④ 张光直.考古学专题六讲［M］.北京：文物出版社，1986：4-10.

⑤ 方殿春，华玉冰.辽西区几种考古学文化中"萨满式"的遗存（上）［M］//辽宁省博物馆馆刊：第2辑.沈阳：辽海出版社，2007：50.

构图模式,源于萨满跳神仪式中的大脑幻象。①容观夐②、富育光③、孟慧英④、郭淑云⑤、刘凯西⑥等,从世代生息于东北地区的满族、赫哲族、鄂温克族、鄂伦春族、女真、蒙古族等民族的萨满信仰物来解读红山文化遗存遗物的宗教性质。鉴于前两种模式显而易见的泛萨满论和非历史性、难实证性缺陷,文化区系历史传承和情境考古相结合的民族类比法,成为迄今所见用来解释史前考古遗迹遗物和图像最优途径。⑦然而令诸多学者疑惑的是,东北诸民族的渔猎、游牧为主的生业形态和罕见萨满神服法器用玉石的现状,皆与已然进入农耕定居生业形态和唯玉为尊的红山文化并不吻合,也很难确认红山人与上述诸民族的历史联系,也即民族考古学类比法有效性的三大基础——自然环境、文化背景和文化传统的连续性和可比性上出现了裂隙。

与上述萨满式文明研究路径不同,杨伯达以汉语文献中习见的"巫以玉事神"为正论,民族志罕见萨满用玉为反论,系统分析巫-玉-神的互动关系如何推动史前社会的发展,认为自辽宁海城仙人洞出岫玉片(距今20 000—30 000年)、岫玉砍斫器(距今12 000年)到兴隆洼文化、红山文化、凌家滩文化、良渚文化、陶寺文化、石峁文化等新石器时代玉器,是巫觋以玉事神,逐渐转向以玉象征王权的历史见证。通古斯语系萨满神具及其祭神神物皆与玉无关。⑧

针对此争论,有学者提出在重新界定"萨满"的基础上,结合民族学类比法和情境考古学,从萨满典型用具鼓、弓矢、镜、铃等寻找解法。⑨思路很好,但显然先民对自然资源的认识、开发利用历史、物质材料的可保存性都直接影响这

① 曲枫.旋转纹研究[J].河池学院学报,2006(4).
② 容观夐.东山嘴红山文化祭祀遗址与我国古代北方民族的萨满教信仰[J].民族研究,1993(1).
③ 富育光.萨满论[M].沈阳:辽宁人民出版社,2000:15.
④ 孟慧英.考古与萨满教[J].北方文物,2002(1).
⑤ 郭淑云.原始活态文化:萨满教透视[M].上海:上海人民出版社,2001:508.
⑥ LIU KAIXI. Study of the Dongshanzui prehistoric female figurines and analysis of the Shamanism background[M]// D GHEORGHIU, E PASZTOR, H BENDER. Archaeological approaches to Shamanism: mind-body, nature, and culture. Cambridge: Cambridge Scholars Publishing, 2017: 132–151.
⑦ 曲枫.史前萨满教研究理论与方法探析:以红山文化为例[J].北方文物,2021(2).
⑧ 杨伯达.巫-玉-神泛论[J].中原文物,2005(4).
⑨ 曲枫.史前萨满教研究理论与方法探析:以红山文化为例[J].北方文物,2021(2).

一思路的落实。如木与革制作的鼓很难在考古遗存中找寻到踪迹，今天常见的萨满服饰铜镜、铜铃、铁片等，显然是比玉石制品晚几千年的神具。作为人类最古老且分布最广泛的萨满教，在前金属时代，萨满神具有无可能是用就地取材的骨、牙、玉、石等制作的呢？如果有可能，又是如何使用的？

三、民族志类比法重建萨满神具物料用玉石证据链

哈克文化玉石器的发现，为解决上述问题提供了契机。下面拟以民族考古学的类比法来尝试重建缺失的"文物证据链"。民族考古学的类比法一般有两种：直接历史比较法和一般比较法。前者需要限定在相同生态环境、文化背景和文化连续性三项条件内，后者是相对宽泛的跨文化、跨时空比较。[1]我们先来看看直接历史比较法。

（一）自然环境与生业形态的延续性

哈克遗址所在的呼伦贝尔草原西、西北以额尔古纳河为界，与俄罗斯相望，东、南邻黑龙江和内蒙古兴安盟，内蒙古最大的湖泊呼伦湖与其南侧的贝尔湖，是呼伦贝尔草原的标志。大兴安岭纵贯南北，发源于东坡的河流如甘河、诺敏河、阿伦河、雅鲁河、绰尔河等多朝南或东南流入嫩江，发源于西坡的河流如激流河、根河、海拉尔河注入额尔古纳河。众多河流与湖泊，孕育了植被丰茂的动物乐园和天然牧场。哈克文化出土的动植物遗存及孢粉分析结果表明，该地区自新石器时代以来虽然经历了几次气候变迁，但主要自然生态位是森林草原，经济生业始终是渔猎、狩猎和游牧。[2]

（二）族群及其文化的连续性

被翦伯赞称为"古代游牧民族历史摇篮"的呼伦贝尔草原，自旧石器时代晚

---

① 汪宁生.论民族考古学［J］.社会科学战线，1987（2）.
② 中国社会科学院考古研究所，等.哈克遗址：2003—2008年考古发掘报告［C］.北京：文物出版社，2010：207-208.

期的扎赉诺尔人、新石器时代的哈克人、历史时期的鲜卑人、室韦人、突厥人、回纥人、契丹人、女真人，乃至20世纪的蒙古族各部及鄂伦春、鄂温克、达斡尔、赫哲族、俄罗斯等民族，皆保持着渔猎-游牧的生活方式。人骨基因检测结果显示，哈克遗址人骨不仅与同属于呼伦贝尔草原的扎赉诺尔组（汉鲜卑人墓葬群）、谢尔塔拉组（唐五代室韦人墓葬）、内蒙古中南部板城A组、井沟子组等有较近的亲缘关系，与现代蒙古族、鄂温克族也有亲缘关系。[①]这也就是说，新石器时代的哈克人遗迹遗物与后来生息在呼伦贝尔草原以渔猎、游牧为业的诸族所信仰的萨满神具有可类比性。哈克遗址分布区域至今依旧生活着鄂温克族人。在鄂温克族神话叙事中，有三点值得注意：其一，鄂温克族是信仰萨满教的狩猎民族。其二，英雄领袖"来墨日根"开始用骨质、石质箭头的弓箭和扎枪打猎，用薄石片"庶底吉骄鲁"剥兽皮，用石刀剥桦树皮。其三，鄂温克族的祖先居住在贝加尔湖沿岸和以东地区直至黑龙江中游以北地区的山林里。这与此区域的考古发现基本吻合，如在色楞格河左岸佛凡诺夫山上一座公元前2000年的墓葬里，人骨上发现了数十个贝壳圆环和数个白玉大圆环，与鄂温克萨满法衣上缀饰的贝壳圆环和17—18世纪鄂温克人头饰、胸饰圆环的位置、形制一样。从中可见，现代鄂温克人和铜石并用时代贝加尔湖沿岸地区的居民在族源上存在亲属关系。[②]

（三）考古遗存与民族志的互释性

哈克遗址第7层即新石器时代的遗迹有房址、灰坑、墓葬、动物骨骼祭祀堆等，房址中出土刻纹骨雕、穿孔骨板和猛犸象牙人面雕像等，墓葬中出土玉器、小砾石、骨器、牙器和细石器等，表明哈克遗址在新石器时代已是一处相对稳定且具有一定规模的聚落遗址，大量鱼骨、野生动物骨骼等与细石器、骨器等渔猎工具相互印证了彼时以渔猎、狩猎、采集为主要生业的观点。而刻纹骨雕、穿孔骨板、猛犸象牙人面雕像等则显示其已有神灵信仰和相应的丧葬、祭祀仪式及其用品。哈克遗址第7-4层（距今约7 000—900年）文化层中，持续地存在用长期

---

① 赵艳芳,哈达.哈克文化的发现与研究：纪念哈克遗址发掘二十周年 [J].草原文物, 2019（2）.
② 鄂温克族简史：修订版 [M].北京：民族出版社, 2009：6-9.

携带的油润光滑的小砾石随葬的习俗，甚至有些小砾石还有人为雕刻痕迹如雕刻人面形，显然有其特殊性。①这和玉雕人面像的功能相似，可能是萨满神偶，或萨满拟像。②这种小砾石的使用方式，在黑龙江、松花江和乌苏里江流域以渔猎、狩猎为生的赫哲族萨满文化遗存中依然可见：刻有人面的小砾石通常被当作石刻偶像供奉③。赫哲族（古称"果尔特人""那乃人"）萨满用装在特制鱼皮袋中的小砾石来"复活""治愈"亡灵，这种被称为"神石"的小砾石共19粒：六粒使膝关节活动，六粒使胯关节活动，六粒使膈膜活动，一粒使心脏活动。此项"复活"躯体仪式可助亡者在阴间正常生活。或在萨满跳神唱祷后，将九粒圆石子放到亡者褥子下滚动来治愈亡者生病的灵魂。

哈克遗址五座墓葬皆为二次骨葬，小石子皆呈现长期携带的油润光滑形态，很可能是延续几千年的萨满神石的物证。据中央民族大学蒙古语言文学系韩慧光博士的研究，蒙古族宝物故事中，泉水、丹药、李子、百家饭、刀等神奇物件具有再生功能，草、泉水、灰、石头、沙子、金子等神奇物件具有治病功能，石头还能让人获得动物语言之功能，帮助主人公战胜敌人或恶魔的神奇武器之功能，带主人公上天入地的交通工具之功能。④

石头是人类文明演进最持久的见证物，而玉是石之美者，在百万年的石器制作技术进化和玉石甄别知识体系等发展中逐渐脱颖而出，成为生产工具、生活用具、猎场武器和宗教神具、身份礼器等的首选物料。哈克遗址出土玉石器以斧、锛、璧、环、璜、匕、镞为主。在汉语文献中斧、锛、匕、镞具有镇邪驱魔、战胜敌人的功能，璧、环、璜具有助人升天入地的交通功能，可谓蒙古族宝物故事中石头神器功能的旁注，而且璧和环还象征天和日。那么，在东北诸族的萨满神具中有没有用玉石的其他证据呢？

① 中国社会科学院考古研究所，等.哈克遗址：2003—2008年考古发掘报告［C］.北京：文物出版社，2010：172-174.
② 刘景芝，赵越.呼伦贝尔地区哈克文化玉器［C］//杨伯达.中国玉文化玉学论丛：三编.北京：紫禁城出版社，2005：372-381.
③ 黄任远，黄永刚.赫哲族萨满文化遗存调查［M］.北京：民族出版社，2009：127.
④ 韩慧光.蒙古族宝物故事研究［D］.北京：中央民族大学，2016.全文用蒙古文写成，这段引文出自该论文的汉文摘要.

萨满神具中的铜镜是很重要的神器，能驱邪祟，能治病，能照明，能助下阴界的萨满看清道路，如清代方式济《龙沙纪略》载：

> 降神之巫，曰萨麻（满），帽如兜鍪，缘檐垂五色缯，条长蔽面，缯外悬二小镜，如两目状，着绛布裙。鼓声阗然，应节而舞。其法之最异者，能舞马（鸟）于室，飞镜驱祟。又能以镜治疾，遍体摩之，遇病则陷肉不可拔，一振荡之，骨节皆鸣，而病去矣。[①]

据20世纪初俄国民族学家的调查，赫哲族萨满鹿角神帽的前额垂有两枚小铜镜，用以照亮萨满阴间招魂的路，帽子前部缝缀一块小玉石或一枚小铜镜，在萨满进入下界时起保护作用，或变狗引路和拉雪橇。蒙古语称铜镜为"托里"，即"闪光的镜子"，是日神乃至日月星辰整个宇宙星体光芒的象征，萨满传说天上的日月星辰是诸神抛到天宇中的神镜所化，故萨满全身披饰的铜镜或蚌壳、石片、骨角片等晶莹闪光物件便是整个宇宙星辰的象征。前胸后背的铜镜为"怀日背月"，两肩铜镜为"左日右月"，腰带上的铜镜是"日月相环""日月相追"，故铜镜、蚌片、石片等不仅是避邪秽、照妖魔、探神路的宝器，[②]还是神灵本身。蒙古族萨满《请神镜神曲》"熠熠的青铜镜啊，像黑眼球似的一闪一闪，熠熠的白铜镜啊，像白眼球似的一炫一炫……徒弟们躬身转圈祈祷，闪电般的铜镜啊唉，快快降临附体吧！快快显灵赐教"[③]就是明证。

富育光在《萨满教与神话》搜集的萨满神话叙事中多次提到玉石制品，如珲春胡姓满族萨满神歌中将铜镜和玉石璧环关联：神谕说人类最早的女大萨满是一只白海东青从东方背来的，鹰爪抓着一个光芒四射的石饼，这是女萨满携带的唯一神器，叫"顿恩"，义为"光芒太阳"，后发展成复数名词"顿恩希"，即

---

① "麻""马"在四库本中写作"满""鸟"。见杨宾，周诚望.龙江三纪［M］.哈尔滨：黑龙江人民出版社，1985：212-213.
② 富育光.萨满教与神话［M］.沈阳：辽宁大学出版社，1990：30.
③ 转引自乌仁其其格.科尔沁博（萨满）宗教治疗仪式中的法器［J］.内蒙古大学艺术学院学报，2006（4）：32.

"众多光芒太阳"。萨满身上披戴的无数大小不等的闪光的水晶岩片以及后来的大小铜镜，便是这一神话的象征物。①流传于乌苏里江流域的东海女真人萨满史诗《乌布西奔妈妈》说东海太阳之女乌布西奔大萨满，从江心水上走来："她用彩石做头饰，她用鸟骨做头饰，她用鱼骨做头饰……在众族人头上盘旋一周，忽悠悠落在乌木林毕拉河面上"，②为乌布逊部落带来安宁。由乌布西奔妈妈亲口吟唱的葬歌，无疑也为东北地区诸多河畔沙丘墓葬提供了一种解释的视角：

> 我死后——长睡不醒时，把我停放在乌木林毕岸边岗巅，萨玛灵魂骨骼不得埋葬，身下铺满鹿骨鱼血猪牙，身上盖满神铃珠饰，头下枕着鱼皮神鼓，脚下垫着腰铃獾皮。让晨光、天风、夜星照腐我的躯体，骨骼自落在乌布逊土地上，时过百年，山河依样，乌布逊土地上必生新女。这是我重返人寰。③

哈克遗址五座墓葬和辉河水坝墓葬、昂昂溪墓葬等都是无葬具的平地掩埋，人骨与动物骨骼、玉石骨角器等混杂，是不是"萨满灵魂骨骼不得埋葬"唱词的一种史前实践？据清《龙江三纪》所记载的东北风葬习俗中，亦有"人死，以刍裹尸，悬深山大树间，将腐，解其悬，布尸于地，以碎石逐体薄掩之，如其形然"④。

哈克遗址墓葬出土的野猪獠牙串饰，也能在女真先民斗猪斗熊以卜岁驱邪仪式中获得观照。萨满或首领推举猎手与野猪或熊拼斗，萨满大祭请神迎神，斗者赤胸赤脚只攥一石匕与兽斗，谓之"神验"卜岁，兽毙则吉，人伤则凶。若猪死，斗者立刻击掉獠牙，供于神案，答谢神助，随后由萨满穿孔串联佩戴于斗者胸前，族人则争抢猪的肋骨等磨制成各种佩饰系于腰间，因为经神验毙命的野兽灵骨獠牙皆具有驱邪避恶的强大功能。⑤另外，哈克遗址出土的石环与蒙古族、

---

① 富育光.萨满教与神话［M］.沈阳：辽宁大学出版社，1990：30.
② 富育光.萨满教与神话［M］.沈阳：辽宁大学出版社，1990：282-283.
③ 富育光.萨满教与神话［M］.沈阳：辽宁大学出版社，1990：285-286.
④ 杨宾，周诚望.龙江三纪［M］.哈尔滨：黑龙江人民出版社，1985：212.
⑤ 富育光.萨满教与神话［M］.沈阳：辽宁大学出版社，1990：175.

鄂温克族等狩猎民族习用的石环形猎具，后演变为权杖的骨朵，也具有文化传承的一致性。由此可见哈克先民在萨满教信仰、法具、葬俗以及渔猎游牧生业等方面和北方诸游牧民族文化传统的同质性。当代人类学者调查发现，现在习见的鄂温克族萨满服饰铜镜、铜铃等都是后来传入的。[1] 这也就回应了前面提出的问题，从萨满教神话和考古物象来看，在铜镜、铜铃等传入之前，缀在萨满神衣上的法器应是玉石或贝质璧环、神偶和像生动物等。

实际上，在世界各民族原始宗教信仰及其仪式中，不乏玉石类神器的身影。如依托萨满式宗教构建神权国家的奥尔梅克（约前1300—前500年）和玛雅文化（约前200—900年）中，绿色的蛇纹石和翡翠被认为是凝聚了天地间的生命之力，是营造圣地、神像、神器和随葬器物的重要物质，也是萨满神力的源泉。[2] 澳大利亚维拉多吉鲁（Wiradjuri）族萨满通过仪式中，候选人只有吞下一块从天空水晶石王座分离而来的石英石块——凝固之光，才能成为一名会升天的萨满。马来半岛的矮小黑人族、婆罗洲的海洋迪雅克族、北太平洋海岸的印第安人、温哥华岛的努特卡部落等，水晶石或石英石块都是从天而降的"光石"，能在地上或地下洞穴形成新的宇宙圣化中心，萨满吞之或佩戴，即可与宇宙神圣物同化，从而获得变形、智慧、洞察、飞行、治病等神圣能力。[3] 对于渔猎采集生业者来说，水晶石、石英石、蛇纹石等莹润晶亮的"石头"是天穹地骨，是永恒之光和生命重新萌发之源。[4] 萨满服饰则是一种显圣物和神灵居住的微观宇宙，神帽、神衣上缀饰的贝壳、鸟羽鸟爪、兽牙兽毛兽皮、玉环、珠串、铜镜、铁环、神偶等灵物，不仅助力狩猎成功，还可助力萨满穿越世俗空间，往返于天地神鬼的世界。

运用民族志所载信仰及其象征物，来对考古遗存遗物进行精神考古和文化阐释，是一种重要的且颇有效的方式。尽管运用某些"类似性"来判定文化遗存中

---

① 王伟，程恭让.萨满式文明与中国文化：以中国东北部索伦鄂温克族为例［J］.世界宗教文化，2010（5）.

② K TAUBE. The symbolism of jade in classic Maya religion[J]. Ancient Mesoamerica, 2005(16): 23-50.

③ 米尔恰·伊利亚德.萨满教：古老的入迷术［M］.段满福，译.北京：社会科学文献出版社，2018：135-140.

④ 简·哈利法克斯.萨满之声：梦幻故事概览［M］.叶舒宪，等，译.西安：陕西师范大学出版社，2019：11.

的仪式主持人是萨满还是巫觋着实困难，但显然，二者的身份职能及其巫术性仪式、显圣物、宇宙观等的共性不容置疑。从人类文明化进程中对自然物的认识、使用及技术演进来看，就地可取的浅加工的自然物如骨、角、牙、木、石（玉）、贝、皮毛、鸟羽用于神偶、神具、权柄等制作的历史，应该远远长于远距离运输且需深加工的人造物如铜镜、铜铃、铁环、玻璃珠。

而民族志采录时代和考古遗存所属时代的错位，也会导致视角盲区。比如苏联科学院院士、著名宗教学家、民族学家阿尼西莫夫曾在1929—1931年、1937—1938年两次共计五年，深入西伯利亚叶尼塞河支流通古斯卡河流域拜基特秋恩地区，考察并全面细致地记录了"埃文克人"（即鄂温克人）的萨满信仰观念和仪式活动，收集了38幅埃文克人的萨满信仰观念和仪式图景，详细地记录了狩猎巫师仪式中的"圣肯"（即神偶和象征鸟兽的鸟毛鸟爪、兽牙、兽皮、兽毛以及类似鸟兽的苔藓、树枝、石头等灵物）、萨满神具（鼓、铃、环、珠）等。其中多处提到石头、神圣山岩"布嘎得"（母性分娩之地）、萨满魔毯"得都尔"玻璃珠幻门（阴界入口）以及萨满神衣上缀饰的贝壳（冥界入口）、铁环

图5 萨满神衣后背上的缀饰铁环

（下层世界入口）、铁质"秋留格得"（下层世界入口两女主，独眼、独臂、大獠牙）、铃铛（神音）、金属片（日月或萨满神肋骨、胸廓）、铁鹰、铁熊爪等①（见图5）。然鲜少对"灵物"史进行溯源，仅在《图腾崇拜的解体与萨满教的起源》一章结尾，引用普利贝加尔新石器时代和青铜器时代高等级男性墓葬绿玉和铜制品，来证实该区域原始宗教信仰法器经历了从石器到金属器的过渡阶段，而萨满通神特权的确立与金属器出现大概属于同一阶段。作者虽然提到了新石器时代当地的贵重石头——绿色软玉的流行及其引发的开采和

---

① А.Ф.阿尼西莫夫.西伯利亚埃文克人的原始宗教［M］.于锦绣,译.北京：中国社会科学出版社,2016：18-20，114-115，168-182，190-191.

上层交易，但显然是因20世纪初所见萨满多金属质地神具而更关注冶金术对萨满通神特权的关键影响。因此，整本书读下来，亦让读者以为鄂温克萨满神具与玉石无关。然而当我们以大历史视野，站在海拉尔河畔的哈克遗址，俯瞰、检视自贝加尔湖畔至黑吉辽蒙考古遗存、民族志和萨满神话时，新石器时代墓葬玉石器的神话信仰语境和东北亚萨满或巫觋通神神器的物料标签便清晰了然。

余论　萨满与巫觋是否可通约？

在红山文化、良渚文化等宗教仪式的主持者是萨满还是巫觋的争讼中，一个直观的判断标准是民族志所见萨满神具罕见玉石器。另一个隐藏的判断标准则与社会发展阶段及生业方式相关，即萨满属于通古斯语原始渔猎、狩猎民族的神使，巫觋是汉语农耕文明、礼乐文明中的神使，两者不可相提并论。不过，人类学家和考古学家一般认为萨满教作为狩猎者的信仰和医疗实践形式，是欧亚大陆最早形成的连接新旧大陆古老文化传统和精神纽带的宗教形式[①]，也是玛雅-中国文明连续体的共同文化底色。[②]张光直的论断"中国文明是萨满式文明"，是建立在巫觋和萨满的身份职能、宇宙观、通神方式、通神工具等同质性比较基础上的：两者皆把世界分成天、地、人、神等层次，皆借助神山、神杆（宇宙树）、鼓舞、占卜、法器、动物助手、药物致幻等往来神鬼人间，招魂治病。

在词源意义上，巫觋和萨满的天赋、职能具有同一性。甲骨卜辞、《国语·楚语》《山海经》等汉语文献中，巫觋是"民之精爽不携贰者，而又能齐肃衷正，其智能上下比义，其圣能光远宣朗，其明能光照之，其聪能明彻之"[③]的神使，是以鼓舞降神、占卜通神、以玉事神的仪式主持者，也是测量天地、知天通地的天文学家、数理学家、智者和圣者。通古斯语"萨满"（šaman）源于鄂温克[④]

① 彼得·沃森.大分离：新旧大陆的命运［M］.孙艳萍，译.南京：译林出版社，2023：48-54.
② 张光直.美术、神话与祭祀［M］.郭净，译.沈阳：辽宁教育出版社，2002：113.
③ 徐元诰.国语集解［M］.北京：中华书局，2002：512-513.
④ 生活在西伯利亚、贝加尔湖和中国呼伦贝尔和大兴安岭一带的鄂温克人，在历史上自称鄂温克人，意为从高山林中走出来的人；他称则有源于阿尔泰语的通古斯人（即居住在通古斯河畔的（转下页）

语"samang""saman"，意为无所不知的、神明的智者、圣者。海拉尔辉河地区的索伦鄂温克族神话叙事中，萨满是创世者，是灵魂纯净、天赋异禀、通晓神意、洞察人事的智者，法力高强的萨满灵魂能够上天入地，沟通神鬼。以往将"萨满"特性的关注点放在癫狂、癔症等异常的精神表现形式，显系以偏概全。

"萨满"是专称与泛称。通古斯鄂温克语"Saman"的汉语转译并非只有"萨满"。"兀室（乌舍，完颜希尹）奸猾而有才，自制女真法律、文字，成其一国。国人号为珊蛮。珊蛮者，女真语巫妪（奥云）也，以其变通如神。粘罕（完颜宗翰）之下皆莫能及"[1]中的"珊蛮"即"萨满"的另一种汉译写法，对应的是女真语"巫妪（奥云的汉译转写）"。实际上，信奉萨满教的各民族语言皆有对其神使或疗疾者的专称，如达斡尔族的"雅达根"、哈萨克族的"乌麦"、雅库特语"奥尤那"、蒙古语"博格""奥德根""卡米""乌多彦"、突厥-鞑靼语（即阿尔泰语）"卡姆""嘎姆"等。这一方面反映出各民族萨满信仰的多样性和复杂性，另一方面也说明"萨满""巫觋"有专称、泛称之别。而在天赋、身份、职能等方面具有相同指涉。

同时，宗教信仰从自然神灵（Ⅰ）到自然+祖先神灵（Ⅱ）再到自然+祖先+天命王权（Ⅲ）三级渐趋复杂化、礼仪化、王权化这一特点来看，无论是渔猎、游牧者的萨满，还是农耕者的巫觋，已然都不能简单地从生计形态进化观来论短长，而要与语言文字传统和社会复杂化程度相关。

参考文献：

［1］ А.Ф.阿尼西莫夫.西伯利亚埃文克人的原始宗教［M］.于锦绣，译.北京：中国社会科学出版社，2016.

［2］ 邓聪.玉器起源的一点认识［C］//杨伯达.中国玉文化玉学论丛.北京：紫禁城出版社，2002.

［3］ 丁风雅，赵宾福.海拉尔河流域四种新石器文化遗存辨析［J］.中国国家博物馆馆刊，2018（10）.

［4］ 鄂温克族简史：修订版［M］.北京：民族出版社，2009.

（接上页）鄂温克人，阿尔泰语中，通古斯即沉淀的、清澈的，故通古斯人即居住在清澈河畔的鄂温克人）、突厥语的雅库特人（雅库特即"宝石"，突厥人将西伯利亚出产宝石的河流命名为雅库特河，俄罗斯人沿用，将居住在雅库特河畔的鄂温克人称为雅库特人）和满-通古斯语的索伦鄂温克人（索伦即圆木柱子，清朝时呼伦贝尔草原的鄂温克人被编入索伦部，故名）。

① 徐梦莘.三朝北盟会编［M］.上海：上海古籍出版社，1987：12.

［ 5 ］方殿春，华玉冰.辽西区几种考古学文化中"萨满式"的遗存（上）［Ｍ］//辽宁省博物馆馆刊：第2辑.沈阳：辽海出版社，2007.

［ 6 ］富育光.萨满论［Ｍ］.沈阳：辽宁人民出版社，2000.

［ 7 ］郭淑云.原始活态文化：萨满教透视［Ｍ］.上海：上海人民出版社，2001.

［ 8 ］韩慧光.蒙古族宝物故事研究［Ｄ］.北京：中央民族大学，2016.

［ 9 ］黄任远，黄永刚.赫哲族萨满文化遗存调查［Ｍ］.北京：民族出版社，2009.

［10］简·哈利法克斯.萨满之声：梦幻故事概览［Ｍ］.叶舒宪，等，译.西安：陕西师范大学出版社，2019.

［11］刘景芝，赵越.呼伦贝尔地区哈克文化玉器［Ｍ］//杨伯达.中国玉文化玉学论丛：三编.北京：紫禁城出版社，2005.

［12］孟慧英.考古与萨满教［Ｊ］.北方文物，2002（1）.

［13］米尔恰·伊利亚德.萨满教：古老的入迷术［Ｍ］.段满福，译.北京：社会科学文献出版社，2018.

［14］曲枫.史前萨满教研究理论与方法探析：以红山文化为例［Ｊ］.北方文物，2021（2）.

［15］曲枫.旋转纹研究［Ｊ］.河池学院学报，2006（4）.

［16］容观复.东山嘴红山文化祭祀遗址与我国古代北方民族的萨满教信仰［Ｊ］.民族研究，1993（1）.

［17］汪宁生.论民族考古学［Ｊ］.社会科学战线，1987（2）.

［18］王成.呼伦贝尔东乌珠尔细石器墓清理简报［Ｊ］.辽海文物学刊，1988（1）.

［19］王伟，程恭让.萨满式文明与中国文化：以中国东北部索伦鄂温克族为例［Ｊ］.世界宗教文化，2010（5）.

［20］乌恩，刘国祥，赵越，等.内蒙古海拉尔市团结遗址的调查［Ｊ］.考古，2001（5）.

［21］徐琳.故宫博物院藏哈克文化玉石器研究［Ｊ］.故宫博物院院刊，2012（1）.

［22］徐梦莘.三朝北盟会编［Ｍ］.上海：上海古籍出版社，1987.

［23］徐元诰.国语集解［Ｍ］.北京：中华书局，2002.

［24］杨宾，周诚望.龙江三纪［Ｍ］.哈尔滨：黑龙江人民出版社，1985.

［25］杨伯达.巫-玉-神泛论［Ｊ］.中原文物，2005（4）.

［26］叶舒宪.从草原玉路到草原丝路：万年玉路踏查的理论创新意义［Ｊ］.西北民族大学学报（哲学社会科学版），2023（1）.

［27］岳健平，李有骞，杨石霞.中国东北北部地区旧-新石器时代过渡的文化生态研究［Ｊ］.考古，2022（3）.

［28］张光直.考古学专题六讲［Ｍ］.北京：文物出版社，1986.

［29］赵艳芳，哈达.哈克文化的发现与研究：纪念哈克遗址发掘二十周年［Ｊ］.草原文物，2019（2）.

［30］中国社会科学院考古研究所，等.哈克遗址：2003—2008年考古发掘报告［Ｃ］.北京：文物出版社，2010.

［31］钟雪.南宝力皋吐墓地出土玉石器研究［Ｊ］.边疆考古研究，2021（2）.

［32］J L WILLIAM, T A D, DOWSON. Signs of all times: entoptic phenomena in upper paleolithic art[J]. Current Anthropology, 1988, 29 (2).

［33］K TAUBE. The symbolism of jade in classic Maya religion[J]. Ancient Mesoamerica, 2005(16).

［34］LIU KAIXI. Study of the Dong shan zui prehistoric female figurines and analysis of the Shamanism background[M]//DRAGOS GHEORGHIU, EMILIA PASZTOR, HERMAN BENDER et al. Archaeological approaches to Shamanism: mind-body, nature, and culture. Cambridge: Cambridge Scholars Publishing, 2017.

【本篇编辑：柴克东】

数字人文新场域：神话幻想驱动下的元宇宙

梅雪容

摘　要：元宇宙既是科学技术进步的产物，也是神话幻想传统的一种复归，是人神杂糅的科技版。在当代数字人文的应用现状中，会遇到数据来源可疑、开发者偏见、创作主体模糊的问题。人工智能本就源于古人的科学幻想，而元宇宙的构建更是来源于史前的神话大传统。由此，人文和科技在元宇宙中完成了融合：以孔子"谓为俑者不仁"为思路，通过提示工程孵化虚拟人、以《原始思维》中手势通灵等为思路，通过XR交互技术创造真实沉浸感、以《文心雕龙·原道》为思路构建新型宇宙观，本文以此尝试解决上述问题，彰显神话传统观念中的幻想资源价值。

关键词：人工智能　元宇宙　人文学科　神话　数字人文

作者简介：梅雪容（1996—），女，上海交通大学人文学院博士研究生，从事文学人类学研究。

A New Field of Digital Humanities: Mythic Fantasy-Driven Meta-Cosmos

Mei Xuerong

Abstract: The Metaverse is not only a product of scientific and technological progress, but also a revival of the mythical and fantastical spirit, representing a technological fusion of humanity and divinity. In the current application status of contemporary digital humanities, we are inevitably confronted with issues such as questionable data sources, developer bias, and ambiguous creative subjects. Artificial Intelligence originally stemmed from the scientific fantasies of ancient people, and the construction of the metaverse is further derived from prehistoric mythological traditions. As a result, humanities and technology have achieved integration in the metaverse. Specifically, we utilize Confucius's philosophy of "making effigies is unkind" as a guideline to incubate virtual humans through heuristic engineering, draw inspiration from the idea of hand gestures as a means of spiritual communication in "Primitive Thinking" to create a realistic sense of immersion through XR interactive technology, and construct a new cosmology based on the concepts in "Wen Xin Diao Long — Yuan Dao." These efforts aim to address the aforementioned issues and highlight the value of fantasy resources within mythological traditions.

Keywords: Artificial Intelligence　Metaverse　Humanities　Mythology　Digital Humanities

在具有本土特色的天地分体、绝地天通的神话体系里，一直存在一个与现实相对的神鬼当道的平行宇宙。古人的天地人三才并行的多元宇宙观，与当今人工智能发展下的数字元宇宙互为映照。诸如虚拟现实等科幻内容产生的原动力，都离不开人类与生俱来的幻想能力。[①]元宇宙既是科学技术进步的产物，也是神话幻想传统的一种复归，是人神杂糅的科技版。[②]本文旨在结合人工智能等高效工具以建设具有人文特色的元宇宙，解决科技异化带来的数据来源可疑、开发者偏见、创作主体模糊的问题，彰显神话传统观念中的幻想资源价值。

一、混沌：当代数字人文元宇宙现状

元宇宙是支撑数字文化的重要场域，也是人文学科建设的重要路径。元宇宙使得知识的获取和传播更加便利，其在当代的发展为人文学科提供了新的思路——创建一种经过资料数据电子化最终形成文献资料和研究方法并重的学术共同体。很多高校的数字人文中心就利用数据电子化等手段建设实验教学平台、开设实验课程和实验项目。1991年，弗吉尼亚大学就成立了美国第一个数字人文实验室，2011年，我国第一个数字人文研究中心——武汉大学数字人文研究中心建立，马费成教授曾将武汉大学数字人文研究中心的作用总结为："给人文社

---

① 叶舒宪.元宇宙的中国传统思想资源［J］.长江大学学报（社会科学版），2022，45（1）：1-17.
② 田兆元."元宇宙"神话叙事与谱系构建［J］.长江大学学报（社会科学版），2022，45（1）：4-9.

会科学研究提供全新的研究方法、工具和平台，实现人文社会科学研究范式革命，促进跨学科研究发展，以及我国人文社会科学知识的传播和普及。"[1]柏俊才教授也提出过类似的虚拟教研室的申请，他认为，虚拟教研室是一种新的教育理念的产物，是信息化时代新型基层教学组织形式的重要探索，旨在通过"智能+"路径，实现跨区域的新形态教学组织。根据《高校元宇宙数字人文实验室建设研究》[2]，这些数字人文实验室主要服务于文学、历史学、人类学等，通过数字化手段，探索和呈现人文学科研究领域的新思路、新方法。

元宇宙融合线上与线下、虚拟与现实，具有沉浸式、交互性和开放性等特点，为高等教育带来新的变革。[3]教育生态的边界在元宇宙的指导下逐渐泛化，元宇宙将指导建设更加沉浸式的立体教学场域，通过深度沉浸式体验，激发学生自由创造的潜能，在更多人文艺术课程中实现虚拟与现实的跨学科学习。而交互式教学更有利于产生个性化学习数据，能将被动学习转换为主动学习。就此而言，元宇宙为人文学科的发展带来了变革性的指导意义。

尽管现在有了众多尝试，但是使用数据就会受到数据来源的影响。人工智能技术作为实现元宇宙的工具之一，其模型训练需要大量数据的支持，其性能和表现直接受到数据质量和可靠性的影响，而数据的获取和来源处理一直是问题：一方面，数据来自各种互联网渠道，如通过网络爬虫、人工采集等方式，其来源的可靠性各不相同，未经标注也很难溯清来源。另一方面，数据的处理和标注也需要大量人力和时间。自然语言处理过程中存在的语法和拼写错误非常正常，模型还要面对现实说话中的歧义问题以及数据噪声问题，这些都会降低数据的质量。

模型在建构时，还会受到工程师自身的偏见和不当使用的影响。例如在职业描述时可能存在一些偏见，导致模型对不同群体的判断并不公平。2018年亚马逊（Amazon）公司曾经推出一款人力资源领域的人工智能（AI），但该工具存在

① 马费成.图书情报学与元宇宙：共识 共创 共进［J］.中国图书馆学报，2022，48（6）：4-5.
② 刘清华.高校元宇宙数字人文实验室建设研究［D］.郑州：郑州航空工业管理学院，2023：57.
③ 李冰雁，赖灵钰.基于元宇宙的高校艺术类通识课在线教学探究［J］.教育文化论坛，2024，16（1）：95-104.

性别偏见，导致排除了大量的女性候选人。这个事件引起公众对AI公平性问题的关注。工程师的主观性偏见是一直存在且会呈现不同的表现形态，如果完全排除人的主观意志的影响，对语义进行彻底解构，又会影响用户体验，让用户感到面对的仅是一台冰冷的机器。

人文学科彰显人的个性，无论是文学作品还是艺术作品，都强调作品的独创性和创新性。所以AI创作，尤其是AIGC（Artificial Intelligence Generated Content，生成式人工智能）技术发展后出现的AI绘画作品一直被称为"赛博尸块"，因为模型基于各种名家的作品上进行的再加工和整合，其创新性和艺术性在一定程度上受到了数据的限制，甚至可以说，AI是不具有创造性的，它的创造性也是大量数据预训练出来的结果。"尸块"这个称谓不仅体现了AI绘画的原理特点，也暗示了这种技术的局限性和潜在风险。就算AI能够提供像样的作品，但也会因为缺乏真实的情感和个性问题而被使用者诟病。大部分反对AI创作的人认为，这些AI生成品包含绘画、文字、平面设计等等，只会模仿作品的形式，没有内容增量，并且会侵犯画师和作者的版权。

随着科技的极速发展，赛博朋克式的元宇宙将成为未来充分发展的社会景象。赛博朋克在意义上并非是简单的"为人服务的智能时代"，而是基于科技垄断、意识操控下的新型阶级统治的产物和工具。科技大发展之下必然会催生出的伦理性、人类性问题，随着个人自身成为数字发展的原材料，对数据的占用成为权力的主要运行机制。元宇宙若本末倒置，人们不再享受虚拟现实带来的便利和乐趣，而是将社会和每一个生命及其环境呈现为一个计算机系统。伴随着高端科技、低质生活（High Tech, Low Life）式危机的来临，如何在科技的推动下让人不异化，也是人文学者需要考虑的问题。笔者认为，只有重启人文精神，才能避免科技的肆意发展。

二、缘起：人文元宇宙建构的理论基础

（一）造化同功：人工智能源于古人幻想

《列子·汤问》中有偃师给周穆王敬献工艺的故事。偃师献的是一位舞技

"千变万化，唯意所适"①的歌舞艺人，这位艺人甚至有表情动作，能够"瞬其目而招王之左右侍妾"，于是被穆王怒而杀之，最终发现歌舞艺人不过是皮革、木头、树脂等物凑合而成的，于是感叹道："人之巧乃可与造化者同功乎？"这说明早在战国时期，列子的科学幻想已经预言了人工智能的发展，除了能歌善舞的功用外还有了类似人类的微表情。

1956年的达特茅斯会议上正式提出了"人工智能"的概念。大多数人工智能应用程序使用NLP（Neuro Linguistic Processing，自然语言处理），试图破解人类思想、情绪和行为背后的规律，并将其归结为一套可复制可模仿的程式。符号学家通过将语言语义进行解构，转换成能够被计算机识别的编程语言，但总结、提问或翻译自然语言文本很难处理的复杂语法，所以在现代NLP中，往往通过海量搜索语料库文本中单词的组合模式，从而降低了语义分析和句法分析的比重。这种海量搜索语料的方式，可以从陆机"精骛八极，心游万仞"②和刘勰的"神思"说中发觉思路，学习过程通过"搜索天地"的方式"思接千载""视通万里"③，最终达到"神与物游"的境界。皎然《诗式序》中认为，诗歌创作乃精思搜于万象，汲天地日月之玄奥，索鬼神微冥之渊源④。"雕刻文刀利，搜求智网恢"是说文笔工夫从搜求中来⑤，"搜索通神鬼"⑥和"搜神得句题红叶"也指出创作准备在于搜索。可见古人早已了然索于万物的思维方式有利于创作的生发。这种搜索的方式在人工智能技术的加成下被具象化，万象、天地、日月都得以数据化，而学习的主体变成了人工智能模型。随着以深度神经网络为代表的机器学习算法在计算机视觉、模式识别和自然语言处理等领域取得突破性进展，2011年

---

① 杨伯峻.列子集释［M］.北京：中华书局，1979：180.
② 陆机，刘运好.陆士衡文集校注：文赋（并序）［M］.南京：凤凰出版社，2007：9.
③ "寂然凝虑，思接千载；悄焉动容，视通万里"出自《文心雕龙》。见黄叔琳，李详，杨明照.增订文心雕龙校注［M］.北京：中华书局，2012：365.
④ "夫诗者，众妙之华实，六经之菁英。虽非圣功，妙均于圣。彼天地日月元化之渊奥，鬼神之微冥，精思一搜，万象不能藏其巧。其作用也，放意须险，定句须难，虽取由我表，而得若神授。至如天真挺拔之句，与造化争衡，可以意会，难以言状，非作者不能知也。"见皎然，李壮鹰.诗式校注：诗式序［M］.济南：齐鲁书社，1986：1.
⑤ 方世举，郝润华，丁俊丽.韩昌黎诗集编年笺注：咏雪赠张籍［M］.北京：中华书局，2012：644.
⑥ 卢仝.寄赠含曦上人［M］//彭定求，等.全唐诗.北京：中华书局，1960：4388.

成为机器通过海量数据训练获得智慧的里程碑年份。

近年来推出的ChatGPT的学习和生成方式也借鉴了教育学的相关理论。正如老师会有基本的教学目标，进行"有监督学习"的针对性训练，ChatGPT模型也是这样，利用一组已知类别的样本调整分类器的参数，使其达到所要求的性能。在缺乏先验知识的时候，老师则会教授学习方法，让学生自主"无监督学习"。ChatGPT也采用无监督学习的方式进行模型训练，在没有标注数据的情况下，机器自己从数据中理解生成自然语言。工程师为ChatGPT设计的预训练方式包含MLM（Masked Language Modeling，掩码语言建模）和NSP（Next Sentence Prediction，下一句预测）。当用户和ChatGPT进行输入对话时，模型就会学习从输入到输出之间的映射关系。《论语·述而》："不愤不启，不悱不发。举一隅不以三隅反，则不复也。"[①]朱熹注解："愤者，心求通而未得之意。悱者，口欲言而未能之貌。启，谓开其意，发，谓达其辞。"这种启发式学习的方式，符合教学基本规律，在教学过程中要求学生能够举一反三，在人工智能的应用里则是训练模型的自我学习和生成能力，实现"无监督学习"。"三人行，必有我师焉"则体现了学习者之间的互相学习和启发，因此老师/开发者还会利用小组讨论的方式让学生/模型进行学习，即MJL（Multimodal Joint Learning，多模型联合学习），通过多个ChatGPT联合学习，提高模型的准确率。

（二）众妙之门：元宇宙源于神话大传统

列维-布留尔在《原始思维》中提到他通过考察现存的原始土著对待"死人"的态度，得出了"死人"与"活人"共同存在于多元宇宙中的结论。他认为："原始人与死人的关系就像与他周围的活人的关系一样，死人是那个有着许许多多互渗的社会、社会共生体的成员……对原始人的思维来说，这个'彼世'和现世只是构成了同时被他们想象到、感觉到和体验到的同一个实在。"[②]这个"彼世"就是远古先民原始思维中通过想象诞生的虚拟空间。而在几千年后的

---

① 论语注疏：述而第七［M］.北京：中华书局，2009：5391.
② 列维-布留尔.原始思维［M］.丁由，译.北京：商务印书馆，1987：294.

1992年，美国作家尼尔·斯蒂芬森在他的科幻小说《雪崩》中，首次提出了具备新型社会体系的虚拟空间"Metaverse"（元宇宙）和元宇宙中的人的虚拟身份"Avatar"（化身）。2021年，伴随着脸书（Facebook）的更名"Meta"，元宇宙在全球范围内成为热门话题，可与现实世界交互的虚拟世界成为众所期待的未来愿景。

　　叶舒宪教授在1988年编写的《中国神话哲学》中已经提到了"Meta"的概念。在这本书中，叶舒宪运用当代文化人类学研究中的原型模式理论，并努力从这一角度出发，重构中国神话哲学的"元语言"。所谓"元语言"（metalanguage）又称"后设语言"或"普遍语言"，按照英国学者哈特曼和斯托克的定义，元语言"指用来分析和插写另一种语言（被观察的语言或对象语言）的语言或一套符号，如用来解释一个词的词或外语教学中的本族语"[①]。叶舒宪认为，在整个人文科学的研究领域中，寻找和确立一种同所研究对象的语言相区别的"元语言"是使研究趋向于规范化、系统化的重要前提。[②]所以"Meta"代表的原型模式，按照荣格的观点，原型是种族记忆或集体无意识的显现形式，它相当于《原始思维》一书的作者列维-布留尔所说的"集体表象"。弗莱泽进而从文学史的角度把原型解说为一些具有广泛传播力的意象（象征）符号，它们具有相对约定俗成的意义联想，可以在文学中反复出现。自然宇宙观念是社会观念的基础，宗教、道德等方面的价值模式正是从宇宙观模式中类比引申而来的。这样看来，神话宇宙观提供的元语言也是研究文化价值的元语言。所以，叶舒宪对"Meta"的阐释方式是：其一，在中国上古文献中找出与该神话相关的另一个创世神话，发现在同一文化区之内的同构神话系列。其二，参照其他文化区内的同构神话，重构出该神话所从属的转换群。其三，按照神话思维的象征类比逻辑对这一神话群的共同深层结构做出阐释，从而形成了一级编码、二级编码、三级编码。例如，叶舒宪通过四重证据法，认为现代人可读的传世文献《山海经·海外西经》中记载的"大乐之野，夏后启于此儛九代，乘两龙，云盖三层。左手操翳，右手操环，佩

---

① 叶舒宪.中国神话哲学［M］.北京：中国社会科学出版社，1992：5.
② 叶舒宪.中国神话哲学［M］.北京：中国社会科学出版社，1992：6-7.

玉璜"，其中的"两龙""云盖三层""佩玉璜"来源于深远的文化大传统，是神话元语言的三级编码；甲骨文"虹"字，写作双头龙下凡喝水形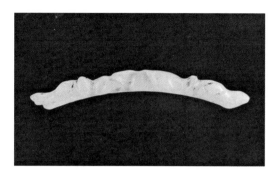，是神话元语言的二级编码；其源头就要追溯到距今7 200年—4 500年的长三角史前玉璜，比如辽宁省

图1 双龙首玉璜，红山文化，距今5 000年，辽宁省博物馆藏

博物馆藏的红山文化出土的双龙首玉璜（见图1），都是模拟彩虹桥的形象，是神话元语言的一级编码。

元宇宙意味着数据智能化和数字现实化，元宇宙的形成依赖于元数据，元数据（metadata）是用来描述数据的数据（data about data），主要是描述数据属性（property）的信息，用来支持如指示存储位置和历史数据、查找资源、记录文件等功能。元数据是一种电子式目录，为了达到编制目录的目的，必须在描述并收藏数据的内容或特色达成协助数据检索的目的。元数据产生于对事物进行描述的需求，最早可以追溯到五六千年前两河流域出土的用来记载交易的泥板，这是无文字时代的出土物料，这些符号尚未演化为表意符号，是早期楔形文字的雏形，作为元数据的一级编码；到公元前280年左右亚历山大图书馆用来对卷轴进行描述的标签和分类系统"pinakes"，希腊语原意为清单、表格。这类早期的、数字时代之前的元数据应用都是基于手工在物理载体上的描述，只能以人工的方式进行管理、组织和利用，是元数据的二级编码。DCMI（Dublin Core Metadata Initiative，都柏林核心元数据组织）伴随着数据库技术的发展和普及而出现，是元数据的三级编码。人们参照了图书馆卡片目录的模式，用数据表中的行记载所描述对象的各种属性特征，相当于把泥板内容或卡片元数据搬到了电脑里，从而"机器可读"；并通过赋予对象描述一定的结构，实现"机器可计算"，使人们能够利用计算机的能力，提高查询和管理元数据的效率。

"元"在中国古代，往往作为"玄"的避讳用字，老子在《道德经》里说

"玄之又玄，众妙之门"，玄是一切的开端，是一切妙的法门，是宇宙的本源，是混沌未开天地乱、从无到有的过程。老子说"道生一，一生二，二生三，三生万物"，这个从零到一的过程就是最早的元宇宙，是人们寻求的最本源之处。计算机语言也是0/1的二进制来作为逻辑运算的方式。无论是元语言还是元数据，都是人们用来交流的媒介。这是人文学科和人工智能的一次重大对话，其本质都源于史前神话大传统的"Meta"，从而形成了不同表现形式的元宇宙。

三、孳乳：人文元宇宙的建构设想

（一）今之俑人：利用人工智能技术孵化虚拟人

《礼记·檀弓》中孔子说的"谓为俑者不仁"①的"俑"也是一种偶人，郑玄注："俑，偶人也，有面目机发，有似于生人。"皇侃疏："机械发动踊跃，故谓之俑也。"孔颖达正义："刻木为人，而自发动，与生人无异，但无性灵知识。"又《孟子·梁惠王》："仲尼曰：始作俑者，其无后乎？为其像人而用之也。"焦循《孟子正义》：《广雅》引《埤苍》云："俑，木人，送葬设关而能跳踊，故名之。""为其像人者，谓为其像人之转动跳踊也。"俑作为早期人造人，本来承担殉葬工作，通过类人的形象来代替人类进行某种仪式，因为本质不是人，所以可以抹去因为殉葬杀人而带来的"不仁"。以此为思路，可以在元宇宙中安置足够数量的虚拟人为元宇宙服务，作为承担与人们虚拟身份交互功能的单位。虚拟人是元宇宙的核心组成部分，可以和用户进行各种交互。AI技术的提升就可以创造更加智能、自然、逼真的虚拟人，让用户感到更沉浸式的体验。"量子位白皮书"发布《虚拟数字人深度产业报告（2021）》，认为虚拟数字人是"存在于非物理世界中，由计算机图形学、图形渲染、动作捕捉、深度学习、语音合成等计算机手段创造及使用，并具有多重人类特征（外貌特征、人类表演能力、人类交互能力等）的综合产物"。虚拟人可以用于存放个性化的数据，成为元宇宙里的

---

① 周礼注疏：司裘［M］.北京，中华书局，2009：1472.

NPC（non-player character，非玩家角色），提供给用户各种服务。ChatGPT技术已经能带来对话很自然的虚拟人，基于Transformer（转换器）模型，通过不断迭代和优化，能够生成很强的自然语言能力。伊恩·古德费勒2014年提出了GAN（Generative Adversarial Network，深层对抗网络），GAN主要由两个神经网络组成，生成器网络能够生成和用户的对话内容，而判别器网络则负责判断生成对话内容是否真实，这样就能相互不断对抗，提升自己的生存能力，使得最终输出的对话更加自然和真实。元宇宙里也可以让多个虚拟人互相构成对抗网络，进行无监督学习，不断优化数据，标注数据来源，从而提升数据的可靠性，解决前文提到的数据来源的问题。

在中国古籍方面，北京爱如生数字化技术研究中心（http://www.er07.com/）和中国哲学书电子化计划（https://ctext.org/）都在为古籍数字化努力，提供了大量珍贵的影印文献，并且提供检索、翻译等功能，让更多人可以一睹古籍内容。针对古籍文本的低资源特性，人工智能工程师提出了一种基于片段抽取原型网络的提示学习方法，完成为古籍文本的断句加标点任务[①]。工程师团队在《史记》数据集上进行实验，成功提升了古籍文献句读的准确度，优化了模型在小样本学习环境中的工作效率。基于提示学习和全局指针网络的中文古籍实体关系联合抽取方法能更好地对中文古籍实体关系进行联合抽取，为低资源的小样本深度学习场景提供新的研究思路与方法。[②]利用提示工程孵化具有人文特质的虚拟人也可以更好地为元宇宙服务。

虚拟人本质非人，正如孔子所言"像人而用之"，而不能作为独立人格主体，背后的开发者和运营者需要共同为其开发的虚拟人承担法律和社会责任，就像普通商品的质保和售后一样。而古人所料想不到的"性灵知识"现在由科技赋予了这些虚拟人。

---

① 高颖杰，林民，斯日古楞，等.基于片段抽取原型网络的古籍文本断句标点提示学习方法［J］.计算机应用，2024（5）：1-10.
② 李斌，林民，斯日古楞，等.基于提示学习和全局指针网络的中文古籍实体关系联合抽取方法［J/OL］.计算机应用，1-9［2024-05-04］.

（二）沟通彼世：利用多模态交互技术产生真实感

列维-布留尔在《原始思维》中提出"手的思维"，即原始人利用手的符号来表达一种原初特有的神话思维。他认为："要理解'原始人'的思维，我们就应当尽可能地在自己身上恢复那些与原始人的状态相似的状态……在那时，手与脑是这样密切联系着，以致手实际上构成了脑的一部分。文明的进步是由脑对于手以及反过来手对于脑的相互影响而引起的。因此，要再现原始人的思维，就必须重新发现他们的手的动作，因为在这些动作中密切地结合着他们的语言和思维。那个大胆的而且意义极为重大的说法'手语概念'就是由此而来。说话离不开自己的手的帮助的原始人，也离不开手来思维。"[1]手势动作象征着人类与神灵的接触，具有某种信仰的神圣力量。伊利亚德认为，远古先民相信死者会在另一个世界里继续个人的活动。因此，很多墓穴特殊的埋葬形式都表明了有某种死后继续的特殊信仰。活人则通过礼器乐器发出声音，以此"招魂"，达到与亡灵世界的沟通目的。可以看出，远古先民往往通过动作信号、声音信号和独特的物质媒介与另一个世界沟通。以此为思路，除了计算机，能传递动作信号和声音信号的电子设备也能够为现实中的人更好地进入元宇宙虚拟空间创造可交互的真实体验感。元宇宙是虚拟现实，虚拟世界让人沉醉的原因就是足够真实沉浸又能够超越现实的局限性，动作信号和声音信号则是重要的"元语言"。现在技术已经可以利用计算机视觉技术和手势识别技术，通过手势来控制虚拟环境中的物品和角色，或者利用脑机接口技术和神经网络技术感受实现更自然的交互体验，让用户在元宇宙的体验更加真实和个性化。

阿波斯托拉基斯（Apostolakis）等人的《X-Reality 博物馆：将虚拟世界与现实世界统一起来，打造真实的虚拟博物馆》，提出了虚拟现实博物馆 XR 的概念，XR（X-reality，Extended Reality，扩展现实）指涵盖 VR（Virtual Reality，虚拟现实）、AR（Augmented Reality，增强现实）、MR（Mixed Reality，混合现实）的

---

[1] 列维-布留尔.原始思维［M］.丁由,译.北京：商务印书馆，1987：153-155.

技术集合。微软公司认为VR是"通过使用头戴显示设备让用户完全沉浸到虚拟世界的任何技术或体验，有效地切断用户与现实世界的景象和声音的连接"①，这些外戴设备有效地削弱了现实的影响，从而让用户更好地沉浸在元宇宙之中。AR是"通过在真实世界的用户视图上叠加计算机生成的图像来创建复合观看体验的任何技术"②，这种技术使得真实介入虚拟，已经结合各种语音识别和手势识别工具用于很多科技馆、博物馆的展示功能。MR是"一连串的沉浸式体验，它将物理世界和数字世界连接起来，融合到增强现实和虚拟现实应用程序中"③，通过多模态交互技术，利用文字、语音、视觉、动作、环境等多种方式进行人机交互，充分模拟人与人的交互方式。XR的概念提出对元宇宙的构建具有指导意义。

现代人工智能也可以通过技术模拟类似人类的情感，如若虚拟人植入这类情绪模型以及记忆功能，则会更加增强元宇宙的真实感，让虚拟人仿佛是现实里的人。情感看起来是被视为与冰冷的机器格格不入的，在众多有关人工智能的影视作品、文学作品中，也会将情感视为即使机器拥有高级智商和技术也无法超越人类的中心要素。然而，20世纪60—70年代赫伯特·亚历山大·西蒙的一些发现认为认知控制包含情感。肯尼斯·科尔比通过对神经症和偏执狂的研究构建了情绪的模型。现在，越来越多的人工智能科学家想让机器模拟人的情感，以打造合适的计算机伴侣。

（三）人文之元：构建新型宇宙观和社区规则

刘勰《文心雕龙》中写道："文之为德也大矣，与天地并生者。何哉？夫玄黄色杂，方圆体分，日月叠璧，以垂丽天之象；山川焕绮，以铺理地之形：此盖道之文也。仰观吐曜，俯察含章，高卑定位，故两仪既生矣。唯人参之，性灵所钟，是谓三才。为五行之秀，实天地之心，心生而言立，言立而文明，自然之道

---

① https://docs.microsoft.com/zh-cn/learn/modules/intro-to-mixed-reality/3-make-sense.

② https://docs.microsoft.com/zh-cn/learn/modules/intro-to-mixed-reality/3-make-sense.

③ https://docs.microsoft.com/zh-cn/learn/modules/intro-to-mixed-reality/3-make-sense.

也。"①所谓"人文之元，肇自太极"，元宇宙的概念在古人眼里是天地人三才并生下的自然之道，人是宇宙间一切事物中最特出的，是天地的核心，因为有了人，才有了思想和语言。当世界由太极而至八卦形成秩序，已然是完美的成品形态，而并非现实世界。刘勰追求的是"天地之心""自然之道"，是超越现实的"元宇宙"。②而这种超越现实的"元宇宙"一定是存在自己的秩序的。

元宇宙网络社区将成为一个多元包容的活动场域，也将是拥有思想、文化、价值观的聚合场域。元宇宙提供一种多角度、全方位的宇宙观，一种打破信息茧房的思维方式。早在 19 世纪，法国思想家托克维尔就已经提出"信息茧房"的概念。他认为民主社会天然地利于个人主义的形成，并将随着身份平等的扩大而扩散。人们在互联网的兴趣推荐中，只会关注自己感兴趣的东西，从长远来看会缩小人们的视野，对于社会公众来说，有时会给商业和社会带来不幸的结果。③元宇宙意味着兼容并包，意味着人人都是主人公，用户互动中不起眼的 NPC 也可以被人了解他的记忆和经历，利用其擅长的功能，肯定其优点。个人主义的破除需要打破信息茧房，让所有电子信息的推送不再依赖大数据的计算，而是个人在元宇宙里的体验和探索。就像前面提及的去偏见化，一方面，要引入多样化的数据来提高模型的公正性——元宇宙的多样性可以弥补这一点；另一方面，需要相关法律法规进行规范，来确保模型符合法律法规和社会伦理道德，工具无法限制，但是元宇宙作为新型社区就可以配备社区规则进行限制。

目前，中国神话数据库（http://myth.scidb.cn）已经用网页的形式将人们熟知的神话人物和神话故事电子化，并且依据民族、省市等标签进行了分类，在网上可以随时查阅。柏俊才教授主持的国家级一流本科课程"丝绸之路起点的历史重现——唐诗话长安城虚拟仿真实验"，使用数字化手段模拟唐代长安城实况。由胡锤等人开拓的故宫博物院"数字故宫"也将博物馆馆藏数字化，并提供数字藏品等。这些都是很好的范例，但这离元宇宙还有一定的距离。笔者认为，完成

---

① 刘勰，郭晋稀.文心雕龙［M］.长沙：岳麓书社，2004：2.
② 田兆元."元宇宙"神话叙事与谱系构建［J］.长江大学学报（社会科学版），2022，45（1）：4-9.
③ N NEGROPONTE. Being digital［M］. New York：Knopf，1995.

版的人文元宇宙当以MMORPG（Massive Multiplayer Online Role-Playing Game，大型多人在线角色扮演）游戏的形式呈现，无论是《逆水寒》呈现的大宋，还是《剑侠情缘三网络版》呈现的大唐，都是人文植入游戏的代表作品，甚至之前被烧毁的巴黎圣母院也得以在《刺客信条：大革命》中被复原，呈现在玩家面前，这些都是基于电脑端口或者手机端口服务器上的元宇宙，用户在元宇宙里使用的虚拟身份就跟游戏里扮演的角色一样，通过虚拟现实的接口实现用户登录。

结　　语

神话幻想是远古人类先民共有的思维模式，是人类繁衍和发展的精神动力，也是远古先民创造本土文化的力量来源。人类通过幻想将神话世界与现实世界连为一体，形成了独特的元宇宙。古人的神话幻想和原始思维具有指导意义，在现代人工智能技术主导的元宇宙的发展中，可以用来解决数据来源可疑、工程师偏见、创作主体模糊等问题。人文学科需要正视人工智能产业的发展，尽管学科壁垒使得编程看似复杂，但只有了解、认可、尝试、利用，才能更好地驾驭这种工具，为人文学科的发展助力。探索人文学科研究领域的新思路、新方法，也能以元宇宙为舞台，探究神话传统下的虚拟现实的原型意义，彰显神话传统的幻想资源价值。

参考文献：

［1］方世举，郝润华，丁俊丽.韩昌黎诗集编年笺注［M］.北京：中华书局，2012.
［2］高颖杰，林民，斯日古楞，等.基于片段抽取原型网络的古籍文本断句标点提示学习方法［J］.计算机应用，2024（5）.
［3］黄叔琳，李详，杨明照.增订文心雕龙校注［M］.北京：中华书局，2012.
［4］皎然，李壮鹰.诗式校注：诗式序［M］.济南：齐鲁书社，1986.
［5］李斌，林民，斯日古楞，等.基于提示学习和全局指针网络的中文古籍实体关系联合抽取方法［J/OL］.计算机应用，1-9［2024-05-04］.
［6］李冰雁，赖灵钰.基于元宇宙的高校艺术类通识课在线教学探究［J］.教育文化论坛，2024，16（1）.
［7］列维-布留尔.原始思维［M］.丁由，译.北京：商务印书馆，1987.
［8］刘清华.高校元宇宙数字人文实验室建设研究［D］.郑州：郑州航空工业管理学院，2023.
［9］刘勰，郭晋稀.文心雕龙［M］.长沙：岳麓书社，2004.

［10］陆机，刘运好.陆士衡文集校注：文赋（并序）［M］.南京：凤凰出版社，2007.

［11］马费成.图书情报学与元宇宙：共识 共创 共进［J］.中国图书馆学报，2022，48（6）.

［12］彭定求，等.全唐诗［M］.北京：中华书局，1960.

［13］十三经注疏［M］.北京：中华书局，2009.

［14］田兆元."元宇宙"神话叙事与谱系构建［J］.长江大学学报（社会科学版），2022，45（1）.

［15］王充，徐晓风.社会主义核心价值观传播效能研究：基于元宇宙社交网络社区［J］.社会科学家，2023（12）.

［16］杨伯峻.列子集释［M］.北京：中华书局，1979.

［17］叶舒宪.元宇宙的中国传统思想资源［J］.长江大学学报（社会科学版），2022，45（1）.

［18］叶舒宪.中国神话哲学［M］.北京：中国社会科学出版社，1992.

【本篇编辑：柴克东】

民刊《今天》新诗的传播与阅读

张志国

摘　要： 20世纪70年代末中国文学场域内部出现裂隙是《今天》新诗得以传播的空间前提。《今天》新诗的成功传播，除诗艺的历史积淀造就的审美特质，更得益于其文学场的定位策略、媒介形态的品质升级、多场域的多元传播与持续在场、读者反馈系统的搭建与大学场的深入拓展。从传播效果看，《今天》在大学场域内确立了文学史地位，大学生读者对《今天》新诗的"误读"是对《今天》新诗形象的再塑。

关键词： 民刊《今天》　定位策略　媒介形态　持续在场　读者类型　大学场

作者简介： 张志国（1979—），男，文学博士，广州理工学院人文与教育学院特聘副教授。主要从事中国新诗、城市美学及数字人文研究。

The Dissemination and Reception of New Poetry in the Independent Journal *Today*

Zhang Zhiguo

Abstract: The emergence of fissures within China's literary field at the end of the 1970s constituted the spatial premise for the dissemination of the independent journal *Today* Beyond the aesthetic characteristics formed by the historical accumulation of poetic techniques, the successful dissemination of *Today* is also owed to its strategic positioning in the literary field, the quality of its media format, diversified dissemination across multiple domains with sustained presence, the construction of a reader feedback system, and deeper expansion into the university field. In terms of dissemination effects, *Today* established its literary-historical status within the university context, where the "misreading" of college student readers contributed to the reshaping of the image of new poetry of *Today*.

Keywords: independent journal *today*   positioning strategy   media format   sustained presence   reader types   university field

《今天》新诗的传播与阅读，可溯及《今天》创刊前的地下传抄期，后为《今天》的民间公开传播期，下迄《今天》新诗的官方诗坛期（即"朦胧诗"传播期）。其间，青年诗人的创作诉求、发表动机、传播媒介、读者群体及阅读焦点、《今天》新诗的形象均发生了潜移默化的变迁。

在地下手抄传播期，《今天》诗人把诗歌视为自我心灵的拯救与生存方式，"毫无功利性"①。这与从事地下写作的中老年诗人近似。不同在于，敏感的青年诗人与遭遇挫折、失落无望的年轻读者迅速结成亲情共同体。在这些共同体中，诗人与读者拥有相近的同龄人体验，彼此分享有限的艺术资源。他们以艺术加强心灵的沟通与理解，又以艺术区隔身份与趣味，增强美学上的差异、竞争与等级感。20世纪70年代初，随着现代主义艺术的渗入，诗人间的美学竞争加剧了，亲情共同体内部出现了古典趣味与现代趣味的明显分野。在这一时期中，读者依循各自的期待视野，自由选择不同趣味的诗歌。位于亲情共同体之外的青年读者，自觉抵制《今天》新诗的"小资产阶级情调"②。

"演员或潜在的演员早已有之，但是没有舞台，只有当演员和舞台一起出现，戏剧才能上演。"③ 1979年11月10日下午，在北京市西苑饭店的会议厅里，中国

---

① 马佳认为他们这一群体诗人的基本特征，第一个就是毫无功利性，"这和《今天》开始以后是完全不一样的"。马佳认同没有功利性才是真正诗人的观点。第二，当时写这种诗歌有"杀头之罪"，到1978年改革开放之后，朦胧诗出现的心理、社会承受、历史感都不一样，截然不同。见廖亦武、陈勇.马佳访谈录［M］//刘禾.持灯的使者.香港：牛津大学出版社，2001：384.
② 1971年至1972年，在福建上杭开往龙岩的早班车上，谢春池从上杭一中政治教师手中读到舒婷《寄杭城》"谁说公路枯寂没有风光，只要你还记得那沙沙的足响"，"这两句诗一下子记入我的脑子里。直觉告诉我这是一首好诗，但这种情调的作品不合时宜，绝对不能发表"。1980年舒婷组诗《心歌集》在《福建文艺》1月号发表，"那十分优美又十分熟悉的意境早就在我心里萦回。不过，即使这样，这时的我还不能赞同舒婷的'小资产阶级情调'等在我看来所谓并不很健康的东西"。到1980年10月，"对舒婷诗歌中的'孤寂''忧愁''迷惘''压抑'这一类情绪，我一直持批判态度。那时我也并非没有这一类情绪，但我认为一个'革命青年'不应该有这样的情绪"。见谢春池.我和舒婷［J］.厦门文学，2005（1）.
③ 刘易斯·科塞.理念人：一项社会学的考察［M］.郭方，等，译.北京：中央编译出版社，2001：3.

作家协会第三次会议代表大会全体一致通过了《中国作家协会章程》。该章程第六条明确写道:"中国作家协会广泛联系志在繁荣社会主义文艺的各种群众文学社团和刊物,在需要和可能的条件下予以协助。"①

随着文学场内部裂隙的出现,《今天》等地下文学刊物获得了公开传播的可能。公开舞台的出现并不只意味着自由,同时意味着规范和引导,《今天》新诗开始面对公共读者的检阅。民刊《今天》在公开文学场的定位、媒介形态与印刷数量、传播方式与多维空间的拓展、存续时长、阅读效果与影响深度等问题交织,共同搭建起《今天》诗歌的传播与阅读空间。

一、《今天》的入场定位与媒介形态

历史给出了契机,使《今天》获得走向公众的机遇,但并不意味着《今天》理所当然能够开辟出影响深远的诗歌空间,当时刊载诗歌作品的民间刊物不止《今天》一家。早在1978年10月11日《启蒙》出版第一期,组诗《火神交响诗》就贴在了北京王府井大街原《人民日报》社巷子两侧。从诗艺上看,《火神交响诗》的拟生命化与戏剧演出手法、受难与反抗情绪与《今天》新诗的艺术谱系不无交叠,其中民族国家宏大意象的选择与身体受难的联想方式也先于江河的"个体/民族"受难诗。试看《火神交响诗·长城的自白》:"在灰濛濛的低垂的云天下/我长久地站立着/我的血管僵化了/我的双腿麻木了/我将失去支撑和平衡/在衰老中倒下和死去。"再看江河的《纪念碑》:"纪念碑默默地站在那里,/象经历过许多次失败的英雄/在沉思","我想/我就是纪念碑/我的身体里垒满了石头"。正在筹办《今天》的北岛被《启蒙》震动了。1978年10月18日北岛写信给贵州启蒙社诗人哑默表达了兄弟般的敬意:"总之,你们的可贵之处,主要就是这种热情,这种献身精神,这种'全或无'的不妥协的态度,没有这些,五千年的睡狮怎么惊醒?!"11月17日北岛再次致信哑默,以"政治色彩过浓,篇幅也较

---

① 中国文学艺术界联合会.中国文学艺术工作者第四次代表大会文集[C].成都:四川人民出版社,1980:386.

长"①为由婉言拒绝发表启蒙社的新诗。在北岛看来，一方面，启蒙社已有声势浩大的自办刊物《启蒙》，另一方面，与政治运动保持合适距离的《今天》，并不赞同把诗视为直接参与社会政治变革的工具。

《今天》入场的诉求和方式与《启蒙》不同。一方面，《今天》杂志在编选与构型时所采取的立场与策略是以纯粹文学刊物的面貌出现，与政治运动保持适当距离，态度较温和。②另一方面，《今天》新诗在生发、生变、生成的过程中，业已确立了自身独立的审美规范与标准。③这些美学规范既有符合历史目的性的一面，亦有冲击既定审美意识形态的一面，因此在官方诗坛传播后能够引发全国范围的"朦胧诗"论争。此外，《今天》拥有两年持久在场的时间，这种在场得到一个群体的通力协作：上有艾青、牛汉、冯亦代、蔡其矫、黄永玉等文坛元老的关怀与引介，中有诗人公刘、邵燕祥及《诗刊》《安徽文学》等官方机构的引导与支持，更有广大青年读者，尤其是高校师生这一阅读群体的传播以及《今天》周围年轻"志愿者"的无私奉献。

然而一切外在力量终归要依托《今天》编辑部自身的努力。刊物印刷的质量与数量、组织结构与发行系统的相对健全、宣传手段的多样、沟通读者的机制都为《今天》传播空间的拓展奠定了基础。从第二期起，《今天》编辑部由两个系统构成：一个系统为杂志的编委与撰稿人，负责刊物的内部构造与发展方向，另一系统由《今天》外围成员构成，负责印刷出版、发行宣传与收复信件。再来直观《今天》杂志的媒介形态，《今天》第一、二期（见图1、图2）为手刻蜡版油印，内部有艺术插图甚至摄影照片。从第二期起，《今天》在民刊中率先采用铅印天蓝色封面④，提升了刊物的视觉冲击力与竞争力。天蓝色铅印封面与手刻油印相结合的印刷形态，介于官方杂志与手抄本之间，引起了观者的兴趣。一位读者

---

① 李润霞.从潜流到激流：当代中国新诗潮研究（1966—1986）[J].当代作家评论，2001（5）.
② 张志国.《今天》的创办与诗歌构型[J].诗探索，2010（7）.
③ 张志国.中国新诗传统与朦胧诗的起源[J].中国现代文学研究丛刊，2007（5）.
④ 据徐晓回忆，当时的民办刊物没有一本铅印封面，《今天》第二期首先采用铅印天蓝色封面，出了风头。印好的封面由芒克和刘念春用肩膀扛回来。见徐晓.《今天》与我[M]//刘禾.持灯的使者.香港：牛津大学出版社，2001：63.

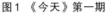

图1 《今天》第一期　　　　　　　图2 《今天》第二期

描述说："天兰色封皮中，男女青年昂首奋进，向着新世界，向着光明……目录上的诗歌、小说，手刻的自印的，我的注意力迅速乘方。"①从第三期开始，《今天》正式使用打字铅印方式，印刷质量和刊物数量均得到提升。在发行量上，自1978年12月到1980年7月，《今天》文学杂志共出九期，每期印1 000册。在出版五期后，第一期重印1 500册。《今天》丛书四种，即芒克诗集《心事》、北岛诗集《陌生的海滩》、江河诗集《从这里开始》、北岛中篇小说《波动》，分别在1980年1、4、6、9月出版，每种发行1 000册。1980年10—12月，又以今天文学研究名义编发《今天》文学资料三期，每期印600册。

二、《今天》的多场域传播与多维空间的开辟

20世纪70年代末官方权威刊物《诗刊》在边角处发表北岛和舒婷的诗。官方权威刊物对于《今天》新诗的传播效果毫无疑问是重要的，但这种显而易见使学界往往忽视《今天》在民间及大学场内的深度传播、持续影响与发酵。

《今天》经历了从二维静态文字到三维空间表演，从墙头张贴到零售订阅、

---

① 1979年3月9日，天津魏戚冲来信。见赵一凡.来信摘编：第3册［M］.手稿.1979.

领导专送、高校代理、刊物建联转载、跨媒介诗画展、现场座谈会、朗诵会再到由官方权威诗歌刊物《诗刊》发表等多维传播方式，最后进入大学场持久发酵。

1978年12月23日确定路线后，《今天》创刊号首先以张贴方式在北京街头迅速传播。北岛、芒克、陆焕兴先后在西单、王府井、人民文学出版社、《诗刊》杂志社张贴，24日又前往北京大学、清华大学和中国人民大学张贴。传播地点的选择与传播方式的便捷为《今天》迅速招引来一批年轻读者与志愿者①。但是公开张贴的弊端也随之暴露，在传播过程中反对的声音被公开化。12月24日，当赵振先路过西单时，看到"有的人在刊物上写下了批语：'现在怨案这么多，你们不去管，写这些看不懂的东西干什么！'"②一些人对于《今天》在社会变革时期保持"不合时宜"的艺术追求并不满意。而在大学的张贴中，固然有来自北京大学的强烈反应，保留时间最长，但也会遭遇当时大学保卫处的阻挠。《今天》刚被贴上，一转身又被揭掉。面对这种处境，将《今天》装订成册后散发、零售与订阅的方式，效果更持久。

自第二期起，《今天》公布了编辑部通信地址"北京东四14条76号"及联系人刘念春，开始积极拓展刊物的传播渠道。除公开出售外，还在高校设置代理人，如陈凯歌负责《今天》在北京电影学院的张贴与出售③。同时许多民间刊物、高校学生刊物开始与《今天》建立联系，《今天》借助高校学生刊物的引介扩大影响。如徐晓所在的北京师范大学中文系刊物《初航》在1979年4月出版的第三期上，借用了《今天》"诗歌专刊"扉页上阿城的线条画，同期发表"祝青"针对《今天》第二期北岛小说《归来的陌生人》的评论文章《谈〈归来的陌生人〉及其他》，褒奖多于批评，但也表明了大学生不同于《今天》的立场。在校外，以团结社会业余文艺爱好者的《秋实》刊物第三期，发表了"常表"1979年4月

① 徐晓在1978年底一个周末晚上，看到北岛们正在人民文学出版社门口张贴油印《今天》宣传品，为这种自办刊物的形式兴奋和激动，从《今天》第二期始，参加《今天》的印刷、传播工作，见徐晓：《〈今天〉与我》。周郿英在看到《今天》第一期后，打电话推荐给李南，随后周郿英、李南、王捷来到西单，在《今天》宣传品最后一张留言页上写下自己的名字，成为《今天》的志愿者，见廖亦武、陈勇.李南访谈录［M］//刘禾.持灯的使者.香港：牛津大学出版社，2001：58，371.
② 郑先.未完成的篇章［M］//刘禾.持灯的使者.香港：牛津大学出版社，2001：101.
③ 田志凌.北岛专访：青春和高压给予他们可贵的能量［N］.南方都市报，2008-06-01.

24日撰写的评论文章《在劫难逃——评民间刊物〈今天〉第二期的优秀短篇小说〈瓷像〉》。虽然1979年3、4月号的《诗刊》已经在角落位置转载了北岛、舒婷等的诗歌，《今天》第三期"诗歌专刊"也已在4月1日出版，但是早期读者的阅读焦点始终在《今天》小说这一文体上，而对《今天》新诗还相当陌生，极少有读者在来信中给出积极评价。有感于此，4月8日，《今天》编辑部专门举办公开的诗歌朗诵会，为《今天》的新诗造势。

直接组织和参与公开的社会文艺宣传活动成为《今天》开辟公共空间的另一有效策略。1979年4月1日下午1点30分和9月9日下午2点30分，在北京师范大学二楼204室和紫竹院公园草坪上，《今天》编辑部举办两次读者、作者、编者座谈会。4月8日上午10点和10月21日下午2点30分又在玉渊潭八一湖畔松林小广场举行两次诗歌朗诵会，印发朗诵会诗选[1]，听众人数第一次有四五百人，第二次有近千人[2]。9月，《今天》又协助举办第一次"星星美展"，10月1日因"星星美展"被取缔一事举行集会和参与游行。1980年8、9月，再次协助举办第二次"星星美展"（见图3），以诗配画的形式传播《今天》新诗。

图3　星星美展

---

① 鄂复明.今天编辑部活动大事记［M］//刘禾.持灯的使者.香港：牛津大学出版社，2001：435.
② 田志凌.北岛专访：青春和高压给予他们可贵的能量［N］.南方都市报，2008-06-01.

在此期间，《今天》杂志被全国各地来京读者散播，发行范围随之扩大。《今天》编辑部因此开办了全国各地的长期订阅邮寄业务，最多时订户有六七百人[①]，每本售价三角至七角不等[②]。在随后的两个月中，编辑部收到了来自北京、天津、河北、吉林、陕西、甘肃、新疆、山东、江苏、安徽、福建、河南、湖北、广东、四川、贵州、云南等17个省、自治区、直辖市的读者来信近200封。据1979年5月选编的读者《来信摘编》统计，在78位读者的72封来信中，北京读者48人，天津市13人，新疆4人，南京市4人，河南省2人，石家庄2人，吉林省、陕西省、福建省、武汉市、重庆市各1人[③]。

不容忽视的是，《今天》装订成册后，曾针对性地赠送给国家党、政、文化部门领导人[④]，如陈荒煤、邵燕祥，希望获得他们的认可，走一个合法化出版过程[⑤]。在这一过程中，艾青、蔡其矫、冯亦代等前辈曾给予推介。邵燕祥在看到北岛的《回答》、舒婷的《致橡树》、方含的《孤独》后，征得领导严辰的支持后，在1979年《诗刊》3、4月号发表。同时，留学生与大使馆人员也开始与《今天》成员交往，为日后《今天》诗歌迈入国际市场打开了通道。

三、公共读者的质疑与分化

1978年底进入民间公开传播后，《今天》新诗作为《今天》杂志的组成部

---

① 根据鄂复明的《〈TODAY〉订阅收发记录》，其中订阅过《今天》杂志，在思想、文学界有一定影响的读者有胡平（北京大学哲学系研究生班）、王家新（武汉大学中文1977级）、徐敬亚（吉林大学中文系1977级）、杨东平（北京工业学院）、叶兆言等。

② 根据鄂复明的《〈TODAY〉订阅收发记录》标注，一至九期的价格分别为：五角、六角、三角、七角、五角、五角、六角、四角、五角。

③ 赵一凡以《今天》编辑部之名编写的《来信摘编》见于1979年5月22日第一册。《今天》创刊最初的几个月，赵一凡将部分来信选编三册并作了校对，亲自复写（第三册由编辑部成员李鸿桂女士复写）四份，装订成册后给几十名《今天》作者和工作人员传阅。

④ 廖亦武.沉沦的圣殿：中国20世纪70年代地下诗歌遗照［M］.乌鲁木齐：新疆青少年出版社，1999：386.

⑤ 北岛曾提道："每次开朗诵会前我们都向有关部门申报——和出版《今天》一样，我们从一开始就争取合法出版，但无人理会。"见田志凌.北岛专访：青春和高压给予他们可贵的能量［N］.南方都市报，2008-06-01.

分，在与其他文类的相互阐发中一并传播。民刊《今天》之所以被接受，是因为青年读者对现状与未来的追问，"在官方报纸和刊物上是很难找出我们需要的答案的"①。读者对官方公开发表的"帮文艺"作品早已腻透，而《今天》冲破了今日文坛的沉闷和文艺禁锢，"打破了某些文艺杂志千篇一律的腔调，给人以一种清新的感觉"②。其中，大学生倾向从人道、精神方面定位《今天》，青年工人更倾向从"实现四个现代化、繁荣社会主义文艺创作"方向上接受《今天》。

《今天》编辑对《今天》新诗被读者顺利接受并无信心，因此在创刊号上最先编排了三篇社会问题小说，随后才是温情与冷峻的诗歌（见图4）。小说成为读者优先关注的对象，这与新的读者群即第二批读者的阅读能力与阅读动机密切关联。这些新读者多为大中学生和青年工人。在赵一凡1979年5月编选的读者来信中，已明确身份者58人。其中，大中学生34人（大学生24人，中学生及毕业生10人），占58%；青年工人19人，占32%；中学教师2人、医生、战士、售货员各1人，占10%，他们具备阅读现实主义小说的基本能力。从阅读动机上看，这时的大学生读者普遍陷入了信仰空虚与追求光明的冲动中。他们厌倦了无止的控诉，更希望从《今天》的社会问题小说中寻找到光明出路，因此不满《今天》创刊号发表的小说："悲剧的效果不是让人们因为感到压抑而自杀，而应该让人们因为压抑而奋起。"③而"对政治和社会几乎可以说一无所知"④的应届高中生，渴望得到热情的鼓舞，他们认为《今天》的内

图4 《今天》创刊号目录

① 1979年4月12日，黄翠凌来信［M］//赵一凡.来信摘编：第1册.手稿.1979.
② 1979年3月10日，宋钢来信［M］//赵一凡.来信摘编：第3册.手稿.1979.
③ 1979年2月28日，郭玲来信［M］//赵一凡.来信摘编：第1册.手稿.1979.
④ 1979年3月13日，雪野来信［M］//赵一凡.来信摘编：第1册.手稿.1979.

容"是否有些太沉闷，能否使观众在沉闷中得到几分鼓舞的力量"①。

与小说受到更多的关注相比，读者对《今天》新诗起初并不投入。从阅读动机与阅读能力上看，最初一批社会功用型读者对《今天》新诗的"无用"与"看不懂"表示不满；另一部分生活型读者认可温情的《你好，百花山》"生活味极浓"，但难以接受"宿命论思想较强"的诗；随后一批审美型读者从不同审美层面给予接受与批评：来自大西北、审美饥渴、偏重感觉的读者看到开篇诗作《风景画》后，"我焦渴的心灵第一次得到温润，她像草原上一滴晶莹的露珠，折射出太阳五颜十色的光彩"②。延续主流诗歌观念的爱好者则从技艺层面出发，批评《风景画》"有些地方太隐蔽了，有时叫人摸不着头脑。好诗不见得'欧化'了好。我们祖国文学遗产就非常丰富，也可以探讨一下中国——我们伟大民族的文化宝库吗"③。一位青年工人从艺术风格上肯定舒婷与北岛："舒婷的《致橡树》格调很高；而北岛的几乎所有的小诗④，我觉得无论从哪方面衡量都具有第一流的水准。这些作品堪称隽永，我不怀疑它们能经受时间的磨砺。"⑤从第三期"诗歌专刊"开始，《今天》新诗开始遭遇读者更多的疑问，其中不乏诗歌爱好者。田晓青以理解的态度表示困惑："你们的诗歌，凡是我能读懂的，我都非常喜欢，甚至无法分清更喜欢哪一首。但有些比较难懂的诗句却使我困惑，我知道，诗是一个未明未暗的梦境，如果加以注释，无异于破坏这个梦境，但我仍希望在某些方面得到你们的启发。"⑥

青年读者普遍对《今天》的"小诗"表现出浓厚兴趣。他们能够顺利接受芒克的抒情小诗《十月的献诗》，"她显示了一个崇高的灵魂"⑦。1980 年 1 月《今天》丛书最先出版了芒克的诗集《心事》（见图 5）1 000 册，7 月前最先售完。但对

---

① 1979 年 3 月 9 日，郭平平来信［M］//赵一凡.来信摘编：第 1 册.手稿.1979.

② 1979 年 2 月 27 日，王剑西来信［M］//赵一凡.来信摘编：第 3 册.手稿.1979.

③ 1979 年 3 月 10 日，宋钢来信［M］//赵一凡.来信摘编：第 3 册.手稿.1979.

④ 这里所指的小诗，并非"小诗体"诗歌。在第一、二期上"北岛"并未发表小诗体，他化用"艾珊"发表了小诗组《冷酷的希望》，读者并不知道。

⑤ 1979 年 3 月 14 日，蔡亚力来信［M］//赵一凡.来信摘编：第 2 册.手稿.1979.

⑥ 1979 年 5 月 10 日，田晓青来信［M］//赵一凡.来信摘编：第 2 册.手稿.1979.

⑦ 1979 年 3 月 8 日，叶小钢来信［M］//赵一凡.来信摘编：第 2 册.手稿.1979.

北岛的思辨小诗颇多疑问。一位北京大学的学生对《太阳城札记·艺术》的内容提出疑问："为什么'亿万个辉煌的太阳，显现在破碎的镜子上'？这镜子是怎样破碎的？难道它有破碎的必然性和不可避免性吗？怎样才能使破碎的镜子恢复原状，再显现出太阳的完整形象呢？"尽管这位读者忽略了对诗题与诗行关系的追问，而聚焦在"破镜重圆"的希望上，但是读者能够对如此简短的两句小诗提出这么多疑问，足以说明这种小诗的与众不同。更为关键的是，这位读者似乎察觉这类小诗的游戏化

图5 《心事》

倾向："假如你们不是为了艺术而艺术，而是为了一种正义的事业，那么我衷心祝你们发展下去，用各种一般人们容易接受、但又是合法的形式，去唤醒那些还在沉睡的人们吧，去打击那些随波逐浪的社会渣滓吧！"[1]

四、大学场内定位文学史秩序

通过出售刊物，一方面，《今天》获得了维持自身发展、持续在场的独立的经济基础，另一方面，由于官方最高诗歌刊物《诗刊》对于北岛、舒婷等人的诗歌的转载以及《今天》诗歌朗诵会的造势，《今天》新诗在全国尤其是各地高校中的影响不断扩大与深入。一些外地高校学生刊物开始与《今天》联络，《今天》也主动向各地大学生群体中渗透。其中首次出现了以"今天诗派"为名，大量转发《今天》诗歌的油印诗歌学刊《春声》。《春声》的目录编排隐含着编者构想的诗歌史秩序："今天诗派"以它独特的品质，成为中国当代诗坛上最醒目的明星，而其他三个栏目"知道点过去""在最近的报刊上""国外诗作"则为它提供了参照背景。

---

[1] 1979年4月17日，张正义来信［M］//赵一凡.来信摘编：第1册.手稿.1979.

由于时空阻隔，《今天》在被"充分想象"中迅速传播。以吉林大学徐敬亚的传播为例："1979年秋，我突然收到从北京寄来的《今天》。是创刊号。'诗还可以这样写？！'我当时完全被惊呆了。""最初，它很秘密地在我们《赤子心》诗社内部传阅。后来，那本珍贵的油印刊物，传到了宿舍。它立刻被一个人传向另一个人，急于阅读的大学生们把它围在桌子中心。最后，我们吉林大学中文系204寝室的12名同学一致决定，由一个人朗诵大家听……就这样，《今天》从我们的寝室传遍了七七级，传遍了中文系。再后来，传到了东北师大。在此同时，它也传遍了中国各高等院校，当时我与……武汉大学的高伐林、杭州大学的张德强……频繁通信谈论《今天》。我还把它拿给公木先生，年近70的公木校长读了之后也受到很大震动，后来多次为朦胧诗说话……随着第3期、第8期'诗歌专刊'的连续推出，《今天》带着一种新鲜的美，带着一种时代力度，在全国诗爱者的心中降下一场又一场诗的鹅毛大雪。正是在一种近于痴迷的阅读沉醉中，我陆续用笔写下了我最原始的一些读后断想，并命名为《奇异的光——今天诗歌读痕》。那是我有生以来第一次写诗歌评论……意外的是……我把文章寄给了'刘念春'后，竟收到了北岛的回信。后来，它被发表在《今天》最后一期第9期上。这使我意外坐上了最后一班列车，有幸成为《今天》的所谓理论撰稿人。"[1]同时，在中国的南方高校[2]，《今天》与西方现代派诗歌[3]一起传播。柏桦在1980年的广州外语学院首先看到一本介绍波德莱尔诗作的杂志《外国文学研究》[4]，遭遇了波德莱尔《露台》"母亲般"的震荡，随后在与重庆友人彭逸林的来信中，得知四川开始写"现代派"诗歌并组建了诗社[5]，而北京出现了一批《今天》诗人："我从逸

---

[1] 徐敬亚.中国第一根火柴：纪念民间刊物《今天》杂志创刊30年［J］.今天，2009（1）.
[2] 根据鄂复明的《〈TODAY〉订阅收发记录》，有吕国梁、何月来、梁锦雄、张健波、尹瑞麟五位地处香港的读者订阅《今天》杂志。
[3] 1980—1985年，袁可嘉主编的《外国现代派作品选》已经出版。刚复刊不久的《世界文学》杂志刊登了卞之琳翻译的瓦雷里的几首诗歌。
[4] 1978年徐迟主编的《外国文学研究》由华中师范大学在武汉出版。
[5] 温江歌舞团的骆耕野因为发表《不满》一诗出名，又因年长，被推荐为社长。四川大学学生游小苏因诗集《黑雪》震动川大，成为诗社公认的"首席小提琴手"。此外成员还有四川大学的郭健、四川省军区政治部宣传处的欧阳江河、女诗人翟永明。见柏桦.左边：毛泽东时代的抒情诗人［M］.香港：牛津大学出版社，2001：34.

林激动的笔迹中新奇地打量这几个名字，恍若真地看到了'太空来客'"。《诗刊》上北岛的"《回答》又带给我'父亲般'的第二次震荡"①。广州杨小颜漂亮的笔记本上抄了许多北岛的诗。而中山大学中文系1978级学生吴少秋曾经将《今天》第一期上西班牙诗人卫尚·亚历山大的诗歌《写给一个死去的女孩的歌》读给柏桦听："脚在凉快的河岸洗涤，多么准确的一个词啊，凉快。"②可以看出，《今天》杂志对高校青年学生的情感世界与审美意识的影响是多方位且日渐深入的，这也为日后学院派坚挺朦胧诗埋下了深层情感动因。

大学生读者对于《今天》新诗的接受需进入大学场的具体语境给予考量。只有考察1977年至1981年大学生读者交织着的不同立场、主体心态、价值标准、知识结构与审美倾向，才能深入了解《今天》新诗的传播与阅读效果。

1977年10月12日大学招生统一考试制度恢复，不仅为学生提供了相对公平的受教育机会，而且意味着大学场逐渐成为相对自主的空间。在这一场域中，获取知识与探求真理成为普遍认同的价值标准。

1977级大学生"来自五行八作，且年龄相差极大，最大的已过30，最小的才17"③。在这个群体内部，大学生对于自我身份与职能定位的多样性有所呈现。其中政治场的阶级斗争思维被带入大学场的构建中：这里既有"高干子弟"（省部级或厅级干部子女）意欲争夺控制学生的"领导权"；又有"知识分子子弟"为追求公平待遇，愤怒抗争。

从这一代大学生的成长心态上考察，《今天》新诗之所以深深震动了1977、1978级大学生，主要是因为他们继承着"毛泽东时代所留给我们的遗产——关注精神而轻视物质的激情，犹存于每一个'七七级''七八级'大学生的心间。那《回答》的激情正好团结了每一个内心'我——不——相——信'的声音。那是一种多么巨大的毁灭或献身的激情啊"。而此时他们陷入了激情悬空地带：

---

① 柏桦.左边：毛泽东时代的抒情诗人［M］.香港：牛津大学出版社，2001：36.
② 《今天》译诗的原句是"凉快的海岸让人把脚放在浪花中冲洗"，吴少秋读到的应该是《今天》的译本。而他的陈述，只是描摹一种感觉状态，所以调整了语序。见柏桦.左边：毛泽东时代的抒情诗人［M］.香港：牛津大学出版社，2001：60.
③ 陈超."七七级"佚事，朋友［J］.美文，2002，5（上半月）.

"七〇年代末（毛泽东逝世不久），方向朦胧、激情悬空，一个新时代刚刚起步，它精神的稳定性还无法确定。过去的诗远远不能满足新个性的迫切需要，当然也不能稳定人心。人们又疲倦又茫然……就在我们心灵发生严重危机的时刻，《今天》诗人应运而生，即时发挥了作用，发出最早的稳定的光芒。这光芒帮助了陷入短暂激情真空的青年迅速形成一种新的激情压力方式和反应方式，它包括对'自我'的召唤、反抗与创造、超级浪漫理想及新英雄幻觉。"①

在激情悬空、精神稳定性尚未确立的情形下，1977、1978级大学生追求知识与真理的热情普遍高涨。这种追求的逻辑是舍旧立新："我们的眼光总是追随着思想更解放、观念更创新的导师，如个别老师在授课时偶尔流露一点僵化、左的东西，常会不幸地成为辩论对象，他（她）的听课率会明显地下降。"②其中，西方思潮与艺术逐渐成为"新"的代表之一。当时校园里流行的精神偶像主要有法国启蒙派代表人物卢梭和法国存在主义代表人物萨特。卢梭的"人生而平等""国家"应尊重"每个社会成员个人自由"的观念，启发大学生走向怀疑、反思与觉醒："我对人和国家有了完全不同于前的认识，也使我想到，我，以及我的同代人曾经多么愚蠢。生活在一个时代的'幻觉'中，居然对这种糟糕的生存状况毫无觉察，更不用说有丝毫的怀疑……"③萨特的"存在先于本质""自由选择""成为你自己"则激发起这代人"创造自我"的勇气："当时耳边忽然响起萨特的伟大教导'英雄是自己变成英雄，懦夫是自己变成懦夫'，人，什么都不是，无非是自己创造出来的东西。"④在文学领域，大学生对"欧洲小说和新被介绍过来的西方思潮"⑤表现出极大热情，西方现代派诗歌也开始在大学中迅速传播⑥。

大学生群体成长心态的激情模式、社会生活的干预意识、知识结构的更迭转

---

① 柏桦.左边：毛泽东时代的抒情诗人［M］.香港：牛津大学出版社，2001：37.
② 周晓扬.永远的七七级［M］//张宏生.南大，南大.南京：南京大学出版社，2002：343.
③ 程光炜.我们这代人的忧虑［M］//汪剑钊.中国当代先锋诗人随笔选.北京：中国社会科学出版社，1998：331-332.
④ 陈超."七七级"佚事，朋友［J］.美文，2002，5（上半月）.
⑤ 张菱.吉林大学中文系77级［M］//我的祖父：诗人公木的风雨年轮.北京：中国广播电视出版社，2004：333.
⑥ 袁可嘉主编的《外国现代派作品选》《世界文学》杂志刊登了卞之琳翻译的瓦雷里，徐迟主编的《外国文学研究》1980年在四川、广东等地的高校中传播。

换、学院风格的培养训练、审美趣味的追新求异，成为大学生自办刊物与诗歌创作的基础，也构成了大学生接受《今天》的潜在背景与解读立场，这使他们最终成为《今天》新诗最具激情的理论话语支持者与持久散播者。

大学生刊物与民间刊物《今天》虽然同样诞生于20世纪70年代末，然而在生存方式及趣味偏好上，大学生刊物与民间刊物并不相同。一方面是由于大学处于政治机构的组织监管下，另一方面则因为身份来之不易的1977、1978级大学生与民刊人士在社会站位及利益分配上存在差异，因此大学生刊物仍需遵循"合法"的运作方式，追随国家主流报刊的舆论导向，在官方允许的范围内针砭时弊、表达情思。1980年吉林大学诗刊《赤子心》与《今天》编辑部通信，表明了大学生刊物的尴尬位置："《赤子心》与你们不能比，我们要追求又要考虑生存，我们这种人与你们也不太相同。我们是介于你们与官方之中的刊物，艺术上较差，愿意跟在你们后面走下去。"①

1979年随着全国大专院校文学刊物数量的不断扩大，力量也在凝聚。1979年9月由十三校联合主办②的《这一代》创刊号由武汉大学《珞珈山》编辑部组编，高伐林任主编。《这一代》第一次以学院化风格，从宏观诗歌史角度，对《今天》诗歌进行了正面传播，为《今天》诗歌进入学术场奠定了基础③。主编高伐林在《西方象征派及其对我国诗坛的影响述评》一文中，摘引北岛、芒克、齐云、舒婷等诗人的诗句，将《今天》《启蒙》的诗歌抽离具体的历史背景，归入

---

① 1980年5月18日，徐敬亚致《今天》编辑部来信。手稿。

② 以笔画为序，中山大学中文系《红豆》、中国人民大学新闻系《大学生》、北京大学中文系《早晨》、北京广播学院新闻系《秋实》、北京师范大学中文系《初航》、西北大学中文系《希望》、吉林大学中文系《红叶》、武汉大学中文系《珞珈山》、杭州大学中文系《扬帆》、杭州师范学院中文系《我们》、南开大学中文系《南开园》、南京大学中文系《耕耘》、贵州大学中文系《春泥》。具体组织细节之一为：武汉大学《珞珈山》编辑部的张桦，父亲是北京大学的一名中层干部。张桦找到北京大学中文系刊物《早晨》的陈建功，"在张桦的策动下，我们又联了北师大、中山大学、吉林大学、西北大学等十来所高校"。见陈建功."这一代"文学与青春同在［M］//《新京报》.追寻80年代.北京：中信出版社，2006：36.

③ 随后徐敬亚1979年12月19日的评论文章《奇异的光——〈今天〉诗歌读痕》在吉林大学中文系学生会办刊物《红叶》第三期上发表，并在1980年7月《今天》第九期删节后转载。1979年12月末郑先的《试论〈今天〉的诗歌》，在《今天》杂志第六期发表。1980年12月初，肖驰的评论文章《"新诗"——一个转折吗？》在"今天文学研究会"《文学资料》之三发表。

法国诗人波德莱尔、魏尔伦、韩波、马拉美，中国古代诗人李商隐，现代诗人李金发、戴望舒，后期创造社诗人、何其芳、冯至、卞之琳、徐迟、闻一多的象征主义谱系进行传播。传播者对《今天》的小诗表示了青睐："写的大多是只有几行的小诗，语言接近现代口语，但也充满需要读者猜测的暗示。如北岛的一首《人民》……另一首《生活》甚至只有一个字：'网'。这些诗在学生中颇有市场，并日益引起社会注意。"①同时，积极提供解读《今天》新诗的理路：在主题上，"对个人主义的讴歌是象征派的一个重要主题，而这个主题是在人道主义的背景上展开的"。在艺术上，"象征派诗人都接受并遵循的一条原则。他们的诗一点不概念化，色彩斑斓得很，但形象组成一首诗，字面上却显得支离破碎、含混不清"，"象征派诗人确实重视传达情绪和下意识的感受更甚于从字面上表达意思"。该文的写作有明确的针对性："就在《诗刊》纪念'五四'六十周年座谈会上，发言同志还一致认为当前有两种风气不健康，其中之一是'有些青年人在那里搞象征主义的诗'。我觉得这未免太简单化了。对象征派的作用还是要一分为二。"高伐林最后为《今天》的"象征派"诗歌辩解："从艺术表现形式上看，象征派有贵族主义与唯美主义倾向……我国近年出现的这批青年诗人显然并不同意西方象征派的这些倾向，他们采取一些措施使自己的诗与人民接近。《今天》编辑部于今年四月举行了诗歌朗诵会就是证明。他们也努力写出实实在在的思想感情。"随后指出象征主义诗歌的不足："但我们不能不说这类诗的表现手法与我们民族的欣赏习惯、与群众的审美要求有一定距离。相当一部分群众会说：'看不懂。'这就削弱了诗的感染力，限制了诗的流传。"②

　　除了传播空间上的拓展，《今天》新诗已经深入形式技艺被大学生诗人模仿与习用的阶段。上海戏剧学院的刊物《筏》1979年第二期开篇发表了南冠草的组诗《海滨》。该诗组是对北岛《太阳城札记》和芒克《十月的献诗》等小诗体诗歌的模仿。比较其中一组同题诗：

---

① 《这一代》创刊号，1978年8月10日，第88页。
② 《这一代》创刊号，1978年8月10日，第90—91页。

《青春》 北岛　　《青春》 芒克　　　　　《青春》 南冠草

红波浪　　　　　在这里　　　　　　　用水手刀轻轻挑破食指，

浸透孤独的桨　　在有着繁殖和生息的地方，　涓涓的热血竟流了一地。

　　　　　　　　我便被抛弃了。

　　南冠草的《青春》与北岛的《青春》属同一诗歌类型，即诗题是一个等待说解或阐释的外在对象，在诗题与诗行之间，存在一种逻辑上的求证关系，其论证方式是具体形象的生动运作。这与芒克的《青春》不同，即诗题是诗行中的组成成分，"青春"就是诗中的"我"。

　　大学生刊物对于《今天》新诗的积极传播是对《今天》新诗形象的又一次形塑。当年北岛、芒克创办《今天》，通过道德上的"自我净化"与历史上的"控诉剥离"，将"文化大革命""地下诗歌"引入"地上"。如果说，《今天》编者作为亲历者，深切体味了"地下诗歌"所经历的"革命式求索、命运式感伤——自我分裂式质疑、嘲弄、反叛或者逃逸——人道主义批判"三个体验流程，了解诗歌生发、生变、生成过程中多元艺术风格的交织，并在《今天》中隐蔽地传达，那么这时的大学生传播者则未必完整地体验了三个流程，更为重要的是，在政治改革与经济现代化的开放氛围中，他们既被民间民主探寻运动激发，又获得了更多接触西方文化与追逐新奇风尚的机遇，在这种背景下，对《今天》新诗的"同情性误读"与"求新性误读"不可避免地发生。《今天》新诗中的试验小诗体与现代派手法得到强调，《今天》诗人原本为符合出版规范、表达深层体验而不得不采用的暗示、曲折表达形式，逐渐被普泛化地运用，《今天》诗人在不同历史阶段表达的情绪类型，除了冷漠旁观与狞厉绝望，命运的迷惘、孤独、怀疑、反叛、对抗、创造、温情、童心被同时散播，契合着读者多元化的审美需求。而对于一部分承续着社会批判精神、深具社会正义与责任感的大学生读者而言，《今天》新诗中的反抗特质被夸大与具体化。

　　从整体上看，第二批青年读者与第一批读者在人生经历、知识结构和艺术储备上已不相同。他们处于万象更新的变革年代，于稳定中求真与求变成为整个社会主导的文化逻辑。因此他们对于个人的未来、国家现代化的发展满怀希望与冲动。这使他们难以接受《今天》"命运漂泊诗"的迷惘，也多质疑小诗中"破碎不安"的消沉情绪。然而这种诗歌趣味的时代区隔，并没有阻碍读者对《今天》新诗中温情诗、童心诗、爱情诗以及政治批判诗的接受。由于读者将《今天》作为整体来阅读，对于少量诗歌的质疑不会动摇他们对《今天》刊物的整体认可。况且，这群读者始终把《今天》看作青年人"自己"的刊物，一个不同于官方的民间文学刊物，这就为那些厌倦官方刊物或被官方拒绝的年轻读者提供了实现作家梦的想象空间。因此，第二批读者能够以一种宽容、理解、发展的眼光与提高自身审美能力的态度接受《今天》。然而，当《今天》新诗进入官方诗坛后，一批掌握话语权与评判权的读者迅速聚集到诗坛表层，尤以中老年读者为主。而第二批青年读者继续活跃于民间与大学，汲取《今天》新诗的艺术养分，积蓄新的艺术变革力量。

民刊《今天》最大的意义在于它的出现和颇具深度、广度的散播。它先在中国为新诗搭建起一个不再隶属于官方文学团体的生存空间。尽管只有两年，但作为先例与象征，足以启迪和激励后来者，开启真正属于"人"与"诗"的独立空间①。

参考文献：

［1］刘易斯·科塞.理念人：一项社会学的考察［M］.郭方，等，译.北京：中央编译出版社，2001.

［2］张志国.中国新诗传统与朦胧诗的起源［J］.中国现代文学研究丛刊，2007（5）.

［3］中国文学艺术界联合会.中国文学艺术工作者第四次代表大会文集［C］.成都：四川人民出版社，1980.

【本篇编辑：夏　伟】

---

① 在争取独立的文学场域方面，《今天》诗人一直没有放弃。芒克说："我这人不喜欢干失败的事，至今仍心有不甘。中国只有作家协会这样官方文学团体是悲哀的。我们前几年搞'幸存者诗歌俱乐部'，后来办《现代汉诗》，不就是想有像《今天》那样的、自己的文学团体吗？"见唐晓渡.芒克访谈录［M］//刘禾.持灯的使者.香港：牛津大学出版社，2001：349.

非虚构与非虚构写作工坊模式与特点

谭旭东　龚　然

摘　要：信息时代的到来，改变了人们的生活方式，也推动着文学变革的发生。每个人都能书写，随时随地可以进行阅读，"个体的价值"在信息时代的写作中尤其得到重视。关注普通人生活的非虚构写作由此成为创意写作的重要组成部分，并在新媒体繁荣的时代具有广阔的发展空间。本文通过对"非虚构"的概念梳理、类型划分、特征勾勒，关注以工作坊模式开展的非虚构写作活动特点，试图建立更为详尽的"非虚构"创作体系。

关键词：非虚构写作　非虚构工坊　创意写作　工作坊

作者简介：谭旭东（1968—），男，上海大学文学院教授，博士生导师。主要从事创意写作、儿童文学和当代文艺批评研究。

龚然（1999—），女，上海大学文学院硕士，现为《七彩语文》杂志编辑，主要从事创意写作研究。

Nonfiction and the Workshop Model: Patterns and Characteristics

Tan Xudong　Gong Ran

Abstract: The advent of the information age has transformed people's lifestyles and driven changes in literature. With everyone capable of writing and reading anytime, anywhere, "individual value" has gained significant attention in writing during this era. Nonfiction writing, which focuses on the lives of ordinary people, has thus become an integral part of creative writing and holds vast potential in the thriving age of new media. This article reviews the concept of "nonfiction," categorizes its types, and outlines its characteristics, while paying particular attention to nonfiction writing activities conducted through the workshop model. The aim is to establish a more comprehensive framework for nonfiction creation.

Keywords: nonfiction writing   nonfiction workshops   creative writing   workshop

信息时代的到来，改变了人们的生活方式，也推动着文学变革的发生。借助互联网，人人都可以通过书写成为观念输出的主体，同时也作为阅读者与他人进行沟通与对话。以新形态的创作构建主体与他人的"理解之屏"，达成一种不断往返、不断交换、不断互动的间接理解及交互阐释，使文本这个公共场域的意义得以在交互性对话中完整呈现①。蓬勃发展的互联网赋予每个人借助网络平台进行书写的权利，对传统的以纸质图书为载体，以专业作家为文学创作者的模式予以颠覆，推动着文学的变革：新媒体平台的开放让每个普通人都可以进行小说、诗歌、散文和其他形式作品的创作；网络文学成为21世纪热门的文学形式和类别；有声书、播客等以声音为载体通过网络进行传播的新媒体创作形式正在渐渐融入人们的日常生活。

人人能书写，随时随地可阅读，"个体的价值"在信息时代的写作中尤其得到重视。越来越多的普通人开始讲述他们平凡却动人的生活故事，对遣词造句与写作技巧"专业性"的严格要求在当下写作中已非重点，故事的"真实性"与情感的"动人性"成为创作的关键。作为近十年当代文学的新兴文类，"非虚构写作"的概念正以此为基础，为越来越多未得到关注的事件真相、历史本质、道德困局、生命历程发声，极大地拓宽了文学的边界。在此基础上，以"人人都能写作"的创意写作理念为指导，多所开设创意写作专业的高校也开设了"非虚构写作"课程，培养掌握一定文学创作技巧的非虚构写作者，以工作坊的活动开展模式，帮助学生加深对事实的理解，提升"非虚构"写作能力。

一、何谓"非虚构写作"？

"虚构"与文学的关系如影随形。从文学诞生的那一刻起，虚构的技法就已

---

① 葛红兵.从读-解关系走向读-写关系的当代文本：创意写作学视域下的文本研究［J］.当代文坛，2021（4）.

相伴而生。"关关雎鸠，在河之洲。窈窕淑女，君子好逑。"以关关和鸣的雎鸠声起兴，书写君子"寤寐求之"的淑女，在淑女采摘荇菜与君子辗转反侧的场景切换中，通过联想传达君子对淑女热切的思慕与追求。虚构帮助人类在有限的生命历程中，攫取漫长、无秩序时间里的一段进行相对完整的"创造"，借助作家敏锐的感知，看到有限时空中的生活可能性，以及审美的生发。[①]对于文学来说，虚构是文学的生命，是动用人类智慧的不竭创作之源。

因此，"非虚构"概念的提出并非作为"虚构"的对立面出现。"非虚构"与"虚构"之间存在一种争夺，但争夺对象不是各自在文学中的权力地位，"非"不是取虚构而代之的"反虚构"含义，而是作为虚构的补充，争夺文学创作中"真"的含量。"非"可以理解为"不是"，强调一种尊重事实真相、遵循真实情感的面向现实的写作，弱化作者主体艺术加工的虚构成分。"虚构"与"非虚构"二者并行，构成更为丰富的当代文学创作形式，使得当代文学生态更具多样性。

（一）"非虚构写作"的概念溯源

"非虚构写作"的诞生，要追溯到20世纪50年代初起源于美国的"新新闻主义"的发展。"新新闻主义"由美国作家、记者汤姆·沃尔夫（Tom Wolfe）首次提出。作为新闻界对美国动荡、反叛的社会主流思潮的迎合，"新新闻主义"对传统不带情感色彩的绝对理性的新闻报道形式进行挑战。它主张将新闻报道的真实性与文学创作的技巧相结合，将兼顾理智与情感作为"新新闻学"的目标，要求记者通过采访获得新闻事件最细微的事实和细节，通过完整故事的形式，揭示事件真正的内容。这类作品被称为"新新闻报道"或"特稿"。

"非虚构小说"的真正出现最早可以追溯到20世纪50年代的美国文坛。1952年，罗斯（Ross）在美国《纽约客》（*The New Yorker*）杂志发表的长篇作品《影片》（*Picture*）是较早的非虚构作品。20世纪60年代，美国小说家杜鲁门·卡波特（Trumen Capote）在发表《冷血》（*In Cold Blood*）时，曾明确地提出这是一

---

① 王安忆.虚构与非虚构［J］.天涯，2007（5）.

部"非虚构小说"。卡波特前往被以残忍手段灭门的克拉特一家所在的霍尔科姆村，开展了长达六年的访谈和调查，对象包括死者的亲友、邻居、当地警察以及两名犯罪嫌疑人，使案件得以还原，形成这一部纪实作品。之后，诺曼·梅勒（Norman Mailer）出版的《夜幕下的大军》（*The Armies of the Night*，1968）、《刽子手之歌》（*The Executioner's Song*，1979）成为"非虚构写作"的代表作品。创作者兼具作家与记者的双重身份，作品也呈现出纪实性、文学性与故事性等多重属性。

"新新闻主义"繁荣一时，但由于新闻界一直恪守的对事实绝对真实呈现的基本原则，与部分非虚构作品中作者的主观推断、抒情议论存在矛盾，因而始终存在争议之处。直到1981年，当《华盛顿邮报》记者珍妮特·库克（Janet Cooke）的特稿《吉米的世界》获得普利策奖，却被揭穿为了追求叙事效果，对儿童吸毒者形象进行伪造虚构时，[①]非虚构写作的信任危机爆发，新新闻主义的浪潮渐趋平静。但"非虚构"作为一种创作态度和写作方式，依然保留在诸多创作者的习惯中，且被美国高校创意写作者当成一种写法，并成为写作教学的课程内容。20世纪90年代，"新新闻主义"被业界重提。[②]而到了21世纪，以罗伯特·博因顿（Robert Boynton）所著《新新闻主义》为代表，在"新新闻主义"基础上深化的"非虚构作品"再次崛起。

（二）"非虚构写作"在中国的发展

"非虚构写作"的概念于20世纪80年代传播至中国，但在中国的文学史记载中，体现"非虚构"将文学创作与现实记录相结合的核心精神的作品古已有之。上溯《左传》《国语》《战国策》，以文学的笔法渲染历史事件，以叙事结构绘声绘色地讲述故事，下至现当代报告文学、纪实文学、新闻特稿的发展。1978年，徐迟《哥德巴赫猜想》的发表标志着报告文学的繁荣。此文以著名数学家陈

---

① 大卫·马纳尼斯.《华盛顿邮报》记者被取消获普利策奖资格［M］//丁帆，杨九俊.新闻阅读与写作读本.南京：江苏教育出版社，2006：29-33.

② 楼坚.新新闻主义的复活［J］.新闻大学，1995（4）.

景润为主人公，讲述陈景润当年在极为困难的条件下，向数学皇冠上的明珠——哥德巴赫猜想发起挑战，并取得领先世界的研究成果的故事。《哥德巴赫猜想》以文学性的描写展示了陈景润埋头研究、一心苦干的形象，同时兼具科学、理性的事实陈述精神，表现出我国老一辈科研工作者的奉献精神。

1983年，《花城》第5期"流派鉴赏"栏目刊登了王惟苏的《新新闻主义——"反小说"流派》，对杜鲁门·卡波特、诺曼·梅勒、汤姆·沃尔夫、盖·泰勒斯和吉米·布莱斯林等非虚构作家及其作品进行介绍。同时，《花城》第5期刊登了杜鲁门·卡波特的非虚构作品《袖珍棺材——关于美国一个犯罪案件的非虚构小说》，"非虚构"开始以创作风格、代表作家、代表作品等体系化的样貌被接受。[①] 1986年，《当代文艺思潮》第2期刊登了王晖、南平的《美国非虚构文学浪潮：背景与价值》，对非虚构写作的兴起进行溯源，首次完善了非虚构作为一个成熟文学类型的历史梳理与未来展望。

2010年，《人民文学》杂志开辟名为"非虚构"的新栏目，陆续刊登了韩石山、梁鸿、萧相风、李娟等人的作品，引起了文学界对于"非虚构"的热烈讨论。"希望非作家、普通人，拿起笔来，写你自己的生活自己的传记。还有诺曼·梅勒、杜鲁门·卡波特所写的那种非虚构小说，还有深入翔实、具有鲜明个人特点和情感的社会调查，大概都是'非虚构'。"[②] 对非虚构的概念外延进行拓宽，"新新闻主义"宣扬的具有文学性、呈现出非虚构小说形态的新闻特稿仅为"非虚构作品"的一个分支。而更广义上来说，"非虚构"是对创作者创作态度与方式的界定，凡是建立在创作者亲历、社会调查、真实资料搜集基础上以现实事件为蓝本、无夸张扭曲情感传递的作品，都可以被指认为"非虚构写作"。同时，创作者的身份得到重新厘清，过去"新新闻主义"记者即作者的知识分子创作者身份限制被推翻，而强调平民化写作，"写你自己的生活自己的传记"，非作家、普通人的生活经验成为"非虚构写作"的重要资源。2010年10月，《人民文学》杂志召开名为"非虚构：新的文学可能性"的专题研讨会，集中讨论了《梁

---

① 周宝东.世界文学中的非虚构写作：从美国到中国［J］.中外文化与文论，2021（4）.

② 编者.留言［J］.人民文学，2010（12）.

庄》《中国，少了一味药》和《南方词典》等文本的特点，以及"非虚构"作为一种文体的可能性和方向。在这次研讨会上，《人民文学》又启动了名为"人民大地 行动者"非虚构写作的计划，为海内外踏入生活现场的创作者提供资金，以写作见证时代。

2015年后，依托互联网新媒体的非虚构写作平台如雨后春笋般蓬勃而生。网易"人间"、腾讯"谷雨计划"、真实故事计划、《时尚先生Esquire》特稿实验室、《智族GQ》等新媒体平台为创作者提供了多样的写作主题，将镜头照射于社会生活的方方面面。

二、"非虚构写作"的类型划分

常见的"非虚构写作"大致可以分为两大类：一是深入现实生活的本质，创作者或对自我、或对自然、或对社会事件进行近距离观察与体验，从而对生活在其间的生命关系、情感意识、伦理道德、人际关系等方面进行呈现与揭示。二是深入历史的记忆，对通过对史料的重新细致爬梳，以探究历史事实背后的内在真相。即主要出现了现实非虚构和历史非虚构两种非虚构写作类型。

（一）自我书写

"写你自己的生活自己的传记"[1]是《人民文学》杂志在设立"非虚构"专栏之初时面向大众划定的非虚构写作范围之一，即自我书写。自我书写将普罗大众平凡却不乏动人之处的生命经历作为非虚构重要的创作源泉，通过生活细枝末节的呈现，展现人物复杂微妙的内心世界，勾勒生命的全貌。不仅仅以新闻事件的眼光审视生活，并非只有具有刺激性看点、高话题讨论度和波澜壮阔的转折的事件，以及传奇性的人物才值得记录。以非虚构写作贴近生活本身的眼光来打量，每一个独特个体的生命历程中都有值得细细摸索的变化与波动，甚至一种或恒

---

[1] 编者.留言[J].人民文学，2010（12）.

常、或突然的生命状态，这些都可以在自我书写中呈现。"我们有个作者，他提出要写一个人，这个人没有任何新闻价值，这样的人可能有几千万，我说这特别好，你把这个人写好了，几千万人都能看到自己。"① 2010年，时任《人民文学》杂志主编的李敬泽在接受采访时曾这样评价书写"小人物"的意义。在一个生命的书写中，装载着千千万万中国人的缩影，以小窥大。

86岁高龄的饶平如在妻子去世后，将和妻子的过往故事，从初识到结婚、相伴、颠沛流离直到病床前生命尽头的近60年的时光，以文字与绘画的形式尽数记录下来，形成《平如美棠：我俩的故事》这部作品。《平如美棠：我俩的故事》笔调平缓，作者对妻子美棠的缅怀既没有痛彻心扉的痛楚，也没有激情洋溢的爱情宣誓，而是如润物春雨般徐徐道来，站在一位80岁老人的视角，对结发携手的岁月进行回忆。《平如美棠：我俩的故事》是个人化的故事，写作与绘画的初衷或出于缅怀，"他觉得死是没有办法的事，画下来的时候，人还能存在"②。但对平凡人而言，正是生命中许多细微的小事，经历过后在心中留下痕迹，经过时间的淘洗，最终成为弥足珍贵的回忆。通过对小至节庆时民间地方传统吃食，大至平如与美棠结婚典礼的记录，读者在《平如美棠：我俩的故事》中可以看见两位充满童心的人一生对生活的热爱，"爱这个世界可以是很久的，这个是永远的事情"③，也为"行行重行行，与君生别离"的相思所打动。

（二）自然书写

自然书写，亦称"自然写作"，指写作主体对一切以自然为对象的书写④。区别于传统的写景散文，自然书写要求主体亲身贴近自然、观察自然，创作者于自然而言，不仅作为一个旁观的欣赏者，更是生活在自然之中，以自然中一个有机体的身份，平等地观察其他生活在同一时空下的生命，记录它们在不同生命阶段

---

① 陈竞.文学的求真与行动：文学报专访李敬泽［N］.文学报，2010-12-09（3）.
② 饶平如.平如美棠：我俩的故事［M］.桂林：广西师范大学出版社，2013：9-10.
③ 饶平如.平如美棠：我俩的故事［M］.桂林：广西师范大学出版社，2013：10.
④ 曾道荣.自然书写：从政治语境到生态向度：兼论寻根文学的生态意识写作转向［J］.文艺争鸣，2010（3）.

的样态，同时也观照着自身的生命体验。创作者只是将自然作为自己抒情言志的对象，把"自然"工具化以进行自我表达是对自然书写的轻视。在自然书写中，创作者将自然作为创作的主体，以自然笔记、农事笔记、观鸟笔记、社会生活笔记等形式，对自然万物随时间推移、物候变更的生长进行记录，包含着写作主体在写作过程中对自然的审美立场和生态伦理价值观。

相较于非虚构写作的其他类型，自然书写拥有着更为丰富的表现形式，也充满天然的原野气息。图画是自然笔记的一个重要组成部分。图画并不要求创作者具有非常专业、精湛的绘画技巧，而是一种拉近创作者与自然、为创作者提供观察自然万物之细部的重要手段。"通过一笔一笔的描绘，你不但可以观察到雪花精美而多变的形态、一株大树上共生的形形色色的小生物，而且最妙的是，这时你会发现，原来大自然的美丽随时随地就在你的身边绽放。"[1] 而文字同样在自然书写中必不可少，文字可以扩张记录的维度，不仅传递出创作者目之所见，而且动用通感的技法，书写身处自然中嗅到的味道、摸到的触感，帮助创作者传达在诸种感觉刺激下人的联想与想象、对万物生长的思考、创作者身处其间的故事。"冬日里蜡梅的芳香，林间珠颈斑鸠深沉的鸣叫，还有早春路边绽放的一朵迎春花激起我们内心的喜悦，这些都是用图画所无法表达的。每一篇自然笔记都是独一无二的，因为我们总是在不同的时空进行观察和记录，这也要求我们用文字记录下观察的时间、地点和天气状况，因为许多生物在不同环境中的表现可能会有较大的差异。"[2]

在《瓦尔登湖》中，梭罗独居瓦尔登湖畔，过着自给自足的生活。通过与农夫和邻里的交往，梭罗对富裕与清贫进行思考。梭罗记录着美丽的田园风光、森林中动物的鸣叫、种植豆子的喜悦。历经冬天的寒冷后，瓦尔登湖在春天破冰，"春光来临之前的一切琐碎事"，都在春光的照耀下变得微不足道。梭罗以完全回归自然的生命状态，对现代工业社会、人类蓬勃的物欲、家庭工作的困境进行反思，完成了一次兼具审美价值与理性思考的自然书写。陈冠学的《田园之秋》传

---

[1] 芮东莉.自然笔记，让孩子快乐地亲近大自然［J］.少年儿童研究，2012（7）.
[2] 芮东莉.自然笔记，让孩子快乐地亲近大自然［J］.少年儿童研究，2012（7）.

承着陶渊明式"采菊东篱下，悠然见南山"的田园之风，同时具有《瓦尔登湖》式质朴的生命之思。陈冠学隐居田园30年，将台南田野间的如诗秋色呈现在读者面前。无论是夜雨下的闲读，还是农事家事，都在文字中透露出与万物同在、和谐共处的清明智慧，"一路上相照面的一切，包括有生命的和无生命的，就像遇见了好友一样，和它们打招呼"[①]，体现出自然书写独有的来自生活的美学魅力。

（三）危机叙事

如果说自我书写是创作者面向自己、进行自我讲述，那么到了危机叙事，创作者则呈开放的姿态走进社会，讲述社会中发生的事件，面向现实。所谓"危机"，承接"新新闻主义"的理念，危机叙事类的非虚构创作具有新闻特稿的基本特征——将关注点置于社会生活中那些引起大众关注与讨论的热点事件、社会问题与人类生存危机。可以说，非虚构写作概念诞生伊始，危机叙事就应运而生，成为非虚构写作的主流。早期且为非虚构经典之作的《冷血》关注的是人的心灵危机。中国非虚构文学的"扛鼎之作"《中国在梁庄》《出梁庄记》关注的是当代社会变迁中乡村及居住在这里的人们呈现的情感心理、文化状况和物理形态，以此探寻中国当代的政治经济改革、现代性追求与乡村文化之间的关系。而近年来，《时尚先生Esquire》特稿实验室发表的揭示凶杀案隐情的《大兴安岭杀人事件》《太平洋大逃杀亲历者自述》，《三联生活周刊》围绕考研热潮发表的《国家线大涨，考研"上岸"有多难？》等新闻特稿类非虚构写作，均向读者展示了创作者深入调查的事件真相，由于激发阅读者的危机意识而在新媒体平台获得广泛转发与高阅读量，引导读者进行解决危机的路径思索。

危机叙事的落脚点可以是一类人，例如袁凌《血煤上的青苔》将关注点放置于遭受矿难而导致终身瘫痪的煤炭工人们身上，在这些不被关注的卑微者的沉默中，有生与死的挣扎，有亲情伦理道德的牵绊，有生活不能自理却依然挣扎求生的信念，爱与愧怍交织，责任与本能纠缠，读来令人哀叹思索；也可以是一块土

---

① 陈冠学.田园之秋［M］.北京：中信出版社，2014：5.

地，例如熊培云《一个村庄里的中国》，考察百年来中国乡村的命运、乡村的沦陷与希望，以作者30年生活的阅历，揭示中国农村建设的荣辱与沉浮；作为外来者的何伟在《江城》中，时而以旁观者身份注视涪陵这座城市，时而又置身于当地生活，亲疏结合的观察构成了他在四川停留两年的部分生活记录。

（四）历史书写

历史书写是指创作者通过史料的重新发掘、梳理和辨析，揭示各种史海往事的内在真相，或反思某些重要的人物与事件。从不同层面、不同角度，多方位、全景式地重构这些重大的历史事件，从历史理性层面上，还原那些波澜壮阔的事件内部所蕴藏的历史逻辑、民族特质以及政治生态。[①]例如：齐邦媛历时四年完成《巨流河》，以缜密通透的笔力，从长城外的"巨流河"开始，到台湾南端恒春的"哑口海"结束。记述了纵贯百年、横跨两岸的大时代的变迁。

三、"非虚构写作"的创作特征

"非虚构写作"是一种写作方式，"非虚构"指代的是文学的类型，而非一种特定的文体。属于"非虚构"类型的各种文学样式，共同体现出"非虚构"强调的兼具真实事实与文学手法、作家介入性身份以及具有问题意识和开放性写作姿态的特征。

（一）真实事实依据与虚构文学手法相结合

杜鲁门·卡波特曾这样描述自己的写作："我试图应用一切小说创作方法与技巧来写一篇新闻报道，以叙述一个真实发生的故事，但阅读起来却如同小说一样。"[②]揭示了"非虚构"的特征：真实发生的故事与小说创作方法相结合。"非虚构"

---

① 洪治纲.论非虚构写作［J］.文学评论，2016（3）.
② 张素珍.美国"新新闻主义"的扛鼎之作：评杜鲁门·卡波特的《冷血》［M］//王守仁.终结与起点：新世纪外国文学研究.南京：译林出版社，2002：149.

与"虚构"之间的差别在于对"真实性"的要求。这种"真实"并非要求创作者如撰写新闻报道般恪守语句、用词的规范，讲究行文的客观疏离，以对信息进行全方位的如实呈现，而是注重"艺术的真实"。在文学创作中，"绝对真实"是剥夺文学生发空间的枷锁。正是建立在合理性基础上的故事细节的描绘、人物心理活动的想象以及场景的立体构建等多方位共同促成的"艺术真实"，赋予了文学创作灵动的生命。

非虚构写作遵循的艺术真实来源于作者故事创作的素材蓝本——必须基于真实发生的事件，尤其事件始末、人物关系、方位场景需要得到如实呈现。而为了渲染更为强烈的环境氛围，刻画人物复杂多变的心理，记录人物对话，"非虚构写作"可以运用文学性的手法，以及故事组织技巧，其目的在于最大程度地向读者还原事件发生的场景，帮助读者设身处地地理解主人公的内心矛盾与冲突，从而引起读者的共鸣，发挥"非虚构写作"的社会功用。创作者应当"自觉接受现实世界之内具体人、事的限制，尽可能深切而广阔、如实地呈现它们，既不投机取巧地低于它们，也不自以为是地高于它们，而是尽可能地通往它们本身。"①

（二）介入性创作者身份

在"非虚构写作"中，创作者采用的是一种近于"元叙述"的叙事策略。"非虚构"创作的前提是创作主体的在场与亲历，创作者不是他想要表现的场景的遥远的旁观者，而是在其中生活、调查过，与故事中的人物真实地交谈过，最终以作家逻辑自洽的写作技法，让整个事件达成无可辩驳的合理性，对事件的全貌予以相对完整的还原，由此实现"非虚构"创作的目标，显现出创作者创作的主体意识。写作者通过展示不同普通个体的生活景观和生存状态，超脱于宏大叙事，达成了对主流话语的解构，通过现场感和平民化的视角，往往能够更加强化阅读者的代入感，激发对社会现象的思考。

真实感的构建一方面来自选取事件的真实性，另一方面来自对创作者态度

---

① 吕永林.非虚构：一种写作方式的抱负与解放［J］.上海文学，2019（7）.

的要求。"事实也不能天然地保证真实感，这就有了人们对非虚构的另一重理解，它还是一种作者在场的事实，作者把自己真正放进世界的风雨中去，直接感受、认识、反思。这不是一个'现场感'问题，而是作者的心在不在、身体在不在的问题。"[①]一件真实发生的新闻事件，一个活生生的人物，倘若创作者以居高临下的态度，以主观之臆断来推测人物的生存境况，以个人既有之经验强加于人物的思维，那么创作出的作品也无法具有真实感。"非虚构写作"要求创作者身在现场，同时心中以平等的交流态度，真正想要体验其中的生活百味，帮助人物纾解其内心的症结，达到深度访谈、深度写作的效果。梁鸿曾沿着梁庄人在城市打工的足迹，跑了二十几个城市，每到一个城市，至少在当地停留十天，并且尽可能和乡亲们同吃同住同工作。前后花了将近一年的时间做调查，又花了一年多的时间写作，创作出《出梁庄记》，展现出在进行非虚构写作时创作者应有的求真精神。在家乡以及淳朴的乡民面前，梁鸿是坦诚的，她以个人的有限性，剖析中国城市化进程中的结构性问题。

（三）问题意识与开放性的写作姿态

非虚构写作常常体现出文学创作的"跨界"精神：与新闻传播学交织，关注社会热点问题，关注常被世人忽视的领域与族群；与社会学交织，进行社会调查、田野调查、个案研究；与历史学交织，重构重大的历史事件，还原那些波澜壮阔的事件内部所蕴藏的历史逻辑、民族特质以及政治生态。由此可见，"非虚构写作"在文体上抱持着开放性姿态。作为一种表达的方式，"非虚构写作"的精神贯穿于诸多类型的故事文本中，目的在于为生活着的许多微小、沉默的生命发声，以引起大众的关注，共同探讨直面心灵、解除危机、和谐自然等社会性问题。

非虚构的姿态是包容的、悲悯的，它不以创造一个完整、封闭的想象世界而感到自足自乐；相反，非虚构敞开其大门，邀请读者在"非虚构"的故事与现实

---

① 陈竞.文学的求真与行动：文学报专访李敬泽［N].文学报，2010-12-09（3）.

场景中穿梭。甚至"非虚构"构建的狭小个人世界也并非它的终极目标，它试图以其微弱但有穿透力的光源投射于所有具有共同命运的事物之上，对这样更广阔的现实世界，非虚构始终迎接其进入它的文本。"一篇或一部好的非虚构作品在其完成之后，仍将继续在生长，这种生长，便体现为现实世界对作品的进入，而现实世界进入得越深刻、越广阔，作品的生长就越充分、越有力。"①

非虚构的开放性姿态意味着它具有面向现实的问题意识，尤其在自我书写与危机叙事类型的非虚构写作中，作品中的人和事必然指向社会中的现实问题。作者以其敏锐的观察力与感受力，向读者抛出这个问题，或者在文本中传递出作者对该问题自己的思考，或者以"零度叙事"让读者直面问题本身。但可以肯定的是，大多数非虚构作品都以"开放性"的态度面对它们抛出的问题：作者不为该问题留下一个明确具有导向性的答案，而将思索的空间留给读者。梁鸿写作《出梁庄记》的目的之一在于对已被符号化的"农民工"一词进行反叛，"一个词语越被喧嚣着强化使用，越是意义不明。与其说它是一个社会问题，倒不如说它是一个符号，被不同层面、不同阶层的人拿来说事儿。我们缺乏一种真正的自我参与进去的哀痛"②。从而关注从梁庄外出打工的"农民工"们真实的生活，比较乡村的历史与现实的形态。在创作时，梁鸿将自己创作者的地位定位于"发现"者、"记录"者，"我想把他们眼睛的每一次跳动，他们表情的每一次变化，他们呼吸的每一次震颤，他们在城市的居住地、工作地和所度过的每一分一秒都记录下来，我想让他们说，让梁庄说"③。创作者带领读者寻求问题的答案。

四、非虚构工坊的模式与特点

在中国高校的创意写作专业课程设置中，"非虚构工坊"一直是创意写作活动开展的重要组成部分，以培养具有文学素养的非虚构写作人才，并与具有社会

---

① 吕永林.非虚构：一种写作方式的抱负与解放［J］.上海文学，2019（7）.
② 梁鸿.出梁庄记［M］.广州：花城出版社，2013：310.
③ 金莹.梁鸿：我试图发现梁庄的哀痛［N］.文学报，2013-02-07（3）.

影响力的媒体平台合作，展现中国非虚构写作的新生代力量。例如：澎湃镜像与复旦大学、上海大学两所高校创意写作专业联合开展了"旧地上海"城市写作计划，记录上海的小众角落，展现城市边缘普通人的生活。或许有人会质疑，强调"创意"生发的创意写作专业与"非虚构"忠于现实的原则是否相悖？在"非虚构写作"中如何体现"创意"因子？"非虚构工坊"的写作模式为类似的问题给出了合理的解答。

（一）创意写作理念下的"非虚构工坊"

工作坊（workshop）是创意写作最基础的教学单位。一般设置一名在某个领域富有经验的主讲人，并配以一两名助教，在主讲人的指导之下，由10—20人组成的小组通过集思广益、作品讨论，甚至走出课堂进行实地考察、田野采风的方式，围绕某个预设话题，进行创意碰撞和写作训练。[①]相较于小说、诗歌、影视文学工作坊，"非虚构工坊"的独特之处在于取材于真实事件、书写真实人物的文本基础。因而在工坊活动中，"如何选取一个具有书写价值的事件？""如何对人物进行有效采访？""如何推进采访，并将采访内容组织为一篇具有核心理念的非虚构作品？"等面向实践以及寻求创作与现实间平衡的问题成为工坊成员讨论的关键。值得注意的是，非虚构写作绝非简单的事实列举、观点陈述，或将与采访者的对话尽数搬运至非虚构作品中。在实际工坊活动开展过程中，作为初学者的学生在教师的引导下，通过研讨，学习从庞杂的素材里提炼作品的核心精神，筛选细节亮点，把握故事详略，从而创造性地创作出一篇成熟的非虚构作品。

创意写作的理念强调"人人可以写作""作家可以培养"，说明创意写作对传统精英话语下的写作权利进行挑战。而非虚构写作正是将写作权利递交给普通人的方式之一。赖声川认为，人类的大脑就像一台可以储存档案的神秘电脑"我们所活过、看过、想过的，人生中所关怀的一切，就是创意的原始资料。我们的一

---

① 许道军.创意写作：课程模式与训练方法［J］.湘潭大学学报（哲学社会科学版），2011（5）.

切思想、情感、意象、概念、爱与恨、恐惧与怜悯，都储存在‘神秘的电脑’档案柜中”①，个体的情感、经验尤其得到创意写作的重视，并将其作为创意灵感的重要来源。初学者的创意写作训练往往从书写自我经历开始，可以用虚构的方式书写一部带有个人成长经历色彩的小说，也可以进行非虚构写作中个人传记、家族史式的自我书写。

（二）"非虚构工坊"的模式

非虚构写作的初学者往往会面对一定写作障碍：对自身是否具有写作能力的质疑，对将个人经验转化为写作素材、袒露内心真实想法的畏惧，对难以准确描述故事细节的焦虑，对与被采访者沟通的犹豫……因而，在非虚构工坊的开展过程中，需要设置相应的环节帮助创作者克服内心的不安，激发其创作潜能。

1. 破冰环节（情境设定与自我表达）

在非虚构创作开始前，教师需要对工坊成员之间的氛围进行破冰，以情境设定的方法，让学生围绕某一话题详细谈谈自己的感受，以便于加深工坊成员之间的了解，进行后续讨论。例如：在危机叙事写作开始之前，教师可以设定一个能够激发大家紧张感的情景，可以是社会新闻，也可以是生活中的经历，最好能够引起大多数人的共鸣。以"疫情"主题为例，教师可以围绕"封闭生活"期间的心绪变化对工作坊成员进行提问，引导学生对不同时间点、不同阶段的差异性感受进行细节描述，思考引起微妙变化的原因。回顾过去的体验，捕捉当下的瞬间，同时开放性地畅想未来自我的发展。在此期间，学生会自觉地将自我置于过去体验过的情境，重新梳理之前没有关注过的情绪脉络，他们或许会感到来自外界压力的痛苦，或许会发现对部分记忆产生选择性遗忘，或许以积极的心态迎接新生。个体之间会产生许多差异，但所有的自我表达在此环节都应得到尊重。教师在倾听学生自述的同时，也要尽可能发挥追问者的作用，以抓住可以作为写作支点的微末，加以生发。

---

① 赖声川.赖声川的创意学［M］.桂林：广西师范大学出版社，2011：57.

2. 范文研读

好的创作往往从模仿优秀作品开始，学习有经验的作者们写作的视角、情感的支点、故事的组织，对于初学者加深对非虚构的理解，以及提高自身写作技法大有帮助。教师可以针对不同类型的非虚构写作，向学生提供相应的范文，可以让学生在工作坊活动开始前阅读，也可以课堂上带领学生阅读。尤其需要注意的是，工作坊是表达、交流、互动的创造性平台，因而教师的角色不是高高在上的学术权威，而像一个控制活动节奏与进度的导演。在作品研读环节要避免落入误区，不是教师向学生单向传授非虚构写作知识，而是讨论性地共读。教师可以让学生朗读各自喜爱的范文片段，并畅谈自己喜爱的理由，同时鼓励同样喜爱该片段的学生也聊一聊不同角度的理解，形成师生之间、学生与学生之间的对话关系。

3. 访谈规划

访谈是非虚构写作必不可少的环节，是非虚构写作真实感、在场感的来源。在自我书写中，访谈是自己与自己的交谈。相对而言，自我书写有更多亲历的素材可以挖掘，但也伴随着因过于琐碎而不知从何"谈"起的困境；在自然书写中，访谈是自我与自然的互动，自然万物五彩纷呈，选取什么样的动植物为写作的支点展开观察，而不使作品沦为枯燥繁杂的百科全书式的排列，需要在创作开始前思考；在危机叙事中，访谈是传统的创作者与被采访人的交谈，采访者与被采访人之间存在天然的隔阂，因而找准采访的切入点，打破被采访人内心表达的顾虑，显得格外重要。

在访谈规划时，学生首先需确定自己想要采访的对象，并找出采访对象的特别之处，可以是采访对象与他人不同的人生选择道路，可以是采访对象打动自己的一句话，可以是采访对象特殊的身体状态、精神状态、社会身份……这将成为后续写作的出发点和重点表现目标。针对采访对象的特别之处，学生列出将要展开采访的若干核心问题，既要保证采访者对采访对象的大致经历有清晰了解，也要兼顾想要表现的重点部分的细节提问。学生在制定采访规划后，在工作坊中与教师和其他成员交流，工作坊集思广益，为学生提出建议，帮助其完善采访前的准备。

4. 作品交流与讨论

学生完成采访，对采访内容进行整理后，去粗取精，形成非虚构写作的初稿，重返工作坊。这时工作坊活动的重点则在于创意思维的激发。每个学生向工作坊其余成员发布自己的作品，简要概述创作内容以及亮点，而教师与工作坊成员则对汇报人的初稿进行阅读，并与汇报人形成对话关系。一方面，对初稿中的亮点之处予以鼓励和肯定；另一方面，指出初稿中的逻辑空缺，对汇报人进行提问：某处的情感与思考由何而来？被采访人在某种情境下是否有自己的思索？在现在的困境中，被采访人是否有对未来的展望？……作为对被采访人完全没有了解的纯粹读者，工作坊成员往往能够更为客观地评价一部非虚构作品营造的真实感是否存在掩饰。与此同时，汇报人尽可能地解答其他人提出的问题，以形成对空缺内容的自我梳理，从而更清晰地了解自己想要表达的主题。借助各人的既有经验，教师和工作坊成员也可以为汇报人提供解答这些问题的素材，或者为完善作品提出更为具体的建议。

结　　语

当今信息时代，新媒体平台发展迅速，非虚构写作越来越呈现出跨媒介的趋势，以公众号推文、影像、漫画等诸多形态向人们展示着世间的真实故事以及真挚情感，让普通人发声。这意味着，非虚构写作的发展在未来具有非常广阔的空间。但与此同时，令人警觉的是，当非虚构写作过度迎合"爆款""热度""利益"的追求时，真实性就会沦为这类文章自我修饰的一块遮羞布，丧失了实事求是解释世界、并试图改变世界的初衷。梁鸿在创作《中国在梁庄》时曾自言感到"悲痛"与"忧伤"，"当看到那一个个人时，我的心充满忧伤，不是因为个体孤独或疲惫而产生的忧伤，而是因为那数千万人共同的命运、共同的场景和共同的凝视而产生的忧伤"[①]。非虚构写作的诞生与发展始终伴随着人文主义的悲悯与关

---

① 梁鸿.我的梁庄，我的忧伤 [N].光明日报，2013-08-06（13）.

怀，以渺小的个体命运的揭示，来展现对人类群体的关怀。这种"哀痛"与"悲伤"萦绕于每一类型的非虚构写作中，并非用来倾诉与哭泣，而是用来对抗遗忘。由此，非虚构写作才能彰显其无可取代的力量。

参考文献：

［1］葛红兵.从读-解关系走向读-写关系的当代文本：创意写作学视域下的文本研究［J］.当代文坛，2021（4）.

［2］饶平如.平如美棠：我俩的故事［M］.桂林：广西师范大学出版社，2013.

［3］王安忆.虚构与非虚构［J］.天涯，2007（5）.

［4］曾道荣.自然书写：从政治语境到生态向度：兼论寻根文学的生态意识写作转向［J］.文艺争鸣，2010（3）.

［5］周宝东.世界文学中的非虚构写作：从美国到中国［J］.中外文化与文论，2021（4）.

【本篇编辑：龙其林】

规训与倦怠

——解读麦尔维尔短篇小说《抄写员巴托比》

郑小驴

摘　要：通过深入解读赫尔曼·麦尔维尔的短篇小说《抄写员巴托比》，文章探讨主人公巴托比的"我宁愿不"口头禅及其对资本主义规训社会的反抗。巴托比曾在华尔街律师事务所工作，他的出现与行为打破了事务所的微妙平衡。巴托比的倦怠与功绩社会的抑郁症不同，他的沉默和拒绝是对规训社会的无声抗议。巴托比身处规训社会的全景式监狱，最终倒下，他的死亡象征着个体在规训社会中的无力和消亡。

关键词：《抄写员巴托比》　规训　倦怠　麦尔维尔

作者简介：郑小驴（1986—），本名郑朋，男，湖南师范大学文学院创造性写作硕士，教授，主要从事写作研究。

Discipline and Burnout

—Interpretation of the short story *Bartleby, the Scrivener: A Story of Wall Street* by Herman Melville

Zheng Xiaolü

Abstract: Through an in-depth interpretation of Herman Melville's short story *Bartleby, the Scrivener: A Story of Wall Street*, this article explores the protagonist Bartleby's mantra of "I'd rather not" and his rebellion against capitalist disciplinary society. Bartleby had worked in a Wall Street law firm, and his appearance and behavior disrupted the delicate balance of the firm. Bartleby's burnout is different from the depression in a meritocratic society. His silence and refusal are a silent protest against the disciplinary society. He finally collapsed in the panoramic prison of the disciplinary society. Bartleby's death symbolizes the powerlessness and extinction of the individual in a disciplinary society.

Key words: *Bartleby, the Scrivener: A Story of Wall Street*　discipline　burnout　Melville

麦尔维尔的《抄写员巴托比》讲述了一个脾气古怪的抄写员巴托比，拒绝服从雇主律师的任何命令、提议、帮助和建议，"我宁愿不"成为他的口头禅，也是他抵挡外界指令的盾牌，最终被投入监狱并绝食而死的故事。这个小说常被视作一则"来自华尔街的故事"。小说最先匿名发表于1853年的《普特纳姆》月刊，篇幅短小，却内涵丰富，被公认为麦尔维尔最具影响力的短篇小说之一。尤其近二三十年来，随着越来越多的读者、作家、评论家、哲学家对它的持续关注，从不同角度去研究巴托比这一人物形象，重新掀起了一股"巴托比研究热"。

卡夫卡作为现代派小说的开山鼻祖，以《变形记》《美国》《审判》等小说一举奠定了现代派小说的基调，对后世影响深远。而在此之前，比卡夫卡更早问世的《威克菲尔德》（霍桑著）和《抄写员巴托比》（麦尔维尔著）这两部短篇小说，称得上现代派小说的先驱之作。在19世纪现实主义占据主流的情况下，威克菲尔德和巴托比这两个现实主义小说的"叛逃者"，他们不约而同都走向了一条从未有人涉足之路。几十年后，卡夫卡正是沿着他们的足迹，找到了现代派小说的应许之地。

《抄写员巴托比》的迷人之处在于，它构成无限的敞开，读者可以从各个角度接近巴托比。"我宁愿不"在小说中反复出现，是巴托比的口头禅，这句话仿佛也是解答巴托比内心的关键。巴托比身处的华尔街是资本主义的心脏，即使是19世纪的华尔街，商业资本也已高度发达，它代表着一套严谨、令人窒息的规则和法律。小说中的律师事务所就是专门为这套价值体系服务的，其业务是产权转让、产权取得和各种高法律文书的撰写。而文书抄写则是其中不可或缺的重要环节。

距离律师事务所办公室窗户仅三米之遥，便矗立着一堵年代久远、终日不见阳光的砖墙，这堵墙和办公室之间的空间就像一个巨大的方形蓄水箱。这就是巴托比日常生活办公的空间。整天生活在如此压抑的工作环境，从事的又是简单的"复制"工作，对于内心敏感脆弱的人来说，律师事务所形同监狱。长期身处这种非人的工作环境，每个人都深受其苦。律师事务所的三位雇员"火鸡""钳子""小姜饼"，身上多少都有一些怪癖，比方"火鸡"早上工作效率一流，但过了中午，整个人就变得异常亢奋，脾气暴躁，常常将工作搞得一团糟；而钳子，因消化不良和随之而来的神经质，往往会上午发作，下午则相安无事。这些都是长期忍受极端环境的结果。尽管有诸多不满，他们也只能接受这套价值体系的规训，并融入其中，使律师事务所处于一种微妙的平衡状态（钳子与火鸡的发作时间正好错开），并最终成为规训制度下的自觉维护者。

巴托比的到来打破了这种平衡。尽管他看起来面容苍白，身体消瘦，但工作上非常勤恳努力，对抄写工作非常用心，干起活来没日没夜，晚上还点上蜡烛夜以继日，对抄写工作有一种狼吞虎咽的饥饿感。巴托比的工作态度和表现，绝对是老板心目中的最佳员工代表，堪称前现代版的"996"。然而他只是安静地、默默地、机械地抄写个不停。很快老板就感受到了这个沉默寡言的年轻人身上的怪异，在一次请他协助校对一份文件时，被巴托比拒绝了。不只如此，除了他被分配到的抄写工作之外，其他仍算是他分内该做的校订、跑邮局、外出交办文件等业务，也被他一概拒绝，全部都以一句毫无情绪的"我宁愿不"予以回应。

"我宁愿不"，这句话看上去平淡无奇，却显示出无与伦比的威力，不仅老板始料未及，连其他同事也感到惊讶和愤懑不平。与其他神经过度活跃和敏感的同事相比，巴托比显得格外安静，沉默，与四周形成鲜明对比。我们仿佛感受到身边就坐着一个双眼黯淡无光、神情困倦的巴托比。"我宁愿不"这句话无论是作为他的"非暴力不合作"还是"逃避统治的艺术"，都打破了律师事务所之前那种微妙的平衡。所有人都感受到了空气中潜藏的敌意。作为同事，"钳子""火鸡"他们感觉不公平，同样是资本规训的一员，凭什么他就可以说不？而对老板而言，这句话无不透露出巴托比对资本规训的不服从和不配合的态度。这种不服从和不配合的态度正是规训社会无法容忍的。

德勒兹认为巴托比"我宁愿不"这个句式断开了词与物，言语与行动，也断开了说话的行动和言辞——它把语言和所有的指称割裂开来，这与巴托比的绝对使命，成为一个无指称的人，一个突然出现后消失，不指示他自己或别的什么的人，是一致的……这个句式也开启了是与否、可取与不可取的无区分区域。[①] "我宁愿不" 显然并不是简单的否定，也不是粗鲁的拒绝，同 "我不愿意" 有着本质的不同。在麦尔维尔写给霍桑的信中，作者也认为 "不" 要比 "是" 更为合适。巴托比虽然没有同意，但他也没有简单地拒绝老板的要求，这看起来这更像一种怀疑主义者的悬置。

要走入巴托比的内心，就必须搞清楚这个悬置对巴托比而言意味着什么。正如阿甘本所言，他重复的那个句式如此固执地悬停在接受与拒绝、否定与设定之间，如果说，它什么也不断言，并最终甚至拒斥它自己，那么，他来告诉我们的是什么？他的句式宣告的又是什么？[②]

巴托比整天站在办公室的窗前，距离他三米远的地方就是一堵高墙。这是他每天面对的风景。他永远是那个角落里的卫兵，每天凝视着这堵死墙。墙没有语言，没有风景，是绝对意义上的 "无"。墙无疑就是巴托比的监狱。下班后，同事们都回去了，唯有巴托比选择留下，他选择了自我囚禁。他面对死墙陷入沉思，墙某种意义上又成了巴托比的存在之思。

韩炳哲认为，麦尔维尔描述的社会依然是一个规训社会。墙、监狱、壁垒是规训社会必不可少的建筑要素，也是规训社会的经典母题，在小说中屡次提及，似乎也印证了韩炳哲这一观点。值得注意的是，巴托比的倦怠很容易被误解为功绩社会的典型症状——抑郁症。抑郁症是在没有外力压迫的情况下的自我剥削，充斥着自卑和自责感。抑郁的人精神和肉体相互宣战，双方互为施虐者，同时也都是受害者。今天人们身处一切以数字计量为单位的统计社会。热量、步数、卡路里、睡眠时间都是典型的计量单位。人们每天为摄取多余的热量而懊悔，为没有消耗每日设定的卡路里而沮丧，"做自己的主人！" "一切皆有可能！" 是压死骆驼的最后一根稻草。

巴托比显然不符合绩优社会病理学的特征。他从事的是简单机械式的文书抄写，这项工作的属性决定了巴托比并不需要太多的工作自主权。只需认真投入，

---

① 吉奥乔·阿甘本.巴托比，或论偶然［M］.王立秋，等，译.桂林：漓江出版社，2017：182.
② 吉奥乔·阿甘本.巴托比，或论偶然［M］.王立秋，等，译.桂林：漓江出版社，2017：185.

进行机械地抄写，任何自主性在此都显得多余。他不需要成为自己。正如韩炳哲所言，"导致巴托比生病的并不是过度的积极性和过多的可能性……他从事的活动是复制，恰恰不允许任何积极性存在。巴托比依然生活在充满传统机制的社会中，他尚未感受到自我的过度疲劳以及过劳最终导致的抑郁和自我倦怠感"①。

莫里斯·布朗肖曾说，倦怠有一颗宽广的心。规训社会显然缺乏一颗宽广的心。恰好相反，规训社会追求的是服从、配合、效率、忠诚。巴托比的"我宁愿不"正好和这些格格不入，最终他被关进托姆斯监狱。在那里，巴托比真正体验到了规训社会的惩罚，从心灵之墙步入了实体之墙，他活动的空间变得更为局促狭小。他依旧沉默、消沉、倦怠，甚至说出"吃饭对我无益，我不习惯吃饭"，比在律师事务所时更为决绝。

福柯在《规训与惩罚》中描述了一个典型规训社会的"全景式监狱"模型。"四周是一个环形建筑，中心是一座瞭望塔，有一圈大窗户，对着环形建筑……在中心瞭望塔安排，一名监督者，在每个囚室里关进一个疯人或一个病人、一个罪犯、一个工人、一个学生。通过逆光效果，人们可以从瞭望塔的与光源恰好相反的角度，观察四周囚室里被囚禁者的小人影。这些囚室就像是许多小笼子、小舞台。"②规训社会中的每个人无不置身于这座环形建筑当中，"看"与"被看"都无从幸免。无论华尔街的律师事务所还是托姆斯监狱，巴托比都脱不了全景式监狱的窥看。在福柯看来，现代人的言行举止都是规训社会监视下的结果。而"看"更是现代空间意义上权力构建的方式和手段。从这层意义上来说，巴托比的"我宁愿不"倒像是对规训作出的无意义的排斥与反抗。

巴托比终于倒下，倒在了这个与他格格不入的社会脚下。"他蜷缩在墙根下，姿态很奇怪，膝盖向上蜷曲，侧着身子，头抵着冰冷的石头。"这个生前让人琢磨不透的人，连死的姿态都那么奇怪，自始至终都没舒坦过。他的死微不足道，他是谁？来自哪里？世上有什么亲戚？连对巴托比感兴趣的律师事务所负责人

---

① 韩炳哲.倦怠社会［M］.王一力，译.北京：中信出版社，2019：47-48.
② 米歇尔·福柯.规训与惩罚：修订译本［M］.刘北成，杨远婴，译.北京：生活·读书·新知三联书店，2012：224.

"我"都不清楚，更不要说别人。当然这些都不再重要了，有关他的一切很快就会淡忘。直到小说的末尾，才有了一则巴托比的传闻：巴托比曾经短暂在华盛顿死信办公室当过小职员，后来突然因人事调整而去职。

这则传闻为重新揭开巴托比之谜又带来了一缕希望。"死信办公室"是一个专门分拣、处理死信的部门。他每天分拣处理死信，为生活奔波，死信中的"戒指""救急的银行支票""赦免书"，却已注定"此情无法投递"，苦苦等待来信的人已经躺在坟墓中腐朽，本可能存在的希望最后都变成了冰冷的绝望，对于心性敏感脆弱的人来说，这些无不进一步导致了其内心的崩溃。

死信办公室这段工作经历，毫无疑问是巴托比精神死亡之旅的开始。在律师事务所和托姆斯监狱，不过是此后的延续，这个心怀倦怠的人终于放下了最后的挣扎，"我今天宁愿不吃饭……"这是巴托比对规训社会的最后宣言。

参考文献：

［1］吉奥乔·阿甘本.巴托比，或论偶然［M］.王立秋，等，译.桂林：漓江出版社，2017.
［2］米歇尔·福柯.规训与惩罚［M］.刘北成，杨远婴，译.北京：生活·读书·新知三联书店，2012.

【本篇编辑：龙其林】

哲学鲁迅研究的新地基

——从《阿Q一百年》说开去①

曹禧修　寇爱艳

摘　要：张梦阳先生《阿Q一百年——鲁迅文学的世界性精神探微》从理论上把《阿Q正传》定义为"哲学小说"，并通过"精神典型""精神诗学""精神哲学""哲学小说"等理论范畴的提出把"哲学鲁迅"研究的地基由《野草》拓展到鲁迅小说、散文、杂文等几乎所有鲁迅叙事文本。《阿Q正传》的哲学智慧并不局限在"精神胜利法"的发现、提炼和命名，在《阿Q正传》叙事文本的许多细节中，读者能得到不一样的哲学思想的启迪。而大量原生的哲学范畴直接出自鲁迅的叙事文本，可证《呐喊》《彷徨》《故事新编》《朝花夕拾》以及鲁迅16本杂文集等叙事文本亦如《阿Q正传》，"不是一般的'新文艺'，而是鲁迅这位哲人型的文学家创作的"哲学文本。

关键词：鲁迅　张梦阳　《阿Q一百年》　"哲学小说"　"精神哲学"

作者简介：曹禧修（1964—），男，绍兴文理学院鲁迅研究院教授。
寇爱艳（1995—），女，绍兴越城区马山街道中心小学教师。

A New Foundation for Philosophical Studies on Lu Xun
— Reflections Starting from *A Hundred Years of Ah Q*

Cao Xixiu　Kou Aiyan

Abstract: In his book *A Hundred Years of Ah Q: Exploring the Universal Spirit of Lu Xun's*

---

① 本文系国家社科基金重点课题"'透底之底'与鲁迅生命哲学系统建构研究"（项目编号：20AZW020）的阶段性成果。

Literature, Zhang Mengyang theoretically defines *The True Story of Ah Q* as a "philosophical novel". By proposing theoretical categories such as "spiritual archetype," "spiritual poetics," "spiritual philosophy," and "philosophical novel," he expands the foundation for studying the "philosophical Lu Xun" from *Wild Grass* to encompass nearly all of Lu Xun's narrative texts, including his novels, essays, and miscellaneous writings.The philosophical wisdom of *The True Story of Ah Q* is not limited to the discovery, refinement, and naming of the "spiritual victory method." Instead, many narrative details within the text provide readers with diverse philosophical insights. Furthermore, numerous original philosophical concepts emerge directly from Lu Xun's narrative texts. This proves that other works, such as *Call to Arms*, *Wandering*, *Old Tales Retold*, *Dawn Blossoms Plucked at Dusk*, and Lu Xun's 16 essay collections, are not merely examples of "modern literature" but also philosophical texts crafted by Lu Xun, a literary philosopher.

Keywords: Lu Xun   Zhang Mengyang   *A Hundred Years of Ah Q*   philosophical novel   spiritual philosophy

鲁学中人不知道张梦阳先生者，恐怕要遭遇《故乡》中"豆腐西施"杨二嫂版的经典诽笑："仿佛嗤笑法国人不知道拿破仑，美国人不知道华盛顿似的。"这位被称为"陪了鲁迅一辈子"的学者，其鲁迅研究著作不仅是鲁迅研究的必读书，亦且是案头必备的大部头工具书，如史料长编《1913—1983鲁迅研究学术论著资料汇编》五卷一分册，近1 000万字；再如学术史巨著《中国鲁迅学通史》六卷，近200万字；传记读本《苦魂三部曲：鲁迅全传》三卷，逾100万字。张先生2022年5月在商务印书馆出版的《阿Q一百年——鲁迅文学的世界性精神探微》从理论上把《阿Q正传》定义为"哲学小说"，并通过"精神典型""精神诗学""精神哲学""哲学小说"等理论范畴的提出把"哲学鲁迅"研究的地基由《野草》拓展到鲁迅小说，并进而拓展鲁迅杂文等几乎所有鲁迅叙事文本。《阿Q正传》研究由此打开了新扇面，"哲学鲁迅"研究由此进入新的境域。

一

旗帜鲜明地把《阿Q正传》定义为"哲学小说"，乍一看，石破天惊；细一想，水到渠成。

　　"哲学小说"的价值定位不仅是《阿Q一百年》全篇展开的逻辑起点，又是全著的最终结语，也是全著结撰的中心。该著以"鲁迅——深邃探索人类精神现象的伟大思想家"开篇，又以"《阿Q正传》作为哲学小说的精神反思意义"作为全书的结语，其间共五个章节，依次为"学史论：阿Q典型研究的历史回顾""典型论：精神典型的概念界定与分析""历史论：中国历史上的精神胜利法和阿Q式的'革命'""艺术论：轻灵、跳荡，举重若轻""悟性论：精神典型的接受美学与哲学启悟"。全著从世界文化的开阔视野出发，把阿Q及其阿Q的创作者鲁迅放置在古今中外纵横交错的文化坐标中，做极为广泛的比较研究与阐释，旨在小心求证："《阿Q正传》是鲁迅这位哲人型的文学家创作的哲学小说。"正如著者在结语中所说："《阿Q正传》既不是什么'开心话'，也不是一般的'新文艺'，而是鲁迅这位哲人型的文学家创作的哲学小说……《阿Q正传》是一部举世罕见的哲学小说。阿Q是一位与世界文学中堂吉诃德、哈姆雷特、奥勃洛摩夫等典型相通的着重表现人类精神弱点的特异型的艺术典型，可以简称为'精神典型'。"①

　　"精神典型"是该著特别提出的一个新概念，并为此单列一专章予以界定和分析。著者认为，在阿Q的学术史链条上，虽然冯雪峰"思想性典型说""精神寄植说"等说法是最值得珍惜的理论成果，但并不是一种完备妥帖的理论概念。首先，"思想性典型"的概念过于理念化，它把理念之外的其他精神活动排除了，而"精神典型"的范畴却涵盖了所有思想、感情以及有意识的或无意识的心理活动。其次，"寄植"一说，本末倒置，颠倒了思想与形象、精神与典型的源流关系。最后，"精神范畴"的内涵不仅指向个体，而且指向群体；一个人的某种精神，不仅反映了他所属的国家、民族、阶级、集团、群落等共同特征，而且渗透了某种人类的普遍精神特质。它圆满地解释了何以精神胜利法不仅显示了阿Q"这一个"人物性格的独特质，也展示了中华民族的普遍质，同时人们又无不惊讶地发现，阿Q不只是活跃在中国人的世界里，世界各民族均能发现阿Q的身影。中外典籍中不乏"阿Q精神胜利法式的人类普遍弱点的记叙"，

---

① 张梦阳.阿Q一百年：鲁迅文学的世界性精神探微［M］.北京：商务印书馆，2022：343.

比如："在人世苦恼包围之中，中外一些避世的哲人不约而同地发明了一种逃遁法——鸵鸟政策，依靠'坐忘'逃避苦恼，寻求精神胜利。其实，从伊索寓言中狐狸吃不到葡萄就说葡萄一定是酸的故事，到老庄哲学中的齐生死无贫富、泯灭万物差异……的观念，无不是阿Q式的精神胜利法。而宗教的产生也正是起源于这种人类的心理特点……"①阿Q的精神胜利法不仅能够获得中外典籍的广泛印证，而且能够得到古今哲学、宗教、心理学、社会学、历史学等理论的广泛支持和论证。

与"精神典型"范畴对应的是鲁迅独创的"精神哲学"和"精神诗学"两个概念的联袂出场。何谓"鲁迅的精神哲学"？即"不是系统探讨哲学概念与哲学体系，而是集中全力探索人，当然主要是中国人的精神活动、精神机制、精神渊源并从中概括出最本质的精神特征，剖析其对中国人生存方式的内在影响"。何谓"鲁迅的精神诗学"？即"以改变人的精神为宗旨，怎样有利于改变人的精神就怎样写，怎样有益于表达经过深思熟虑所形成的精神哲学就怎样做，根据精神革命的需要，或运用小说，或用杂文，或寄托形象，或直抒胸臆，以最为方便有效的艺术方式描绘和剖析中国人的精神现象，致力于中国精神的现代化"②。

"鲁迅的精神哲学"与"鲁迅的精神诗学"两个范畴相辅相成，共同构成"大哲鲁迅"的两大支点。

冯友兰说："哲学是人类精神的反思。所谓反思就是人类精神反过来以自己为对象而思之。"③鲁迅早在日本留学时期便明确地把"精神反思"摆在"人类生活之极颠"的位置上："知精神现象实人类生活之极颠，非发挥其辉光，于人生为无当；而张大个人之人格，又人生之第一义也。"④鲁迅在谈到自己"弃医从文"的初衷时候说："我们的第一要著，是在改变他们的精神，而善于改变精神的是，我那时以为当然要推文艺，于是想提倡文艺运动了。"⑤也就是说，鲁迅的

---

① 张梦阳.阿Q一百年：鲁迅文学的世界性精神探微［M］.北京：商务印书馆，2022：117-118.
② 张梦阳.阿Q一百年：鲁迅文学的世界性精神探微［M］.北京：商务印书馆，2022：3.
③ 冯友兰.中国哲学史新编（上）：绪论［M］.北京：商务印书馆，2020：8.
④ 鲁迅.坟：文化偏至论［M］//鲁迅全集：第1卷.北京：人民文学出版社，2005：55.
⑤ 鲁迅.呐喊：自序［M］//鲁迅全集：第1卷.北京：人民文学出版社，2005：439.

作品（包括鲁迅小说）正是从"人类生活之极颠"的"精神现象"出发而展开以改变人的精神为宗旨的精神哲学和精神诗学之探索的。

　　鲁迅哲学研究领域可谓大家云集，其研究成果也是汗牛充栋，如章衣萍、卫俊秀、冯雪峰、王瑶、李何林、许杰、孙玉石、吴小美、王富仁、钱理群、汪晖、王乾坤、李欧梵、木山英雄、丸尾常喜、山田敬三，不过大多数满足于在古今中外既有的哲学框架中探索鲁迅的思维特质及其思想片段，鲁迅哲学独特框架的建构迄今少见，正如王富仁先生所说："迄今为止，在有关鲁迅哲学思想的论述中，使用的主要有两类三种哲学思想的框架。一类是西方现成的哲学思想，一类是中国古代固有的哲学思想。在西方现成的哲学思想中，马克思的哲学唯物主义思想在从二十年代至今的鲁迅哲学思想研究中一直是一种主要的标准，主要的理论框架……'文化大革命'结束之后，少部分青年学者开始用西方存在主义哲学研究鲁迅的哲学思想……"[1]王先生自己曾经试图在时间、空间和人的三维结构中构建鲁迅哲学的独特框架，可惜中道而断。如今张梦阳先生另辟蹊径，通过"精神典型""精神诗学""精神哲学""哲学小说"等系列范畴的建构，把鲁迅哲学定位为"精神哲学"，首次建构了一个富含鲁迅个性特质的哲学框架，其学术价值和实践意义不容低估，在这个框架中，我们看到了："鲁迅对宇宙的最高现象、物质发展的最高结晶——人类的精神现象探索的深度，对中国人精神活动及其特征的精确把握、形象表达以及对中国以至全人类精神机制的巨大影响。"[2]它不仅为《阿Q正传》的研究打开了新扇面，还把"哲学鲁迅"研究推进了新的进阶。

　　回溯阿Q百年学术史，有一现象颇值得玩味：《阿Q正传》初在北京《晨报副刊》上分章连载时，学界对阿Q的认识便达到了哲学的高度，如雁冰（即茅盾）认为阿Q是"中国人品性的结晶"[3]，周作人也认为："阿Q这人是中国一切的'谱'——新名词称作'传统'——的结晶，没有自己的意志而以社会的因袭的

① 王富仁.鲁迅哲学思想刍议［J］.中国文化研究，1999（1）.
② 张梦阳.阿Q一百年：鲁迅文学的世界性精神探微［M］.北京：商务印书馆，2022：7.
③ 谭国棠，雁冰.通信［N］.小说月报，1922-02-10.另见中国社会科学院文学研究所鲁迅研究室.1913—1983鲁迅研究学术论著资料汇编：第1卷［M］.北京：中国文联出版公司，1985：25.

惯例为其意志的人，所以在现代社会里是不存在而又到处存在的。"①并不约而同地把阿Q与世界文学中奥勃洛摩夫、乞乞科夫等经典形象相提并论，然而自此以后的近百年间，虽然"百花齐放，百家争鸣"，各种观点大大丰富了人们对阿Q多义性和复杂性内涵的认识，但是事实上反而从哲学的认识高度上跌落了。

个中原因固然复杂，而政治的偏至亦是其中的主导因素；不过，虽然沈雁冰、周作人等评论家当时对阿Q的认识达到了哲学高度，然而并没有把《阿Q正传》明确地定义为"哲学小说"，更没有为其确立真正富有鲁迅个性的阐释框架，恐怕也是其中不容忽略的原因之一吧？

二

鲁迅曾说，他的哲学都包括在《野草》里面，《野草》才是他的哲学文本②。因此，近百年来鲁迅的哲学研究也以《野草》为地基，多集中于《野草》的文本阐释。可是，张梦阳先生的新著《阿Q一百年》却斩钉截铁地把《阿Q正传》定义为鲁迅的哲学文本，并为此独出机杼地建构富有鲁迅个性特质的理论框架，其目的固然不单单为了证明《阿Q正传》是哲学小说。既然鲁迅的哲学被定位为"精神哲学"，鲁迅亦相应地被定位为苏格拉底、释迦牟尼、康德、孔子、甘地那样伟大的哲学家；那么，《阿Q正传》是鲁迅精神哲学的文本，《呐喊》《彷徨》《故事新编》《朝花夕拾》以及鲁迅16本杂文集又怎么不是鲁迅的精神哲学文本呢？这正如《阿Q正传》是鲁迅精神诗学的表达，那么《呐喊》《彷徨》《故事新编》《朝花夕拾》以及鲁迅16本杂文集又怎么不是鲁迅精神诗学的表达呢？因此，张梦阳先生的新著以《阿Q一百年》而不是以《〈阿Q正传〉一百年》为题名，就因为其研究对象并不单局限在《阿Q正传》的范围内，而是通过阿Q这个

① 仲密（周作人）.阿Q正传［N］.晨报副刊，1922-03-19.另见中国社会科学院文学研究所鲁迅研究室.1913—1983鲁迅研究学术论著资料汇编：第1卷［M］.北京：中国文联出版公司，1985：28.
② 章衣萍.古庙杂谈［M］//中国社会科学院文学研究所鲁迅研究室.1913—1983鲁迅研究学术论著资料汇编：第1卷.北京：中国文联出版公司，1985：89.

精神典型之小点而广泛探讨了鲁迅精神诗学和鲁迅精神哲学的宏大主题，进而把
"哲学鲁迅"研究的地基由《野草》拓展到鲁迅小说并进一步拓展鲁迅散文、鲁
迅杂文等几乎所有鲁迅叙事文本，《阿Q正传》研究由此打开了新扇面，"哲学鲁
迅"研究由此进入新的境域。

"坐井观天"是中国哲学的经典故事之一，以嘲笑井底之蛙的视界之狭隘，
仿佛井底的青蛙只要跳出井底，它就能迅速越出自己狭隘的视界，看到更加广阔
的世界，从而蜕变为"城里的青蛙"。然而《阿Q正传》的读者会发现，阿Q即
便走出了未庄之井底，看到了城里的大世界，他的精神世界依然甩不掉未庄这口
"深井"，他在心理上还是背负着未庄这个"深井"。进了几回城的阿Q居然"很
鄙薄城里人"，而其理由竟然是："用三尺三寸宽的木板做成的凳子，未庄人叫
'长凳'，他也叫'长凳'，城里人却叫'条凳'，他想：这是错的，可笑！油
煎大头鱼，未庄都加上半寸长的葱叶，城里却加上切细的葱丝，他想：这也是错
的，可笑！"①阿Q判断城里人是好是坏，是对是错，其判断的立场是未庄的，其
判断的尺度也是未庄的。由此可见，阿Q的身体可以走出未庄这口深井，但是阿
Q的精神世界却未必能够走出未庄这口深井。阿Q的视界能不能真正开阔起来，
其最大的哲学难点并不在于其身体能不能走出故乡的深井，而在于其精神世界能
不能走出故乡的深井。

《道德经》告诫人们："知人者智，自知者明。"《孙子兵法》告诫人们："知己
知彼，百战不殆。"如果说中国传统哲学的智慧教了人们知人重要，自知也重
要；那么《阿Q正传》的哲学智慧则进一步告诫人们，知人也好，自知也罢，固
然重要，然而无论是知人，还是自知，其前提是务必先卸下自己精神世界背负的
那口无形的深井，这才是自知和知人最大的哲学难点；否则，既做不到自知，更
做不到知人。

因此，《阿Q正传》的哲学智慧绝不局限在"精神胜利法"的发现、提炼和
命名，在《阿Q正传》叙事文本的许多细节中，读者都能得到不一样的哲学思想

---

① 鲁迅.呐喊：阿Q正传［M］//鲁迅全集：第1卷.北京：人民文学出版社，2005：516.

的启迪。鲁迅的哲学文本也绝不局限在《阿Q正传》和《野草》等，而是广泛分布在其各类叙事文本中。

笔者发现，鲁迅的经典小说《祝福》中的祥林嫂与鲁迅哲学文本《过客》中的过客就有不少惊人的相似点，比如：两人均无父无母无兄弟姐妹，也无亲戚朋友，在人世间孤独无依，了无牵挂。两人均人到中年，左手拄一根破竹杖，右手捧一只破碗，前者已经沦为乞丐，后者形同乞丐。特别重要的是，两者均陷入人生中无法抗拒的巨大绝望中。过客面临的是人生必死无疑的绝望，而祥林嫂少年丧父，中年丧偶又丧子，人生三大悲剧顷刻间向这位弱女子身上压下来，其绝望的境遇实在不亚于过客。然而，两人反抗绝望的方式却不一样，过客明知前路是坟墓，依然坚定不移地朝着坟墓前行，在绝望中执著反抗绝望，不是因为希望而反抗绝望，而是因为绝望而反抗绝望，闪烁着独异者的大智慧；而祥林嫂对待绝望的方式可分前后两个不同阶段，前期重在依靠自身劳动自救，并在绝境中顺利地打捞出了自己，第一次逃出婆家，在鲁镇鲁四老爷家工作一段时间后，居然"口角边渐渐的有了笑影，脸上也白胖了"；被婆家强行卖到贺家墺后，不久也传来好消息："母亲也胖，儿子也胖……会做活；房子是自家的……她真是交了好运了。"然而，当祥林嫂丧夫又丧子，第二次来到鲁镇时，祥林嫂要么祈求神灵的拯救，要么祈求看客的同情和怜悯，逐步放弃通过自身的劳动来拯救自己的努力后，不得不把自己交给死神，除此而外，别无道路可以选择了，只能把希望寄托在死后与儿子在彼岸世界重逢。

《祝福》和《过客》两个文本以不同的方式演绎了一个共同的哲学主题，即章太炎"依自不依他"的哲学思想，要在绝望中反抗绝望，不是因希望而反抗绝望，而是因绝望而反抗绝望；反抗的力量不是来自自身以外而是源自自身。两者异曲而同工，彼此各有其无法替代的功能和价值。换言之，为绝境中的平凡人开出生路才是《祝福》最独特的价值内涵。因此，把《祝福》定义为"哲学小说"并不显得格外突兀。

有学者发现："鲁迅的《祝福》并非出自他对现实生活的观察，而是出自佛经。只要我们将《祝福》的故事与佛经《贤愚因缘经》中的《微妙比丘尼品》的故事进行对照，即可发现两者之间的联系。"①的确，祥林嫂的悲剧故事与微妙的苦难故事相似度极高。微妙与祥林嫂一样无父无母、无兄弟姐妹，她有四次婚姻，第二位丈夫竟残忍地将婴儿放入锅中煎煮，逼微妙吃下，微妙不堪凌虐逃离。微妙共三个孩子，或被大水冲走，或被狼叼走，或被煮煎而死。鲁迅曾经批评新潮作家群的小说："过于巧合，在一刹时中，在一个人上，会聚集了一切难堪的不幸。"②就鲁迅自己的小说而言，确实摒弃了传统小说"无巧不成书"的写法，几乎不用"巧合"的技术手段。不过，《祝福》却是例外。佛经借助微妙的苦难故事，鲁迅则借助祥林嫂的悲剧故事，试图回答一个共同的重大人生哲学问题，即渡人生苦海的方舟究竟在哪里？③

《狂人日记》的发表，仿佛撕裂文化中国的"炸雷"骤然爆响。深长思之，它关于"吃人"的文化命题可谓既狠又准，一语中的，点进了中国发展问题的死穴中。因为所谓"吃人"，吃掉的正是人的个性，是人的独立人格和自由精神。它与鲁迅的哲学文本《影的告别》的思想内涵可谓异曲同工。"影"要告别"形"而独立而自由，为此宁愿舍弃天堂，舍弃黄金世界，不为其他，就因为独立和自由乃人之为人的规定性。这是中国近代文化转型的重大哲学问题。早在1907年，鲁迅就认为中国强国之梦的"根柢在人"，中国重新崛起的"根本之图"是"立人"，而军事、工业、商业、宪法、国会等并非不重要，但与"人"的问题相比，均为"不根本之图"。因此，把《狂人日记》定义为"哲学小说"可谓势在必行。

张梦阳认为鲁迅"不像西方哲学家那样，以哲学概念和哲学系统提出新的思想"④，这似乎是事实，毋庸置疑。然而，在鲁迅的叙事文本中似可直接提炼大量哲学概念，比如，像"精神胜利法"这样独创的哲学范畴便直接出自鲁迅的小说文本《阿Q正传》。

在鲁迅的叙事文本中，大体上存在两类哲学概念：一是鲁迅独创的，其概

---

① 甘智钢.《祝福》故事源考［J］.鲁迅研究月刊，2002（12）.

② 鲁迅.且介亭杂文二集:《中国新文学大系》小说二集序［M］//鲁迅全集:第6卷.北京:人民文学出版社，2005:247.

③ 曹禧修.《祝福》《野草》与鲁迅独异的生命哲学［J］.学术月刊，2018（11）.

④ 张梦阳.阿Q一百年:鲁迅文学的世界性精神探微［M］.北京:商务印书馆，2022:343.

念内涵也由鲁迅界定，比如"独异""正视""看客""过客""白心""无物之阵""无地彷徨""历史中间物"。二是鲁迅从旁借用，然而其概念内涵经鲁迅使用后加以改造过的，比如"复仇""革命""虚无""立人""吃人""真人""狂人""奴隶""奴才""人之子""反抗绝望""精神界之战士"。套用张梦阳先生的话说，大量原生哲学范畴直接出自鲁迅的叙事文本，可证《野草》《呐喊》《彷徨》《故事新编》《朝花夕拾》以及鲁迅16本杂文集等叙事文本亦如《阿Q正传》，"不是一般的'新文艺'，而是鲁迅这位哲人型的文学家创作的"哲学文本。

三

中国传统哲学以"群"为价值基点，由此特别彰显"人同此心，心同此理"，进而推崇"推己及人""己所不欲，勿施于人"等文化伦理；而鲁迅的哲学以"个"为价值基点，由此特别彰显个人的独异性；因此，在鲁迅的哲学文本中，读者多能读到个人的孤独、绝望以及彼此无法沟通的隔膜等，这是"推己及人""己所不欲，勿施于人"等文化伦理无力解决的难题。

不过，把鲁迅哲学定义为"精神哲学"，会不会构成对鲁迅哲学的某种遮蔽呢？

鲁迅的核心思想是"立人"，鲁迅哲学的内核也应该是"立人"。如何"立人"？鲁迅的回答是："必尊个性而张精神。"①"精神"确是鲁迅哲学的重要维度，也是鲁学界相对忽视的一个维度。然而，除了"张精神"之外，"尊个性"也是鲁迅哲学不可或缺的维度。显然，"精神哲学"的概念并不能涵盖鲁迅哲学的全部思想内涵，那么当我们打开了鲁迅精神哲学新扇面的同时，会不会遮蔽鲁迅哲学的另外一个不可或缺的维度呢？

鲁迅说："明哲之士，必洞达世界之大势……外之既不后于世界之思潮，内之仍弗失固有之血脉，取今复古，别立新宗……则国人之自觉至，个性张，沙聚之邦，由是转为人国。"②"张精神"彰显了鲁迅哲学"内之仍弗失固有之血脉"

---

① 鲁迅.坟：文化偏至论［M］//鲁迅全集：第1卷.北京：人民文学出版社，2005：58.
② 鲁迅.坟：文化偏至论［M］//鲁迅全集：第1卷.北京：人民文学出版社，2005：57.

的维面，而"尊个性"则彰显了鲁迅哲学"外之既不后于世界之思潮"的另一维面，而其最终目的在于"取今复古，别立新宗"。比如，"独异"是鲁迅新创的一个汉语词。不过，它对鲁迅而言不只是一个新词的创建，更是一个中西合璧哲学范畴的创立。何谓"独异"？鲁迅说："是个人的自大……是对庸众的宣战。"①它有两个理论支点：一是西哲的"个"，二是中国传统文化的"狂"。也就是说，鲁迅一方面从西方哲学中吸取"个"的内涵，从而与本土"合群的自大""爱国的自大"等相区别，另一方面又从中国传统道德文化中吸取了勇、猛、狂、韧、傻等精神内涵，从而与西方的"个人的自大"相区别。

"一要生存，二要温饱，三要发展。苟有阻碍这前途者，无论是古是今，是人是鬼，是《三坟》《五典》，百宋千元，天球河图，金人玉佛，祖传丸散，秘制膏丹，全都踏倒他。"②由此可见，鲁迅特别强调个人的生存权、温饱权和发展权等"三权"的神圣不可侵犯，并以此作为道德精神重建的前置条件。因此，鲁迅所推许的"独异者"与中国传统文化中所推许的"猛士"之"舍生取义""杀身成仁"等精神内涵相比，既有了某种继承关系，也有了某种根本性的区别。再如鲁迅说："其实革命是并非教人死而是教人活的。"③从而与"革命，革革命，革革革命，革革……"之历史循环悲剧划清了界限。换言之，鲁迅虽然把精神现象摆在"人类生活之极颠"的位置上，却完全摒弃了"道德为本"的传统原则，始终把生命的价值高悬在道德精神之上，这便是鲁迅的别立之新宗。

参考文献：

［1］鲁迅全集［M］.北京：人民文学出版社，2005.
［2］张梦阳.阿Q一百年：鲁迅文学的世界性精神探微［M］.北京：商务印书馆，2022.

【本篇编辑：夏　伟】

---

① 鲁迅.热风：随感录三十八［M］//鲁迅全集：第1卷.北京：人民文学出版社，2005：327.
② 鲁迅.华盖集：忽然想到六［M］//鲁迅全集：第3卷.北京：人民文学出版社，2005：47.
③ 鲁迅.二心集：上海文艺之一瞥［M］//鲁迅全集：第3卷.北京：人民文学出版社，2005：304.

编　后　记

　　《文治春秋》第一卷即将付梓，面对着这一卷的稿件，我们感到无比欣慰，也有些许遗憾。欣慰的是，这一卷推出的文章，都有值得一读的价值，遗憾的是，我们经验不足，致使这第一卷带有试水期的仓促与幼稚，这是需要朋友、同仁给予指导和体谅的。

　　本卷共有九个栏目（不含首发卷致辞），载文18篇。开篇的"名家访谈"，将会是我们的常设栏目，目的是请学界名家谈自己的治学经验以及对当下学术发展问题的看法。本期采访的是南京大学的莫砺锋教授。作为中华人民共和国成立后的第一位文科博士，莫教授的学术成就有目共睹，其研究经历也有学术史价值。莫砺锋教授在访谈中不仅介绍了程千帆先生指导学生的方法，自己的治学经验、体会，也对当下的学术环境和个人治学路径等问题提出了极有深度也极有针对性的看法。毫无疑问，对从事文学（不只是古代文学）研究的年轻学者来说，莫砺锋教授的访谈值得认真研读。

　　第二个栏目选载了"鲁迅精神与上海城市品格"学术报告会的部分论文和中国鲁迅研究会董炳月会长在开幕式上的致辞。"鲁迅与上海"无疑是个大题目，但过去的研究并不充分。"鲁迅喜欢不喜欢上海？""鲁迅精神对提升上海城市品格有何启示？""鲁迅如何看待上海人？""鲁迅和他身后的上海建立起一种怎样的关系？"这些问题固然很难给出确凿的答案，但对这些问题的思考不仅为鲁迅研究打开了一个新的扇面，也对思考"鲁迅精神如何介入当下城市文化建设"大有裨益。刘勇、刘国胜、王锡荣、张全之等人对此提出了他们的看法，其中不乏真知灼见。

第三个栏目"学案追踪"目的是对学术史上的重要人物、论争或学术史事件进行追述、评议，还原历史，以启来者。本卷推出的论文，重新打捞了贾植芳先生在20世纪80年代"重写文学史"中的作用和贡献，使我们看到了历史的另一面。

"古典新义"是本卷发文最多的栏目。吕浩的《〈玉篇〉发覆》对《玉篇》的编纂背景、《玉篇》与《说文解字》的关系、《玉篇》的性质流变及其传播影响等问题，进行了全面深入的发掘；马进勇的《汉文佛典随函音义衍变史管窥：写本时代（一）——〈金光明最胜王经〉随函音义探源》一文论证《金光明最胜王经》随函音义系译经时创制，日本古写紫纸金字本所载之随函音义即是《金光明最胜王经》原初的随函音义的观点。该文篇幅很长，这里发表的是第一部分，第二部分将在下卷出版。潘星辉的《是故恶夫佞者》考察了孔子所"恶"之"佞"的两重含义，并进行了深入考辨与论析。陈酌箫的《浅析朱子之诗学人格及诗艺思考》一文，探讨了朱熹"戒诗"主张背后的诗艺考量和诗家品格，也是值得一读的佳作。

以叶舒宪教授领衔的上海交通大学神话与民间文学研究院是中国神话研究的重镇，他们提出的"玉成中国""四重证据法"等说法都产生了深远影响。"文学人类学"专题推出的两篇文章均出自这一团队。叶舒宪《人类长寿神话：现实与虚拟现实》，基于大历史观和物证优先原则，认为从文化大传统的思想观念发生史来看，就会发现神话叙事从信奉永生到养生延寿的变换，是文明时代对史前玉帛物精助力永生信仰的转换与再造，长寿神话是继人类永生不死神话破灭后的替代性选择。二者都出于对个人生命短暂和生命仅有一次的严酷现实的幻想性反叛。人类独有的幻想能力，为社会生活营造出代代相传的虚拟现实的传统。唐启翠《探索中华民族认同的文化基因——从哈克文化玉石器发现的意义谈起》，以哈克文化遗址出土玉石器为切入口，运用民族考古学类比法探讨哈克玉石器的使用方式、社会功能和文化内涵，在廓清东北亚萨满神器物料传统和玉石神话信仰的关联的同时，亦为东北亚"萨满式文明"考古学研究遭遇的瓶颈问题以及"巫觋""萨满"争讼提供了解决方案。

　　"审美新场域"揭载的《数字人文新场域：神话幻想驱动下的元宇宙》认为"元宇宙既是科学技术进步的产物，也是神话幻想传统的一种复归，是人神杂糅的科技版"。文章将中国丰富的传统文化资源跟最为先进的科技理念相结合，试图构建一种新型宇宙观，彰显传统神话观念中的幻想资源价值。"历史现场"推出的论文《民刊〈今天〉新诗的传播与阅读》，旨在重返历史现场，寻找《今天》诗歌得以传播的媒介策略、读者反馈系统的搭建等多元因素，生动呈现了历史的复杂性。

　　"创意写作"栏目有两篇文章，谭旭东教授是创意写作研究的名家，该文对"非虚构写作"的概念、类型及其在中国的发展历程进行了爬梳，而对"非虚构工作坊的模式与特点"的论述颇有现实意义。小说家郑小驴对麦尔维尔的小说《抄写员巴托比》进行了深入解读，认为"巴托比的死亡象征着个体在规训社会中的无力和消亡"，这一卓见很有新意。

　　书评栏也将是常设栏目。本卷推出的是曹禧修教授、寇爱艳老师撰写的评论张梦阳《阿 Q 一百年——鲁迅文学的世界性精神探微》的文章。张梦阳将《阿 Q 正传》定义为哲学小说，听上去有些突兀，但背后有着清晰的逻辑理路。本文对此进行了令人信服的评析。

　　作为第一卷，所载文章乃我们从众多约稿和来稿中精选出来的，希望《文治春秋》的第一次亮相，能够给关心它的同仁、朋友一个惊喜，这是我们的期待，也是我们的动力。一份论丛的创设，意味着开启了一条漫长而又艰辛的征程，这征程不设终点，只要有路，它就会一直走下去。

张全之

2024 年 5 月于上海

稿　　约

　　《文治春秋》是由上海交通大学人文学院中文系和中国语言文学学科主办的学术论丛，每年出两卷，2024年开始出版，由吴俊教授、张全之教授担任主编。《文治春秋》旨在深耕人文及相关跨学科研究领域，推动中国语言文学及相关人文学科建设，传承文化精华，启迪思想智慧，培育青年人才，汇聚科研力量。《文治春秋》的内容主要包括原创性研究和文献类发掘研究，涵盖中国古代文学和古典文献学、中国现当代文学和文学批评、比较文学与世界文学、文艺学和美学、民间文学和艺术遗产、创意写作、理论语言学和应用语言学、汉语言文字学等学科领域。

　　《文治春秋》竭诚欢迎海内外同仁不吝赐稿！赐稿者敬请遵循以下学术要求：

　　1.《文治春秋》为正式出版物，请勿一稿多投；作者文责自负，编辑部有权对文章进行规范性删改；作者不愿意文章被删改的，请在文章末尾注明。

　　2. 来稿选用实行编辑部初审与外请专家评审相结合的审稿制度；除特约稿件外，来稿请勿寄给个人；投稿作者自投稿之日起三个月内没有收到录用通知，可以自行处理。

　　3. 来稿以学术质量为唯一标准，长短不拘，长篇文章或书稿可以连载；所有引用文字必须准确核对可靠版本原文，注明准确出处；文章发表后即付稿酬。

　　4.《文治春秋》不收任何形式的审稿费和版面费。

　　5. 文章引文格式，按照《中华人民共和国国家标准（信息与文献　参考文献著录规则）》执行。

6.编辑部联系方式：

上海市闵行区东川路800号上海交通大学人文学院220室

《文治春秋》编辑部（邮编200240）

电子邮箱：Wenzhichunqiu@163.com

本邮箱为唯一接受投稿的邮箱。

7.凡投稿者，均视为同意上述约定。

《文治春秋》编辑部